HEYNE BÜCHER

Das Buch

Der Start des neuen Raumshuttles auf Cape Canaveral muß wegen einer mysteriösen Triebwerküberhitzung abgebrochen werden. Dabei kommt der Kommandant Jim Rowland in den Flammen um. Es stellt sich heraus, daß ein gewisser Harlan DeVane einen weltweiten Zerstörungs- und Terrorismusfeldzug begonnen hat.

Bevorzugtes Ziel ist der bekannte Unternehmer Roger Gordian und dessen Technologie- und Elektronikkonzern UpLink International. Gordian organisiert eine eigene Mannschaft zum Gegenschlag.

Die Autoren

Tom Clancy, geboren 1947 in Baltimore, begann noch während seiner Tätigkeit als Versicherungskaufmann zu schreiben und legte schon mit seinem Roman *Jagd auf Roter Oktober* einen Bestseller vor. Mit seinen realitätsnahen und detailgenau recherchierten Spionagethrillern hat er Weltruhm erlangt. Tom Clancy lebt mit seiner Familie in Maryland.

Von Tom Clancy ist im Heyne-Verlag erschienen: *Gnadenlos* (01/9863), *Ehrenschuld* (01/10337), *Befehl von oben* (01/10591) und *Operation Rainbow* (43/114). Außerdem erscheinen im Heyne Taschenbuchprogramm die Serien *OP-Center, Net Force* und *Power Plays.*

Martin Greenberg, Jahrgang 1941, ist einer der bekanntesten Anthologisten in der amerikanischen Verlagswelt. Er studierte Politische Wissenschaften und unterrichtet an der Universität von Wisconsin, Green Bay. Sein Werk umfaßt u. a. zahllose Anthologien zum Thema Science Fiction und Fantasy.

TOM CLANCY und MARTIN GREENBERG

TOM CLANCY'S POWER PLAYS 3
NACHTWACHE

Roman

Aus dem Amerikanischen
von Michael Göpfert

WILHELM HEYNE VERLAG
MÜNCHEN

HEYNE ALLGEMEINE REIHE
Nr. 01/13041

Titel der Originalausgabe
TOM CLANCY'S POWER PLAYS:
SHADOW WATCH

Umwelthinweis:
Das Buch wurde auf
chlor- und säurefreiem Papier gedruckt.

2. Auflage

Redaktion: Verlagsbüro Dr. Andreas Gößling und Oliver Neumann GbR
Deutsche Erstausgabe 3/2000

Printed in Germany 2000
Umschlaggestaltung: Nele Schütz Design, München
Satz: Pinkuin Satz und Datentechnik, Berlin
Druck und Bindung: Elsnerdruck, Berlin

ISBN 3-453-16109-2

http://www.heyne.de

Danksagung

Ich möchte Jerome Preisler für seine kreativen Ideen und seine unschätzbaren Beiträge zur Vorbereitung des Manuskriptes danken. Hervorheben möchte ich auch die Mitarbeit von Marc Cerasini, Larry Segriff, Denise Little, John Helfers, Robert Youdelman, Esq., Tom Mallon, Esq., sowie die Hilfe der großartigen Mitarbeiter der Penguin Putnam Inc., einschließlich Phyllis Grann, David Shanks, Tom Colgan, Doug Littlejohns und Kevin Perry, der übrigen Helfer des Teams von *Shadow Watch* sowie der fantastischen Leute bei Red Storm Entertainment. Wie immer bedanke ich mich auch dieses Mal bei Robert Gottlieb von der William Morris Agency, meinem Agenten und Freund. Am wichtigsten ist jedoch, daß nun Sie als meine Leser entscheiden, wie erfolgreich unsere gemeinsamen Bemühungen waren.

Tom Clancy

1.

Kennedy Space Center
Cape Canaveral, Florida
15. April 2001

Später, als sowohl der Job als auch ihre Besessenheit sie zur Ermittlung der Ereignisse an der Startrampe zwangen, konnte sie sich erinnern, daß es zunächst hervorragend lief, bis plötzlich alles schrecklich schiefging. Die Erregung und die Freude wandelten sich in Angst, und was geschehen war, prägte den weiteren Verlauf ihres Lebens. Astronautin, Medienberühmtheit, Model, Mutter – die vereinfachenden Etiketten der Welt würden sich nicht ändern. Aber sie kannte sich selbst zu gut. Da war die Annie Caulfield, die es vor dem Unglück gegeben hatte, und die Annie Caulfield, die sich aus der Asche erhob. Zwei sehr unterschiedliche Frauen.

Am Morgen hatte es nach idealen Startbedingungen ausgesehen: ruhige Winde, gemäßigte Temperaturen, ein klarer blauer Himmel, der sich zum östlichen Ausläufer von Merritt Island hinstreckte, wo die strahlende Sonne über Startrampe 39A am Rande des Ozeans stand. Nie würde Annie diesen wunderbaren Himmel vergessen, nie würde sie vergessen, wie sie aus einem der Fenster des Mission Control Center geschaut und gedacht hatte, daß der Himmel aussah wie auf einer der Postkarten oder Touristenbroschüren von Florida – ein Firmament, wie es sich die Planer der NASA-Missionen oft wünschten und selten bekamen.

Tatsächlich waren die Vorbereitungen für den Start der *Orion* von Anfang an ohne jede Komplikation verlaufen. Es hatte keine Fehlstarts gegeben, keine der technischen Probleme, die häufig den Countdown verzögerten und manchmal sogar dazu führten, daß ganze Missionen abgesagt wurden.

Alles, wirklich alles hatte geklappt.

Zweieinhalb Stunden vor dem Start begleitete Annie zusammen mit Mitgliedern des Mission Management Teams und anderen NASA-Beamten die Mannschaft dieser Mission – ihrer Mannschaft, wie sie zu sagen pflegte, weil sie alle Mannschaften unter ihrer Leitung so bezeichnete – zum Transportfahrzeug, das sie zur Startrampe fahren würde. Obwohl diese Gelegenheit auch früher schon von der Öffentlichkeitsarbeit der NASA als Fototermin genutzt wurde, überraschte sie die große Anzahl der Reporter, die draußen vor dem Hauptgebäude warteten, doch ein wenig. Ihre Mikrofone waren mit diesen pelzigen Windschützern umgeben, die wie überdimensionale Raupen aussahen. Sogar der Moderator eines Morgenmagazins war da, ein Gary Soundso, der sie für einen Kommentar vor die Kameras zerrte.

Rückblickend fand Annie, daß sie die besondere Aufmerksamkeit der Reporter hätte vorhersehen können. Zum einen lag der NASA sehr viel an einer guten Zusammenarbeit mit den Medien. Zum anderen war ihr klar, daß ihre ausdrücklich verlangte persönliche Anwesenheit am Center beim Start und bis zu einem gewissen Grad sogar ihre Ernennung zur Ausbildungsleiterin des Astronautenteams – ein Posten in den oberen Rängen der Organisationshierarchie der NASA – dafür gedacht waren, eine besonders große Medienpräsenz zu garantieren. Aber sie akzeptierte ihren Wert als Werbeinstrument, und sie glaubte fest daran, daß die Mission den ganzen Wirbel rechtfertigte.

Nach langen, aufgrund von Finanzierungsproblemen aufgetretenen Verzögerungen wurde das für die

Internationale Raumstation so wichtige erste Labormodul jetzt endlich in die Erdumlaufbahn geschickt, wo es an die bereits vorhandenen Bauelemente angedockt werden sollte. Knapp zwei Wochen später würde der Start eines anderen Forschungsmoduls von einem russischen Kosmodrom in Kasachstan erfolgen. Über ihre politischen Verdienste als konkrete Beispiele der west-östlichen Zusammenarbeit hinaus waren die beiden Missionen zudem Kernstücke der künftigen wissenschaftlichen Bemühungen der Internationalen Raumstation auf dem Weg zu einer gänzlich neuen Etappe bei der Erforschung des Weltraums. Annie war davon überzeugt, daß sie deshalb so intensiv mit den diversen Details beschäftigt war und sich im Gegensatz zu anderen Projekten kaum Gedanken über den Medienzirkus machte. Zusammen stellten die beiden Missionen den größten jemals durchgeführten Schritt in Richtung der Verwirklichung eines Traumes dar, der sie seit ihrer Kindheit faszinierte und dem sie den größten Teil ihres Berufslebens gewidmet hatte. Jetzt, wo der Erfolg des Programms der Internationalen Raumstation zum Greifen nahe war, hoffte sie, daß der Stolz auf ihre Leistung endlich die Schuldgefühle und Schmerzen auslöschen würde, die ihre Arbeit kontinuierlich begleitet hatten.

Aber solche Gedanken hatten ihren eigenen Ort und Zeitpunkt. Deshalb war die lange Geschichte ihrer persönlichen Belastungen Annie auch kaum gegenwärtig, als sie draußen vor den Gebäuden des Startkomplexes 39 stand, zu denen nur ausgewählte Personen Zugang hatten. Sie sah zu, wie Colonel Jim Rowland die *Orion*-Mannschaft in den silbernen Transportbus mit den runden blauweißen NASA-Insignien auf der Seite führte. Diese Männer und Frauen waren ausgewählt worden, um in die Geschichte einzugehen. Annies Job verlangte zwar, daß sie selbst auf der Erde blieb; dennoch hatte sie sich gefühlt, als ob ein Teil von ihr mit ihnen ins All gehen würde.

Sie waren ihre Trainingsgruppe und bildeten im weiteren Sinne ihre Familie.

Ihre Verantwortung.

Sie würde sich immer daran erinnern, wie Jim kurz innehielt, bevor er das Fahrzeug bestieg, mit den Augen die Menge absuchte und sie unter den vielen Gesichtern ausfindig machte, die sich ihm zuwandten. Der Kommandant der Mission hatte mit ihr zusammen das Astronautentraining absolviert und im Jahre 1994 abgeschlossen. Jim war ein kräftiger, energiegeladener Mann, der vor Selbstvertrauen und Enthusiasmus vibrierte – und in diesem Augenblick vor Ungeduld, die nur ein anderer Astronaut ganz verstehen konnte, der die Erde einmal aus 600 Kilometer Höhe gesehen hatte.

»Rote Rüben, für immer und ewig«, sagte er, obwohl er wußte, daß sie ihn in dem Tumult unmöglich hören konnte. Doch er bewegte seinen Mund so langsam, daß sie die Worte problemlos von seinen Lippen ablesen konnte. Er grinste sie an und deutete mit dem Daumen auf die Brust seines karottenfarbenen Raumanzuges.

Annie kicherte. Ihre Gedanken gingen zurück nach Houston, zu dem alten Trainingsmotto, das sie sich zusammen ausgedacht hatten, und zu den Weltraummissionen, die sie zusammen geflogen waren. Gott sei mir gnädig, dachte sie. Wer einmal im Weltall gewesen war, konnte nie mehr dem Lockruf entkommen. Nie mehr.

»*Terra nos respuet*«, formulierte sie mit Lippenbewegungen auf Lateinisch.

Die Erde spuckt uns nach draußen.

Das Grinsen auf Jims Gesicht breitete sich aus, die gute Laune ließ seine Augen glänzen. Dann tippte er mit dem Finger an die Stirn, grüßte sie mit einer lausbübischen Bewegung, drehte sich um und stieg in das

Fahrzeug. Der Rest der Mannschaft folgte ihm einer nach dem anderen.

Kurze Zeit später, nachdem sich ihre Aufgabe als Dekorationsfigur erledigt hatte, löste sich Annie vom Pulk der Reporter, nahm in der Kantine ein kleines Frühstück zu sich und ging dann hinüber zum Kontrollraum dieser Mission, einer der vier großzügig angelegten Räume des Zentrums, von denen man den Flug einer Raumkapsel von den Testläufen vor dem Start bis hin zum eigentlichen Start lenken konnte. Dann wurden die Kontrolloperationen an die Mission Control im Johnson Space Center in Houston weitergegeben. Im Saal reihten sich halbrunde Computerkonsolen aneinander, und die riesigen Fensterwände gaben den Blick auf die Startrampe frei. Der Raum bot auch ohne das Personal an den Computern einen eindrucksvollen Anblick. An Starttagen, wenn es nur so wimmelte von Ingenieuren der Bodenkontrolle, Technikern, den diversen NASA-Größen und unzähligen wichtigen Gästen von außerhalb, war die Stimmung allerdings eine ganz andere. Auf Annie wirkte die Atmosphäre immer elektrisierend.

Als sie ihren Platz im Verwaltungsteil des Startkontrollraums einnahm, wo sich sowohl die geladenen Gäste als auch die NASA-Führungskräfte befanden, deren Gegenwart für den eigentlichen Countdown unwichtig war, bemerkte sie zu ihrer Rechten einen Mann, der ihr einen interessierten Blick zuwarf. Sie stufte ihn augenblicklich als einen Sie-habe-ich-doch-schon-mal-irgendwo-gesehen-Blick ein, an die sie der Ruhm inzwischen gewöhnt hatte. Im gleichen Moment stellte sie plötzlich fest, daß sie ihm einen fast identischen Blick zuwarf. Nicht viele Geschäftsleute waren überall namentlich bekannt, und doch hätte nur jemand, der das letzte Jahrzehnt schlafwandelnd verbracht hatte, den Gründer und Chef von UpLink International nicht erkannt.

Die Firma gehörte zu den weltweit führenden Unternehmen auf dem Technologiesektor und war Annie in erster Linie als Hauptlieferant für das Projekt der Internationalen Raumstation bekannt.

Er streckte seine Hand aus. »Entschuldigen Sie, daß ich Sie so anstarre, aber es ist mir ein riesiges Vergnügen, Sie kennenzulernen, Ms. Caulfield«, sagte er. »Mein Name ist ...«

»... Roger Gordian.« Sie lächelte. »Unter den Zivilisten der wichtigste Förderer unseres Programms. Und einfach ›Annie‹ wäre mir lieber.«

»Dann sollten wir uns alle beim Vornamen nennen.« Er deutete mit dem Kopf auf die Frau ihm gegenüber, eine aufsehenerregende Schönheit mit rotbraunem Haar, elegant gekleidet in einem gepflegten Hosenanzug. »Ich möchte Ihnen Megan Breen vorstellen, stellvertretende Leiterin für Spezialprojekte. Auf die eine oder andere Weise steht sie normalerweise hinter allen Erfolgen, die unser Unternehmen verbuchen kann.«

Megan beugte sich nach vorn, um Annie die Hand zu schütteln. »Hoffentlich sind Sie meine Zeugin für diese Aussage von Roger, wenn es an der Zeit ist, meine nächste Gehaltserhöhung auszuhandeln«, sagte sie lächelnd.

Gordian zwinkerte Annie zu. »Die arme Megan muß noch viel lernen über die unerschütterliche Loyalität unter ehemaligen Kampffliegern.«

Sofort wurde Annies Lächeln von etwas anderem als Humor überdeckt. »Sie sind über Vietnam abgeschossen worden, nicht wahr?« fragte sie.

Gordian nickte. »Von einer sowjetischen SA-3, als ich auf einer Tiefflugmission über Khe Sanh unterwegs war.« Er hielt inne. »Ich bin etwa ein Jahr lang für das 355. Air-Force-Regiment, mit Basis in Laos, geflogen, und die nächsten fünf Jahre habe ich auf dem Boden im Gefängnis Hoa Lo verbracht.«

»Mein Gott, ja, das Hanoi Hilton. Ich habe gelesen, wie die Gefangenen dort behandelt wurden. Von den Sternenzimmern …«

Sie brach ab. Gemeint waren die Räume 18 und 19 in dem Bereich, den die amerikanischen Kriegsgefangenen ›Heartbreak Area‹ nannten: das Fleischerhakenzimmer und das Klumpenzimmer. Der Name des ersten Raums bedurfte keiner weiteren Erklärung, der zweite Raum wurde so genannt, weil die Wände über und über mit Klumpen von Verputz bedeckt waren, um die Schreie der Gefolterten zu dämpfen. Die Franzosen hatten Hoa Lo als Vermächtnis ihrer Kolonisation der Region hinterlassen – ebenso wie die berüchtigte Strafkolonie auf der Teufelsinsel ihr historisches Testament der Herrschaft über Guyana in Südamerika war. Man konnte über die Franzosen sagen, was man wollte, doch eines mußte man ihnen lassen: Sie bauten ausbruchsichere Gefängnisse, die selbst die hartnäckigsten unter den Unkorrigierbaren zu Verhaltensänderungen zwangen, ungeachtet der brutalen Unmenschlichkeit dieser Einrichtungen. Lernfähig, wie sie waren, hatten die Nordvietnamesen ausgiebig von ihrem Erbe Gebrauch gemacht.

»Von Ihren Leistungen habe ich ebenfalls gehört«, entgegnete Gordian. »Sechs Tage sind Sie feindlichen Truppen im bosnischen Hinterland aus dem Weg gegangen, nachdem Sie aus Ihrer F-16 in neuntausend Meter Höhe mit dem Schleudersitz ausgestiegen sind.« Er schüttelte den Kopf. »Gott sei Dank hat man Sie gerettet.«

»Dank sei dem Himmel, meinem Überlebenshandbuch, meinem Notsender und meinem eisernen Magen, mit dem man mich immer schon aufgezogen hat, der sich aber einzigartig dazu eignet, Raupen und Insekten zu konsumieren«, gab sie zurück. »Heutzutage, mit den GAPSFREE-Systemen zur Aufklärung und Steuerung, die Sie entwickelt haben und die es inzwischen in fast jedem Kampfflugzeug gibt, ist es weniger wahrscheinlich, daß ein Pilot aus dem toten Winkel angegriffen wird, wie es mir passiert ist.«

Gordian wirkte leicht verlegen. »Sie denken zu sehr an meine Verdienste und zu wenig an Ihre eigenen«, sagte er. Mit einer Geste deutete er auf den Saal, in dem sie sich befanden. »Obwohl ich wette, daß wir uns einig sind, daß dies alles wirklich bemerkenswert ist.«

Annie nickte. Wenn sie mit ihrer Einschätzung nicht völlig schieflag, hatte sie gerade einen Moment echter Bescheidenheit bei Gordian erleben dürfen. Eine seltene Eigenschaft bei jemandem in seiner Position, das hatte sie im Umgang mit mächtigen Männern – häufig durch reichlich unschöne Lektionen – gelernt. »Ihr erster Start?« fragte sie.

»Außer als Tourist, ja«, erwiderte er. »Als unsere Kinder noch, wie soll ich sagen, Kinder waren, haben meine Frau Ashley und ich einen Zulassungsschein für unseren Wagen erhalten, und wir haben die Kinder mitgenommen, um den Start von Endeavor von einem öffentlichen Zuschauergelände zu bewundern. Das war schon sehr spektakulär, aber sich in einem echten Mission Control Center zu befinden …«

»… läßt Ihre Fingerspitzen kribbeln und Ihr Herz im Halse schlagen«, ergänzte Annie.

Lächelnd lehnte er sich zurück. »Offensichtlich langweilen sie sich dabei noch nicht.«

»Das werde ich auch nie«, erwiderte Annie mit einem Lächeln.

Einen Augenblick später, als der NASA-Leiter Charles Dorset zu ihnen kam, erhob Gordian sich. Dorset gab ihm die Hand und zog ihn mit sich, um ihn einer Gruppe von hohen Beamten in einem der Nebenräume vorzustellen.

»Was geschieht denn jetzt weiter?« Megan lehnte sich über den freigewordenen Sessel zu Annie. »Bei so vielen gleichzeitigen Vorgängen ist es nicht einfach, alles mitzubekommen.«

»Entspannen Sie sich. Menschen in den Weltraum zu senden ist ein komplizierter Prozeß«, sagte Annie. »Selbst die Astronauten können sich ohne ihre Spickzettel nicht an alles erinnern, und das nach jahrelangem Training und einer kompletten Generalprobe.«

»Sagen Sie das im Ernst? Das mit den Spickzetteln, meine ich.«

»Sie kleben sie direkt auf die Instrumententafel«, entgegnete Annie und nickte. »Ein kleiner Schritt für den Menschen, ein Riesenschritt für Velcro.« Sie schaute auf ihre Armbanduhr. »Um Ihnen ein Gefühl dafür zu geben, wie weit wir jetzt sind: Es fehlt noch etwa eine Stunde bis zum Start, und bisher sieht alles hervorragend aus. Die Bodenmannschaft hat bereits die Seitenluke verriegelt, und in ein paar Minuten werden sie die Rampe verlassen und sich ins Rückzugsgelände begeben. Die routinemäßigen Checks vor dem Start haben bereits vor Stunden begonnen und werden automatisch von den Computern gesteuert, aber im Raumschiff gibt es eine Unmenge Schalter, und etwa um diese Zeit sieht die Mannschaft nach, daß sie sich alle in der richtigen Position befinden.«

»Es ist beeindruckend, wie viele Angestellte hier in diesen Raum passen«, bemerkte Megan. »Ich habe bereits verschiedene Starts im Fernsehen verfolgt und erwartet, daß wir reichlich Gesellschaft haben würden … aber hier sind wohl mindestens zweihundert Leute an den Computern, oder nicht?«

»Gut geschätzt«, entgegnete Annie. »Es sind sogar noch ein paar mehr, ungefähr zweihundertundfünfzig. Das sind halb so viele wie in den Tagen von Apollo, und ein Drittel weniger, als noch vor ein paar Jahren gebraucht wurden. Die Hardware und die Software für das neue CLCS oder Überprüfungs- und Startsystem, die wir jetzt einsetzen, haben die meisten Startoperationen übernommen.«

Gordian schlängelte sich durch die Reihen zu ihnen zurück. »Entschuldigen Sie, daß ich mitten in unserer Unterhaltung verschwunden bin, aber Chuck wollte mich unbedingt einigen seiner Manager vorstellen.«

Chuck für Sie, Mr. Dorset für mich, dachte Annie. In Zukunft würde sie versuchen, ihre Belustigung besser zu verbergen, für den Fall, daß Gordian sich daran störte. Wahrscheinlich gebrauchen einige von uns nur noch Vornamen.

Megan hatte sich zu Gordian gewandt. »Ich habe keine Zeit verloren und Annie sofort gründlich ausgefragt, während Sie weg waren. Es war sehr aufschlußreich.«

»Dann hoffe ich, daß ein eifriger Schüler mehr nicht allzu viele Umstände macht«, bemerkte er, während er sich in seinem Sessel niederließ.

Annie lächelte. »Natürlich nicht. Solange wir leise sprechen, können Sie beide fragen, was Sie wollen.«

Und genau das hatten sie während der nächsten fünfzig Minuten getan. Dann, beim Stand von neun Minuten bis zum Start, wurde der Countdown unterbrochen, und eine erwartungsvolle Stille breitete sich im Startkontrollraum aus. Die meisten Ingenieure der Bodenkontrolle saßen still in Bereitschaft an ihren Computern. Auf der anderen Seite des Saales begannen jedoch die Mitglieder des Mission Management Teams, allesamt als Manager oder Projektingenieure Schlüsselfiguren der NASA, sich ruhig und ernst zu unterhalten, wobei einige nach den Telefonen neben ihren Computern griffen.

Annie bemerkte, wie ihre neuen Bekannten mit gespannter Aufmerksamkeit die Diskussionen der Gruppe beobachteten.

»Die Unterbrechung gehört zur Routine«, erklärte sie leise. »So haben die Astronauten und das Bodenpersonal noch einmal Gelegenheit, bei ihren Checklisten aufzuholen und zu sehen, ob irgendwelche allerletzten Korrekturen nötig sind. Außerdem geben in diesem Augenblick die Manager ihr abschließendes Votum ab. Einige von ihnen werden sich mit den Ingenieuren in Houston in Telekonferenz beraten wollen, bevor sie ihr abschließendes Okay geben. Nachdem sie einzeln zu ihren Entscheidungen gelangt sind, stimmen sie ab, um zu sehen, ob alle dafür sind, daß der Countdown weiterläuft.« Sie zeigte auf die drei superleichten Kopfhörer vor ihnen. »Wenn der Countdown wieder einsetzt, möchten Sie vielleicht die Kopfhörer aufsetzen und dem Dialog zwischen dem Cockpit und der Bodenkontrolle zuhören.«

»Diese Abstimmung, die Sie da erwähnt haben, dauert die sehr lange?« fragte Megan.

»Das hängt vom Wetter ab, von technischen Problemen, die vielleicht im Laufe des Countdowns aufgetaucht sind, von einer Reihe von Faktoren. Wenn einer der Manager wegen seines Tageshoroskops unruhig ist, könnte er theoretisch eine Verschiebung des Starts erzwingen«, erläuterte Annie. »Obwohl ich noch nie von so etwas gehört habe, hat es doch im Laufe der Zeit einige merkwürdige Ereignisse gegeben. Vor fünf oder sechs Jahren wurde beispielsweise der Start einer Discovery monatelang verschoben, und alles nur dank eines Paares von Buntspechten.«

Gordian sah sie an. »Buntspechte?«

»Richtig.« Annie grinste. »Unglücklicherweise waren diese beiden darauf erpicht, an der Isolationsabdeckung des äußeren Treibstofftanks herumzupicken statt an Baumstämmen. Nach der Reparatur wurde ein Ornithologe hinzugezogen, um die kleinen Biester zu vertreiben. Ich glaube, er hat am Ende Eulen-Attrappen um die Rampe herum verteilt.«

»Unglaublich.« Gordian schüttelte den Kopf. »Ich

kann mich nicht daran erinnern, irgend etwas davon gehört zu haben.«

»Geschichten von Cape Canaveral, da kann ich Ihnen mehr von erzählen, als Sie jemals hören wollen.« Annie kicherte in sich hinein. »Aber haben Sie keine Angst. Nach dem, was ich da so sehe, wird es heute ein schlichtes ›Los‹ geben«, schloß sie.

Und sie sollte recht behalten. Kurz nach ihrer Bemerkung sah Annie, wie die Manager ihre Startpositionen einnahmen. Umgehend streckte sie die Hand nach ihrem Kopfhörer aus. Auf der großen Leinwand auf der anderen Seite des Saales zeigten interne Videobilder das, was normalerweise als ›Stapel‹ bezeichnet wurde – bestehend aus den zwei Feststoffantriebsraketen, dem massiven fünfzig Meter hohen Außentank und der Raumkapsel in ihrer vertikalen Startposition. Aber Annie kannte das Raumschiff in allen Einzelheiten, wie es nur jemand kennen konnte, der mit ihm geflogen war, und in ihrer Vorstellung sah sie andere lebhafte Bilder in allen Details: Jim und seinen Piloten, Lee Everett, auf ihren Sitzen auf dem Flugdeck angeschnallt, Sonnenstrahlen, die dem Raumschiff mitten in die Nase hineinschienen und von den heruntergelassenen Gesichtsschutzplatten ihrer Helme reflektiert wurden. Ladungsspezialistin Gail Scott und Missionsspezialistin Sharon Ling direkt hinter ihnen, die anderen drei Mannschaftsmitglieder unten im Mitteldeck. Alle in sitzender Position auf dem Rücken, um den brutalen Effekt der G-Kräfte bei Start und Aufstieg zu reduzieren. Sie selbst war zwar nie raumkrank geworden, doch wußte Ann, daß alle Astronauten langsam absorbierbare Miocellulose-Pflaster hinter dem rechten Ohr trugen, um Erleichterung bei potentiell schwächenden Symptomen zu schaffen, die durch Beschleunigung und eine Umgebung von Mikrogravität hervorgerufen werden konnten.

Ja, in ihrer Vorstellung, in ihrem Herzen war sie mit

ihnen im Raumschiff, direkt vor Ort, und fühlte, was bei jeder Etappe in ihnen vorging.

Noch fünf Minuten bis zum Start.

Annie achtete auf die Stimmen aus ihrem Kopfhörer.

»... Kontrolle, *Orion* hier. Stützaggregate werden warm«, sagte Jim gerade. »Zieltemperatur grün bei eins und zwei, jetzt kommt drei, *over*.«

»Verstanden, weitermachen, *over*«, antwortete der Kontrollingenieur.

»Okay, jetzt haben wir alle drei. Brummen vor sich hin.«

»Verstanden, *Orion*. Hervorragend.«

Annie fühlte ihre Aufregung wachsen. Was sie gerade gehört hatte, sagte ihr, daß die mit Hydrazin-Treibstoffzellen angetriebenen Zusatzaggregate, die die Hauptaggregate der Weltraumfähre, die sogenannten SSMEs, beim Aufstieg unterstützten, in Betrieb waren und normal funktionierten.

Gleich waren sie soweit.

Sie hörte weiter zu, während die Raumfähre auf Eigenenergieversorgung geschaltet und der Außentank unter Druck gesetzt wurde. Neben ihr starrte Gordian fasziniert aus den massiven Fenstern, die zur Rampe hinausgingen. Jetzt sprachen nur noch die Kontrollingenieure; so kurz vor Start verlangten die Verhaltensprotokolle des Mission Control Center totale Stille von allen, die nicht direkt an den Startkommunikationen beteiligt waren. Diese Regeln wurden strikt eingehalten, obwohl Annie vermutete, daß die überwältigende Aufregung des Augenblicks sie auch ohne Protokoll in die Sprachlosigkeit gezwungen hätte.

Zwei Minuten vor dem Start erklärte der leitende Kontrollingenieur, daß alles zum Abheben bereit sei, und Annie fühlte, wie das erwartungsvolle Kribbeln, das in ihren Fingerspitzen begonnen hatte, sich rasend auf ihren gesamten Körper ausdehnte.

Sie erinnerte sich später daran, wie sie die Anzeige des Countdown auf ihrem Computer bei exakt sechs Sekunden vor dem Start überprüft hatte – zu einem Zeitpunkt, an dem die Zündung der drei Haupttriebwerke der *Orion* mit Halbsekundenabstand erfolgen sollte, in einer Sequenz, die von den an Bord der Raumfähre befindlichen Computern gesteuert wurde.

Statt dessen war dies exakt der Zeitpunkt, von dem an alles schiefging.

Schrecklich und unvergeßlich schiefging.

Von dem Augenblick an, in dem Annie die ersten Anzeichen von Schwierigkeiten über ihren Kopfhörer vernahm, bis hin zu den tragischen letzten Momenten der Katastrophe schien sich alles mit irrsinniger Geschwindigkeit noch zu verschlimmern, wobei sich in ihrem Innersten ein perplexer, traumähnlicher Unglaube ausbreitete, der sie in gewisser, segensreicher Weise vor der vollen Wucht des Schreckens schützte, so daß sie einer Situation standhielt, die sie sonst wohl überwältigt hätte.

»Kontrolle ... ich sehe bei Haupttriebwerk Nummer drei ein rotes Licht.« Das war Jims eindringliche Stimme. Sofort darauf hörte Annie im Hintergrund ein anderes Geräusch, den durchdringend schrillen Ton des Hauptalarms. »Wir haben ein heißes Triebwerk ... Der Druck beim Flüssigwasserstoff fällt ... Rauchdetektoren aktiviert ... wir haben Rauch in der Kabine ...«

Eine Schockwelle raste durch den Kontrollraum. Annies Blick heftete sich auf die Videoleinwand, und in einer instinktiven Reflexbewegung ballte sie die Hände zu Fäusten. Als sie auf die Leinwand schaute, war ein unerklärlicher, gleißender Blitz oberhalb der Düsen der Hauptaggregate der *Orion* hervorgeschossen.

Der Kontrollingenieur versuchte krampfhaft, Ruhe zu bewahren. »Wir brechen sofort ab, verstanden? Sofort die Raumkapsel verlassen!«

»In Ordnung ...«, keuchte Jim. »Ich – wir ... nicht zu erkennen ...«

»Jim, der Weiße Raum ist wieder in Position, alle so schnell wie möglich raus!«

Annie mußte schlucken. Im Laufe ihrer aktiven Astronautenjahre hatte sie die Notevakuierung oft trainiert und kannte den Ablauf haargenau. Der »Weiße Raum«, eine kleine Schutzkammer, befand sich am Ende des Armes für den Astronautenzugang, der vom Serviceturm bis hin zur Einstiegsluke der *Orion* reichte. Der Arm mit dem Weißen Raum war kurz nach der zehnminütigen Unterbrechung des Countdowns zurückgezogen worden, doch inzwischen befand er sich wieder an seinem ursprünglichen Platz. Eigentlich sollte die Mannschaft nach den festgelegten Schritten des oft geübten Abbruchs die Raumkapsel durch die Luke verlassen, dann schnell über den Zugangsarm zu einer Plattform auf der gegenüberliegenden Seite des Turmes laufen, wo fünf straff gespannte Gleitkabel zu einem unterirdischen Bunker in vierhundert Meter Entfernung führten. Jedes dieser Kabel trug einen Stahlkorb, der groß genug für zwei oder drei Astronauten war, und der sie zu einem Auffangnetz aus Nylon am anderen Ende befördern würde.

Aber erst ... Erst einmal mußten sie die Körbe erreichen.

Auf der Videoleinwand sah Annie von den Haupttriebwerken Flammen in grellen gelbweißen Stößen hervorbrechen. Ölige schwarze Rauchfahnen umhüllten die Rampe und trieben nach oben in Richtung auf das Heck und die Flügelverkleidungen der Raumkapsel. Die glühenden Flammen waren heiß, und sie wurden ständig heißer. Annie glaubte zwar, die Thermoschutzschilde der *Orion* würden verhindern, daß die Außenverkabelung Feuer fing, doch die Hitze und der Rauch in den Kabinen wären tödlich für die Besatzung.

Und wenn sich der Treibstoff im Außentank oder in den Feststoffantriebsraketen entzünden sollte …

Aber sie ließ nicht zu, daß ihre Gedanken in diese Richtung rasten. Mit immer noch fest geballten Fäusten saß Annie verkrampft in ihrem Sessel und starrte gebannt auf den großen Videomonitor. Die Funkverbindung zwischen Jim und dem Mission Control Center war abgebrochen, und es gelang ihr kaum, irgend etwas von der konfusen, aufgeregten Diskussion der Kontrollingenieure in ihrem Kopfhörer zu verstehen.

Mach schon, dachte sie. Den Blick starr auf die Leinwand gerichtet, wartete sie darauf, die Mannschaft aus dem Raumschiff auftauchen zu sehen. Wo seid ihr?

Dann glaubte sie plötzlich, mehrere Figuren auf der geländerumgebenen Plattform westlich der Servicestruktur erkennen zu können – die Seite, auf der sich die Fluchtkörbe befanden. Doch die Entfernung der Videokameras von der Rampe und die dunklen Rauchschwaden erschwerten die sichere und sofortige Gewißheit.

Annie starrte und wartete, die Augen auf die Leinwand geheftet, ohne auch nur eine Sekunde den Blick abzuwenden.

Gerade war sie zu der Überzeugung gelangt, daß sie wirklich die Mannschaft der *Orion*, oder zumindest einige Mitglieder der Mannschaft, entdeckt hatte, als die erste Explosion die Servicestruktur mit einer solchen Gewalt erschütterte, daß die Fenster des Mission Control Center erbebten. Annie schien diesen Laut mehr zu fühlen als zu hören. Sie fühlte ihn wie einen üblen, schrecklichen Schlag in ihren Knochen, sie fühlte ihn in den Tiefen ihrer Seele, als ein riesiger Feuerstoß sich vom Heck der Raumkapsel löste und nach oben leckte. Das Feuer umschlang die gesamte untere Hälfte des Stapels.

Sie fuhr in ihrem Sitz nach vorn und formte mit den

Lippen ein Gebet an alle Götter, die ihr Gehör schenken mochten. Gleichzeitig sah sie die winzigen menschlichen Figuren auf dem Turm in die Rettungskörbe stürzen, während die Flammen hinter ihnen wie massive Säulen nach oben ragten. Sie konnte die Astronauten nicht einzeln ausmachen, konnte nicht einmal sicher sein, wie viele von ihnen sich auf der Plattform befanden. Aus ihrer Perspektive waren sie kaum größer als Insekten.

Die Wasserdüsen über der Rampe waren aktiviert worden und überfluteten sie mit Wasser. Durch die aufsteigenden Wolken von Dampf und Rauch konnte Annie einen langen, unerträglichen Moment lang überhaupt nichts mehr erkennen ... nichts außer der schrecklichen Grelle des unersättlich um das Raumschiff wütenden Feuers.

Und dann startete einer der Rettungskörbe. Er raste in einem Bogen mit wahnsinniger Geschwindigkeit auf den Boden zu, sich immer weiter vom Turm entfernend, als sich bereits im nächsten Augenblick gezackte Flammen um dessen Metallstruktur rankten und gierig die Plattform peitschten. Vor Schrecken versteinert sah Annie immer noch Mannschaftsmitglieder auf der Plattform; ihre Körper zeichneten sich vor dem Hintergrund der flackernden Ausläufer der Flammen deutlich ab. Und dann startete ein zweiter Rettungskorb; am Kabel glitt er etwa zehn oder 15 Sekunden nach dem ersten Korb nach unten – eine Verspätung, die bei Trainingsabbrüchen unannehmbar gewesen wäre. Annie wunderte sich kurz, schob aber ihre Gedanken von sich, bevor sie Gelegenheit hatten, sich weiter zu entfalten.

Trotzdem hatte sie gesehen, was sie gesehen hatte ... Später würde sie darüber nachdenken, daß die Gedanken, die man am heftigsten aus dem Kopf herauszuhalten suchte, manchmal diejenigen waren, die sich am tiefsten festsetzten und dann mit der Hartnäckigkeit rastloser Geister verweilten.

Die nächsten Minuten waren eine einzige Qual. Genau wie alle übrigen Personen im Saal konnte sie nichts anderes tun als darauf zu warten, daß die Astronauten die Verbindung vom Bunker aus wieder aufnahmen. Zu warten und auf den Monitor zu starren und zu versuchen, nicht dem Wahnsinn dessen zu verfallen, was sie gerade hatte mitansehen müssen.

Im Saal herrschte totale Stille. Eine lange Stille.

Annie nagte an ihrer Unterlippe.

Schließlich hörte sie eine aufgeregte Stimme in ihrem Kopfhörer.

»Startkontrolle, hier spricht Everett. Der zweite Korb ist unten, und ich glaube, wir haben es alle ...«

Er brach die Verbindung abrupt ab.

Annie saß bewegungslos, während ihr Herz in ihrer Brust hämmerte. Sie wußte nicht, was vor sich ging, wußte nicht einmal, was sie selbst fühlte. Die Erleichterung, die sie zuerst beim Vernehmen von Lees Stimme verspürt hatte, wurde plötzlich von tiefer Verzweiflung überschattet. Warum hatte er nicht weitergesprochen?

Der Kontrollingenieur rief ihn jetzt. »Lee? Lee, wir können Sie hören, was ist los?«

Noch eine unerträgliche Weile totaler Stille. Dann konnte man Everett wieder hören, mit Verzweiflung in der Stimme, wie er fast außer sich stammelte: »O Gott, Gott ... wo ist Jim? Wo ist Jim? Wo ist ...?«

Annie konnte sich später an wenig erinnern, was in den folgenden Augenblicken geschah, außer an ein Gefühl völliger Hilflosigkeit, als ob die Welt sich um sie schließen, sie hineinziehen würde in ein luftloses, schrumpfendes Loch.

Und noch etwas anderes setzte sich in ihrem Gedächtnis fest.

Irgendwann hatte sie zu Roger Gordian hinübergesehen. Mit fahlem Gesicht und irgendwie eingefallener Haltung sah er aus, als wäre er mit großer Gewalt in seinen Sessel zurückgeschleudert worden. Und der leere, verlorene Ausdruck in seinen Augen, nachdem er Lees verzweifelte Frage gehört hatte …

Es war ein Blick, der Annie zeigte, daß er die Antwort ebenso gut kannte wie sie, ebenso gut wie jeder andere in diesem Raum.

Colonel Jim Rowland …

Jim …

Jim war nicht mehr.

2.

Verschiedene Schauplätze
17. April 2001

17 Uhr Eastern Standard Time

Sie hatten den internationalen Privatflughafen von Portland in einem gemieteten Chevrolet verlassen, der schon bessere Tage gesehen hatte, und nahmen den Maine Turnpike, die Hauptverbindung nach Norden, fast zweihundert Kilometer bis Gardiner, wo dieser Highway sich mit dem Interstate-Highway vereinigte, der sich an Bangor vorbei zur kanadischen Grenze schlängelt. Der Verkehr war seit Passieren der Ausfahrten Bath-Brunswick immer dünner geworden, und inzwischen kam ihnen kaum noch ein Wagen entgegen. Sie waren die einzigen weit und breit. Die Landstraße war auf beiden Seiten von einer Vielzahl immergrüner Nadelhölzer und diversen, nach dem langen, harten Winter in New England nackt dastehenden Laubbäumen gesäumt.

Die Mautstation war unbesetzt, ohne Barrikade oder Überwachungskamera, und ein Korb nahm die vorgeschriebenen fünfzig Cents, oder was immer das Gewissen des Fahrers für angemessen hielt, in Empfang.

Pete Nimec fischte zwei Münzen aus seiner Tasche und warf sie hinein.

»Vierteldollarmünzen?« fragte Megan Breen vom Beifahrersitz. Es waren ihre ersten Worte nach fast einer geschlagenen Stunde. »Hätte nie geglaubt, daß Sie so ein braver Junge sind.«

Durch seine dunkle Sonnenbrille schaute er zu ihr hinüber, den Fuß noch leicht auf der Bremse.

»Sie sollten genauer hinsehen«, entgegnete er. »Das waren kanadische Münzen, die mir ein Mautbeamter bei meinem letzten Besuch in diesem Bundesstaat angedreht hat. Seitdem habe ich auf diese Gelegenheit gewartet.«

»Wie lange ist das her?«

»Etwa ein Jahr.«

Nimec fuhr weiter. Ungefähr 25 Kilometer nach der Mautstation bog er an der Ausfahrt nach Augusta rechts ab, hielt an einer Tankstelle und fuhr dann weiter. Die Straße führte an mitgenommen aussehenden kleinen Einkaufszentren vorbei, dann nach einigen Verkehrskreiseln auf die Route 3, die zweispurig in langen Wellen über die Hügel nach Osten in Richtung Küste verläuft.

Neben ihm sah Megan aus dem Fenster und verfiel wieder in ihr sorgenvolles Schweigen. Eine dichte graue Wolkendecke bedeckte den Himmel, und der Wind wurde immer aggressiver, je näher sie der Küste kamen. Er pfiff an den Seiten des Wagens entlang, wirbelte ins Wageninnere durch unsichtbare Spalten zwischen Türen und Rahmen, blies kalte Strömungen über das Armaturenbrett, bis die Heizung einer Niederlage nahe war. Zwischen langen Abschnitten immer gleicher

Waldlandschaft tauchten wiederholt Tankstellen und Gebrauchtwarenhändler auf, und wieder neue Tankstellen und Gebrauchtwarenhändler, bei denen selten ein Kunde zu sehen war, und die Bilder wiederholten sich mit stagnierender Monotonie, die endlos schien. Meg hätte ohne große Schwierigkeiten daran glauben können, daß die achtlos angehäuften Spülen und Fahrräder und Formicaplatten und Teller und Gartenharken und Nippsachen, die in Hütten und Campingwagen entlang der Straße verhökert wurden, sich hier seit Jahrzehnten anhäuften und ihren Ort niemals verließen.

Fröstelnd zog sie den Kragen ihrer schwarzen Lederjacke höher. Dazu trug sie Jeans und schwarze Halbstiefel. Ihr dickes rotbraunes Haar hatte sie zu einem Pferdeschwanz straff zurückgebürstet und unter einer Armeekappe gebändigt.

Nimec fand, daß sie um die Augen herum ungewöhnlich müde aussah.

»Möchte mal wissen, wer diesen Schrott hier noch kauft«, sagte sie.

»Das weiß ich auch nicht«, erwiderte er. »Aber vergessen Sie nicht, daß in diesem Teil des Landes alles ein Nachleben hat, einschließlich der toten Dinge.«

»Hört sich sehr pietätslos an.«

Er zuckte mit den Schultern. »Einige nennen es die Genügsamkeit der Yankees.«

Sie schenkte ihm ein schwaches Lächeln, beugte sich vor und schaltete das Radio ein, aber der Bostoner Nachrichtensender, den sie zu Anfang der Fahrt eingestellt hatte, war inzwischen schwach und unverständlich geworden. Nachdem sie fast eine Minute lang den atmosphärischen Störungen gelauscht hatte, schaltete sie das Radio aus und lehnte sich wieder zurück.

»Nichts«, bemerkte sie.

»Vielleicht besser für Sie.«

Sie schaute ihn an. »Was soll denn das heißen?«

»Wir haben die Schlagzeilen in den Zeitungen am Flughafen gelesen, und wir haben die neuesten Mitteilungen im Radio gehört, als wir aus Portland herausgefahren sind«, entgegnete Nimec. »Ich bin genauso begierig darauf, Neuigkeiten von der Untersuchung der *Orion*-Tragödie zu hören wie Sie oder sonst irgend jemand. Aber man kommt an den Punkt, wo man weiß, daß für eine Weile nichts geschehen wird, und man läßt sich von den Medien nur immer wieder die gleichen Nachrichten um die Ohren schlagen, die bereits tausendmal gemeldet wurden.«

»Ich bin doch keine Masochistin, Pete.«

»Das wollte ich damit auch nicht sagen. Aber trotzdem glaube ich immer noch, daß es besser gewesen wäre, wenn Sie diese Reise ein wenig später angetreten hätten ...«

»Wir hatten eine Vereinbarung. Sie zeigen mir Ihren, ich zeige Ihnen meinen.«

»Nette Art, es zu formulieren«, entgegnete er. »Trotzdem haben Sie ein paar harte Tage hinter sich.«

Megan schüttelte den Kopf. »Hart ist, was den Astronauten der Raumkapsel zugestoßen ist. Jim Rowland und seiner Familie. Ich will nur den Grund erfahren, warum es geschehen ist«, sagte sie. »Früher habe ich nie verstanden, zumindest nicht vollständig, nicht tief in meinem Innern, warum es fast immer wichtig für die Angehörigen der Opfer von Flugzeugabstürzen ist, die genauen und minutiösen Details des Unglücks zu erfahren ... ob das Triebwerk versagt hat, ob es andere Probleme gab, ob der Pilot geschlampt hat, was auch immer. Manchmal habe ich gedacht, daß das Wissen doch nichts für sie ändert, die Toten nicht zurückholt. Daß es besser wäre, wenn man sie dazu ermutigte, weiterzuleben und die Untersuchung ihren Gang nehmen zu lassen.« Wieder schüttelte sie den Kopf. »Mich stört jetzt, daß ich so verdammt blöd sein konnte.«

Er saß kerzengrade hinter dem Steuer, die Augen auf die Straße geheftet. »Das wird Ihnen nichts bringen. Es ist sehr schwer, sich in die Lage anderer Menschen zu versetzen, wenn es um dermaßen extreme Umstände geht.«

Sie erwiderte nichts. Draußen war die ewig wiederkehrende Sequenz von Tankstellen und heruntergekommenen Läden unterbrochen worden, da sie das staatliche Naturschutzgebiet Lake St. George erreicht hatten. Die bewaldeten Campingplätze erstreckten sich auf den steinigen Hügeln zu ihrer Linken, während sich der See als glatter grauer Spiegel zu ihrer Rechten ausbreitete. Naß und schwer von geschmolzenem Schnee lag ein Teppich heruntergefallener Blätter entlang des zur Straßenseite gewandten Ufers. Der Blätterteppich wirkte dauerhaft und unbeweglich und ließ sich auch von den Störversuchen des Windes in keiner Weise beeindrucken.

»Offensichtlich ist Ihnen Ihre Verabredung ziemlich wichtig«, sagte sie schließlich. »Wichtig genug, um nicht sofort nach Florida zu fliegen.«

Er zuckte mit den Schultern. »Die Bundesbehörde für Luftfahrt und ein halbes Dutzend anderer Bundesbehörden sind bereits vor Ort, außer den von der NASA selbst bereitgestellten Spezialisten. Über seine Kontakte zur NASA versucht Gord außerdem, von UpLink eine eigene Gruppe von Technikern zur Beobachtung zu schicken. Aber ein Unfall auf der Startrampe fällt völlig aus meinem Fachgebiet. In Cape Canaveral würde ich nur im Weg stehen. Hier kann ich wenigstens etwas erreichen. Wir …«

Nimec hielt plötzlich inne und räusperte sich. Fast hätte er gesagt: Wir müssen einen Ersatz für Max finden. Er war froh, daß er rechtzeitig, bevor ihm die Worte entwichen, innegehalten hatte.

Vor seinem vor kurzer Zeit erfolgten Tod war Max

Blackburn nach Nimec der zweite Mann in der Sicherheitsabteilung von UpLink gewesen. Diese Position hatte dazu geführt, daß er allmählich zum auserwählten Problemlöser bei den internationalen Einrichtungen der Firma geworden war, insbesondere an gefährlichen Orten, wo seine Fähigkeiten, sich im Untergrund zu betätigen, manchmal unersetzlich waren. Aber für seine Bereitschaft, um nicht zu sagen äußerste Bereitschaft, ein persönliches Risiko einzugehen, hatte Max einen hohen Preis gezahlt. Er war nicht friedlich im Schlaf verstorben, im Gegenteil, er war lange vor seiner Zeit getötet worden, auf eine Weise, die Nimec immer noch nicht akzeptieren konnte. Er durfte nicht einmal daran denken, welche Qualen Max hatte erleiden müssen. Und in seinem heutigen Bemühen, nicht daran zu denken, hatte er fast die Gerüchte vergessen, daß Blackburn und Megan über kurze Zeit ein intimes Verhältnis hatten.

Vielleicht war ja das Unglück des Raumschiffs, so schrecklich es auch sein mochte, nicht der einzige Grund für ihre Niedergeschlagenheit. Unabhängig davon, wie vorsichtig er versuchte es zu formulieren, oder wie passend es gewesen war, daß beide den Namen Blackburns bisher während der ganzen Reise nicht erwähnt hatten, konnte man trotzdem der Tatsache nicht aus dem Weg gehen, daß die Suche nach jemandem für seine Position der Grund für diese Reise nach Maine war. Nicht nur der Schatten von Colonel Jim Rowland hatte über ihnen gehangen, seit sie San José am Morgen verlassen hatten, sondern auch der von Max Blackburn.

»Wir müssen uns auf unserer Seite absichern«, resümierte Nimec schließlich, seine Worte mit Bedacht wählend. »Diese neuen Roboterwachtposten, die wir am brasilianischen ISS-Werk einsetzen, mögen ja schön und gut sein, aber gut ausgebildete und trainierte Leute bilden die Grundlage für jede Art von Sicherheitsoperation. Wir müssen die Stärke unserer Truppe erhöhen und die Organisationsstrukturen dort unten straffen. Und das sollte eigentlich in doppelter Hinsicht für die Russen in Kasachstan gelten.« Er machte eine Pause. »Ich wünschte nur, Starinow wäre nicht unter so strenger Parlamentsaufsicht, daß er uns im dunkeln tappen läßt. Eigentlich sollte man das Gegenteil erwarten, nachdem wir ihm vor ein paar Jahren den Kopf gerettet haben, aber das hat sich wohl eher nachteilig für uns ausgewirkt. Es scheint, daß seine Regierung es zur Sache des nationalen Stolzes macht, auf sich selbst aufpassen zu können. Typisch russische Paranoia, wenn Sie mich fragen. Die sind auch in zweihundert Jahren noch nicht darüber hinweg, daß Napoleon Moskau eingenommen hat.«

»Als ob wir jemals vergessen werden, daß es einer ihrer Politiker war, der um die Jahrtausendwende befahl, daß der Times Square dem Erdboden gleich gemacht werden sollte.«

»Das kann man nicht vergleichen. Pedaschenko war ein Schurke und ein Landesverräter. Und nach meinen letzten Informationen war Napoleon vielleicht doch kein Amerikaner ...«

Megan hob die Hand. »Einen Moment, Pete. Wir können das Thema später gern noch vertiefen, wenn Sie möchten. Aber Sie haben da vor einem Augenblick etwas gesagt ... Wollten Sie damit den Verdacht andeuten, daß die Explosion in Cape Canaveral kein Unfall war?«

»Nein«, entgegnete er. »Und ich sehe auch gar keinen Grund, dermaßen mißtrauisch zu sein. Aber ich bin gern auf alles vorbereitet.«

»Und Sie sind allen Ernstes der Meinung, daß Tom Ricci die geeignetste Person ist, um die Dinge in den Griff zu bekommen?«

Nimec machte wieder eine Pause, da ihm ihre skeptische Haltung in bezug auf Ricci nicht neu war.

»Ich kann Ihre Vorbehalte voll und ganz verstehen, und ich gebe zu, daß er als Kandidat ein wenig weit hergeholt ist«, sagte er. »Aber Sie sollten kein vorschnelles Urteil fällen. Sehen Sie sich den Mann doch erst einmal an, bevor Sie ihn als Kandidaten für den Job ablehnen.«

Sie runzelte die Stirn. »Pete, ich bin mir sicher, daß Ricci ein guter Mann ist, und wenn ich nicht willens wäre, ihm ein faires Gespräch zu gewähren, dann hätte ich diese Reise erst gar nicht unternommen. Wenn wir allerdings irgend etwas aus unseren Erfahrungen in Rußland oder Malaysia gelernt haben, dann doch sicherlich die Tatsache, daß die internationalen Unternehmen von UpLink uns von einem Tag auf den anderen mitten in unglaublich explosive politische Situationen hineinkatapultieren können. Sowohl Sie als auch Vince Scull haben darauf bestanden, daß wir die Leistungsfähigkeit unserer Sicherheitskräfte erheblich erhöhen müssen, damit wir in der nächsten Krisensituation entsprechend gerüstet sind. Ich stimme Ihnen ganz und gar zu. Aber ich denke, daß jemand mit einem etwas weniger, sagen wir, bunten Vorleben vielleicht besser geeignet wäre, die notwendigen Veränderungen vorzunehmen.«

Jetzt zog Nimec die Augenbrauen zusammen. Ihr Argument hatte er schon mehr als einmal gehört, und er konnte nicht von der Hand weisen, daß gewisse Gründe dafür vorlagen. Aber trotzdem …

Trotzdem was? War er einfach nur störrisch, weil er darauf bestand, daß Ricci, ein ehemaliger Stadtpolizist mit sehr viel Erfahrung, das nötige Zeug dazu besaß, eine weltumspannende Organisation neu zu strukturieren, eine Organisation, die nach Megans Meinung sowohl im Stil als auch in der Größe immer mehr einen militärischen Charakter angenommen hatte?

Erstaunt über seine eigenen Zweifel, ließ Nimec die

Sache zunächst einmal ruhen und konzentrierte sich auf den Highway. Das Naturschutzgebiet um den See lag nun hinter ihnen; in der kleinen Stadt Belfast bog er links von der Route 3 ab, um auf der U.S. 1 weiter nach Norden zu fahren. Er überquerte die Brücke über die Hafeneinlassung und setzte dann die Fahrt an der Küste entlang fort. Hier gab es außer den Gebrauchtwarenhändlern am Straßenrand auch Restaurants und Resorthotels für den Sommer, und die Händler hatten offenbar gewisse Ambitionen, denn ihre bewußt pittoresken Schaufenster und Fassaden richteten sich wohl eher an Touristen als an pfennigfuchsende Einheimische. Die meisten von ihnen hatten das Wort ANTIQUITÄTEN in verschnörkelten Buchstaben auf ihre Fenster gepinselt. Allerdings waren viele wegen des zu Ende gehenden Winters noch geschlossen. Die Hotels, Gasthöfe und Pensionen waren ebenfalls noch mit Latten vernagelt; Schilder in den Vorgärten wünschten Gästen eine frohe und glückliche Weihnacht und luden sie ein, im Frühjahr wiederzukehren.

Auf der Küstenstraße ging es weiter nach Norden. Über einige Kilometer sprachen sie fast gar nicht. Häufig erhaschten sie zwischen den Touristenfallen auf der rechten Straßenseite einen Blick auf die Penobscot Bay, deren Uferlinie sich in steinigen Gürteln und rauhen, vom Wind ausgehöhlten Riffen dahinzog. Die ursprüngliche Wildnis der Landschaft schien eher zu schlafen als der Vergangenheit anzugehören, auf der Stelle fähig zu feindlicher Wiederauferstehung. Ständig spürte man die Nähe des Meeres, unzählige Möwen wirbelten durch die Luft, und das Wasser reflektierte genügend bleiches Sonnenlicht, um die düstere Schwere der Wolkendecke ein wenig aufzuhellen.

»Hier ist es ganz anders als im Hinterland, nicht wahr?« sagte Megan schließlich. »Immer noch ein wenig verlassen, aber, ich weiß nicht recht ...«

»Wunderschön verlassen«, ergänzte Nimec.

»Ja, irgendwie so etwas«, räumte sie ein. »Es gibt hier eine Losgelöstheit vom Rest der Welt, die mich irgendwo verstehen läßt, warum Ricci sich gerade hier versteckt hat. Wenn Sie die Wortwahl nicht übelnehmen.«

»Kein Problem«, erwiderte Nimec. »Genau das hat er schließlich die letzten achtzehn Monate getan.«

Er deutete mit dem Kopf auf ein grünweißes Straßenschild vor ihnen:

ROUTE 175 – BLUE HILL, DEER ISLE, STONINGTON

»Sicht so aus, als wären wir am Ende unseres Ausflugs angelangt«, sagte er. »Noch etwa vierzig Minuten, und Sie werden meinen Freund und ehemaligen Kollegen persönlich kennenlernen.«

Wie es der Zufall wollte, hatte er zwar recht, was den Ausflug anging, doch lag er mit der noch verbleibenden Zeit ihrer Reise ein wenig daneben. Denn bereits zehn Minuten später hatte Megan Gelegenheit, Tom Ricci kennenzulernen ... ebenso wie den örtlichen Sheriff und seinen Stellvertreter.

Für keinen von ihnen handelte es sich dabei um ein angenehmes Zusammentreffen. Und Megan sollte es so schnell nicht vergessen.

15 Uhr Pacific Standard Time

Für Nordstrum war es immer wieder faszinierend, daß Roger Gordian, der aus der Öffnung und Veränderung der Welt durch Telekommunikationstechnologien einen regelrechten Kreuzzug gemacht hatte, sich selbst so selten der Welt gegenüber öffnete, und gleichzeitig verschlossener und unveränderlicher war als alle seine übrigen Freunde und Bekannten. Aber diese Art von

Widerspruch schien bei Männern mit großen Leistungen durchaus an der Tagesordnung zu sein, als ob sie durch die Kanalisierung riesiger Energiemengen nach außen zum Erreichen ihrer hochgesteckten öffentlichen Ziele genau die Reserven aufbrauchten, die normale Menschen für ihr Privatleben nutzten.

Oder ich spinne den Faden einfach zu weit, und Gord mag einfach nur seine alten Möbel gern, dachte Nordstrum, als er Gordians Büro betrat.

Er blieb auf der Schwelle stehen, blickte sich in aller Ruhe um und verglich den Anblick, den der Raum jetzt bot, mit seinem Erscheinungsbild vor zehn Jahren, vor einem Jahr, oder im letzten Herbst, als er ihn das letzte Mal betreten hatte. Ohne Überraschung stellte er fest, daß alles noch exakt genauso aussah – und sich in demselben Zustand befand – wie immer. Der Ort war Zeugnis und Beispiel für sorgfältige Pflege und gründliche Instandhaltung. Im Laufe der Jahre war Gordians Schreibtisch poliert, sein Stuhl neu gepolstert, die Füllfederhalter auf seiner Schreibunterlage waren gefüllt worden, aber man hatte es vermieden, diese Dinge zu ersetzen.

»Alex, danke für Ihr Kommen.« Gordian kam hinter seinem Schreibtisch hervor. »Es ist schon eine Weile her.«

»Gord und Nord, wieder vereint für eine außergewöhnliche Benefiz-Show«, entgegnete er. »Wie geht es Ashley und den Kindern?«

»Recht gut«, erwiderte Gordian. Er zögerte. »Julia ist für eine Weile wieder zu uns nach Hause gezogen. Persönliche Gründe.«

Nordstrum warf ihm einen bedeutungsvollen Blick zu. »Hat sie den Ehemann dabei?«

Gordian schüttelte den Kopf.

»Die Hunde?«

»Die liegen in diesem Augenblick wahrscheinlich gerade auf meinem Sofa und schlafen«, sagte Gordian. Dann bot er Nordstrum einen Sessel an.

Aus, dachte Nordstrum. Ende des Themas.

Sie saßen sich gegenüber, den Schreibtisch zwischen sich. Natürlich gab es hier eine Aura der bodenständigen Konsistenz und Verläßlichkeit, die gerade auf Nordstrum beeindruckend und beruhigend wirkte. Er selbst hatte seine tschechische Heimat, eine Kabinettsernennung im Weißen Haus, ein Luxusappartement in Washington, D.C., Besitztümer, Geliebte und zuletzt seine vielversprechende Karriere mit einer Leichtigkeit hinter sich gelassen, die an die Tanzschritte von Fred Astaire erinnerte. Die Zeit war nicht etwa stehengeblieben – Gordians Haare waren ein wenig grauer und schütterer als beim letzten Zusammentreffen, seine ehemals schmächtige Sekretärin war etwas fülliger um die Hüften geworden. Immerhin war es beiden gelungen, bei der Bekleidung halbwegs mit der Mode zu gehen. Aber trotz Wind und Wetter blieb Gordians Büro doch immer Gordians Büro.

»So«, sagte Gordian. »Wie bekommt Ihnen die zeitweilige Pensionierung?«

Nordstrum hob die Augenbrauen. »Zeitweilig? Sie sollten Ihre Quellen noch mal überprüfen.«

»Das haben Sie wie ein echter Journalist gesagt«, entgegnete Gordian. »Alex, Sie sind unter Fünfzig und einer der kompetentesten und erfahrensten Männer, die ich kenne. Ich würde einfach annehmen, daß Sie irgendwann wieder an die Arbeit gehen wollen.«

»Die Komplimente will ich gar nicht zurückweisen. Trotzdem ist es eine Tatsache, daß ich nach dem Konflikt um die Verschlüsselungstechnologie, einem Entführungsversuch an Bord eines Atom-U-Boots und der so rigorosen Verbannung aus dem Weißen Haus, daß das Gartenpersonal mich mit Heckenscheren bedroht, wenn ich zu nahe komme, wirklich keinerlei Bedürfnis verspüre, mein beschauliches häusliches Dasein wieder aufzugeben.«

Gordian schwieg eine Weile. Durch das Fenster hinter ihm sah man Mount Hamilton, der sich hoch über die Stadtlandschaft von San José in die Höhe reckte, und der auf diese Weise die Atmosphäre gutwilliger, jedoch unerreichbarer Dauer über die Begrenzung dieses Raumes ausdehnte.

»Ich habe erfahren, daß Sie beim Start der Raumkapsel in Cape Canaveral waren«, sagte Nordstrum schließlich. »Wollte mir alles auf CNN ansehen.« Er schüttelte den Kopf. »Eine gottverdammte Tragödie.«

Gordian nickte. »Unmöglich, so etwas jemals zu vergessen«, erwiderte er. »Das Gefühl von Verlust ... von persönlicher Trauer im Mission Control Center kann man einfach nicht beschreiben.«

Nordstrum sah ihn an. »Ich nehme an, Sie haben sich wegen *Orion* mit mir in Verbindung gesetzt.«

Gordian schaute ihm in die Augen und nickte langsam. »Zuerst habe ich mir deshalb einige Gedanken gemacht«, erwiderte er. »Wenn ich auch Ihren Wunsch respektiere, sich aus der Angelegenheit herauszuhalten, so könnte ich doch gerade jetzt Ihren Rat brauchen.«

»Jedesmal, wenn ich glaube, ich bin draußen, ziehen Sie mich wieder hinein«, entgegnete Nordstrum.

Gordian schenkte ihm ein schwaches Lächeln. »Vielen Dank, daß Sie mir nicht die gesamte Rolle von Al Pacino vorspielen.«

»Gern geschehen.«

Wieder entstand eine Pause. Gordian legte die Fingerspitzen auf dem Schreibtisch aneinander, sah auf sie hinunter, und schließlich richtete er seinen Blick wieder auf Nordstrum.

»Sie haben in den achtziger Jahren eine Analyse der *Challenger*-Tragödie für *Time*-Magazin geschrieben, noch bevor wir uns kennenlernten«, sagte er. »Diesen Artikel werde ich nie vergessen.«

»Und ich wußte nicht einmal, daß Sie ihn überhaupt gelesen hatten«, erwiderte Nordstrum erstaunt. Auf seiner Stirn stand eine Falte. »Das war mein erster wichtiger und großer Artikel. Wenn ich mich recht erinnere, haben wir uns etwa ein oder zwei Monate später kennengelernt.«

»Bei einer Cocktailparty in Washington, veranstaltet von einem unserer gemeinsamen Bekannten«, warf Gordian ein.

»Zufall?«

Nordstrum wartete.

Gordian gab keine Antwort.

Nordstrum seufzte und gab es auf.

»Nach dem *Challenger*-Unglück verkündete die Presse fast einstimmig, daß die NASA und das Raumfahrtprogramm am Ende seien«, sagte er. »Ich kann mich noch an das nicht enden wollende Gejammer erinnern, daß nun eine ganze Generation von Kindern dauerhafte emotionale Narben erlitten hätte, weil die Explosion im Fernsehen gezeigt wurde. Es gab unzählige Vergleiche zwischen diesem Ereignis und der Ermordung von John F. Kennedy. Und Voraussagen, daß wir uns nie wieder davon erholen und nie wieder den Mut aufbringen würden, in den Weltraum zu fliegen.«

»Sie haben sich damals vehement gegen diese Vorstellung gewehrt.«

»Ja, und zwar aus einer Reihe von Gründen«, entgegnete Nordstrum. »Man hat zugelassen, daß ein schrecklicher Unfall als hübsche Mischung aus Volksseele und Sensationslust für die Abendnachrichten und die Talkshows verpackt wurde. Menschliche Belastungsfähigkeit und Ausdauer wurden völlig ignoriert. Man tat so, als ob wir von äußeren Kräften, die sich unserer Kontrolle entziehen, gezwungen wären, auf eine bestimmte Weise zu handeln. Noch schlimmer, es wurde so dargestellt, als ob ein Versagen etwas Gottgegebenes wäre, und dann wurden wir der Verantwortung enthoben, indem eine fiktive, simplifizierte Erklärung von Ursache und Wirkung dieses Versagens verbreitet wurde. ›Gib nicht mir die Schuld, sondern meinen psychologischen Problemen.‹ Meiner Meinung nach gibt es nichts, was irreführender und demoralisierender ist.«

Gordian schaute ihn an. »Jetzt sehen Sie, warum ich Sie hier vermisse, Alex«, sagte er.

Nordstrum lächelte ein wenig. »Geben Sie mir ein Rednerpult, dann bekommen Sie solche Ergebnisse«, erwiderte er nach einer Weile. »Auf jeden Fall habe ich in meinem Artikel unterstrichen, daß Gründe und Symptome völlig durcheinandergeworfen würden, wenn man der *Challenger*-Tragödie die Schuld für den Verlust des öffentlichen Vertrauens in die NASA gäbe. Natürlich haben wir alle um die Astronauten getrauert, die in dem Raumschiff umgekommen sind, aber der angekratzte Ruf der Raumfahrtbehörde nach dem Unfall war nicht das Resultat einen nationalen Traumas. Es war eine Konsequenz von institutionellen Schwierigkeiten, die sich schon eine ganze Weile angebahnt und zusammengebraut hatten, und dem häßlichen Spiel, das begann, als die Rogers-Kommission und später der Augustine-Bericht diese Dinge ans Licht brachten.«

»Mit dem abschließenden Urteil, daß die interne Bürokratie der NASA so umfangreich geworden war, daß es zwischen der Leitung der Behörde und den Prozessen, die zu Entscheidungen führten, keine Harmonie mehr gab«, warf Gordian ein. »Jeder Manager war zum Herrn seines eigenen Königreiches geworden, und die Fehden untereinander hatten dazu geführt, daß lebenswichtige Kommunikationsabläufe zusammenbrachen.«

»Das ist die knappe Zusammenfassung, ja. Dennoch fehlt dabei sehr viel von den Dingen, die wirklich beunruhigend sind. Informationen über die Schwäche des tankabdichtenden O-Rings und andere potentielle Startrisiken wurden nicht veröffentlicht – ganz bewußt und in voller Absicht nicht veröffentlicht –, weil diese Manager mehr auf ihre eigenen, miteinander konkurrierenden Interessen bedacht waren als auf irgend etwas anderes. Finanzielle Engpässe, politischer Druck und Produktionsfristen veranlaßten Beamte der Raumfahrtbehörde dazu, die strengen Sicherheitsvorkehrungen ein wenig zu lockern.

Viele Leute hatten sich vor dem Start Sorgen gemacht, aber keiner wollte derjenige sein, der aufstand und die Entscheidung vertagte. Sie wollten nicht einmal bewußt die Astronauten einem höheren Risiko aussetzen; sie unterlagen einfach einer Art von Gruppendenken der Behörde, das sie immer mehr dahingehend konditionierte, daß sie die Risiken als weniger bedeutend wahrnahmen, als sie es offensichtlich waren. Mit jedem neuen Start setzten sie mehr aufs Spiel; sie redeten sich ein, daß ihr Glück andauern und alles gutgehen würde. Sie begingen ihre Fehler mit weit geöffneten Augen.«

Während Nordstrum sprach, hatte Gordian ihm ruhig zugesehen. Jetzt kreuzte er seine Arme auf dem Schreibtisch und lehnte sich nach vorn.

»Alex, mit *Orion* ist alles ganz anders«, sagte er. »Die Raumfahrtbehörde ist heute eine völlig neue Organisation. Strukturierter und zielbewußter. Wesentlich transparenter bei den internen Operationen. Der Qualitätsstandard ist wiederhergestellt worden. Ich hätte niemals die Ressourcen von UpLink in den Dienst der Internationalen Raumstation gestellt, wenn man mir das nicht klar bewiesen hätte.«

Nordstrum war in Gedanken versunken. »Gord, vielleicht sind Sie persönlich davon überzeugt«, sagte er schließlich. »Aber das Vertrauen, das die NASA damals während der Jahre von *Mercury* und *Apollo* in der

Öffentlichkeit aufgebaut hat, ist fast verbraucht. Die Menschen in Amerika zu überzeugen, das wird das Problem sein.«

»Sie hören sich nicht besonders zuversichtlich an.«

Nordstrum atmete hörbar aus. »Der Unfall verunsichert selbst diejenigen unter uns, die fest an die Weltraumforschung glauben. Und selbst vor *Orion* waren bereits sehr viele Steuerzahler, vielleicht sogar die Mehrheit unter ihnen, der Meinung, daß das gesamte Programm eine irrsinnige Verschwendung ihres Geldes darstellt. Für die Kritiker ist eine Internationale Raumstation im Wert von vierzig Milliarden Dollar, wobei noch Hunderte von Millionen hinzukommen, um den Russen auf die Sprünge zu helfen – da sie ihren Anteil trotz Starinows gegenteiliger Beteuerungen nicht zahlen konnten –, das Paradebeispiel für diese Verschwendung. Sie haben keinerlei praktischen Nutzen entdeckt, und bisher ist es niemandem gelungen, sie eines Besseren zu belehren. Und jetzt, nach dem Tod von Colonel Rowland …« Er spreizte seine Finger. »Ich wollte, ich könnte optimistischer sein.«

Gordian lehnte sich noch etwas weiter über den Schreibtisch. »Okay«, sagte er. »Was tun wir jetzt?«

Nordstrum saß für eine Weile ganz still, bevor er schließlich zu einer Antwort ansetzte. »Ich bin nicht mehr Ihr bezahlter Berater. Und schreibe auch nicht für eine Zeitung. Im Moment kann ich nur zu Ihnen sprechen als jemand, der die Aktivitäten der Regierung und der Großindustrie verfolgt wie viele andere Bürger in diesem Lande auch, von außen durch verhangene Fenster, und vielleicht ist das im Moment eine gute Perspektive, da ich auf diese Weise leichter die Stimme des Volkes sein kann.«

Er legte eine Pause ein. »Überzeugen Sie die Leute, überzeugen Sie mich, daß bei der Untersuchung des *Orion*-Unfalls völlig unabhängig und schonungslos verfahren wird. Mir liegt nicht daran, von einem ausweichenden Pressesprecher von den Fortschritten der Untersuchung zu hören, der glaubt, daß es seine wichtigste Aufgabe ist, die Fakten publikumsgerecht aufzubereiten, um mich abzufertigen, während diejenigen, die Bescheid wissen, insgeheim ihren Aktivitäten nachgehen. Beim Gedanken an diese Typen wird mir schlecht, und sobald sie auf meinem Fernsehschirm auftauchen, werde ich schnellstens den Sender wechseln. Sollte etwas zutage kommen, das schmerzt, dann soll es in Gottes Namen schmerzen. Ein einziges Mal, nur dieses eine Mal möchte ich reinen Wein eingeschenkt bekommen, und zwar von jemandem, dem ich vertraue.«

Er verstummte und blickte aus dem Fenster, hinüber zur massiven Steigung des Mount Hamilton.

Die Stille dauerte eine Weile an.

Schließlich nahm Gordian seine Arme vom Schreibtisch und lehnte sich so langsam in seinem Sessel zurück, daß Nordstrum jedes einzelne Knarren des polierten Leders vernahm. »Sonst noch etwas?«

»Da Sie schon fragen, ja.« Nordstrum sah auf seine Armbanduhr. »Lassen Sie nicht noch einen Nachrichtenzyklus vorbeigehen, ohne der Presse ein Statement zu geben. Es ist noch Zeit genug, vor Ablauf des Geschäftstages etwas zu verfassen. Vor den Fernsehnachrichten um halb sieben.«

Gordian lächelte leicht. »Eine deutliche Sprache«, sagte er. »Ganz wie in alten Tagen.«

»Mit dem einzigen Unterschied«, entgegnete Nordstrum, »daß ich in den alten Tagen ziemlich gut dafür bezahlt wurde.«

Mit hochmoderner Einsatztechnik und einer Reliquie der Luftfahrt, um sie bis hierher zu bringen, sprangen die zwölf Extremhöhenfallschirmspringer von einer mit schwarzer Tarnfarbe gestrichenen DC-3 ab, die bereits Truppen der Alliierten bei Befreiungsmissionen im Zweiten Weltkrieg befördert hatte.

In diesem Fall handelte es sich um eine völlig andere Mission, ausgeheckt von Männern mit gänzlich anderen Plänen.

Die Propellermaschine war von einer Piste im Pantanal gestartet, einer ausgedehnten Sumpflandschaft in Zentralbrasilien, und hatte sie bis in knapp zwanzig Kilometer Entfernung von ihrer Absprungzone geflogen, ganz in der Nähe der Grenzstadt Cuiabá. Während ein traditioneller Fallschirmsprung vielleicht aus einer Höhe von tausend Metern stattfand, waren diese Männer zehnmal soweit vom Boden entfernt, als sie das Flugzeug verließen. Eine Höhe, in der die Atmosphäre zu dünn war, um menschliches Leben zu ermöglichen, und wo selbst in den Tropen die extreme Kälte den Körper schädigen und die Augenlider zufrieren lassen konnte.

Das Überleben hing aus diesem Grunde von einer Spezialausrüstung ab. Auf dem Rücken ihrer Sprunganzüge befestigte Sauerstoffkanister ermöglichten ihnen die Atmung. Schutzbrillen sorgten dafür, daß sie die Augen selbst im eiskalten, peitschenden Wind aufhalten konnten. Warme Gesichtsmasken und Thermohandschuhe garantierten Schutz vor den schlimmsten Auswirkungen der Kälte, der sie ausgesetzt waren.

Der freie Fall durch den mondbeschienenen Himmel war kurz. Ihre speziell geformten Fallschirme wurden schon wenige Augenblicke nach dem Sprung aktiviert, wobei sie sich von vorn nach hinten entfalteten, dann von der Mitte zu den verstärkten Rändern – eine Reihenfolge, die ihren Einsatz aufsparte, bis sie sich direkt unter dem Rückenwirbel der Propeller befanden und damit den Öffnungsschock soweit wie möglich reduzierten.

Mit luftgefüllten Schirmen fielen die Springer im Gleitflug mit den Händen an den Lenkmasken, bei einer anfänglichen Geschwindigkeit von ungefähr sechs Meter pro Sekunde. Zunächst passierten sie eine dicke Schicht von Cirrocumulus-Wolken, zusammengesetzt aus Wasser und Eis. An ihren Anzügen waren Taschen befestigt, in denen sich ihre Angriffswaffen befanden und die sie in diesem Moment als Sitze benutzten, um ihr Gewicht zu verteilen und etwaigen Abtrieb auszugleichen.

Der erste Springer war ein Mann, der in der Vergangenheit schon auf viele Namen gehört hatte und sich momentan Manuel nannte. Er warf einen kurzen Blick auf den Höhenmesser auf seinem Reserveschirm, überprüfte das auf seiner Brust montierte GPS auf seine genaue Position und gab dann den übrigen Springern ein Zeichen, sich um ihn zu formieren. Auf seinem Rücken leuchtete ein kleiner, blauer Phosphormarker, wie auch bei drei anderen Springern. Weitere vier Springer hatten orangenfarbene Marker, und die übrigen vier trugen gelbe Leuchtzeichen. Die farbigen Markierungen erlaubten es ihnen, in geringem Abstand voneinander durch die pechschwarze Dunkelheit zu gleiten. Außerdem würden sie die Identifizierung erleichtern, wenn sie sich auf dem Boden in separate Gruppen aufteilen würden.

In diesem Augenblick war es lebenswichtig, daß sie auf ihrem langen Überlandflug zusammenblieben. Still ritten sie durch den Nachtwind, glitten immer weiter nach unten in Richtung auf ihr Ziel, wie geflügelte und bösartige Engel des Todes.

3.

Verschiedene Schauplätze
17. APRIL 2001

Aus einem Pressebulletin der *Associated Press*:

Weltraumbehörde und UpLink International verpflichten sich, das Projekt der Internationalen Raumstation trotz Raumschifftragödie fortzuführen

Kennedy Space Center, Cape Canaveral. In einer am späten Nachmittag über den NASA-Pressesprecher Craig Yarborough abgegebenen gemeinsamen Erklärung verkündeten leitende Beamte der Weltraumbehörde zusammen mit Roger Gordian, dessen Unternehmen UpLink International der Hauptzulieferer beim Projekt der Internationalen Raumstation ist, ihre Absicht, die Montage der Raumstation so schnell wie möglich wieder in Angriff zu nehmen. »Wir werden über Verlust und Trauer hinwegzukommen versuchen«, sagte Yarborough zu Beginn seiner Erklärung. Im weiteren Verlauf des Statements kündigte er die Bildung einer Untersuchungskommission an, um den Ursachen der Explosion auf den Grund zu gehen, die grausame Erinnerungen an den *Challenger*-Unfall im Jahre 1986 wachgerufen hat. Damals starben sieben Astronauten in den Flammen, und die Tragödie brachte Amerikas Weltraumprogramm fast zum Erliegen.

Auf die Frage nach der Zusammensetzung des Untersuchungsteams – und offensichtlich in Anbetracht der weitausholenden Kritik gegenüber der NASA nach dem *Challenger*-Unfall – antwortete

Yarborough, daß Männer und Frauen sowohl von seiten der Behörde als auch von außen dazugehören würden, und versprach nähere Einzelheiten hierzu in den nächsten Tagen.

Entsprechend dem vorbereiteten Text der Erklärung wird Mr. Gordian sich ›mit persönlichem Engagement bei der Untersuchung‹ einsetzen und gleichzeitig dafür ›Sorge tragen, daß hierzu auch eine grundlegende Überprüfung der Sicherheitsmaßnahmen an den Produktionsstätten der ISS in Brasilien erfolgt‹, wo die Komponenten der Raumstation unter der Aufsicht von UpLink gefertigt werden.

Gordians Versicherung wird als Indiz gedeutet, daß er kontroverse öffentliche Anklagen von der Art vermeiden möchte, in der sich die NASA und ihre Zulieferfirmen vor 15 Jahren ergingen, nachdem es zu dem tragischen Startversuch von *Challenger* gekommen war.

Als Nimec und Megan den Polizeiwagen entdeckten, parkte er auf den Kieselsteinen des Seitenstreifens, etwa eine Autolänge hinter einem roten Toyota Pickup, und von seinem Dach wurden farbige Lichtstrahlen in die Runde geworfen.

Die beiden Beamten, die offensichtlich mit diesem Fahrzeug gekommen waren, befanden sich in einem Handgemenge mit einem dritten Mann an der Seite des Pickups.

Einer der Gesetzeshüter war um die Vierzig, ziemlich untersetzt und trug die Uniform und das Abzeichen eines Sheriffs von Cumberland County. Der andere Beamte war etwa zwanzig Jahre jünger und vierzig Pfund leichter und hatte eine Uniform und das Abzeichen eines Fischereiinspekteurs des Bundesstaates Maine. Der Zivilist, ein hochgewachsener, dunkelhaariger Mann in einem grünen Lederhemd, einer gelbbraunen Daunenweste, Jeans und Bergstiefeln stand auf dem Asphalt und hielt den Rücken gegen die Fahrertür seines Fahrzeugs gepreßt. Der Inspekteur befand sich zur Hälfte in der Tür; sein Kopf war unter der Lenksäule, sein Körper über den Vordersitz gebogen, und sein Hintern schaute fast komisch aus der Fahrerkabine heraus.

Der Sheriff hatte seine Hand um den Kragen des Fahrers geschlossen und versuchte, ihn von der Tür wegzudrängen, doch dieser wehrte sich heftig, wobei er den Sheriff mit der einen Hand wegschob, während er mit der anderen Hand Schläge auf Kopf und Nacken des Inspekteurs austeilte. Der Polizist hatte unter dem Auge bereits eine offene Schnittwunde. Eine gespiegelte Sonnenbrille lag auf der Straße neben seinen Füßen, ein Glas zersplittert neben dem Rahmen. Wütend schrie er dem Fahrer ins Gesicht, aber weder Pete noch Megan konnten durch die geschlossenen Fenster ihres Chevys verstehen, was er brüllte.

»Was zum Teufel ist hier los?« fragte sie, die Szene durch ihre Seite der Windschutzscheibe verfolgend.

Nimec atmete tief durch und schaltete herunter. »Keine Ahnung«, sagte er. »Aber sehen Sie den Mann im grünen Hemd?«

Sie schaute ihn an, in seinem Gesicht lesend. »Pete, bitte nicht …«

Nimec atmete noch einmal tief. »Tom Ricci«, sagte er.

Sie sah wieder nach draußen und drehte ihr Fenster herunter, um zu versuchen, das Geschrei zu verstehen.

Da er sich nicht in der Lage sah, Ricci vom Wagen wegzuziehen, war der stämmige Sheriff zu neuen Taktiken übergegangen und warf sich mit Wucht gegen ihn, um ihn in den Clinch zu bekommen. Ricci verteidigte standhaft seine Position und erwischte den Sheriff mit zwei schnellen Faustschlägen im Gesicht, gefolgt von einem Kinnhaken mit der Rechten. Der Sheriff kippte auf seinen Absätzen nach hinten, ließ ihn los und versuchte, seinen Hut festzuhalten, der jedoch zu Boden segelte, wo er schließlich umgestülpt neben der zerbrochenen Sonnenbrille landete.

»Du verdammter Hundesohn von einem Flachländer!« schrie er, spuckte Blut und begann von neuem. »Ich sage dir, geh von der Tür weg, oder es wird dir noch schlimmer ergehen, als es dir sowieso schon blüht!«

Ricci sah ihn an, die Hände zu Fäusten geballt. Der in der Tür eingeklemmte Inspekteur bewegte sich ein wenig, und Ricci trat ihn mit seiner Hacke in die Wade. Eine endlose Reihe von Flüchen kam aus dem Wageninneren.

Ricci schien sie überhaupt nicht zu beachten. Genauso wenig, wie auch nur einer der Männer dem Chevrolet Beachtung schenkte, der etwa zehn Meter weiter angehalten hatte.

»Ich habe doch schon erklärt, wie das läuft«, sagte Ricci zum Sheriff. »Ich behalte meinen Fang, dann kann Ihr junger Herr Cobbs seinen Arsch aus der Luft nehmen. Ansonsten bleiben wir bis zum Sankt-Nimmerleins-Tag hier und warten.«

Der Sheriff wischte sich den Mund ab, begutachtete den rötlich gefärbten Speichel auf seiner Hand und spuckte noch einmal aus. »Ganz schön mutig«, erwiderte er mit starrem Blick. »Mir Anweisungen zu geben und dazu noch von mir zu erwarten, daß ich irgendwelches Gewäsch glaube über …«

»Der Fang ist völlig legal, Phipps.«

»Das sagen Sie. Cobbs hat gesehen, wie Sie und Ihr ausgeflippter Helfer weit außerhalb Ihrer Fangzone waren.«

»Über Dex können wir ein anderes Mal sprechen. Sie und Cobbs haben meine Lizenz gesehen.«

»Aber ich habe nicht gesehen, wo Ihr Boot war, oder wo Sie getaucht haben, oder wo Sie aufgetaucht sind, und außerdem gehört das sowieso alles in seinen Zuständigkeitsbereich.« Phipps deutete mit dem Kinn zum Wagen. »Wenn Sie Cobbs jetzt in Ruhe lassen und uns ohne weitere Umstände den Fang überreichen, könnte ich vielleicht davon absehen, Sie wegen Körperverletzung eines Beamten festzunehmen.«

»Von zwei Beamten, Phipps!« schrie Cobbs aus dem Wageninneren. Sein Kopf steckte immer noch unter dem Lenkrad. »Lassen Sie ihn, verdammt noch mal, bloß nicht …«

Ricci trat Cobbs noch einmal mit dem Absatz seines Stiefels, und der Satz endete mit einem schmerzhaften Aufschrei.

Phipps seufzte laut. »Zwei Beamte«, sagte er.

»Zwei korrupte Beamte.«

Phipps runzelte empört die Stirn. »Jetzt ist es aber genug, mehr Scheiße lasse ich mir von Ihnen nicht erzählen«, sagte er, griff mit seiner Hand zum Holster und brachte seine Dienstwaffe zum Vorschein, einen automatischen 45er Colt.

Im Chevy wandte sich Megan an Nimec. »O je«, sagte sie. »Das wird böse enden.«

Nimec nickte und betätigte den Türgriff. »Bleiben Sie auf jeden Fall hier sitzen.«

»Pete, sind Sie sicher, daß es eine gute Idee ist …«

»Nein«, entgegnete er. »Bin ich mir nicht.« Dann öffnete er die Tür mit der Schulter, stieg aus und ging entlang der schmalen Landstraße auf den Pickup zu.

In diesem Moment schien Sheriff Phipps ihn das erste Mal wahrzunehmen – zu spät und voller Erstaunen. Er warf einen schnellen Blick auf Nimec, dann an ihm vorbei auf den parkenden Chevy, wobei er den Lauf der Pistole weiterhin auf Ricci gerichtet hielt, der sich ebenfalls halb zu Nimec umgedreht hatte.

»Sind Sie blind, Mister?« fragte Phipps, ein Auge auf ihn gerichtet, das andere auf Ricci. »Oder haben Sie vielleicht nicht mitbekommen, was hier vor sich geht?«

Nimec zuckte mit den Achseln. »Wir sind Touristen«, sagte er. »Wir haben schon eine ganze Weile zugeschaut.«

Der Sheriff sagte nichts. Noch einmal sah er zum Chevy hinüber, dieses Mal das Nummernschild genauer inspizierend.

»Es ist ein Mietwagen«, erklärte Nimec. Fieberhaft überlegte er, auf welche Weise er Ricci und jetzt auch sich selbst aus dieser verzwickten Lage befreien könnte. Was immer das für eine Lage war.

»Meine Frau und ich sind auf dem Weg nach Stonington«, sagte er. »Da dachte ich mir, ich frage mal, wann wir da wohl ankommen.«

Phipps starrte ihn verwirrt an.

»Sehen Sie«, fuhr Nimec fort, »wir haben zwar in einem Gasthof Zimmer reserviert, aber die Reservierungen gelten nur noch eine halbe Stunde. Und weil wir die ganze Strecke von Portland auf der Route 1 hochgekommen sind …«

»Das ist genau der Weg, den Sie jetzt zurückfahren müssen«, erwiderte Phipps. »Und zwar auf der Stelle.«

Nimec schüttelte den Kopf. »Tut mir leid«, entgegnete er. »Das kann ich nicht tun.«

Phipps schaute ihn ungläubig an. »Was haben Sie gesagt?«

»Das kann ich nicht tun«, wiederholte Nimec. Dabei wußte er, daß er den Beamten nun endgültig verwirrt hatte. »Es gibt sonst keine offenen Gasthöfe mehr. Denn es ist ja noch Nebensaison.«

Bei seinen Worten lief Phipps rot an. Obwohl seine Waffe immer noch auf Ricci gerichtet war, galt seine ganze Aufmerksamkeit Nimec. »Noch so ein verdammter Flachländer. Warum, zum Teufel, lassen wir diese

Leute Maine nur betreten?« schrie Cobbs aus der Fahrzeugkabine des Toyota mit nur leicht gedämpfter Stimme. »Am besten nehmen Sie das ganze schwule Pack fest, Phipps, denn mein Rücken knackt gleich durch wie ein trockener Ast, wenn ich noch eine Minute so dastehe!«

Phipps sah mit einer Art feindseliger Verzweiflung zu Nimec hinüber, wackelte unbewußt mit dem Kopf und sah unsicher aus, was er jetzt tun sollte.

Einen Augenblick später nahm Ricci ihm die Entscheidung ab. Er nutzte die Tatsache, daß Phipps' abgelenkt war, trat plötzlich zur Seite, griff nach der ausgestreckten Hand mit der Waffe, packte das Handgelenk und bog Phipps' Hand nach hinten. Gleichzeitig drehte er sich herum und schnappte die Pistole mit seiner freien Hand.

Phipps stieß einen Schrei des Schmerzes und der Überraschung aus, als ihm die Pistole entrissen wurde. Sein ungläubig aufgerissener Mund hatte sich noch nicht wieder geschlossen, als Riccis Bein nach oben schnellte und sein Fußballen ihn mit einem kräftigen Frontkick in den üppigen Bauch traf. Alle Luft entwich aus ihm; er stolperte rückwärts und landete unsanft auf dem Hintern, die Beine vor sich auseinandergespreizt.

Cobbs hatte in der Zwischenzeit seinen Kopf aus der Tür des Fahrzeugs gezogen und griff Ricci von hinten an. Doch bevor er auch nur einen Meter zurücklegen konnte, drehte sich Ricci in einer geschmeidigen Wende auf seinem linken Fuß, dabei das rechte Bein parallel zum Boden schwingend. Aus dem Kniegelenk kam dann der Tritt, der Cobbs mit voller Wucht in die Genitalien traf. Er flog zurück gegen den Wagen und krümmte sich, vor Schmerz laut aufstöhnend, die Hände zwischen den Beinen.

Ricci betätigte den Auswurf der Pistole, nahm das

Magazin aus dem Colt und warf es ins dichte Gebüsch am Straßenrand; dann steckte er die Waffe in seine Westentasche. Ihm zunickend, lief Nimec zu Cobbs und zog ihm die Pistole aus dem Holster. Auch die Munition dieser Waffe landete im Gestrüpp.

Ricci kniete sich über Phipps, klopfte ihm die Hosenbeine ab und fragte: »Nichts hier, womit man schießen kann?«

Phipps starrte ihn an und schüttelte den Kopf.

»Okay«, sagte Ricci zu ihm, während er zurücktrat. »Wir werden es folgendermaßen machen. Wir werden jetzt alle weiterfahren, ich mit meinem Fang, Sie beide ohne Ihre Waffen, unser freundlicher Tourist mit seiner netten Frau und seinem Mietwagen. Sie vergessen die ganze Geschichte, und vielleicht werde ich dann keine Meldung bezüglich Ihrer Erpressung bei der Fisch- und Wildbehörde erstatten, oder beim Staatsanwalt unten in Augusta. Wenn Sie sich wirklich gut benehmen, werde ich vielleicht auch niemandem im Dorf erzählen, daß ich Sie beide verprügelt und mit meinen bloßen Händen entwaffnet habe. Ich gebe Ihnen ungefähr zwei Sekunden.«

Phipps starrte ihn noch einen Augenblick wortlos an, dann nickte er langsam.

»Gut«, sagte Ricci. »Bleiben Sie so sitzen, bis ich weg bin. Vielleicht taut dann endlich der Boden auf.«

Phipps schnaubte, verdrehte den Kopf und schaute anschließend wieder zu ihm hoch. »Wie, zum Teufel, soll ich erklären, wie ich meine Waffe verloren habe?«

Ricci zuckte mit den Schultern. »Das ist Ihr Problem.«

Hinter ihnen lehnte Cobbs immer noch an der Seite des Pickups und hielt sich stöhnend den Unterleib. Ricci drehte sich um, ging zu ihm hinüber, griff ihn bei den Schultern und schob ihn energisch von seinem Fahrzeug weg. Cobbs stolperte und fiel auf die Seite.

Mit schmerzverzogenem Gesicht preßte er die Knie an seine Brust.

Ricci sah Nimec an, dann ging er zu ihm hinüber. »Der arme Teufel hätte besser seine Finger von meinem Zündschlüssel gelassen«, sagte er so leise, daß die anderen ihn nicht hören konnten. »Willkommen im Urlaubsland, Pete. Steig jetzt lieber in deinen Wagen und folg mir. Wenn wir bei mir zu Hause ankommen, werde ich euch alles erklären.«

Sie waren vom felsigen Hochplateau der Chapada dos Guimarães gekommen, in einem Konvoi von vier verstaubten Jeeps, die quälend langsam über die Lehmpiste schaukelten und die siebzig Kilometer zu ihrem Ziel zurückzulegen versuchten, während die Nacht über sie hereinbrach. Nach vielen Stunden Fahrt im ersten Wagen, mit dem Gewehr im Anschlag, hatte Kuhl endlich den Komplex durch die tiefhängenden Baumkronen entdeckt. Sofort befahl er, die Scheinwerfer auf Standlicht zu schalten und die Jeeps an den Straßenrand zu fahren.

Unter dem Schutz der Bäume wandte er sich an seinen Fahrer. »*Que horas são*?«

Der Fahrer zeigte ihm das beleuchtete Zifferblatt seiner Armbanduhr.

Kuhl sah ohne Kommentar auf die Uhr. Dann schaute er hinter seine Rückenlehne und nickte dem Mann hinter ihm zu. »*Venga aqui, Antonio.*«

Antonio nickte zurück. Er war ganz in Schwarz gekleidet und hielt ein Scharfschützengewehr vom Typ Barrett M82A1 auf seinem Schoß. Die Waffe war auf eine Entfernung von fast zwei Kilometer genau und verschoß die gleiche selbstladende und panzerbrechende Munition vom Kaliber .50, die normalerweise von schweren Maschinengewehren abgefeuert wird – Geschosse, die in der Lage sind, zwei oder drei Zentimeter starke massive Stahlverkleidungen zu durchschlagen. Die unglaubliche Feuerkraft der Waffe und ihre Halbautomatik zeichneten sie vor anderen Scharfschützengewehren aus. Zu den Nachteilen gehörte, daß es sich um eine sehr schwere Waffe mit langem Lauf handelte, deren Rückstoß in direktem Verhältnis zu ihrer Zerstörungskraft stand. Aber Antonios Ziele würden sich hinter Schutzschilden befinden, und er mußte in der Lage sein, diese Schilde aus einer beachtlichen Entfernung zu durchschlagen.

Mit der Barrett auf der Schulter öffnete er seine Tür und stieg aus dem Jeep in die Dunkelheit.

Kuhl lehnte sich zurück und sah durch die Windschutzscheibe. Sein Team folgte dem Zeitplan auf die Minute, obwohl es unterwegs einige unliebsame Vorfälle gegeben hatte. Jetzt gab es nichts anderes zu tun als abzuwarten, daß Antonio seine Arbeit erledigte. Dann würden die anderen kommen und ihr Signal geben. Vielleicht konnte er sie sogar über den Baumwipfeln erspähen, wenn sie herunterkamen.

In absoluter Stille saßen die harten, durchtrainierten Männer in ihren Kampfanzügen in den Fahrzeugen, die Gesichter vom Kinn bis zur Stirn mit Tarnfarbe geschwärzt. Alle außer dem Scharfschützen, der gerade ausgestiegen war, trugen französische FAMAS-Sturmgewehre, ausgerüstet mit modularen Ladevorrichtungen für hochexplosive Munition und Tag/Nacht-Zielverfolgungssystemen.

Diese hochgerüsteten Varianten der Standardgewehre vom Typ FAMAS, die noch vom französischen Militär im Einsatz getestet wurden, waren vom Stand der Technik das Allerneueste auf dem Markt der Handwaffen und erst im Jahr 2003 für die Massenproduktion oder die Auslieferung an allgemeine Infanterietruppen vorgesehen – also erst in zwei Jahren.

Kuhl bestand grundsätzlich darauf, technisch so gut

wie irgend möglich ausgerüstet zu sein. Natürlich hatte dieser Anspruch seinen Preis, doch wenn man keine Fehlschläge einstecken wollte, war die Ausgabe mehr als akzeptabel. Und er selbst wurde so gut bezahlt, daß er nichts dagegen hatte, Geld und Reichtum in Umlauf zu bringen.

Ungeduldig hielt er seine Nachtsichtbrille vor die Augen, schwang sie vom Kontrolltor des Komplexes zu den beiden Männern, die sich in der Wachtkabine befanden, und studierte dann die unregelmäßigen Umrisse der Gebäude, die weiter hinten lagen. Er konnte es kaum abwarten, sich auf den Weg zu machen. Obwohl sein Team eigentlich außerhalb der Sichtweite der Wachen des Komplexes angehalten hatte, hatte er doch im Laufe seiner Söldnerkarriere genug gesehen um zu wissen, daß höchstens ein Narr oder ein Amateur es vernachlässigen würde, das Unvorhersehbare in Betracht zu ziehen, und daß mit jeder Sekunde das Risiko zunahm, entdeckt zu werden. Dabei war es unerheblich, wie gut sie ihre Pläne ausgearbeitet hatten oder wie sorgfältig sie bei ihrer Ausführung vorgingen.

Tarnung war ein wesentlicher Bestandteil und eine Notwendigkeit bei seiner Arbeit, doch allein schon die Idee schien heutzutage paradoxerweise ein Witz zu sein. In einem Zeitalter, in dem Satelliten einen Pickel auf dem Kinn eines Mannes von irgendwo aus dem Weltraum fotografieren konnten, gab es keine wirklich verborgenen Stellen mehr, und niemand konnte sich über einen längeren Zeitraum verbergen. Maximal konnte man erhoffen, daß eine zeitweilige Tarnung gelang. Wenn seine Männer dazu nicht in der Lage waren, wenn sie zu früh bemerkt wurden, dann wären alle ihre ausgefeilten Vorkehrungen wertlos.

Kuhl lehnte sich wieder zurück, beobachtete und wartete. Die angespannte Stille ließ ihn fast fühlen, wie das gigantische, verdammte Auge auf ihn heruntersah, auf ihn herunterdrückte. Es sah alles, was es sehen wollte, sah durch alle Schatten, sein unbarmherziger Blick durchkämmte die ganze Welt …

Ja, Kuhl fühlte die Gegenwart des Auges mit aller Deutlichkeit, und er konnte nur hoffen, daß es wieder einmal blinzeln würde, wenn er sich seinem lukrativen Zerstörungsgeschäft widmete.

»Wir haben Rauch in der Kabine. Erhöhte Anzeigen bei CA 19-9 und CA 125. Der Druck des Flüssigwasserstoffs fällt. *Terra nos respuet.*«

Annie fühlt, wie ihr das Buch vom Schoß gleiten will, hält es im letzten Moment auf. Sie blinzelt ein- oder zweimal, völlig orientierungslos, und glaubt, daß sie in einen leichten Schlaf gefallen ist, während sie auf dem Sofa gelesen hatte.

Sie hatte doch gelesen, oder etwa nicht?

Sie legt das Buch zurecht und sieht zu dem Mann auf, der vor ihr steht, und dessen Stimme sie aus ihrem Schlummer aufgestört hat. Er ist über Fünfzig, hat rotbraunes Haar, einen vollen Schnurrbart und trägt einen weißen Ärztekittel. Phil Lieberman, denkt sie. Der Krebsspezialist, der den Fall ihres Mannes übernommen hatte, nicht gerade der Typ, der Hausbesuche abstattet. Sie wundert sich, was er in ihrem Wohnzimmer will, wundert sich, ob eins der Kinder ihn hereingelassen hat … doch dann merkt sie plötzlich, daß dies gar nicht ihr Wohnzimmer ist, und auch sonst kein Teil ihres Hauses, und daß die Kinder nirgendwo zu sehen sind.

Sie setzt sich auf, blinzelt noch einmal und reibt sich die Augen.

Der Stuhl, auf dem sie sitzt, ist aus Plastik. Die Luft schmeckt nach Recycling und ist angefüllt mit antiseptischen und medizinischen Gerüchen. Die Wände haben eine undefinierbare Institutsfarbe.

Plötzlich wird ihr klar, daß sie sich im Krankenhaus befindet.

Im Krankenhaus, und zwar im Warteraum des dritten Stockes, der ihr in den letzten Monaten so betäubend vertraut geworden ist, und wo sie wie ein Stein eingeschlafen sein muß, mit einem offenen Buch auf dem Schoß. Das Krankenhaus, natürlich. So merkwürdig es ihr normalerweise scheint, etwas vergessen zu haben, dies sind keine gewöhnlichen Tage, und ihre kurzzeitige Orientierungslosigkeit ist verständlich, wenn man bedenkt, was in ihrem Leben geschehen ist. Seit Wochen hat sie kaum geschlafen. Immer wieder hetzt sie vom Krankenbett ihres Ehemannes zu den Trainingsstunden am Center und wieder zurück, wobei sie sich außerdem noch bemüht, die Kinder inmitten der vielfältigen Zwänge nicht zu vernachlässigen. Es wäre nicht das erste Mal in der letzten Zeit, daß die Anstrengung, alles schaffen und bewältigen zu wollen, sie ohne Vorwarnung aus der Bahn wirft.

Während sie den Arzt ansieht, beginnt sie, nervös an den Rändern des Buches in ihrem Schoß zu zupfen – in Wirklichkeit, so stellt sie jetzt fest, handelt es sich um eine Zeitschrift, eine ältere Ausgabe voller Eselsohren von *Newsweek*, mit einem auf der Titelseite angekündigten Artikel über kommende Starts von Raumschiffen im Rahmen des Programms der Internationalen Raumstation. Der Gesichtsausdruck des Arztes ist undurchdringlich, seine Stimme ohne Betonung, doch in seinen Augen liest sie eine Nüchternheit, die ihr kalte Schauer über den Rücken jagt.

»Wie die alten Titanraketen«, sagt er. »Die dritte Stufe wird gefeuert, dann sind Sie draußen.«

»Was?« fragt sie. »Was haben Sie da gerade gesagt?«

»Die letzten Untersuchungen von Mark, da müssen wir noch über die Ergebnisse sprechen.« Er unterbricht sich mit der herablassenden Art abrupter Eile, die sich viele Mediziner herausnehmen, ein exaltiertes Privileg, das ihnen beim Schwur des Hippokrateseides verliehen wurde. Es ist, als ob selbst diejenigen unter ihnen, die fähig sind, Mitgefühl zu zeigen – und Annie muß zugeben, daß sich Lieberman ihr gegenüber im allgemeinen sehr ordentlich verhalten hat –, sie unbedingt daran erinnern müssen, daß sie andere Patienten, andere Fälle und viel dringendere Aufgaben haben, als ihre Untersuchungsergebnisse zu erklären.

»Die Laparoskopie fand Metastasenbildung in Leber und Galle«, sagt er schnell. »Statistisch recht häufig, wenn sich die Krankheit einmal vom Darm auf so viele der mit ihm verbundenen Lymphknoten ausgebreitet hat. Bei drei Lymphomen hätte er eine größere Chance gehabt, aber fünf davon sind einfach zuviel. Sehr, sehr schade.«

Annie sitzt regungslos, während sie ihm zuhört, aber sie spürt, wie sie von innen nach außen zerbröckelt, regelrecht zerbröckelt, als ob ihre Seele aus brüchigem, hundertjährigem Putz wäre. Sie sieht den Arzt mit leeren Augen an.

»In fünf Monaten wird er tot sein«, sagt sie, und die absolute Gewißheit hinter diesen Worten erfüllt sie mit Horror und Verwirrung. Auf merkwürdige Weise fühlt sie sich vom Ton ihrer eigenen Stimme losgelöst, fast als ob sie nicht wirklich gesprochen hätte, sondern sich eine Aufzeichnung ihrer eigenen Worte auf Band anhören würde, oder vielleicht sogar irgendeine perfekte Nachahmung aus einem verborgenen Lautsprecher.

Dr. Lieberman sieht sie für einen Augenblick auf seine ernste, doch sachliche Weise an. Dann zieht er den Ärmel von seiner Armbanduhr zurück, schaut darauf und hält sie ihr hin, wobei er den Arm dreht, um ihr das Zifferblatt zu zeigen.

»Ja, fünf Monate, drei Tage, um genau zu sein«, sagt

er. »Es geht jetzt ziemlich schnell. Die Zeit läuft ab, bis keine mehr bleibt.«

Perplex sieht Annie auf die Armbanduhr.

Ihre Augen werden riesengroß.

Das Zifferblatt ist ein leerer weißer Kreis. Ohne irgendwelche Ausschmückungen, ohne Zahlen, ohne Zeiger oder sonst irgendwelche Markierungen.

Sie fühlt, wie sich wieder etwas in ihr löst.

Leere.

Das Zifferblatt der Armbanduhr ist leer.

»Beruhigen Sie sich, Annie, sie geht meistens etwas vor«, sagt Lieberman. »Sie haben noch Gelegenheit, sich von ihm zu verabschieden.«

Annie findet sich plötzlich neben ihrem Stuhl stehend wieder, und diesmal macht sie keinerlei Versuch, die Zeitschrift aufzufangen, als diese von ihrem Schoß zu ihren Füßen flattert. Aus den Augenwinkeln bemerkt sie, daß auf dem Titelblatt, das teilweise unter eine andere Seite gefaltet ist, die Fotografie eines Raumschiffes und eines Startturms umgeben von einem Feuerball zu sehen ist. In fetten roten Lettern – nicht ganz sichtbar aus ihrer Position – steht dort etwas von einer Explosion der *Orion*, einer der mittelfristig geplanten Raumflüge zum Aufbau der Internationalen Raumstation.

Verwirrung durchflutet sie. Wie kann das sein? Die *Orion*-Mission ist noch lange nicht fällig, da fehlen noch zwei Jahre, und außerdem war der Artikel ein Überblick über das Programm der Internationalen Raumstation ... zumindest hatte sie das gedacht ...

Mit einemmal ist sich Annie nicht mehr sicher, daß sie sich erinnert, ebenso wie sie sich anfänglich nicht daran erinnerte, daß sie sich im Krankenhaus befand. Ihr Gedächtnis ist wie eine flache, glitschige Oberfläche ohne Tiefen oder Weiten.

»Ihr Ehemann befindet sich in Raum 377. Aber das

wissen Sie doch, Sie sind ja schließlich schon dort gewesen«, sagt Dr. Lieberman gerade. Er zeigt auf das andere Ende des Korridors. »Zwar vielleicht nicht oft genug, aber ich bin auch nicht das beste Beispiel. Wir sind beide sehr mit unserem Berufsleben beschäftigt.«

Annie sieht zu, wie Lieberman sich in die entgegengesetzte Richtung wendet, und ihre Augen folgen ihm, als er den Flur hinaufgeht. Obwohl seine Stimme nichts von ihrer Neutralität eingebüßt hatte, ist seine letzte Bemerkung doch eine schwere Anklage gewesen, und sie ist nicht gewillt, es darauf beruhen zu lassen. Er glaubt vielleicht, daß es sein gottgegebenes Vorrecht ist, seine Untersuchungsresultate und was er deswegen unternehmen wird wie von einer Kanzel zu verkünden, doch wenn er sie persönlich kritisieren will, so sollte er das verdammt noch einmal klar sagen.

Sie setzt dazu an, hinter ihm her zu rufen, aber bevor ein Wort über ihre Lippen kommt, bleibt Lieberman stehen und dreht sich um. Mit der hingestreckten Faust hält er den Daumen nach oben gerichtet, zum Zeichen, daß alles in Ordnung sei.

»Rote Rüben, für immer und ewig«, sagt er und grinst. »Ich würde Ihnen raten, sich zu beeilen.«

Dann legt er zum Gruß zwei Finger an die Schläfe und entfernt sich mit schnellen Schritten. Sein Körper wird aus ihrer Perspektive immer kleiner, wie bei einer Person im Film, die gerade über den Horizont verschwindet.

Ich würde Ihnen raten, sich zu beeilen.

Ihr Herz schlägt ihr bis zur Kehle. Sie ignoriert Lieberman und eilt überstürzt zum Krankenzimmer, in dem ihr Mann auf dem Sterbebett liegt.

Einen Augenblick später steht Annie vor der Tür dieses Zimmers. In ihrer Atemlosigkeit hat sie das Gefühl, als ob sie im Sprint hierher gelaufen wäre, doch ist ihr nicht bewußt, daß ihre Beine sie vom Wartezimmer bis hierhin getragen haben, daß sie sich körperlich von Punkt A zu Punkt B begeben hat, daß es einen Übergang gab. Es ist, als ob sie in einem Moment auf den Rücken von Dr. Lieberman gestarrt und sich im nächsten Moment vor dieser Tür wiedergefunden hätte, in dem Versuch, trotz des über ihren Mann verhängten Todesurteiles nicht zusammenzubrechen.

Um seinetwillen versucht sie, sich jetzt zusammenzureißen.

Sie atmet tief durch, einmal, zweimal. Dann greift sie nach dem Türknauf, dreht ihn und betritt den Raum.

Das Licht hier drinnen ist völlig falsch.

Merkwürdig, daß sie so etwas bemerkt, bevor sie irgend etwas anderes registriert, doch trotzdem geschieht es. Das Licht ist falsch. Nicht gerade abgedunkelt, doch diffus genug, um ihre Sicht erheblich zu beeinträchtigen. Obwohl sie das Fußende vom Bett ihres Ehemanns problemlos erkennen kann, beginnen die Dinge von da an zu verschwimmen. Wie durch eine Watteschicht sieht sie den Tropf, die Flüssigkeitsdrainagen und die Überwachungskabel, die mit dem Bett verbunden sind, sieht die Umrisse von Mark unter der Bettdecke, sieht, daß er auf dem Rücken liegt, doch sein Gesicht …

Plötzlich denkt sie an jene Fernsehreportagen, in denen die Gesichtszüge bestimmter Personen unkenntlich gemacht werden, um die Anonymität dieser Personen zu schützen. Reportagen, bei denen versteckte Kameras benutzt werden, oder in denen Verdächtige von der Polizei den Justizbehörden vorgeführt werden. Bilder, die beinahe aussehen, als hätte jemand Vaseline auf den Teil des Bildes geschmiert, in dem das Gesicht der Person erscheinen müßte.

So sieht Annie ihren Ehemann von der Schwelle des Zimmers 377 im Krankenhaus, in dem er fünf Monate und drei Trage später an Krebs sterben wird. Fünf Monate und drei Tage, die irgendwie in ein schreckliches und unerklärliches Jetzt zusammengefallen sind.

»Annie?«

Marks Stimme ist ein heiseres Flüstern. Die Schwäche seiner Stimme läßt Annie erbeben, und für einen Augenblick denkt sie, daß sie in Tränen ausbrechen wird. Sie bedeckt ihre zitternden Lippen mit der Handfläche.

»Annie, bist du das?«

Sie steht da und versucht, sich wieder zu fassen, der Raum still außer dem leisen Piepen der Instrumente an der Seite von Marks Bett. In dem verschwommenen Licht fühlt sie sich eigenartig verloren und isoliert, wie ein kleines Boot, das im Nebel dahindriftet.

Schließlich nimmt sie die Hand vom Mund. »Ja«, sagt sie. »Ich bin es, Liebling. Ich bin hier.«

Er streckt seinen rechten Arm teilweise unter der Bettdecke hervor und winkt sie mit einer schwachen Gebärde heran. Sein Gesicht ist immer noch verschwommen, aber sie kann seine Geste ohne Schwierigkeiten sehen.

Kurz fällt ihr Blick auf den Ärmel seines Pyjamas.

»Komm hierher, Annie«, sagt er. »Es ist schwer, mit dir zu reden, wenn du da an der Tür stehst.«

Jetzt macht sie einen Schritt nach vorn. Sein Ärmel. Irgend etwas stimmt nicht daran, irgend etwas an der Farbe …

»Komm her, worauf wartest du?« fragt er. Dann streckt er den Arm noch weiter unter der Decke hervor und klopft auf den Bettrahmen. »Du gehörst hierher, an meine Seite.«

In Marks Stimme ist eine Schärfe, eine Wut, die sich in den letzten Tagen immer mehr in ihm ausbreitet – aber obwohl Annie sich oft an den scharfen äußeren Kanten stößt, weiß sie doch, daß der Krebs der eigentliche Grund und das Ziel seines Zorns ist. Am Anfang war die Wut nur gelegentlich unter der Oberfläche aufgeflackert, aber ihr Fortschreiten ging einher mit dem Fortschreiten der Krankheit, verzehrte ihn, zerstörte seine Persönlichkeit. Er haßt es, seine Unabhängigkeit zu verlieren, haßt es, sich nicht mehr selbst versorgen zu können, haßt seine Bedürftigkeit … und vor allem haßt er es, daß ihm seine Zukunft von einer so dummen und unfaßbaren Sache wie diesem unkontrollierbaren Zellwuchs gestohlen wird. Inzwischen ist Annie in der Lage, diese Gefühle als Konstante zu akzeptieren, bei denen sie ihm keine Erleichterung verschaffen kann, und von denen sie nur hofft, sie auf Zehenspitzen umgehen zu können.

Sie watet durch das milchige Licht auf ihren Mann zu. Die Tropfhalterung und die Reihe der piependen Instrumente stehen links vom Bett, deshalb geht sie um das Fußende zur rechten Seite und schiebt das graue Plastiktablett des Krankenhauses zur Seite, um sich ihm zu nähern.

Plötzlich greift seine Hand über den Bettrand und packt ihr Handgelenk. »Sag es uns, Annie«, sagt er. »Laß uns hören, wie leid es dir tut.«

Unter Schock steht sie da, während seine Finger mit unwahrscheinlicher Kraft zudrücken.

»Wir haben dir vertraut«, sagt er.

Seine Finger graben sich immer tiefer in das weiche weiße Fleisch unterhalb ihres Handgelenks, bis es sie schmerzt. Obwohl Annie weiß, daß sie Spuren hinterlassen werden, versucht sie nicht, ihre Hand zurückzuziehen. Über das Krankenbett sieht sie zu Mark auf, wünscht, sie könnte sein Gesicht sehen, verwirrt von seinen Worten. Die Feindseligkeit ist intensiver und schärfer gegen sie gerichtet als zu irgendeinem anderen Zeitpunkt in der Vergangenheit, aber sie kann den Grund dafür nicht verstehen.

»Mark, bitte, sag mir, was du meinst …«

»Mein Mädchen«, unterbricht er sie. »Immer in Eile, immer unterwegs von einem Ort zum anderen, ohne sich noch einmal umzusehen.«

Unwillkürlich zuckt sie zusammen, als er ihr Gelenk noch fester umklammert.

Uns. Wir.

Von wem spricht er bloß? Von sich und den Kindern?

Annie kann nur vage Vermutungen anstellen.

Nein, das ist nicht die Wahrheit. Wirklich nicht.

Die einfache, unausweichliche Wahrheit ist, daß sie Angst hat, Vermutungen anzustellen.

Seine Umklammerung wird immer fester.

Sie möchte gern sein Gesicht sehen.

»Eigentlich hattest du die Verantwortung. Eigentlich hättest du auf uns aufpassen sollen«, stößt er hervor.

Noch immer zieht Annie ihre Hand nicht zurück, weigert sich vehement, sie zurückzuziehen. Statt dessen tritt sie näher an ihn heran, drückt sich gegen den Bettrahmen und denkt unaufhörlich, wenn sie doch nur sein Gesicht sehen könnte, wenn sie sich nur in die Augen sehen könnten, dann würde er sofort mit diesem Unsinn aufhören, daß sie ihn im Stich ließe …

Ihr Gedankengang kommt zu einem abrupten Ende, als ihr Blick noch einmal auf seinen Ärmel fällt. Die Farbe, ja die Farbe, wie hatte sie die nicht sofort erkennen können? Die Antwort weiß sie nicht, doch stellt sie jetzt fest, daß er gar keinen Pyjama trägt. Die karottenrote Farbe, das dick gepolsterte Material – von allen möglichen und unmöglichen Dingen ist es ein Weltraumanzug der NASA. Im gleichen Moment, als ihr dies aufgeht, verwandelt sich das leise Piepen der Instrumente, die die lebenswichtigen Funktionen ihres Ehemanns messen, in einen schrillen Alarm, einen markerschütternden Laut, den sie von einem anderen Ort, einem anderen Zeitpunkt kennt.

Es ist ein Laut, der sie vor Schrecken nach Luft schnappen läßt.

Aus dem Bett schreit der Mann ohne Gesicht sie aus Leibeskräften an: »Wasserstoffdruck fällt! Sieh doch selbst! Schau auf die Instrumente!«

Impulsiv wirft Annie einen schnellen Blick hinüber zur rechten Seite des Bettes, erkennt die Armaturen eines Raumschiffs, wo sie noch vor einem Augenblick Krankenhausgeräte gesehen hatte. Aus irgendeinem Grund ruft dieser Anblick wenig Überraschung bei ihr hervor. Sie überschaut die verschiedenen Instrumente mit raschen Blicken. Ihre Augen wandern sprunghaft von den Lampen des Hauptalarms zu den Rauchanzeigern auf der linken Seite der Armaturen des Kommandanten, und dann hinüber zur Statusanzeige des Hauptantriebsaggregats unter dem CRT in der Mitte.

Wieder sieht sie etwas völlig Unerwartetes.

»Ruhig bleiben, Annie, es geht jetzt sehr schnell! Ziehen Sie den Auswurfhebel für den Schleudersitz, sonst wird es keiner schaffen!« Der Mann im Bett brüllt jetzt, und dann verrenkt er ihren Arm mit solcher Gewalt, daß sie das Gleichgewicht verliert und gegen den Bettrahmen fällt. Beim Auftreffen stöhnt sie, versucht, sich mit der freien Hand abzufangen. Ihre Hand landet auf der Matratze neben ihm; nur so kann sie vermeiden, daß sie quer auf seinen Oberkörper fällt.

»Die Welt spuckt uns nach draußen, wo also ist unser gottverdammter Fallschirm?«

Immer noch hält er ihren rechten Arm fest, immer noch schreit er Annie an, während sie sich über ihm mit ihrem linken Arm schützt. Obwohl ihre Gesichter nur wenige Zentimeter voneinander entfernt sind, erscheinen seine Züge immer noch zu verzerrt, und es gelingt Annie nicht, sie zu erkennen.

Dann trifft sie für einen flüchtigen Moment plötzlich wieder das Gefühl der Losgelöstheit, das sie bereits im Wartezimmer gespürt hat, nur ist es jetzt so, als ob sie gespalten wäre, wobei ein Teil von ihr die ganze Szene von oben beobachtet, während der andere Teil von ihr mit dem Mann auf dem Bett kämpft. Und gleichzeitig überfällt sie das eindeutige und sichere Wissen, daß das Gesicht nicht zu ihrem Ehemann gehören würde, wenn sie es sehen könnte; nein, es war nicht das Gesicht ihres Mannes, sondern einer anderen Person, die sie auf eine ganz unterschiedliche Art geliebt hatte, geliebt und verloren hatte. Annie versteht nicht, wie sie das wissen kann, aber sie weiß es ganz genau, und dieses Wissen jagt ihr einen fürchterlichen Schrecken ein, der sich immer mehr in panische Hysterie verwandelt.

»Wo ist unser gottverdammter Fallschirm?« schreit er wieder und reißt heftig an ihrem Handgelenk, sie mit einem Ruck auf sich ziehend. Als sie endlich versucht, sich von ihm freizumachen, fällt ihr Blick auf seine sie krampfhaft umklammernden Finger … und sie sieht zum erstenmal, daß sie schrecklich verbrannt sind, die Fingernägel verschwunden, die äußere Schicht der Haut von den Knöcheln abgestreift, darunter rohes, erdbeerfarbenes Fleisch.

Sie will schreien, sagt zu sich selbst, daß sie schreien muß, dabei denkt sie … immer noch ohne zu wissen warum … daß damit ihre Tortur vielleicht irgendwie ein Ende haben könnte. Aber der Schrei kommt nicht, ist in ihrer Kehle gefangen, und alles, was sie zustande bringt, ist ein kleiner verzweifelter Aufschrei, der von ihren Stimmbändern im Augenblick des Herauspressens zerfetzt wird …

Mit einem Ruck erwachte Annie, das Herz raste in ihrer Brust, ein Stöhnen kam über ihre Lippen. Sie war schweißgebadet, doch von kaltem Schweiß, und das T-Shirt klebte ihr am Körper.

Sie blickte um sich, atmete einige Male tief durch und

schüttelte den Kopf, als ob sie die Reste ihres Traumes verscheuchen wollte.

Sie war zu Hause. In Houston, in ihrem Wohnzimmer, auf ihrem Sofa. Vom Fernseher im Zimmer der Jungen hörte sie überschäumendes Geplapper. Auf dem Teppich zu ihren Füßen lag die Zeitung noch immer aufgeschlagen bei dem Artikel, den sie gerade gelesen hatte. Die Schlagzeile lautete: »Nachspiel der Tragödie«. Über den Textspalten befand sich eine Fotografie der *Orion* in den letzten Momenten der Katastrophe.

Annie senkte den Kopf und bedeckte ihre brennenden Augen mit der Hand.

Sie war vom Center zurückgeflogen, nachdem sie seit dem frühen Morgen an einer Besprechung nach der anderen teilgenommen hatte. Vorgeblich hatten die Teilnehmer – Direktoren der NASA, Regierungsbeamte und Vertreter der diversen Zulieferer der Raumfähre und der Internationalen Raumstation – sich darum bemüht, die ihnen bekannten Einzelheiten des Unfalls durchzukämmen. In der Folge wollten sie einen vorläufigen Rahmenplan für die Erforschung der Ursachen aufstellen. Statt dessen hatten sie den größten Teil der Zeit damit verbracht, sich in lähmender Stille gegenseitig anzustarren.

Vielleicht, dachte Annie, war es ein Fehler gewesen, so kurz nach der Explosion irgend etwas Konstruktives zu erwarten. Auf jeden Fall hatte sie am Ende des letzten Meetings nichts anderes verspürt als ein Gefühl bleierner Nutzlosigkeit, und sie war dankbar gewesen, endlich nach Hause zu können.

Süßes Heim, wo sie ihre Gedanken von den Ereignissen ablenken konnte, wo sie etwas zur Zerstreuung lesen und ein erfrischendes Schläfchen machen konnte, bevor sie das Abendessen zubereitete.

Die Hand immer noch über den Augen fühlte sie ein kleines, freudloses Lächeln über ihre Lippen huschen.

Einen Augenblick später liefen ihr die Tränen zwischen den Fingern hinunter.

Antonio hielt das Barrett-Gewehr gegen seine Schulter gedrückt, preßte die Wange an den Schaft der Waffe und richtete das Ziel im Fadenkreuz des Zielfernrohrs aus.

Sofort nach Verlassen von Kuhls Wagen war er auf einen Baum gestiegen, um ein freies Schußfeld zur Kabine der Wachtposten zu gewährleisten. Jetzt hockte er auf halber Höhe des Baumes in einer Gabelung, die Füße auf zwei starke Äste gestützt. Die fast 15 Kilo schwere Waffe erforderte normalerweise ein Zweifußstativ, aber hier auf dem Hochsitz konnte er den Lauf auf seinen hochgestellten Knien aufliegen lassen.

Er atmete ein, atmete aus, konzentrierte sich. Mehrmals hatte er den Durchzug des Abzugs getestet; es hatte ihm dabei geholfen, eine bequeme Körperhaltung zu finden und kleinere Korrekturen auf sein Ziel vorzunehmen. Er würde über eine Distanz von etwa 900 Metern schießen und konnte es sich nicht erlauben, auch nur geringfügig außer Gleichgewicht zu geraten.

In der Kabine befanden sich zwei Wachtposten. Einer von ihnen stand an einer Kaffeemaschine und goß sich gerade eine Tasse Kaffee ein. Der andere saß an einem kleinen metallenen Schreibtisch und studierte irgendwelche Papiere. Er würde erst an zweiter Stelle drankommen. Der stehende Mann war beweglicher, und bewegliche Ziele hatten immer die besten Fluchtchancen, so daß man sie zuerst eliminieren mußte.

Wieder atmete Antonio ein und hielt den Atem an. Der Wachtposten an der Kaffeemaschine hatte seine Tasse gefüllt und stellte die Kanne zurück auf die Warmhalteplatte. Er führte die Tasse an seine Lippen, würde jedoch nicht mehr dazu kommen, auch nur einen einzigen Schluck zu trinken. Praktisch war er schon tot. Das kugelsichere Fenster der Kabine würde mit Leichtigkeit von der SLAP-Munition aus Tungsten-Karbid-Hartmetall aus Antonios Waffe durchschlagen werden, was den Männern dahinter absolut nicht gut bekommen würde.

»*Mi mano, su vida*«, flüsterte er, langsam ausatmend. Wie immer vor einem Todesschuß fühlte er sich Gott sehr nahe.

Er drückte sanft den Abzug seiner Waffe, sein Auge und sein Zeigefinger verschmolzen in perfektem Zusammenspiel.

Sein Gewehr schlug aus. Eine Kugel zerriß die Luft. Das Fenster zerbarst. Der Wachtposten taumelte auf der Stelle und fiel zu Boden, die Kaffeetasse flog aus seiner Hand.

Wieder atmete Antonio durch, zielte erneut.

Immer noch hinter seinem Schreibtisch sitzend hatte der andere Wachtposten kaum die Zeit, sich nach seinem zu Boden stürzenden Kollegen umzudrehen. Schon pfiff eine weitere Kugel durch die Nacht und traf ihn in die linke Schläfe, raste durch seinen Schädel und riß ihn aus dem Sessel.

Der Scharfschütze blieb noch eine Weile in Position; er wollte gründlich sein und achtete sorgfältig auf irgendwelche Anzeichen von Bewegungen in der Kabine. Nichts rührte sich in dem blaßgelben Licht, das durch das zerschossene Fenster nach draußen fiel. Zufrieden mit seinen sauberen Todesschüssen schulterte er das Gewehr und wollte gerade den Baum hinuntersteigen, als ihn ein flatterndes Geräusch über sich für einen Moment innehalten ließ.

Ein Blick durch die Baumkrone belehrte ihn, daß er seine Aufgabe gerade rechtzeitig zu Ende geführt hatte.

Die Fallschirmspringer waren angekommen und glitten durch die Dunkelheit zu Boden.

4.

Mato Grosso do Sul / Südbrasilien
17. April 2001

Etwa hundert Meter oberhalb der Umzäunung ließ Manuel seine Ausrüstungstasche an der Fangleine hinunter und setzte seine Landung auf dem Gelände des Komplexes fort. Er war sich bewußt, daß seine Teamkameraden zusammen mit ihm herunterschwebten, daß ihm der Boden entgegenraste.

Jetzt zog er an der rechten Steuerleine, um sich in den leichten Westwind zu drehen, trimmte weiterhin die Gleithöhe und wartete, bis er den dumpfen Aufschlag der Tasche spürte; dann ließ er den Schnellverschluß aufschnappen, um die Fangleine freizugeben. Einen Augenblick später zog er beide Steuerleinen gleichzeitig bis zu seiner Hüfte herunter, um das Luftkissen aus dem Fallschirm zu ziehen. Mit einem Rauschen fiel dieser daraufin in sich zusammen.

Sanft landete Manuel auf den Fußballen.

Mit dem Kinn auf der Brust ließ er sich in lockerem Trott nach vorn treiben, blieb aufrecht, kontrollierte seinen verbleibenden Schwung und löste sich dann von seinem Schirm. Die anderen waren inzwischen raschelnd auf beiden Seiten von ihm gelandet. Die meisten Männer landeten ebenfalls auf den Füßen, doch ein oder zwei setzten mit einer solchen Geschwindigkeit auf dem Boden auf, daß sie mit einer geschmeidigen Fallschirmjägerrolle über ihren Rücken oder die Seite abrollten.

Dann standen alle auf den Beinen und befreiten sich von ihrem Gurtzeug. Sie liefen zu ihren Taschen, um sich mit den diversen Ausrüstungsgegenständen zu versorgen – Granaten, Plastiksprengstoff und den gleichen aufgerüsteten FAMAS-Sturmgewehren, die auch vom Evakuierungstrupp verwendet wurden. Ihre Springerhelme und Schutzbrillen tauschten sie gegen Gefechtshelme mit optischen Displays ein, setzten dunkle Spezial-Mehrzwecksucher mit Restlichtverstärkung auf, verbanden die elektronischen Zielvorrichtungen auf ihren Gewehren mit den Helmdisplays, senkten die monokelartigen Okulare herab und setzten sich auf das Zeichen ihres Kommandanten hin in drei Vierergruppen langsam in Bewegung.

Wenn die Informationen, die sie vorab erhalten hatten, auch nur annähernd korrekt waren, würde ihre Anwesenheit innerhalb von Sekunden, allerhöchstens von ein paar Minuten entdeckt werden.

Neben den anderen Dingen, für die sich ihr Arbeitgeber brennend interessierte, würden auch diese Informationen im Laufe der Nacht ausführlich überprüft werden.

Von den Angestellten der Fabrik wurden sie ›Stachelschweine‹ genannt.

Rollie Thibodeau, der das Kommando über den Nachtsicherheitsdienst hatte, zog den Begriff ›kleine Bastarde‹ vor. Er murrte, weil sie in gewissen Situationen für seine Begriffe auf viel zu menschliche Weise reagierten. Aber Rollie war extrem technophob, und als echter Mann aus Louisiana fühlte er sich dazu verpflichtet, sowohl redselig als auch widersprüchlich zu sein.

Trotz allem ließ er sich manchmal, wenn er sich in großzügiger Stimmung befand, dazu herab, ihren Wert dadurch anzuerkennen, daß er sie als ›schlaue kleine Bastarde‹ bezeichnete.

In Wirklichkeit waren die mobilen Sicherheitsroboter überhaupt nicht schlau; sie verfügten etwa über die Intelligenz von Käfern oder anderen Insekten, von denen die echten Stachelschweine sich gern ernähren.

Und obwohl sie als Ersatz für menschliche Wesen bei einer Vielzahl von physischen Aufgaben funktionierten, so hätten wissenschaftliche Experten der Asimov-Richtung eingewandt, daß es unrichtig oder zumindest wenig präzise sei, sie als Roboter zu klassifizieren, da sie zu unabhängigen Gedanken und Aktionen unfähig waren. Sie waren weit entfernten Zentralcomputern untergeordnet, und letztendlich wurden sie von menschlichen Wachtposten beobachtet und kontrolliert.

Echte Roboter, so würden diese Experten einwenden, hätten die Fähigkeit, unabhängige Entscheidungen zu treffen und entsprechend zu handeln, ohne irgendwelche Hilfe ihrer Schöpfer, und es würde tatsächlich vielleicht noch etwa zwanzig bis dreißig Jahre dauern, bis ihre Entwicklung abgeschlossen war. Was es in diesem Moment gab, und was von Laien fälschlicherweise als Roboter bezeichnet wurde, waren in Wirklichkeit roboterähnliche Maschinen.

Unabhängig von diesen gegensätzlichen Definitionen waren die Stachelschweine vielseitige, technisch hochentwickelte Geräte, die konkret dazu genutzt wurden, das fast zweitausend Hektar große Gelände der Fertigungsanlagen der Internationalen Raumstation zu patrouillieren. Aufgrund eines recht komplizierten Abkommens mit der brasilianischen Regierung und einem halben Dutzend anderer Länder, die an der Konstruktion der Raumstation beteiligt waren, hatte UpLink International die Verwaltungs- und Managementkontrolle über die Anlage erhalten. Gleichzeitig hatte das Unternehmen die Verantwortung für Schutz und Verteidigung übernommen – wobei die brasilianischen Verhandlungsführer zu der Ansicht verleitet wurden, es handele sich hierbei um eine kostspielige Konzession auf seiten von UpLink, worüber jedoch Roger Gordian und sein Sicherheitschef Pete Nimec hocherfreut gewesen waren. Wenn sie aus ihren Erfahrungen in Ländern während einer Übergangsphase und unter wenig stabilen politischen Umständen etwas gelernt hatten, dann die Tatsache, daß niemand sie so gut bewachen und beschützen konnte wie sie selbst.

Die Stachelschweine machten diesen Selbstschutz zweifellos leichter. »R2D2 auf Steroiden« war Thibodeaus Beschreibung für sie, und das traf auf seine Weise ins Schwarze. Ihre in alle Richtungen montierten Videokameras waren in runde Türme eingebaut, die auf vertikalen Gehäusen oder »Schultern« aufgesetzt waren, was ihnen vage Ähnlichkeit mit menschlichen Wesen verlieh. Viele weibliche Angestellte fanden sie niedlich – und eine Reihe der männlichen Angestellten waren der gleichen Meinung, allerdings gaben sie dies selten in der Öffentlichkeit zu. Mit einer Fahrplattform als Unterbau waren sie schnell und leise. Ihre Beweglichkeit ermöglichte es ihnen, sich problemlos sowohl in engen Korridoren als auch auf unebenem Naturterrain voller Hindernisse zu bewegen. Als Produkte der eigenen Forschungs- und Entwicklungsabteilung von UpLink verfügten sie über eine Vielfalt speziell für sie entwickelter Hardware- und Softwaresysteme. Die Vorrichtungen zur Entdeckung von Gefahren und Eindringlingen waren zahlreich; dazu gehörten Sensoren für ein breites Spektrum an Gasvarianten, Rauch, Temperatur, optisch erfaßbare Flammen, Mikrowellen-Radar, Fahrzeug-Sonar, wie auch passive Warnzellen für Infrarotlicht, seismische Bewegungen und Umgebungslicht. Ihre klauenartigen, einziehbaren Greifarme waren stark genug, um zwölf Kilo schwere Objekte zu heben und arbeiteten gleichzeitig exakt genug, um die kleinsten Münzen vom Boden aufzuheben.

Außerdem konnten die Stachelschweine mehr als nur Alarm auslösen, sollten sie etwas Ungewöhnliches vorfinden. Sie waren gleichzeitig nächtliche Bewacher und erste Schutztruppe und konnten diverse Arten von

Bedrohung neutralisieren, angefangen von Chemiebränden bis hin zu unliebsamen Eindringlingen. In ihr Gehäuse waren Flüssigkeitskanonen eingebaut, die in Hochdruckstößen Wasser, Polymer-Superklebstoffe und Anti-Allrad-Schmiermittel herausspritzen konnten; dazu verfügten sie über seitlich angebrachte Gewehre mit einem Kaliber von 12 mm, die mit kampfunfähig machender Aerosolmunition munitioniert waren, Laserblendern und visuellen Stimulierungs- und Illusionsprogrammen, sowie über noch einige andere Früchte aus der ehrgeizigen Palette von nichttödlichen Waffen, die UpLink entwickelt hatte.

Auf dem brasilianischen Komplex befanden sich insgesamt sechs Stachelschweine; vier waren an den Grenzlinien des etwa rechteckigen Geländes postiert, die anderen beiden fungierten als Zusatzwache für die Zentralgebäude. Zur gesamten Grenzlinie auf jeder Seite gehörte ein sich ins Firmengelände erstreckender Parallelstreifen von einhundert Metern, den die Roboter patrouillierten, und jeder der mechanischen Wachtposten hatte einen Spitznamen bekommen, dessen Anfangsbuchstabe mit dem Anfangsbuchstaben der Himmelsrichtung übereinstimmte, die er bewachte: Ned bewegte sich entlang des nördlichen Grenzstreifens, Sammy war für den südlichen Teil zuständig, Oskar für die Ostseite und Wally für den Westen. Die beiden für die Gebäude zuständigen Stachelschweine hießen Felix und Bobby, und sie kümmerten sich um die Fabrik- und Bürokomplexe. Im Durchschnitt konnte ein Stachelschwein etwa acht bis zehn Stunden ununterbrochen Patrouille fahren, bevor seine Nickel-Cadmium-Batterien an einer der Dockingstationen auf seiner Route wieder aufgeladen werden mußten. Natürlich waren die Abstände zwischen den Ladevorgängen kürzer, wenn es zu außergewöhnlichen Belastungen kam.

So fuhren sie ihre Runden, geschmeidig und unermüdlich, reagierten auf eine ungewöhnliche Bewegung hier, eine merkwürdige Temperaturveränderung dort, untersuchten alles, was irgendwie unstimmig war, übermittelten einen ununterbrochenen Strom von Daten über ihre Umgebung an die Zentralcomputer, die von ihren menschlichen Kontrolleuren überwacht wurden, und alarmierten diese bei jedem Anzeichen von Gefahr oder unerlaubtem Übertreten der Umzäunung des Komplexes.

Eine Invasion von oben war allerdings eine ganz andere Angelegenheit.

Das Stachelschwein hatte seine dritte Runde des westlichen Quadranten des Geländes zur Hälfte zurückgelegt, als seine Infrarot-Sensoren Wellenlängen von zwölf bis 14 Microns aufzeichneten – eindeutige Anzeichen der Körpertemperatur eines menschlichen Wesens –, und zwar in einer Distanz von etwa fünfzig Metern vor ihm.

Der Roboter hielt an, versuchte, die Quelle zu lokalisieren, doch sie hatte sich schnell wieder aus der Reichweite der Sensoren zurückgezogen.

Während seine Computer versuchten, über Dreiecksberechnung der Bewegungslinie den wahrscheinlichen Fluchtweg zu projizieren, machte sich das Stachelschwein schlingernd über den steinigen Untergrund an die Verfolgung.

Plötzlich tauchte eine weitere Quelle menschlicher Infrarot-Ausstrahlungen auf, diesmal hinter dem Stachelschwein.

Dann eine dritte zu seiner Rechten und eine vierte zu seiner Linken.

Der Roboter stoppte wieder. Die verschiedenen Sensoren seines Turmaufbaus benötigten nur einen Augenblick, um eine Fläche im Radius von fünfzig Metern abzudecken. Zur gleichen Zeit warf seine infrarote Leuchte ein Lichtfeld, das es dem Nachtsichtvideogerät ermöglichte, die Dunkelheit auf Bilder zu durchforsten.

Wieder stürzten die anomalen Strahlenquellen in die Reichweite und sogleich wieder hinaus, immer noch den Roboter umgebend, wobei ihre Bewegungsabläufe etwa gleichweit von ihm entfernt blieben.

Im Vergleich und in der Analyse der Daten seiner Sensoren waren die logischen Systeme des Stachelschweins zu dem eindeutigen Schluß gelangt, daß es sich bei den ihn umgebenden Objekten um menschliche Wesen und um potentielle Bedrohungen handelte. Aber ganz im Einklang mit seinem Design enthielt seine Programmierung keinerlei Optionen, sich mit ihnen auseinanderzusetzen.

Statt dessen übertrug es die verarbeiteten Daten über einen verschlüsselten Sender an den Zentralcomputer und überließ es damit seinen Kontrolleuren aus Fleisch und Blut, die nächsten Entscheidungen zu fällen.

»Was ist denn plötzlich mit Wally los?« fragte Jezoirski. »Sehen Sie, wie er herumschnüffelt?«

»Ja«, entgegnete Delure besorgt. »Und das gefällt mir nicht.«

Neben ihnen lehnte sich der Chef des Büros, Cody, gedankenverloren und stumm über seine Überwachungsmonitoren.

An ihren Überwachungsmonitoren tief im Bauch des brasilianischen ISS-Geländes analysierten die Wachen eine komplexe Reihe von Schaltern, Kontrollinstrumenten und elektronischen Displays, die ihnen die entscheidenden Informationen des betrieblichen Sicherheitsnetzwerkes übermittelten. Alle drei trugen die indigofarbenen Uniformen und die neuen Schulterstücke – mit dem Bild eines Schwertes umgeben von stilisierten Satellitenlinien – von UpLinks globaler Einheit für Aufklärung und Gegenmaßnahmen. Die Einheit trug den Namen Sword, das englische Wort für Schwert, in Anspielung auf die Legende vom Gordischen Knoten, den Alexander der Große angeblich mit einem schnellen und entschiedenen Schwertstreich gelöst hatte. Es war eine Methode analog zu Roger Gordians unmißverständlicher Art des Krisenmanagements und gab Anlaß zu manch interessantem Wortspiel.

Jezoirski rutschte in seinem Stuhl nach vorn, seine Gesichtszüge grün gefärbt von der blassen Abstrahlung des Infrarot-Videodisplays, seine Augen auf den Infrarotmeter direkt darunter geheftet. »Scheiße«, sagte er. »Sehen Sie nur die Temperaturabstrahlungen. Mit Sicherheit ist irgend jemand da draußen ...«

Jezoirski brach mitten im Satz ab, als ein Warnlicht bei den Armaturen aufleuchtete. Sofort warf er einen Blick auf Delure, der diese Entwicklung hastig aufzeichnete, und zeigte dann wieder auf den Videoschirm.

Grüne Bilder vor grünem Hintergrund flackerten über den Monitor – eine Gruppe von menschlichen Figuren, die sich um den Sicherheitsroboter herum bewegten, wobei sie abwechselnd vortraten und zurückliefen.

Cody dachte an Bluthunde, die ihre Beute umkreisten. Aber warum sollten diese Hundesöhne mit dem Stachelschwein Versteck spielen? Die Hauptwirksamkeit der Roboter lag in ihrer Fähigkeit, frühzeitig Alarm zu geben und sich im weiteren Verlauf eines Angriffs gegen die Begrenzung zurückzuhalten. Ihre Aufgabe war es, Zeit zu gewinnen, bis menschliche Verstärkung eintraf. Noch während sie stattfanden, sollten etwaige Einbruchversuche abgeschreckt oder verzögert werden. Es war nicht die Aufgabe der Stachelschweine, sich in einen Nahkampf verwickeln zu lassen, wenn das Gelände bereits besetzt war. Zu diesem Zeitpunkt war es leicht, an ihnen vorbeizukommen; sie unschädlich zu machen oder zu vernichten war auch nur unerheblich schwieriger.

Mit vor Konzentration gefurchter Stirn überflog er die Radarbilder vor sich. Auf dem Schirm erschienen das Stachelschwein und die vier Männer als farbcodierte Formen vor dem Hintergrund von Rasterlinien und numerischen Koordinaten.

»Das gibt keinen Sinn«, entfuhr es Jezoirski. »Nichts deutet darauf hin, daß der Außenzaun zerstört wurde …«

»Darüber können wir uns später Gedanken machen.« Cody griff bereits nach dem Telefon, während er schnelle Anweisungen erteilte. Befehle an die Stachelschweine, sofort Totalunterdrückung und Bekämpfung der Eindringlinge. »In der Zwischenzeit sage ich Thibodeau Bescheid.«

Auf Jezoirskis Kommando hin überfiel Wally sie mit einem Licht- und Tonbombardement.

Der erste optische Gegenschlag war ein explosionsartiges Aufleuchten des Neodymium-YAG Laserprojektors auf dem Turmaufsatz des Roboters. Den vier Männern im Umkreis schien es fast, als ob eine kleine Nova sich auf Bodenhöhe entzündet und die Nacht für einen Moment mit diamantener Helligkeit erfüllt hätte.

Schnell liefen sie auseinander, entfernten sich einige Meter von ihrer vorherigen Position. Doch der Laserblitz war etwas, auf das sie sich eingestellt hatten. Schon vorher hatten sie gewußt, daß ein Laserpuls zeitweilig die Sicht beeinträchtigen oder sogar die Netzhaut verletzen konnte, daß er sie blenden oder auch blind machen konnte, je nach Stärke, Intensität und Dauer. Außerdem wußten sie jedoch, daß die Waffensysteme der Verteidigungsroboter von Sword so eingestellt waren, daß sie keine bleibenden Schäden hinterließen. Als Schutz gegen die Helligkeit hatten sie dunkle Filter vor ihren Sichtgeräten getragen, denn sie hatten völlig korrekt vermutet, daß auf diese Weise die Wirkung erträglich sein würde.

Der Angriff des Stachelschweins auf ihre Wahrnehmungsorgane hatte jedoch gerade erst begonnen. Als der Laserblitz gerade in der Luft verglüht war, begann eine Serie von roten und blauen Hallogenscheinwerfern auf Wallys Hauptausrüstungsteil in vorprogrammierter Sequenz Stroboskoplicht abzustrahlen, und zwar in einer Folge und Frequenz, die den normalen menschlichen Gehirnwellen nahekamen. Zu exakt dem gleichen Zeitpunkt hatte der Akustikgenerator des Roboters damit begonnen, 100-Dezibel-Tonwellen in einer kontrollierten Anzahl von zehn Zyklen pro Sekunde auszusenden. Es war eine Resonanz, die von den Eindringlingen mehr gefühlt als gehört wurde, ein dumpfes, schleifendes Brummen kurz unterhalb der menschlichen Hörfrequenz, das sich tief in ihre Körper eingrub, und dann immer mehr in ihren Mägen und Gedärmen anschwoll.

Jede der energiegebündelten Waffen funktionierte nach demselben Prinzip, bei dem spezifische Bereiche des menschlichen Körpers zum Ziel genommen wurden, wobei dann das Ausstrahlungsspektrum mit den charakteristischen Wellenformen innerhalb dieser Bereiche verknüpft wurde, so daß sie durch extreme Stimulation manipuliert wurden. Die blitzenden Lichter griffen die visuellen Rezeptoren des hinteren Hirns an und lösten einen Sturm elektrischer Aktivität aus, die derjenigen bei einem plötzlichen epileptischen Anfall ähnelte. Der Akustikgenerator hatte verschiedene Ziele – das Innenohr, wo anormale Vibrationen der Flüssigkeit in seinen gewölbten Kanälen zu sofortigen Gleichgewichtsstörungen führten, und die weichen Organe des Unterbauches, wo solche Vibrationen konvulsive Schmerzen und Übelkeit verursachten.

Das gezielte Zusammentreffen dieser Maßnahmen überwältigte die Invasoren augenblicklich; ihre Sinneswahrnehmungen und ihre motorischen Körperfunktionen wurden völlig durcheinandergebracht; sie verwirrten sie und riefen heftige Übelkeit hervor, und sie provozierten gleichzeitig Halluzinationen und das Gefühl körperlicher Losgelöstheit von ihrer Umgebung. Zitternd, würgend und spuckend taumelten sie in konfusen, sinnlosen Kreisen. Einer von ihnen fiel auf den Rücken und entleerte seine Blase, während groteske Zuckungen durch seine Glieder fuhren. Ein anderer sank auf die Knie, hielt seinen rebellierenden Magen und übergab sich.

Manuel war selbst schon teilweise überwältigt und wußte, daß er nur noch über wenige Sekunden verfügte, in denen er handeln konnte. Mit aller Kraft hielt er seine Beine unter Kontrolle, drehte sich in die Richtung, in der er das Stachelschwein vermutete, kniff die Augen gegen das gleißende Licht zusammen, hob sein FAMAS-Gewehr an und jagte ein 20-mm-Hochexplosivgeschoß aus seinem Granatenpistolenaufsatz. Es war ein roher, ungenauer Gebrauch einer außerordentlich ausgefeilten Waffe, aber er zeitigte die gewünschten Resultate. Das Geschoß traf den Fahrsockel des Stachelschweins wenige Meter von seinem eigenen Standort und detonierte mit einem Blitz.

Manuel warf sich zu Boden, während die Erschütterungswelle über ihn hinwegrollte, wartete eine oder zwei Sekunden, sprang dann wieder auf die Füße und klopfte sich den Staub von der Kleidung. Ein kurzer Blick in die Runde zeigte, daß ein Mann seiner Truppe von der Explosion getötet worden war; sein Fleisch und seine Kleidungsstücke waren von durch die Luft fliegendem Schrapnell zerfetzt worden. Er selbst hatte eine klaffende Wunde oberhalb des Ellbogens. Aber der Roboter war nur noch ein Wrack. Auf den Resten seiner Gummirollen kippte er zu einer Seite, während Rauch und Flammen aus seinem Trägergerüst hervorstießen. Der Gestank der verschmorenden Kabel hing schon in der Luft.

Ein Wrack.

Dann sah Manuel, wie die übrigen Männer seiner Truppe darum kämpften, ihr Gleichgewicht wiederzuerlangen; er gewährte ihnen einige Augenblicke Pause, dann beeilte er sich, sie an seiner Seite zu sammeln. Sie hatten keine Zeit, sich wegen ihres Verlustes länger aufzuhalten.

»*Venga aqui*!« stieß er hervor. »Los, wir haben noch Arbeit vor uns.«

Sosehr Roger Thibodeau auch seinen Job bei UpLink liebte, sosehr er fühlte, daß es sich um einen wichtigen Job handelte, so haßte er doch die Art und Weise, wie seine Arbeitszeit seine biologische Uhr völlig durcheinanderbrachte, seinen Tagesablauf total auf den Kopf stellte und seinen Lebensstil stärker behinderte, als er selbst zu sagen vermochte.

Zum Beispiel Sex – oder vielmehr die Abwesenheit von Sex. Wo würde er eine Frau hernehmen, die in liebevoller Synchronie seinen Stundenplan teilte, zum Sonnenaufgang ins Bett fiel, um nach Sonnenuntergang wie ein Vampir wieder aufzutauchen? Oder Schlaf, ein weiteres Beispiel. Dies hier war Brasilien, das Land der braungebrannten Körper und der Tangas. Wie konnte er Ruhe finden, wenn das tropische Tageslicht gegen seine Fensterläden drängte, ihn mit seiner Wärme provozierte, daran erinnerte, daß wieder ein langer, herrlich romantischer Nachmittag vorbeitanzte?

Oder als drittes Beispiel, etwas für einen Mann so Wichtiges wie essen. Konnte man wirkliche Fröhlichkeit von ihm erwarten, wenn seine Gerichte bis zur Unkenntlichkeit versaut wurden? Es war schon schlimm genug, sich fast zweihundert Kilometer von der nächsten Stadt zu befinden und von dem unappetitlichen, ungewürzten Zeug leben zu müssen, das in der Kantine aufgetischt wurde. Schon schlimm genug, wenn diese schalen Gerichte heiß aus der Küche kamen. Aber sie zu verzehren, nachdem sie bereits einen halben Tag im Kühlschrank gestanden hatten und dann im Mikrowellenofen wieder aufgewärmt worden waren – das war wirklich der Gipfel der unwürdigen Behandlung. Und die Zeiten, zu denen man zu essen gezwungen war, wenn man Nachtschicht hatte – diese Uhrzeiten waren das letzte!

Thibodeau saß in seinem kleinen, aufgeräumten Büro in einem Untergeschoß im Zentralgebäude des Hauptquartiers der ISS-Anlage und starrte mit einer Art wilder Verachtung auf den Teller mit zerkochtem Fleisch und wäßrigem Kartoffelpüree auf dem Schreibtisch vor sich. Es war kurz nach zwei Uhr morgens, und der neue Bursche auf seiner Schicht, der auf den Namen McFarlane hörte, war gerade mit dem Gericht hineinspaziert. Für sich selbst trug er ebenfalls einen Teller und sah dabei aus, als könnte er es kaum abwarten, zurück auf seinen Posten zu gelangen und dieses Essen zu verschlingen ... was Thibodeau dermaßen nervte, daß er nicht in der Lage war, sich dem jungen Mann gegenüber zu verstellen und zumindest ein wenig Dankbarkeit zu heucheln. Das wiederum führte dazu, daß er sich noch schlechter fühlte, da er den Überbringer so hart für die Botschaft bestrafte.

Natürlich würde er sich später entschuldigen müssen. Ihm erklären, daß selbst die optimistischste Person der Welt an Zufriedenheit einbüßte, wenn sie zwei Jahre lang das Mittagessen um sieben Uhr abends und ein widerliches Abendessen zwischen Mitternacht und drei

Uhr morgens verzehren mußte. Lediglich das Frühstück war erträglich, und auch nur deswegen, weil die Köche gegen sechs Uhr morgens zur Arbeit kamen, so daß er die Gelegenheit hatte, vor dem Ende seiner Schicht ein paar frische Eier oder Pfannkuchen zu bestellen, und auf diese Weise wenigstens ein relativ anständiges Mahl zu einer relativ normalen Zeit zu sich nahm.

»Lieber Gott, wir danken dir für unseren verdammten täglichen Brei«, murmelte Thibodeau mit starkem Südstaatenakzent.

Mit ergebener Miene wollte er gerade nach Messer und Gabel greifen, als das Telefon an seinem Ellbogen schrillte. Erstaunt blickte er hinunter, sah das Licht der Alarmleitung blinken und riß hastig den Hörer hoch. Außer bei Übungsalarmen war dieser Anschluß während seiner Zeit auf dem Betriebsgelände noch nie benutzt worden.

»Ja?« meldete er sich.

Der Mann am anderen Ende der Leitung war Cody von der Überwachungsstation.

»Sir, jemand ist hier eingedrungen …«

»Wo?« Sofort saß Thibodeau kerzengerade in seinem Sessel. Seine kulinarischen Sorgen waren wie weggeblasen.

»Im westlichen Quadranten.« Codys Stimme vibrierte vor Spannung. »Wally hat diverse Eindringlinge entdeckt. Allerdings verstehe ich nicht, wieso wir keinerlei Beschädigung der Umzäunung entdecken können. Keinerlei Anzeichen, daß die Abgrenzung irgendwo durchbrochen wurde.«

»Haben Sie den kleinen Bastard auf sie losgelassen?«

»Sofort. Wir haben sein Laserprogramm und seine Akustikkanone aktiviert, aber …« Er zögerte. »Sir, Wally ist nicht mehr erreichbar. Es sieht nicht gut aus.«

Thibodeau atmete tief. Tausende von Malen hatte er

darauf hingewiesen, daß man den Stachelschweinen nicht zuviel zutrauen konnte. Aber, zum Teufel, noch einmal, niemals hatte er damit recht behalten wollen.

»Haben Sie etwas von Henderson und Travers am Eingangstor gehört?«

»Wir versuchen, sie über Funk zu erreichen, aber es antwortet niemand ...«

»Verdammt«, fluchte Thibodeau. »Schicken Sie ein paar Männer los. Außerdem will ich sofort eine komplette Truppe um die Fabrik und die Lagergebäude herum. Riegeln Sie die Gebäude ab, haben Sie mich verstanden?«

»Geht in Ordnung.«

Thibodeau sammelte seine Gedanken und konzentrierte sich, während seine Faust den Telefonhörer umklammerte. Er war begierig darauf, in die Überwachungsstation zu eilen, um selbst zu sehen, was sich da draußen abspielte. Aber zuerst wollte er dafür sorgen, daß sich alle Sicherheitskräfte in Bereitschaft befanden.

»Wir sollten die Luftunterstützung anfordern«, sagte er nach einem Moment. »*Laissez les bons temps rouler.*«

»Was haben Sie gesagt, Sir?«

Thibodeau erhob sich. »Sagen Sie den Hubschrauberpiloten, daß sie ihre verdammten Sicherheitsgurte festschnallen sollen. Das ist alles.«

Manuel hockte hinter dem Tor. Sein Arm pochte, und über der Verletzung war der Ärmel seines Fallschirmspringeranzugs warm und feucht. Die schnellen Bewegungen hatten die Blutung verschlimmert, aber die Zerstörung des Wachtroboters würde in kürzester Zeit das Sicherheitspersonal herbeilocken, und jedes Zögern vergrößerte das Risiko einer Gefangennahme. Er würde sich später um die Wunde kümmern müssen.

Mit zusammengebissenen Zähnen unterdrückte er

seinen Schmerz, nahm eine dreieckige Scheibe C4-Sprengstoff aus seiner Ausrüstungstasche, schälte die äußere Verpackung ab und formte die Masse sorgfältig um den Fuß des Torpostens. Als nächstes holte er ein etwa dreißig Zentimeter langes Stück Primadet-Zündschnur hervor. An einem Ende war eine Zündkapsel aus Aluminium befestigt, während sich am anderen ein batteriebetriebener Zeitzünder befand, etwa von der Größe und der Form eines Textmarkers. Er stopfte die Zündkapsel in die Sprengmasse und stellte den einfachen Uhrmechanismus des Zeitzünders auf fünf Minuten. Sobald er den kleinen Sicherungsriegel entfernte, würde der Zeiger der Uhr seine Umdrehungen beginnen und damit die Detonationssequenz auslösen – jedoch konnte er diesen Schritt erst vornehmen, wenn seine Männer damit fertig waren, die diversen Sprengsätze, die sie bereits entlang der Zaunstützen deponiert hatten, miteinander zu verkabeln. Die äußerst dünne, orangenfarbene Zündschnur brannte mit einer Geschwindigkeit von mehr als dreitausend Metern pro Minute. Auf diese Weise würden die miteinander verkabelten Sprengsätze fast gleichzeitig explodieren, doch bevor dies geschah, wollte er sich in ausreichender Entfernung wissen.

Manuel wartete. Einige Meter zu seiner Linken brannte Licht und schien durch das zerbrochene Fenster der Wachkabine. Die einzige Wand, die er aus seiner Position sehen konnte, war über und über mit Blut bespritzt. Ein schlaffer, nach oben deutender Arm lehnte gegen diese Wand, oberhalb der Stelle, an der einer der leblosen Posten gefallen war.

Er wandte seinen Blick zur anderen Seite, entlang des Begrenzungszauns, wo die anderen noch arbeiteten, sichtbar nur als dunkle Schemen vor dem Hintergrund der noch dunkleren Nacht. Es war nicht seine Idee gewesen, eine Bresche in den Zaun zu sprengen. Die diensthabenden Wachtposten hätten den elektronischen Zugangscode des Tors gewußt, und er hatte vorgeschlagen, sie gefangenzunehmen und sie mit vorgehaltener Waffe dazu zu zwingen, das Tor aufzuschließen. Aber Kuhl hatte einen äußerst knappen Zeitplan aufgestellt und wollte sie aus dem Wege haben, bevor die Fallschirmspringer landeten. Mit der Eliminierung des Roboters und der Wachen im westlichen Sektor des Geländes würde es seinen Überlegungen zufolge zu einer Überwachungslücke kommen, bis die Verstärkung der Sicherheitskräfte eintraf. Dies würde es der Gruppe von Manuel ermöglichen, ihre Sprengsätze vorzubereiten, während die Gruppen Orange und Gelb ihre jeweiligen Teilpläne durchführten.

Manuel hatte nicht widersprochen. Es war Kuhls Aufgabe, die endgültigen Entscheidungen zu treffen, und seine, die Ausführung zu übernehmen.

Jetzt sah Manuel einen der anderen Fallschirmspringer auf das Tor zu laufen, wobei er die Zündschnur hinter sich abrollen ließ. Allmählich wurde es auch Zeit, dachte Manuel. Seine Wunde war groß und häßlich, und scharfe Metallfragmente steckten überall im aufgerissenen Fleisch. Bald würde er sich darum kümmern müssen.

Um klare Gedanken zu fassen, atmete er tief durch. Dann nahm er die Zündschnur in Empfang und steckte sie in den Sprengstoff, den er gerade befestigt hatte. »*Bueno, Juan*«, sagte er. »Wo ist Marco?«

»Schon auf dem Weg«, entgegnete er. Auf Manuels Arm deutend fragte er: »Alles in Ordnung bei Ihnen?«

Manuel sah ihn an.

»Ja, alles in Ordnung«, erwiderte er. Er zwang sich, beim Aufstehen nicht zu taumeln. »Nehmen Sie das Funkgerät, und kontaktieren Sie Tomas und die anderen. Sagen Sie ihnen, daß wir hier fertig sind. Dann ziehe ich den Sicherungsriegel heraus.«

Im dritten Tiefgeschoß im Zentrum der Anlage stürzte Thibodeau in die Überwachungsstation. Er fand Jezoirski, Cody und Delure aufgeregt vor ihren Displays.

»Was zum Teufel ist da draußen los?« Schon bei seiner Frage bemerkte er ihre nervösen Gesichter.

Delure fuhr in seinem Stuhl herum und sah ihn an. »Sir, diesmal ist es Ned ... das Stachelschwein hat in seinem Sektor eine Gruppe von Eindringlingen entdeckt. Könnten dieselben sein, die wir an der westlichen Begrenzung gesehen haben – wir sind uns nicht sicher.«

Thibodeau schaute auf den Bildschirm und pfiff leise vor sich hin. Es kümmerte ihn weniger, ob diese Eindringlinge dieselben waren, die Wally entdeckt hatte, als vielmehr, wie sie auf das Gelände gelangt waren, ohne irgendeinen Alarm des Grenzzauns auszulösen. Außerdem brannte er darauf, die Absicht hinter diesem Überfall herauszufinden. Da er sich grundsätzlich auf seinen Instinkt verließ, entdeckte er Regelmäßigkeiten und Zeitabläufe in ihren Attacken, die ihn urplötzlich an seine Zeit bei der Aufklärungspatrouille in Südostasien erinnerten. Da kam ihm ein Verdacht, der fast zu verrückt war, um ihn seinen Männern mitzuteilen.

Aber er konnte nicht einfach seine eigene Erfahrung ignorieren, und die Zeit als Kommandant einer Fallschirmjäger-Aufklärungseinheit in Camp Eagle hatte ihn reichlich mit Beispielen versorgt. So irrsinnig, wie es sich auf den ersten Blick ausnahm, alles deutete auf einen Angriff aus der Luft hin. Das erklärte die Fähigkeit der Eindringlinge, scheinbar aus dem Nichts aufzutauchen, wie auch ihr ansonsten unverständliches Katz-und-Maus-Spiel mit Wally. Sie hatten sich mit dem Stachelschwein nicht auseinandergesetzt, weil sie es mußten, sondern weil sie es wollten, ganz als ob es ihr Ziel gewesen wäre, den verdammten Roboter sein Programm abspulen zu lassen.

Thibodeau vergegenwärtigte sich noch einmal die verwirrten Gesichtsausdrücke seiner Männer, als er in den Raum gestürmt war – Ausdrücke, die sicherlich seinen eigenen perplexen Gesichtsausdruck widerspiegelten. Er war davon überzeugt, daß sich die ungeladenen Besucher, die draußen an den Begrenzungen der Anlage herumrannten, köstlich über ihre Mienen amüsiert hätten. Zwischen 1969 und 1970 jedenfalls hätte er auf seinen Einsätzen im Dschungel seine helle Freude an solchen Dingen gehabt. Die Maschinen waren im Tiefflug über Baumkronen angeflogen, sobald sie nordvietnamesische Truppeneinheiten aufgespürt hatten, und die Fallschirmjägertrupps waren abgesprungen, um im Busch nach sich bietenden Zielen zu suchen und damit Panik und Verwirrung unter dem Feind zu stiften. *Faire la chasse.*

»Können Sie mir ein besseres Bild von diesen Bastarden einstellen?« fragte er.

Delure drückte auf einen Knopf an seiner Konsole und projizierte augenblicklich einen digitalisierten Kartenausschnitt über das Radarbild, das sie betrachtet hatten.

»Wie wäre es damit?«

»Besser, und jetzt noch näher heran.«

Mit einem weiteren Knopfdruck aktivierte Delure das Teleobjektiv. Thibodeau sah, wie sich die geographischen Details des westlichen Bezirks vergrößerten und auch an den Stellen klarer wurden, an denen Lichtpunkte die Position der Eindringlinge markierten.

»*À non.*« Er deutete auf eine gekrümmte blaue Linie auf dem Schirm. »Hier sind sie.«

Delure starrte ihn ungläubig an. »Ganz in der Nähe der westlichen Zufahrt. Das ist der schnellste Weg von unserem Fahrzeugpool zur Begrenzung.«

Thibodeau nickte.

»Setzen Sie die Stachelschweine auf sie an, und diesmal bitte nicht nur mit bunten Lichtern,« befahl er. »Unsere Verfolgungswagen werden gleich da sein!«

Die Fahrzeugminen, die sie ausgelegt hatten, waren auf einfache aber intelligente Weise getarnt. Sie hatten sie in Teerpapier eingewickelt, damit sie vor dem Asphalthintergrund nicht mehr auffielen. Schon am Tage wäre es für einen Fahrer schwierig gewesen, sie zu entdekken. Nachts waren sie völlig unsichtbar.

Einen Augenblick nachdem Tomas und Raul die Zufahrtsstraße verlassen hatten, um wieder zu ihren Kameraden zu stoßen, hörten sie ganz aus der Nähe von rechts einen leise surrenden Laut. Hastig drehten sie sich mit ihren FAMAS-Gewehren im Anschlag um, als der Sicherheitsroboter sie auch schon erreicht hatte und aus der Mündung eines rohrförmigen Gerätes an seiner Seite unter Hochdruck eine Flüssigkeit auf sie spritzte.

Keinem der beiden Männer gelang es, den Abzug seiner Waffe durchzuziehen, bevor das Schmiermittel aus der Spritzkanone sie überschüttete. Zuerst wurden sie durchnäßt, doch fast im gleichen Moment verhärtete sich die dünne Schicht auf ihrer Haut, auf ihren Kampfanzügen und auf dem Boden unter ihren Stiefeln.

Sofort kam Raul der Gedanke, daß sie mit Immobilisierungsschaum übersprüht worden waren, doch fühlte er bereits Sekunden später, daß es sich bei dieser Substanz um etwas gänzlich anderes handelte – mehr wie Trockeneis, in der Art, wie sie sich verfestigte, obwohl sie kaum kühler war als die ihn umgebende Luft. Tatsächlich schien es fast, als ob die Flüssigkeit statt ihres eigenen Zustands den Zustand seines Körpers verändert hatte, als ob jeder Körperteil, mit dem sie in Berührung gekommen war, sich in glattes, glitschiges Glas verwandelt hatte. Plötzlich konnte er sein Gewehr nicht mehr halten. Je mehr er sich bemühte, desto rutschiger wurde der Griff. Voller Unverständnis und mit weit aufgerissenen Augen sah er, wie die Waffe aus seinen Händen glitt und das Kabel straffte, das sie mit dem optischen Displaygerät an seinem Gefechtshelm verband, so daß sie wie ein Fisch am Angelhaken auf fast lächerliche Weise von seinem Helm herunterbaumelte. Verzweifelt versuchte er, nach ihr zu fassen; seine Finger griffen wild ins Leere, wollten den Griff oder den Lauf umklammern, doch das Gewehr entglitt ihm und fiel schließlich neben seinen Füßen zu Boden.

Als er sich bückte, um es wieder aufzuheben, verloren die Sohlen seiner Stiefel die Haftung, und seine Beine rutschten unter ihm weg.

Mit dem Rücken schlug er hart auf den Boden auf, so daß ihm die Luft aus der Lunge gepreßt wurde. Beim Versuch, sich wieder aufzurichten, fiel er hilflos auf die Seite. Noch einmal versuchte er es, fiel aber wieder zurück. Das Gras unter ihm war steif und rutschig. Sein Kampfanzug fühlte sich so unnachgiebig wie geformtes Hartplastik an. Seine Haut war brüchig und viel zu straff. Aus den Augenwinkeln sah er, wie Tomas in ähnlich hilfloser Manier um sich schlug und auf dem Bauch herumrutschte. Merkwürdigerweise erinnerte der Anblick an einen Mann, der versuchte, über hartgefrorenes Eis zu schwimmen.

Er schrie; dann, als seine Gedanken den Sprung von Furcht zu totaler Panik machten, brüllte er aus Leibeskräften. Als die von Thibodeau losgeschickten Sicherheitsfahrzeuge die Zufahrtsstraße hinter ihnen heraufgerast kamen, schrie er immer noch.

Es war dieselbe Zufahrtsstraße, auf der die beiden Eindringlinge wenige Augenblicke zuvor ihre Minen ausgelegt hatten.

Die drei dunkelblauen Patrouillenfahrzeuge schlugen ihre Luftunterstützung um einige Minuten – zum Teil, weil ihre Fahrer sich näher am Fahrzeugpool befunden hatten als die Hubschrauberpiloten am Helikopter-Startplatz, und zum Teil, weil die Hubschrauber vom Typ Skyhawk längere Warmlaufzeiten hatten als die gepanzerten Fahrzeuge vom Typ Mercedes 300 SE, die startklar waren, sobald der Zündschlüssel umgedreht wurde.

Bei Aufnahme der Verfolgung wußten die Fahrer, daß dieser Unterschied ein Problem darstellen würde. Die Hubschrauber-Automobil-Teams waren mit integrierten Wärmesuchsystemen ausgerüstet, die es ihnen ermöglichten, die exakte Position ihrer Zielobjekte mit Hilfe einer Mikrowellen-Video-Verbindung zwischen den in den Skyhawks montierten Überwachungsgeräten und den Empfängern auf den Armaturenbrettern der Patrouillenfahrzeuge zu bestimmen. Doch ohne Luftübertragungen von den Helikoptern waren die Männer in den Fahrzeugen darauf beschränkt, sich mit so banalen Suchsystemen wie ihren Scheinwerfern zu begnügen, um die Eindringlinge ausfindig zu machen.

Tragischerweise gab es außerdem für sie keinerlei Möglichkeit, bezüglich der auf der Zufahrtsstraße versteckten Minen vorgewarnt zu werden.

Im ersten Wagen befanden sich außer dem Fahrer zwei Männer, einer saß auf dem Beifahrersitz, der andere auf dem Rücksitz. Beide Passagiere wurden völlig überrascht. Der Fahrer sah noch einen fast unsichtbaren dunklen Flecken auf dem Asphalt, etwa drei Meter, bevor er auf die Mine fuhr. In der Annahme, daß es sich um eine Unebenheit oder ein Schlagloch handelte, versuchte er, dem Flecken auszuweichen. Aber seine hohe Fahrtgeschwindigkeit machte das fast unmöglich.

Als der Rand des linken Vorderreifens über die Mine rollte, ging sie mit einer ohrenbetäubenden Explosion hoch. Der Mercedes flog in die Luft, wobei sein Vorderteil höher gerissen wurde als das Heck. Obwohl sein gepanzertes Chassis so gebaut war, daß es einem direkten und kontinuierlichen Angriff mit Handwaffen widerstanden hätte, so war doch seine Unterseite außerordentlich verwundbar. Der orangenfarbene Flammenstoß der Explosion zerfetzte den Wagen von unten und brachte die drei Insassen auf der Stelle um. Eine Sekunde später landete das Fahrzeug auf seiner rechten Seite und rollte schräg auf zwei Rädern, bevor es sich überschlug und mit dem Dach nach unten liegenblieb. Aus der zersplitterten Windschutzscheibe schossen die Flammen hervor.

Mit schreckensweit aufgerissenen Augen stieg der Fahrer des zweiten Wagens in Panik auf die Bremse, riß das Lenkrad zur Seite und schoß an dem zerstörten Wagen vorbei, nah genug, um im Rückfenster die von Flammen umgebenen, verkohlten Überreste eines Gesichts zu erkennen. Dann überfuhr er die zweite Mine und löste eine weitere markerschütternde Explosion aus. Sein Fahrzeug wurde hochgeschleudert und zerfetzt, und sein panischer Aufschrei, vermischt mit den Schreien der Passagiere, sollte das letzte Geräusch sein, das er in seinem Leben vernahm.

Knapp ein Dutzend Schritte hinter ihm schaffte der Fahrer des dritten Wagens, was den anderen nicht gelungen war. Während Metallsplitter und aufgesprengter Asphalt auf die Motorhaube regneten, schlug er das Lenkrad scharf nach links ein, verließ die Straße und schlingerte auf den Rasen des Seitenstreifens. Seine Reifen spritzten Erde und Grasbüschel in alle Richtungen. Die kostbaren zusätzlichen Sekunden Reaktionszeit ermöglichten es dem Fahrer, das Fahrzeug in die Gegenrichtung zu lenken und schließlich mit quietschenden Bremsen anzuhalten – gerade rechtzeitig, um dem plötzlichen Tod zu entkommen.

In der Dunkelheit jenseits der Straße lagen zwei Männer des Teams Orange still in ihren Verstecken.

Beide Eindringlinge hatten sich ein wenig von ihren Kameraden abgesetzt, nachdem sie die Straße mit Minen übersät hatten. Damit war es ihnen gelungen, sich aus dem Überwachungsradius des Sicherheitsroboters der nördlichen Geländebegrenzung zu entfernen.

Noch eine Weile blieben sie in ihren Verstecken, beobachteten die Feuerbrunst durch ihre Nachtsichtgeräte und sahen zu, wie die verstörten Überlebenden des Hinterhalts aus ihrem Fahrzeug taumelten. Dann erschütterte eine weitere Explosion in westlicher Richtung das Gelände, gefolgt von einem in den Himmel auflodernden Feuerkeil.

Nach dieser brutalen Bestätigung der erfolgreichen Arbeit von Team Blau verschwanden die beiden Männer in den Schatten der Dunkelheit. Ihre Falle war zugeschnappt, aber noch war die Arbeit der heutigen Nacht nicht beendet.

Gleich sollte die letzte Phase der Operation beginnen.

Kuhl starrte in den Schein der Explosion und stellte sich vor, wie ihre Schockwellen durch die Herzen seiner Gegner fuhren. Sorgfältig hatte er die Mission der heutigen Nacht geplant, jedes Detail überprüft, und nun trug seine Vorbereitung die gewünschten Früchte.

Jetzt hörte er ein lautes metallisches Reißen, das ihn an einen unmenschlichen Verzweiflungsschrei denken ließ. Vor ihm flog ein zerknautschtes Stück Begrenzungszaun in die Luft und fiel dann in einem Schauer von Funken und Metallfetzen wieder zu Boden.

Es war soweit.

Kuhl drehte sich zu seinem Fahrer und befahl ihm, das Signal zur Abfahrt zu geben. Nach kurzem Kopfnicken schaltete der Fahrer die Scheinwerfer und die Rücklichter einmal kurz an und wieder aus.

Der Fahrer hinter ihm reagierte in gleicher Weise,

und dann der nächste, so daß wenige Augenblicke später alle Jeeps startklar waren.

Die Motoren wurden angelassen, und die Fahrzeuge rollten in die Richtung des Feuers und des Donners der Explosionen, auf dem Weg zu den jetzt offen vor ihnen liegenden Installationen des Komplexes.

Kreidebleich und mit zitternden Fingern reichte Thibodeau den Kopfhörer an Delure zurück. Selbst im dritten Untergeschoß waren die Detonationen auf dem Gelände als dumpfe Schläge hörbar gewesen, wobei die letzte und intensivste Explosion die Wände erschüttert hatte, als ob ein Erdbeben sie überrascht hätte. Aber erst nachdem sie von den in den Hinterhalt geratenen Patrouillenfahrzeugen – oder was von ihnen übriggeblieben war, Gott helfe den armen Jungs – vernommen hatten, hatte er zu zittern angefangen. In der jetzt einsetzenden allgemeinen Stille, die den Explosionen folgte, stellte er fest, daß es ihm nur mit äußerster Willenskraft gelingen würde, dieses Zittern abzustellen.

Bis zu diesem Zeitpunkt hatten die Gegner, wer immer es auch sein mochte, ihn völlig ausmanövriert. Sie waren ihm immer einen Schritt voraus gewesen, und das in jeder Phase. So durfte das nicht weitergehen.

Mit auf dem Rücken gefalteten Händen durchschritt er den Raum, biß die Zähne zusammen und kämpfte darum, die Kontrolle über sich selbst zu behalten.

Was war da draußen los? Und was konnte er dagegen tun?

Die beste Art, eine Antwort auf diese Fragen zu finden, war seiner Meinung nach ein Rückblick auf alle Einzelheiten und Daten, die er zur Verfügung hatte – so negativ sie auch sein mochten. Das westliche Zugangstor war unbewacht und offen, der direkte Zugang dorthin von den ausbrennenden Wracks seiner eigenen Patrouillenfahrzeuge blockiert. Eine Gruppe von schwer bewaffneten und sehr gut trainierten Männern war in den Produktionskomplex eingedrungen und lief nun auf seinem Gelände Amok. Und sie hatten gezeigt, daß sie weder vor kaltblütigem Mord noch vor Sabotage zurückschreckten.

Noch wußte er nichts über die Anzahl dieser Männer. Auch von ihrer eigentlichen Absicht hatte er keinerlei Vorstellung. Aber mit Sicherheit gingen ihre Pläne über ein paar vereinzelte Attacken im Randbereich des Komplexes hinaus.

Was immer ihr eigentliches Ziel sein mochte, es würde sich im Kern der Fertigungsbetriebe und der Lagerhallen befinden. Vielleicht sogar in den Unterkünften des Personals – einige sehr wichtige Persönlichkeiten des wissenschaftlichen Teams der Internationalen Raumstation befanden sich bei ihnen auf dem Gelände. Zwar hatte er bereits ausdrücklich angeordnet, daß diese Bereiche in höchster Alarmbereitschaft abgeriegelt wurden, aber er wußte nicht, ob die Stärke seiner Truppen ausreichte, um diese Abriegelung gegen einen konzentrierten Schlag aufrechtzuerhalten.

Thibodeau blieb stehen und legte eine Hand auf Delures Schulter.

»Wie viele Leute haben wir zur Bewachung der Gebäude abgestellt?« fragte er.

»Fünfzehn, zwanzig, Sir …«

»Das sind dann unsere kompletten Tages- und Nachtwachen. Richtig?«

»Genau, Sir. Mit Ausnahme der Männer in den Fahrzeugen und in den Hubschraubern. Und denen, die zufällig gerade nicht auf dem Gelände sind.«

Thibodeau nickte. Eine Handvoll der Sword-Kämpfer und einige andere Angestellte zogen es vor, in Cuiabá zu wohnen und täglich die lange Fahrt hierher auf sich zu nehmen, statt sich der Isolation des Komplexes auszusetzen.

Für einen Augenblick schwieg er mit fest zusammengebissenen Zähnen. Die Teufel sind mir überall voraus, während ich die ganze Zeit wie ein Truthahn auf heißen Kohlen tanze.

Plötzlich ließ er Delures Schulter los, ging zu einem stählernen Ausrüstungsschrank auf der anderen Seite des Raumes und nahm eine kugelsichere Zylon-Weste heraus.

»Ihr Jungs haltet die Festung hier unten«, sagte er, während er sich die Weste überzog. »Ich gehe jetzt an Deck.«

Nachdem sie durch das Loch im Zaun gefahren waren, hielten die Jeeps etwa zehn Meter weiter kurz an. Glühende Metallreste lagen wie kleine Inseln verstreut auf dem Gras um sie herum und warfen zuckende Lichter auf ihre Gesichter.

Die übriggebliebenen Männer des Teams Blau und des Teams Orange warteten an der vereinbarten Stelle. Sie liefen zu den Fahrzeugen und stiegen ein.

Manuel kletterte ohne Hilfe in Kuhls Jeep, doch es bereitete ihm sichtliche Schwierigkeiten. Er hörte Tropfen seines Blutes auf den Rücksitz fallen, als er sich neben Antonio setzte.

»Sie haben gute Arbeit geleistet«, lobte Kuhl. Er saß bewegungslos auf dem Vordersitz.

Schwer atmend lehnte sich Manuel gegen die Rükkenlehne vor ihm. Es fühlte sich an, als ob jemand Tausende von weißglühenden Nadeln in seinen Arm gestochen hätte. »Marco hat es erwischt. Und zwei Männer von Team Orange mußten zurückgelassen werden.«

Kuhl blieb bewegungslos.

»Verluste sind immer zu erwarten«, bemerkte er kalt.

Er vollführte mit der Hand eine Geste in der Luft, und der Jeep setzte sich wieder in Bewegung. In kurzen Abständen folgten die anderen Fahrzeuge.

Als Ed Graham die Jeeps von der Höhe seines Skyhawk-Hubschraubers entdeckte, war sein erster Gedanke, daß der Anblick ihn an seine vielen Jahre als Pilot bei der Polizei von Los Angeles erinnerte. Sein zweiter Gedanke war, daß dieser erste Gedanke doch ein seltsamer und beängstigender Kommentar zur modernen amerikanischen Gesellschaft war, wo doch früher einmal das große Hollywood-Schild und Manns Chinesisches Theater die Symbole von Los Angeles gewesen waren, und nicht etwa zwanzig Männer, die in voller Kampfmontur durch die Gegend fuhren.

Einen Herzschlag später folgte der dritte Gedanke – daß er wohl besser erst einmal mit dem Nachdenken aufhören und zur Tat schreiten sollte, da er in genau diesem Augenblick auf einen großen Misthaufen von Problemen hinunterblickte.

»Mein Gott, da haben wir uns aber etwas eingehandelt«, sagte der Mann zu seiner Rechten, fast schreiend, um trotz des lauten Rotorschwirrens gehört zu werden. Er griff nach Kopfhörer und Mikrofon. »Sollten vielleicht besser sofort Verstärkung anfordern, und dann unsere Gäste mit dem Willkommenslicht begrüßen.«

Ed nickte, während seine Hände mit den Steuerknüppeln beschäftigt waren. Mitch Winter war der beste Kopilot der gesamten Truppe. Sie dachten ähnlich und kamen gut miteinander aus, was ihre Zusammenarbeit natürlich erleichterte.

Er ging etwas tiefer, während Mitch seine Nachricht an die Zentrale und den Rest der Flotte schickte. Etwa dreißig Meter unter ihnen hatten die Jeeps abrupt angehalten. Fahrer und Beifahrer drehten die Köpfe nach hinten und starrten zum Skyhawk hinauf.

Ed schaute durch sein gewölbtes Rundfenster, nahm eine Hand von der zyklischen Blattsteuerung und drückte auf den Knopf, der den Starburst SX-5 Suchscheinwerfer des Hubschraubers aufleuchten ließ.

Zur gleichen Zeit schaltete Mitch die Kommunikationsanlage von Funkverkehr auf Außenlautsprecher um.

Mit einer Lichtintensität von 15 Millionen Kerzen bestrahlte der Suchscheinwerfer die Männer in den Jeeps. Das Licht ließ sie erstarren, während es die Nacht in gleißende Mittagshelle verwandelte.

Ed warf einen Blick auf Mitch. »Okay, jetzt bist du dran.«

Mitch nickte und hob das Kontrollmikrofon an seine Lippen. »Bleiben Sie stehen und ...«

»... lassen Sie Ihre Waffen fallen! Keine Bewegung! Bleiben Sie, wo Sie sind!«

Von oben gnadenlos in Licht gebadet, steckte Kuhl den Kopf aus dem Fenster und schaute auf die Reihe der Jeeps hinter sich. Mit einer Hand schirmte er seine Augen nach oben ab. Der dröhnende Befehl aus dem Lautsprecher des Hubschraubers war unmißverständlich gewesen. Seine Antwort würde ebenso direkt sein.

»Feuer eröffnen!« rief er. *»Ahora!«*

Die vier Mitglieder von Team Gelb waren bis auf wenige Meter an das Gebäude herangekommen. Von einer Versteckposition sprangen sie zur nächsten, wie Spektren in der Nacht. Ihre Beobachtungen hatten sie davon überzeugt, daß ihr ursprüngliches Zielobjekt für einen Angriff zu gut bewacht war, aber sie waren flexibel in bezug auf mögliche Alternativen. Eine dieser Alternativen befand sich direkt vor ihnen und sah wesentlich verwundbarer aus.

Hinter einem Wartungsschuppen blieben sie stehen, um ihre Waffen zu überprüfen. Vom westlichen Tor hörten sie das Knattern von Maschinengewehren, und dann die sich überlagernden Geräusche von Fahrzeugen und Hubschraubern, die sich alle auf diesen Sektor konzentrierten.

Fast schien dies ein vorbestimmtes Signal zu sein.

Mit harmonisch koordinierten Bewegungen schlichen sie wie ein Mann auf ihr Ziel zu.

Als die ersten Kugeln gegen die Unterseite prasselten, preßte Graham den Cyclic nach vorn und betätigte den Pitch, um den Vogel hochzuziehen. Die leichtgewichtige Boron-Panzerung des Cockpits hatte ihm buchstäblich das Leben gerettet, aber er würde sein Glück nicht weiter damit herausfordern, daß er direkte Treffer in Kauf nahm. Jedenfalls nicht, ohne zurückschießen zu können, denn aufgrund von Restriktionen der brasilianischen Behörden gegenüber UpLink hatten die Flugzeuge und Hubschrauber der Sword-Einheit keine Angriffswaffen an Bord. *Muito obrigado* an diejenigen, die sich so etwas ausgedacht hatten.

Während der Skyhawk steil aufstieg, schaute er durch die Windschutzscheibe und bemerkte sehr schnell die außergewöhnliche Feuerstärke seiner Angreifer. Weder die Gewehre noch die Helmdisplays, mit denen sie verbunden waren, noch irgendwelche ähnlichen Systeme hatte er jemals in Aktion erlebt.

»Ich bleibe so lange hier, bis du eine Aufnahme von diesen Verrückten zu den Patrouillenteams geschickt hast, Mitch!« rief er und deutete mit dem Kopf auf den in die Konsole eingelassenen Fernsehschirm. »Ich will nicht, daß die anderen von diesen Waffen völlig überrascht werden.»

Mitch nickte bestätigend und nahm die Videokontrolle in die Hand. Mit hartem Griff umklammerte Graham den Flugsteuerungshebel und flog in einer Acht zurück in Richtung auf die Jeeps, um die Nase des Helikopters für einen guten Kamerawinkel auszurichten. In diesem Moment sprangen einige der Schützen abrupt aus ihren Fahrzeugen und rannten in Deckung.

Wie aus der Luft leicht festzustellen war, gab es eine reichliche Auswahl an Deckungsmöglichkeiten, hauptsächlich Kräne, Bulldozer, Bagger, Dampfwalzen und andere schwere Maschinen, die in diesem Sektor für den Bau neuer Gebäude bereitgestellt worden waren. Ihre Unbeweglichkeit und Größe machte sie zu idealen Objekten, um hinter ihnen Schutz und Deckung zu suchen.

Im Zickzack überflog Graham wieder und wieder die Szenerie. Hinter den Maschinenkolossen sah er die speichenförmig angelegten Zufahrtsstraßen, die zum Zentrum des Geländes liefen. Nach Norden entdeckte er die Überreste von zwei Patrouillenfahrzeugen auf der Hauptstraße vom Fahrzeugpool. Ein Rettungswagen und einige andere Fahrzeuge standen ganz in der Nähe. Sicherheitskräfte schritten die Straße mit langstieligen Minensuchgeräten ab, während andere sich an den Wracks zu schaffen machten, in einem verzweifelten Versuch, die Flammen zu löschen und Überlebende ausfindig zu machen.

Dann entdeckte er den Grund für die plötzliche Flucht der Eindringlinge. Mit blinkender Alarmbeleuchtung rasten zwei Verfolgungskolonnen auf den zweitrangigen Fahrwegen auf sie zu. Rechts und links schossen jeweils drei Fahrzeuge in Höchstgeschwindigkeit heran, und beide Gruppen wurden in der Luft von einem Skyhawk begleitet. Innerhalb von Sekunden würden sie die Jeepkolonne erreicht haben.

»Schicken wir schon Bilder nach unten?« fragte er mit einem Blick zu Mitch.

Wiederum nickte Mitch und zeigte auf den Fernsehschirm. Er zeigte ein detailliertes Infrarotbild der Scharfschützen in einem der Jeeps.

»Hübsche Aufnahme, echt gut gelungen«, war Grahams Kommentar. »Jetzt laß uns beten, daß die Jungs auf dem Boden sie genau so scharf sehen wie wir hier oben.«

Die Bilder waren hervorragend, und sie kamen auf den Monitoren der Patrouillenfahrzeuge und der Helikopter genau so an wie auf dem Schirm von Graham und Winter. Außerdem erwies sich die von den Bildern übermittelte Information als äußerst wertvoll für die Patrouillen, da sie ihnen einen sofortigen Überblick über die Anzahl der Gegner sowie über ihre Positionen und über die Art von Waffen verschafften, die sie mit sich führten.

Insbesondere die Gewehre waren beeindruckend, doch die Männer in den Fahrzeugen blieben gelassen aufgrund ihrer eigenen speziell entwickelten Feuerwaffen. Das Gewehrsystem mit Variabler Geschwindigkeit oder VVRS war eine M16 mit Munitionskammern für Kaliber 5.56mm-Mehrzweck-Stahlmantelgeschosse, ausgerüstet mit offenem Lauf und einem drehbaren Handschutz. Eine Drehung dieses Handschutzes erweiterte oder verengte die Öffnung des Laufes, erhöhte oder verminderte die Quantität des Druckgases im Lauf und beeinflußte auf diese Weise die Geschwindigkeit, mit der die Geschosse abgefeuert wurden. Bei niedriger Geschwindigkeit umhüllten die gefütterten Plastikmäntel schützend die Kugeln und federten deren tödlichen Aufprall ab. Doch bei hoher Geschwindigkeit schälten sich die Hüllen wie alte Larvenkokons ab, und die Munition wurde absolut tödlich.

Als er die linke Flanke der Jeeps erreichte, war es für den Kolonnenführer der Patrouillen Dan Carlysle eine rein rhetorische Frage, ob er die tödliche Version einsetzen sollte oder nicht. Die Männer, die aus den Jeeps herausstürzten, hatten ohne zu zögern gemordet. Ihre Waffen stellten offensichtlich eine tödliche Bedrohung dar, auf die nur mit Entschlossenheit und dem Willen reagiert werden konnte, es ihnen auf die gleiche Weise zurückzuzahlen.

Trotzdem lag Carlysle viel an einer ausdrücklichen

Ermächtigung, wenn das nur irgend möglich war. Es gab politische Kräfte in Brasilien, die bereits jetzt an den umfassenden Sicherheitsvorkehrungen der Firma UpLink Anstoß nahmen, und sie würden von einem kleinen Krieg auf brasilianischem Boden weiter aufgestachelt werden. Obwohl Carlysle bereit war, vor Ort die Entscheidung zu treffen, war er sich doch über das möglicherweise darauf folgende diplomatische Chaos im klaren und wollte lieber auf die Zustimmung seines direkten Vorgesetzten zählen.

Während er im ersten Fahrzeug vorausraste, griff er nach dem Mikrofon am Armaturenbrett und verlangte Funkkontakt mit Thibodeau.

»Tun Sie alles, was nötig ist, Dan, hören Sie mich? Sollten wir Theater mit den Einheimischen bekommen, *soit*, kümmern wir uns später darum.«

»Verstanden, Sir. *Over*.«

Thibodeau steckte sein tragbares Funkgerät wieder an den Gürtel, zündete sich eine Zigarette an und rauchte schweigend. Weit draußen, am westlichen Rand des Geländes, hörte er das Trommeln eines Schußwechsels, quietschende Reifen und wiederum Schüsse, unterbrochen von lauten Explosionen. Gott, die ganze Angelegenheit war irrsinnig. Nicht einmal in seinen wildesten Alpträumen hatte er es für möglich gehalten, außerhalb der Armee in einen derart massiven Konflikt verwickelt zu werden. Außerdem fand er wenig Gefallen daran, Befehle und Anweisungen aus der Entfernung zu erteilen und andere Männer ins Feld zu schicken, statt selbst aktiv an dem Einsatz teilzunehmen. Aber in dieser Nacht lastete die volle Befehlsverantwortung auf seinen Schultern.

Trotzdem hätte er den höllischen Lärm lieber nicht gehört.

In diesem Augenblick stand er vor fünf niedrigen

Betongebäuden und zog an seiner Zigarette. Diese Häuser beherbergten das Schlüsselpersonal der Anlage und ihre Familien; jedes Haus war vier Stockwerke hoch und hatte auf jedem Stock zwischen acht und zehn Wohnungen. Insgesamt waren hier 237 Männer, Frauen und Kinder untergebracht. Thibodeau hatte seine Sicherheitskräfte um sie herum postiert, da er von einer gewissen Wahrscheinlichkeit ausgehen mußte, daß die Eindringlinge eine Entführung oder Geiselnahme planten ... was nicht heißen sollte, daß nicht auch andere Möglichkeiten zu berücksichtigen waren. Der Diebstahl der viele Millionen Dollar teuren Komponenten der Internationalen Raumstation, die sich auf dem Gelände befanden – oder auch ihrer Planzeichnungen und Detailbeschreibungen – könnte ein ebenso gutes Motiv für den Angriff sein, doch war sein wichtigstes Anliegen der Schutz menschlichen Lebens.

Gedankenverloren stand er da und rauchte; der Tabakrauch strömte langsam aus seiner Nase. Da er völlig überrascht worden war, versuchte er sein Bestes, die Situation in den Griff zu bekommen und seine Ressourcen optimal auszunutzen. Aus diesem Grund waren alle Angestellten und ihre Familien, die nicht zu den Sicherheitskräften zählten, für die Dauer der Krise in ihre Wohnungen verbannt worden. Mehr als zwei Drittel seiner Leute hatte er um den Wohnbezirk herum in einem engen Verteidigungsring konzentriert. Er konnte jetzt beobachten, wie sie um die Häuser patrouillierten, und war zuversichtlich, daß sie sich jedem Angriff hartnäckig widersetzen würden.

Trotzdem beunruhigte es ihn zutiefst, daß es zur Verstärkung seiner Kräfte an dieser Stelle erforderlich gewesen war, eine Reihe von Männern vom Industriekomplex des Geländes abzuziehen. Die mit der Bewachung des Industriekomplexes betraute Truppe war zu klein und zu dünn auf eine große Fläche verteilt – eine

Schwäche, die von entschlossenen Angreifern leicht ausgenutzt werden konnte, zumal wenn sie das Überraschungsmoment auf ihrer Seite hatten. Auch weiterhin wußte er fast nichts über diese Leute, doch was mochten sie über die Verteilung der Installationen auf dem Gelände wissen? Und über die Stärke, Taktiken und Prioritäten seiner Sicherheitskräfte? Seit ihrem ersten Auftauchen hatten seine Gegner den Tanz angeführt, während er in dem verzweifelten Versuch, mit ihnen Schritt zu halten, hinter ihnen her gestolpert war.

Was wußten sie? In Anbetracht der Schäden, die sie ihnen bereits zugefügt hatten, schien die Antwort eindeutig zu sein – zuviel. Hatten sie vielleicht dieses Wissen dazu benutzt, seine Entscheidungen zu manipulieren?

Mit klopfendem Herzen dachte Thibodeau einen Augenblick über diese Möglichkeit nach. *Mon Dieu*, führten sie ihn bei diesem Tanz an der Nase herum? Lockten sie ihn auf direktem Weg ins Verderben?

Dann hatte er die Inspektion der Szene vor sich plötzlich abgeschlossen, schnippte die zur Hälfte gerauchte Zigarette auf den Boden und marschierte in Richtung Lagerhalle und Fabrikgebäude.

Nachdem sich Antonio hinter einem Jeep in Deckung gebracht hatte, legte er seine Barrett auf die Haube des Wagens und zielte am Fahrzeugrahmen entlang auf das erste Auto der Verfolgertruppen. Während der Wagen direkt auf ihn zu raste, entschloß er sich in Sekundenschnelle, auf einen der Vorderreifen zu halten, in der Annahme, daß es sich dabei um ein leichteres Ziel handeln würde als bei dem Fahrer, der seinen Kopf tief hinter die Windschutzscheibe geduckt hatte.

Er zog den Abzug durch. Es gab ein Krachen, als der Gewehrkolben gegen seine Schulter zurückschlug, dann ein zischendes Entweichen der Luft, als der Reifen in einem Sturm fliegender Gummiteile explodierte. Das Vorderteil des Fahrzeugs sackte nach unten, hob sich wieder in die Höhe und sackte noch einmal nach unten. Doch obwohl es etwas langsamer wurde, kam das Fahrzeug kaum von seinem Kurs ab – zur größten Verblüffung von Antonio.

Die Räder fest auf der Straßenmitte, raste der Wagen weiter direkt auf den Jeepkonvoi zu.

Während Carlysle gerade mit voller Geschwindigkeit auf den quer vor ihm aufgestellten Jeep zu fuhr, sah er plötzlich das kurze Aufleuchten eines teilweise unterdrückten Mündungsfeuers oberhalb seiner Haube, hörte einen Schuß und wurde dann hart in seinen Sitz gepreßt, als die Kugel den rechten Vorderreifen zerfetzte.

Mit beiden Händen umklammerte er das Lenkrad und widerstand der Versuchung, hart auf die Bremse zu treten. Statt dessen tippte er das Pedal mehrfach leicht mit den Zehen an. Der Wagen bockte noch zweimal und versuchte dann, nach rechts auszuscheren, doch er hielt mit aller Gewalt das Lenkrad fest und schaffte es, das Fahrzeug wieder unter seine Kontrolle zu bringen. Einen Augenblick später bekam er das Gefühl für die Schutzrolle, die an die Stelle des Reifens gesprungen war und jetzt Straßenkontakt hatte. Zerfetzte Gummireste klatschten um die Rolle herum, während die stoßdämpfende Elastomer-Oberfläche verhinderte, das die Felge beschädigt wurde. Das Fahrzeug blieb in seiner Spur und erlaubte ihm, so weiterzufahren, als ob der Schuß niemals abgefeuert worden und sein Reifen noch immer intakt wäre.

Als die Invasoren das Feuer auf sie eröffneten, reagierten die Patrouillentruppen mit oft trainierten taktischen Maßnahmen. Das Trio von Carlysles Fahrzeugen drehte scharf nach links ab und hielt quer zur Straße, die

Räder stark eingeschlagen. Die andere Gruppe fuhr auf den rechten Seitenstreifen der Zugangspiste, auf der sie sich näherten, und stoppten mit ihren Reifen in einem ähnlich extremen Winkel. Dann sprangen die Männer beider Trupps auf der linken Seite aus ihren Fahrzeugen, wobei sie die offenen Türen und die nach außen gedrehten Räder zu ihrer Deckung nutzten.

Sobald sich Carlysle hinter seiner Tür in die Hocke begeben hatte, schlugen Kugeln aus verschiedenen Richtungen gleichzeitig ein. Der Mann, der als sein Beifahrer das Gewehr im Anschlag gehalten hatte – ein erst kürzlich von der Bodenstation in Malaysia eingetroffener Soldat mit dem Namen Ron Newell – erwiderte das Feuer. Dabei zielte er auf den Ort, an dem er die schlanke Silhouette eines Gewehrs im Winkel hinter einem beweglichen Kran entdeckt hatte. Dann drückte er sich wieder flach gegen den Wagen, während erneut Geschosse auf dessen gepanzerte Oberfläche trafen.

Neben ihm stieß Carlysle den Lauf seiner VVRS-Waffe hinter der Tür hervor und feuerte eine lange Salve ab. Mittlerweile fragte er sich, zu welchem Zeitpunkt sich dieser entlegene Winkel Brasiliens eigentlich in Dodge City verwandelt hatte.

Er sah zu Newell hinüber, stellte fest, daß er unverletzt war und gab ihm mit dem Daumen ein Zeichen, daß er ebenfalls keine Kugel abbekommen hatte. Im nächsten Augenblick wurde ein anderes Geschoß abgefeuert, gefolgt von einem grellen Blitz in der Dunkelheit und einem pfeifenden Geräusch, das schnell immer näher kam und immer lauter wurde. Einen Moment später schlug irgendeine Art von Explosivprojektil in den Patrouillenwagen auf Carlysles rechter Seite und detonierte mit gleißendem Flammenschein. Die Flanke des Mercedes wurde wie eine Blechdose zermalmt.

Carlysle blieb in Deckung, während seine Ohren

noch von der Explosion widerhallten. Die Situation mußte sich ändern, und zwar so schnell wie möglich. Er würde es nicht zulassen, daß seine Männer hinter ihren Fahrzeugen hockten wie Tontauben bei Schießübungen, während der Gegner einen Treffer nach dem anderen verbuchte, ohne daß sie die Deckung auch nur verließen.

Mit der rechten Hand umfaßte er seine Pistole, griff mit der linken in den Wagen und zog das Mikrofon aus der Halterung. Dann drückte er auf einen der Kontrollknöpfe des Mikrofons, während er den Videoschirm darüber beobachtete. Die hochentwickelten Nachtsichtgeräte der Eindringlinge mochten außergewöhnlich exakt sein, doch er und seine Männer hatten noch einen anderen Trumpf im Ärmel. Auf die richtige Art eingesetzt, könnte er sich sogar als noch vorteilhafter erweisen.

Sie hatten die Skyhawks.

Im Sitz des Kopiloten seines kreisenden Hubschraubers ließ Winter sein Handset sinken und drehte sich zu Graham. Carlysle hatte gerade den Kontakt unterbrochen, nachdem er seine Anforderung über einen Boden-Luft-Kanal durchgegeben hatte.

»Wir müssen die Decken zurückschlagen, unter denen sich die Arschlöcher verbergen, damit unsere Jungs da unten besser sehen können, von wo sie schießen«, rief er über dem Dröhnen der Rotorblätter.

Graham sah ihn an. »Wenn wir tiefer gehen, wird es schwierig sein, dem Bodenfeuer auszuweichen.«

Winters Gesichtsausdruck sagte deutlich, daß er sich darüber im klaren war.

Graham zuckte mit den Achseln.

»Okay«, sagte er. Dann fuhr er fort: »Wir werden es folgendermaßen anstellen.«

Grahams Plan war, mit seinem und einem anderen der vor Ort kreisenden Hubschrauber im Tiefflug auf die Eindringlinge hinabzustoßen und Nahaufnahmen ihrer Positionen aufzufangen, während der dritte Helikopter weiterhin aus größerer Höhe die Szene überflog, um Weitwinkelbilder nach unten zu übertragen. Die Bild-in-Bild-Optionen auf den Monitoren der Patrouillenwagen würden es ermöglichen, alle drei Videokanäle gleichzeitig zu verfolgen. Damit konnten die Patrouillenteams einen komplexen Überblick über die Gefechtszone bekommen.

Graham und Winter waren sich einig, daß es sich dabei um ein riskantes Unterfangen handelte. Sobald die Hubschrauber ihre Höhe reduzierten, knatterten Feuer aus leichten Maschinengewehren in wütendem Stakkato zu den beiden Skyhawks hoch. Mit zusammengebissenen Zähnen steuerte Graham zwischen zwei riesige Maschinen zur Bewegung von Erdreich, wo sich einige der Eindringlinge in Deckung gebracht hatten. Sofort spritzten Kugeln gegen seinen Rumpf, während er sie in nächster Nähe überflog. Sie ratterten wie Kieselsteine gegen die Unterseite des Flugzeugs.

Graham hielt den Vogel still und stand in der Luft. Zu seiner Rechten sah er, wie der zweite tieffliegende Skyhawk unter heftigen Beschuß geriet. Obwohl er nie religiös gewesen war, stellte er überrascht fest, daß er ein leises Gebet für die Mannschaft des anderen Hubschraubers sprach.

Mit feuchten Fingern umklammerte Graham den Steuerknüppel und blieb noch einige Sekunden über den Angreifern in der Luft hängen, während seine Kamera Informationen an die mobilen Empfänger weitergab. Dann gab er Vollgas und riß den Vogel in die Höhe, um sich im nächsten Augenblick auf eine andere Gruppe von Eindringlingen zu stürzen, in der Hoffnung, den Bodeneinheiten die nötigen Informationen geliefert zu haben.

Der Wachtposten lag auf dem Bauch, sein Gesicht so zur Seite gedreht, daß sich eine Wange im Dreck befand. Auf seinem Namensschild stand BRYCE. Er war von hinten erstochen worden; das Messer hatte ihn unterhalb der Schulterblätter getroffen und war dann nach oben und nach vorn in die weichen Organe eingedrungen. In seinem Mundwinkel befanden sich kleine Blut- und Speichelbläschen, die unter dem Schein von Thibodeaus Taschenlampe aufglänzten.

Thibodeau kniete sich neben ihn und berührte die Pulspunkte am Handgelenk und am Hals, fühlte aber nichts. Tot. Wie die beiden anderen Wachtposten, die er um die Ecke vor dem Gebäude vorgefunden hatte. Bei ihnen waren die tödlichen Verletzungen von Feuerwaffen verursacht worden. Wahrscheinlich, so dachte Thibodeau, hatten die Schüsse Howells Aufmerksamkeit erregt. Seine Position ließ vermuten, daß er gerade um die Ecke des Gebäudes gekommen war, um nach dem Rechten zu sehen, als der Mörder ihn überraschte und ihm das Messer in den Rücken stieß.

Thibodeau richtete den Strahl der Taschenlampe auf die Verladerampe der Lagerhalle und war wenig überrascht, als er entdeckte, daß die Tür zur Hälfte angehoben war. Unzählige Dollar waren dafür ausgegeben worden, diese Installationen zu schützen – allein die Stachelschweine kosteten Hunderttausende von Dollar. Aber sie waren in erster Linie eingesetzt worden, um Eindringlinge von draußen zu entdecken, und außerdem gab es kein System ohne Lücken. Obwohl dieser Teil des Lagerhallenkomplexes wichtige Ersatzteile für die Laborbauten der Internationalen Raumstation beherbergte, so gehörte er jedenfalls nicht zu der Handvoll geheimer Lagerhäuser oder geheimer Forschungs-

und Entwicklungsbereiche. Das Niveau der Sicherheitskontrollen für einen Zugang war nicht besonders hoch. Die einem getöteten Wachtposten abgenommene Ausweiskarte für die Angestellten wäre völlig ausreichend gewesen.

Nachdem er sich erhoben hatte, schritt Thibodeau hinüber zur halb geöffneten Tür. Er brauchte dringend Verstärkung, doch würde es mindestens fünf Minuten dauern, bis der nächste Sicherheitsbeamte eintreffen konnte, vielleicht sogar zehn Minuten. Wenn er wartete, welchen Schaden würden die Eindringlinge dann in der Zwischenzeit anrichten?

Zögernd und mit einem üblen Geschmack im Mund blickte Thibodeau noch einmal auf die Leiche am Boden. Bryce. Er hatte ein weiches, glattrasiertes Gesicht und weizenblondes Haar. Vielleicht war er 25 Jahre alt geworden. Fast noch ein Kind. Da er neu war, kannte Thibodeau ihn nicht allzu gut. Jetzt würde er auch keine Gelegenheit mehr haben, ihn besser kennenzulernen.

Thibodeau stand vor dem Eingang des Lagerhauses und sah ihn an. Der Schaum des sauerstoffvermischten Bluts war von der Sorte, die von den Lungen nur nach tiefen Stichwunden hochkam. Seine glatten Gesichtszüge waren immer noch verzerrt von der Verzweiflung der letzten Sekunden seines Lebens. Der Mörder war wild und gnadenlos gewesen.

Mit einem unbewußten Stirnrunzeln ließ Thibodeau das Licht seiner Taschenlampe durch die halbgeöffnete Tür fallen, schob sie weiter auf und trat in den dunklen Innenraum.

»Zehn oder zwölf von ihnen befinden sich hinter dem großen Baukran auf der Linken, etwa sechs oder sieben suchen hinter dem Bulldozer Deckung und ein paar weitere ...«

Für einen Augenblick ließ Carlysle den Sendeknopf seines Funkgeräts los und hielt den Atem an, während ein Kugelhagel laut in seine Richtung schwirrte und auf der äußeren Flanke des Fahrzeugs aufschlug. Bis hierher hatte sein Plan geklappt, denn die Luftunterstützung der Patrouillen hatte für die Fernsehübertragung der Feindpositionen gesorgt. Diese Hubschrauberpiloten hatten sich direktem Feuer ausgesetzt, hatten ihr Leben aufs Spiel gesetzt ... wenn er nicht die ganze Zeit damit beschäftigt gewesen wäre, zu verhindern, daß seine eigene Haut unerwünschte Löcher bekam, dann hätte er sicherlich ihr Loblied an Sonne, Mond und Sterne gesungen. Aber vielleicht hatte er ja später Gelegenheit, seiner Dankbarkeit Ausdruck zu verleihen.

Er nutzte eine Feuerpause und hob das Funkgerät wieder an seine Lippen, um seine Befehle durchzugeben.

»... ein paar weitere befinden sich verstreut hinter dem Haufen von ausgegrabenem Erdreich auf der linken Seite. Der Rest von ihnen steckt immer noch zwischen den Jeeps«, rief er. »Meine Einheit ist dem Kran am nächsten, und ich glaube, wir können ihn ziemlich schnell von hinten umgehen. Für die Bulldozer brauche ich die Einheiten Zwei und Drei. Halten Sie sich rechts von der Straße ...«

Weniger als dreißig Sekunden später hatte er seine Anweisungen durchgegeben. Carlysle schaltete das Gerät aus und rannte mit seinem Team aus der Deckung ihres Patrouillenfahrzeugs hervor in die Richtung seines sich selbst zugewiesenen Ziels.

Mit dem Gewehr vor der Brust hastete Thibodeau durch die Dunkelheit des Korridors, die seine Augen zu durchdringen versuchten. Seine alten Spähtruppinstinkte aus dem Dschungel ließen ihn wie unter Hochspannung stehen, sämtliche Sinne aufs äußerste angespannt.

Vor einigen Sekunden hatte er um Verstärkung gebeten, hatte die Nachricht an alle gesandt, so daß sowohl seine Bodenpatrouillen als auch Codys Team in der Überwachungsstation Bescheid wußten. Dann war er weitergegangen, ohne auf Antwort zu warten. Vielleicht war jemand da, der ihm helfen konnte, vielleicht auch nicht, doch er konnte auf gar keinen Fall untätig herumstehen, bis sich jemand dazu äußerte.

Er hatte darauf hingewiesen, daß er Unterstützung brauchte, alles andere lag nicht mehr in seinen Händen.

Er folgte dem Korridor nach links, dann nach rechts, wieder nach links, und blieb schließlich abrupt vor einer Gabelung in entgegengesetzte Richtungen stehen. Immer noch gab es keinerlei Spuren der Männer, die er verfolgte. Doch von der Verladerampe hatte es bisher nur diesen einen Weg gegeben. Bis zu diesem Punkt. Zu seiner Rechten würde er zum Hauptstockwerk der Lagerhalle gelangen, zur Linken ging der Weg zu einem Lastenaufzug, der, wie er sich erinnerte, nach oben zu einem Laufsteg führte, der die Halle etwa auf halber Strecke zur Decke überspannte.

Welche Richtung hatten die Eindringlinge eingeschlagen? Noch vor wenigen Minuten hätte er geglaubt, daß die Chancen für jede Richtung gleich standen. Doch inzwischen deutete alles darauf hin, daß sie hier nicht zufällig hineingelaufen waren, daß sie schon vorher gewußt hatten, wie man sich Zugang verschaffte, und daß sie offensichtlich ein klares Ziel vor Augen hatten. Und wenn sie mit dem Gebäudeplan vertraut waren, würden sie sich wahrscheinlich direkt in die Lagerhalle begeben, wo die Elemente der Internationalen Raumstation tatsächlich gelagert und gewartet wurden.

Also gut, dachte er. Aller Wahrscheinlichkeit nach waren sie den Korridor nach rechts hinuntergegangen.

Aber bedeutete dies, daß er ihnen folgen mußte? Allein gegen eine Truppe, deren genaue Anzahl er nicht kannte – es grenzte an Selbstmord, wenn er kopfüber hinter ihnen her stürzte. Prinzipien und Spielregeln einer Auseinandersetzung sollten hier die gleichen sein wie in jeder Schlacht. Denn obwohl sie zahlenmäßig überlegen waren, würde das Überraschungsmoment zu seinem Vorteil sein.

Noch eine oder zwei Sekunden blieb Thibodeau mit dem Gefühl der Enge stehen, das ihm die Sterilität des Korridors vermittelte. Dann umschloß er seine Waffe mit festem Griff; sein Entschluß war gefaßt.

Mit eiligen Schritten wandte er sich nach links zu den Aufzügen.

Carlysle hatte sich dem Baukran von der linken Seite genähert und war bis auf etwa drei Meter an ihn herangekommen. Der Rest seiner Truppe folgte ihm auf den Fersen. Jetzt stieß er seine Hand in die Höhe und bedeutete ihnen, hinter einem Haufen ausgebaggerten Erdreichs zu stoppen. Bevor er den Angriff begann, wollte er noch einen letzten Blick auf seine Gegner werfen.

Die intensiven Suchscheinwerfer zeigten ein halbes Dutzend von ihnen, die sich hinter dem Ringer des Krans verteilt hatten. Dies war eine Art Metallschürze, die zum Gewichtausgleich benutzt wurde, wenn der Arm des Krans nach oben ausgefahren wurde. Dieses riesige Gerät richtete sich wie eine runde Mauer auf und gab den Eindringlingen hervorragende Deckung – doch andererseits machte es jeden Ausblick unmöglich und behinderte die Angreifer dabei, den Bewegungen der Patrouillentruppe zu folgen. Selbst die elektronischen Bildanzeigen an ihren Waffen waren nutzlos, solange sie die Gewehre nicht direkt über den Rand oder an der Seite des Ringers vorbei hielten. Sobald einer von ihnen die Waffe sinken ließ, war er blind, während die

Patrouillentruppen in permanenter Funkverbindung mit den Helikoptern standen, die ihnen die Position der Angreifer in Minutenabständen durchgaben.

Carlysle hatte das Handicap der Gegner soweit wie möglich ausgenutzt, indem er sein Team in kurzen, schnellen Sprints über offene Flächen geführt hatte. Jedoch war es ihre Aufgabe, die Eindringlinge zu stellen, und um dies zu erreichen, mußten sie aus ihren Verstecken herauskommen und sich dem Feuer des Gegners aussetzen. Daran führte kein Weg vorbei.

Jetzt fuhr er mit einer schnellen Handbewegung durch die Luft, um seine Männer wieder in Bewegung zu setzen. Sie erhoben ihre Waffen und schlichen zu den Stellen, an der die Eindringlinge sich hinter dem Ringer versteckt hielten.

Als die Invasoren bemerkten, daß sie angegriffen wurden, befanden sich Carlysles Männer bereits auf ihrer Höhe. Die feuerspeienden VVRS-Gewehre vor sich haltend stürzten sie von hinten auf sie zu. Mit erstauntem Gesichtsausdruck brachen zwei der Eindringlinge tot zusammen. Dann erwiderten die restlichen vier das Feuer aus ihren Waffen. Im gleichen Moment sah Carlysle, wie Newell zu seiner Rechten mit blutüberströmtem Bein zu Boden ging. Blitzartig drehte er sich zu dem Schützen und hämmerte einen Feuerstoß aus seiner Waffe, der ihn rückwärts niederwarf. Zur Vergeltung richtete ein anderer Eindringling sein Gewehr auf Carlysle, doch im letzten Augenblick wurde er von einem der Männer aus Carlysles Team getroffen, noch bevor er einen Schuß auslösen konnte. Stöhnend preßte er seinen blutigen Unterleib, rollte auf die Seite und krümmte sich zu einer Kugel zusammen.

Die letzten beiden Gegner versuchten ihr Glück in der Flucht. Carlysle schwang seine Waffe in ihre Richtung, hielt die Mündung nach unten gerichtet und feuerte eine kurze Salve vor ihre Füße.

»Stehenbleiben!« rief er. »Alle beide, Waffen fallen lassen und auf den Bauch!«

Sie stoppten, blieben jedoch mit den Gewehren in der Hand stehen.

Carlysle feuerte noch einmal auf den Boden. Die Kugeln ließen den Dreck nach allen Seiten aufspritzen. »Auf den Bauch, ihr Hundesöhne!« rief er. »Sofort!«

Jetzt gehorchten sie und ließen sich hinfallen, legten die Hände hinter ihre Helme. Einen Augenblick später traten Carlysle und seine Männer ihre Gewehre zur Seite, drehten ihnen die Arme auf den Rücken und fesselten sie.

Dann rannte Carlysle zu Newell und hockte sich neben ihn, um nach der Wunde an seinem Bein zu sehen. »Ruhig liegen bleiben«, sagte er. »Das wird schon wieder.«

Newell sah zu ihm hoch und nickte.

Carlysle atmete tief ein.

Es fühlte sich an, als ob dieser Atemzug seit geraumer Zeit der erste wäre.

Die Lagerhalle war ein riesiger Raum, in dem sich drei erhöhte Arbeitsplattformen größeren Ausmaßes befanden, die untereinander mit Laufstegen, Brückenkränen und anderen Metallgerüsten verbunden waren, die alle dem Zweck dienten, die Bewegungsabläufe und den Transfer von Ausrüstungsgegenständen zwischen diesen Plattformen zu erleichtern. Von zwei Seiten schauten lange Reihen großer Bürofenster auf das Gewölbe der Halle. Ein Labyrinth von Korridoren, Aufzugsschächten, Tunneln und Treppenhäusern verband die Halle nicht nur mit dem Rest des Lagerhauses und dem Fertigungskomplex, sondern auch mit anderen Gebäuden innerhalb des Geländes der Internationalen Raumstation.

Nach Beseitigung der Wachen vor dem Lagerhaus –

sich an sie heranzuschleichen war äußerst einfach gewesen – hatte das Team Gelb das Gebäude durch den Ladedock betreten, war einen winkligen Korridor entlanggelaufen und hatte schließlich zwei schwere Doppeltüren aufgedrückt, die zur eigentlichen Lagerhalle führten, wo der Anführer des Teams, Heitor, den Inhalt ihrer Taschen einsetzen wollte. Jede der beiden schwarzen Segeltuchtaschen enthielt acht Kilo TNT, genug Sprengstoff, um damit die Stahlträger unter den Arbeitsplattformen zu zerstören, die Ausrüstungen für die darauf befindliche Raumstation und wahrscheinlich auch die sie umgebenden Wände.

Die Saboteure würden auf diese Weise wesentlich mehr erreichen, als sie ursprünglich erwartet hatten. Selbst Kuhl hatte wohl nicht damit gerechnet, so weit in den Komplex vorzustoßen, dachte Heitor.

Jetzt eilte er zu einer der Plattformen, ließ eine der Taschen von seiner Schulter gleiten und entnahm ihr eine Sprengladung, die er am Fuß eines mächtigen Stützpfeilers anbrachte. Beide stiftförmigen Zeitzünder waren bereits auf eine zehnminütige Verzögerungsspanne eingestellt, eine akzeptable Frist, um sich rechtzeitig vor der Explosion zu entfernen. Schweigend und wachsam hielten seine Männer die Waffen vor den Körpern und beobachteten den zentralen Durchgang hinter ihm. Der riesige Raum um sie herum war dunkel, mit Ausnahme von einigen wenigen, weit voneinander entfernten fluoreszierenden Notlampen, die normalerweise nach Ende der Tagesschicht angelassen wurden.

Heitor hockte am Fuß des Pfeilers und zog den Sicherungsriegel, um die Detonationssequenz einzuleiten. Dann hastete er zur nächsten Plattform und brachte den zweiten Sprengsatz an.

Gerade als er den zweiten Sicherungsriegel entfernte, kam Thibodeau vom Aufzug zu einem der hochhängenden Laufstege und war schockiert, beim ersten Blick auf die ausgedehnte Fläche der Lagerhalle entdecken zu müssen, was unter ihm vor sich ging.

»Die Verstärkung von Thibodeau ist unterwegs«, sagte Delure. »Ich habe vier Männer vom Bürokomplex abgezogen und weitere sechs von anderen Einheiten.«

»Wie lange werden sie brauchen, bis sie bei ihm sind?« fragte Cody hinter seinem Computer.

»Bei einigen Männern könnte es bis zu zehn Minuten dauern.«

»Das ist nicht schnell genug«, entgegnete Cody. Mit einem heiseren Stöhnen wandte er sich an Jezoirski. »Was ist mit Felix? Wie schnell können wir ihn zu Thibodeau schaffen?«

»Geben Sie mir eine Sekunde, damit ich mir den Gebäudeplan ansehen kann.« Jezoirski betätigte ein paar Tasten und schaute auf den Monitor vor sich. »Das Stachelschwein befindet sich auf Ebene 5 im Antriebslaboratorium ...«

»Wie schnell?«

Noch einmal analysierte Jezoirski das Schema auf dem Schirm; dann sah er auf.

»Es gibt einen Verbindungsgang zwischen dem Forschungszentrum und dem Lagerkomplex. Wir können ihn diesen Korridor entlang bis zum Fahrstuhl steuern, dann drei Ebenen nach unten auf den Verbindungsgang«, erklärte er. Dabei verfolgte sein Finger die mögliche Route auf dem Monitor. »Von dort wird er vielleicht eine Minute brauchen, vielleicht auch neunzig Sekunden, um bis zum Lagerhaus zu gelangen, dann noch zwei Minuten, um nach unten in die Lagerhalle zu kommen.«

»Das sind mindestens sechs Minuten.«

Jezoirski nickte. »Schneller geht es nicht.«

»Dann müssen wir uns eben damit abfinden«, erwiderte Cody. Auf seiner Oberlippe glänzte Schweiß. »In

Ordnung, fangen wir an und lassen das Stachelschwein losstürmen.«

Die Bagger waren in der Nähe einer Grube abgestellt, die sie ausgehoben hatten, und sie gewährten den Eindringlingen bestens Deckung, bis die Hubschrauber ihre Positionen entdeckten. Jetzt stürzten sich die Invasoren unter dem intensiven Gewehrbeschuß der Patrouillentruppe in die Grube, wo sie sich gegen die Seiten preßten und begannen, über den steinigen Rand zurückzuschießen.

Die Skyhawks verfolgten sie wie die Habichte, denen sie ihre Namen verdankten. Ein Hubschrauber nagelte die aufgespürten Fahrzeuge mit seinem SX-5 Suchscheinwerfer fest, der andere schien mit seiner Lichtkanone direkt in die Grube.

»Das Nest kann jetzt ausgeräuchert werden«, gab der Helikopterpilot über der Grube an das Bodenteam durch.

»Verstanden, wir sind schon dabei«, antwortete der Führer des Bodenteams.

Nachdem er seinen Gewehrlauf auf tödlichen Druck eingestellt hatte, befahl er seinem Team, mit dem Angriff zu beginnen.

Mit dem Mikrofon in der Hand begleitete der Hubschrauberpilot ihren Angriff, indem er laufend den neuesten Stand zur Position der Invasoren übermittelte. Während er über der schüsselförmigen Grube schwebte, vermittelten das gleißend brillante Licht und der wirbelnd aufsteigende Gewehrrauch die unheimliche Illusion, in einen Vulkanschacht voll glühender Lava hinab zu sehen, in dem fast ein Dutzend menschlicher Wesen in der Falle saßen.

Doch die Situation unter ihm entwickelte sich in einer Weise, daß sich der Abstand zwischen Illusion und Realität immer mehr verringerte. Das Patrouillenteam griff in massivem Ansturm von den Seiten an, umging dabei die Bulldozer und Vorderlader, um das Grubenloch mit ihren Gewehren unter Beschuß zu halten. Trotz heftiger Gegenwehr hatten sie das kühle Selbstvertrauen von Männern, die mit der endlich übernommenen Offensive genau die Manövrierfähigkeit erlangt hatten, die den Gegnern jetzt fehlte. Umzingelt, das Zielsystem ihrer FAMAS-Waffen durch die unbarmherzige Helle der Suchscheinwerfer unbrauchbar gemacht, hatten sich die Invasoren tatsächlich selbst in die Falle begeben.

Einer von ihnen stolperte an einer Seite der Grube nach unten, während Erdreich und Steine um ihn herum aufspritzten. Ein zweiter erhob sich, um einen Sprengsatz abzuschießen, wurde jedoch schon im Ansatz von einem Feuerstoß zu Boden gerissen.

Ein dritter Mann sprang hoch und erweckte für einen Augenblick den Eindruck, als ob er einen selbstmörderischen Ausbruch über den Rand versuchen wollte … doch dann trat er einen Schritt zurück, warf seine Waffe zur Seite und ließ sich mit dem Gesicht nach unten auf den Grubenboden fallen, wobei er seine Hände über dem Kopf ausstreckte, zum Zeichen, daß er sich ergeben wollte.

Der Hubschrauberpilot beobachtete, wie noch ein Eindringling ihm nachfolgte und das Gewehr zur Seite warf, dann noch einer, schließlich der gesamte Rest der Truppe fast zur gleichen Zeit. Einen Moment später gab der Teamchef der Patrouille ein Handzeichen, damit seine Männer das Feuer einstellten. Anschließend signalisierte er dem Piloten mit hochgerecktem Daumen, daß alles in Ordnung war.

Dieser grinste und erwiderte die Geste. Im Schein seines Suchscheinwerfers würde es unmöglich sein, seine Geste vom Boden aus wahrzunehmen – und wenn schon.

Nachdem er seine Schwebeautomatik abgestellt hatte, drehte er ab und nahm Kurs auf eine andere Stelle, an der er vielleicht gebraucht würde; der andere Hubschrauber folgte in kurzem Abstand hinterher.

Thibodeau sollte nie erfahren, was die Aufmerksamkeit des im Lagergang Wache stehenden Eindringlings erregt hatte – die leichte Bewegung seiner Finger, als er den Gasdruck seines Gewehrlaufs erhöhte, das Klicken der Handsicherung, als er sie in der neuen Position feststellte oder irgend etwas völlig anderes.

Am Ende zählten nur die Kugel des Eindringlings und der Schaden, den sie ihm zufügte.

Für Thibodeau geschah alles auf eine Weise, die seine Kampfgefährten Zeitlupe zu nennen pflegten. Zunächst war da die überraschende Erkenntnis, daß er entdeckt worden war, während die Waffe des Gegners sich in steilem Winkel auf ihn richtete. Ein Alarmfunke entfachte sich in ihm, kalt und hell, wie Wintersonnenlicht, das vom Eis zurückgeworfen wird. Dann fühlte er seine Reflexe einsetzen, fühlte seine eigene Reaktion, war sich sicher, daß diese Reaktion schnell genug war … daß sie jedenfalls schnell genug hätte sein sollen. Aber als er sich hinter dem Geländer duckte, schien die Luft selbst dicker und dichter zu werden, sich ihm zu widersetzen. Es war, als ob er durch Watte sinken würde.

Es gab einen lauten Knall von unten, und irgend etwas warf ihn auf die rechte Seite, und dann fühlte er, wie eine Hitzewelle seinen Magen durchfuhr, während er verkrümmt auf den Boden des Laufstegs stürzte und die Zeit zu ihrer normalen Geschwindigkeit zurückkehrte wie ein Zug, der den Bahnhof verläßt.

Thibodeau versuchte aufzustehen, doch sein Körper war ein einziger Ballast, irgendwie losgelöst von ihm. Halb auf dem Bauch liegend sah er an sich herunter, sah dabei, daß seine Weste nicht durchbohrt worden war, daß der Treffer nichts als Zufall war, wobei die Flugbahn der Kugel genau zwischen dem unteren Rand der Weste und seinem Magen geendet hatte, eine verdammte Sauerei. Und jetzt lag er hier, das Blut lief aus ihm heraus auf den abgetretenen Boden des Laufstegs, füllte den Zwischenraum zwischen den Ritzen, floß in ihnen in dünnen roten Strömen entlang, wann hatte er jemals dem Teufel auf den Schwanz getreten, um so etwas verdient zu haben?

Dann hörte er laute Fußtritte; es gelang ihm, seine Wange vom Boden zu heben, so daß er etwas mehr sehen konnte als Blut und das Geländer vor ihm.

Der Mann, der ihn getroffen hatte, stieg die metallene Leiter zum Laufsteg hinauf, dicht gefolgt von einem zweiten Eindringling. Die beiden Männer kamen jetzt, um ihn endgültig fertig zu machen.

Wütend versuchte er, sich zu erinnern, wo er sein Gewehr hatte fallen lassen. Als er den Kopf nach unten drehte, stellte Thibodeau verblüfft fest, daß er es immer noch in seiner rechten Hand hielt, daß seine Finger den Griff umklammerten, daß der Lauf längs gegen seine Seite gepreßt war.

Er ließ seine Wange zu Boden sinken, hinein in die Lache des eigenen Blutes, nicht länger in der Lage, den Kopf hoch zu halten. Er konzentrierte seine gesamte Willenskraft darauf, seine Hand zu einer Bewegung zu veranlassen. Er befahl ihr, sich zu bewegen, bettelte sie an, und als sie sich immer noch weigerte, seinen Wünschen zu folgen, begann er, sie leise zu verfluchen. Er verlangte, daß sie ihn nicht länger ignorierte, bestand darauf, daß sie seinetwegen später ihre Dienste versagen konnte, daß sogar der ganze Arm von seiner Schulter fallen konnte, wenn es denn sein mußte, aber daß die Hand ihm jetzt zu gehorchen hatte und das gottverdammte Gewehr hochheben mußte.

Thibodeau hörte sich selbst krächzend atmen. Die Eindringlinge mit ihren schwarzen Helmen und Uniformen kamen jetzt in sein Blickfeld; geräuschvoll kletterten sie immer weiter hinauf.

Los, du Biest, dachte er. Los jetzt.

Und dann hob sich plötzlich sein Arm, zog das Gewehr mit sich, zog es durch sein vergossenes Blut, steckte den Lauf unter dem Geländer durch und zielte nach unten auf die Leiter.

Er zog den Abzug durch und fühlte das Gewehr gegen seinen Körper klatschen, während er die Leiter mit einem Kugelregen eindeckte. Die Eindringlinge prallten fast gegeneinander, als sie innehielten und zurückschossen. Kugeln sausten über Thibodeaus Kopf hinweg, prasselten wie Hagelkörner gegen die vorstehende Kante des Laufstegs und gegen die Wand hinter ihm. Nachdem sie sich von der Überraschung erholt hatten, daß auf sie geschossen wurde, und nachdem sie erkannt hatten, daß Thibodeau schwer verwundet war, setzten die beiden Eindringlinge ihren Weg zu ihm hinauf fort. Geduckt und abwechselnd aus ihren Gewehren feuernd, kletterten sie weiter auf der Leiter nach oben. Ein dritter Mann hatte inzwischen vom unteren Hauptgang das Feuer auf ihn eröffnet.

Thibodeau pumpte noch eine Salve aus seiner Waffe, aber er wußte, daß seine Kräfte nachließen, wußte, daß sein Magazin bald leer sein würde, wußte, daß es fast schon mit ihm zu Ende ging.

Laissez les bons temps rouler, hatte er das nicht noch vor wenigen Minuten zu Cody gesagt? *Let the good times roll*, bis zum bitteren Ende, hol mich sanft und ruhig, Amen, Gott, Amen, dachte er, schon halb im Delirium.

Und dann feuerte er noch einmal auf die Eindringlinge, mit dem letzten Rest seiner Kraft und seiner Munition, trotzig bereit für die vermutlich letzten Augenblicke seines Lebens.

»Thibodeau hat es erwischt«, sagte Delure. »Mein Gott, wir müssen etwas tun.«

»Geben Sie mir die Position des Stachelschweins«, erwiderte Cody. Er starrte auf die Bilder, die von den Überwachungskameras an der Decke der Lagerhalle übertragen wurden. Jetzt wurden sie von der Überwachungsstation ferngesteuert, doch normalerweise erschienen die Bilder dieser Kameras alle zehn Minuten auf einem Monitor. In abwechselnder Sequenz wurden Bilder von anderen Gebäuden mittlerer oder hoher Absicherung übermittelt, und diese Sequenz hätte im Falle einer Interferenz automatisch unterbrochen werden müssen. Das System hätte Alarm auslösen und die Bildübertragung auf die kritische Zone verriegeln müssen. Aber die regulären Kameraübertragungen waren bei zunehmender Intensität des Angriffs auf die Begrenzungen des Geländes vernachlässigt worden, und den Eindringlingen war es offenbar gelungen, das Lagerhaus auf scheinbar normale Weise zu betreten und so den Alarm zu vermeiden.

Die Konsequenzen dieses Systemfehlers waren für Codys Team in den letzten Minuten schrecklich deutlich geworden.

Jezoirski verfolgte gebannt die Videoübertragungen des Stachelschweins. »Felix ist jetzt am Lagerhaus … noch zehn Meter den Korridor hinunter, dann links, dann noch einen Aufzug runter zur Lagerhalle …«

»Heißt das, daß es noch mehr als eine Minute dauert, bis er tatsächlich den Laufsteg erreicht?«

Jezoirski nickte. »Das wird wohl hinkommen, ja …«

»Thibodeau wird nicht so lange durchhalten«, sagte Delure. »Ich sage es Ihnen noch einmal, Cody, er braucht unsere Hilfe *sofort* …«

»Wir haben Befehl, hier die Stellung zu halten.«

»Aber wir können doch nicht einfach hier sitzenbleiben und zusehen, wie sie ihn umbringen …«

»Hören Sie mir zu, verdammt noch einmal!« fauchte Cody. Inzwischen schwitzte er am ganzen Körper, und die Schweißtropfen perlten auf seine Lippen hinunter. »Wir würden es niemals bis zum Lagerhaus schaffen, bevor das Stachelschwein und das Verstärkungsteam dort ankommen. Wenn Sie Thibodeau helfen wollen, dann schauen Sie auf Ihren Monitor und stellen sich darauf ein, dem Roboter Anweisungen zu geben, sobald er bei ihm ist!«

Kuhl hockte hinter seinem Fahrzeug, umgeben vom Lärm des Gewehrfeuers und dem Schwirren der Hubschrauber über sich. Sein Gesichtsausdruck war in Konzentration erstarrt, fast nachdenklich, als ob ihn die Geschehnisse um ihn herum kaum berührten.

In Wirklichkeit verfolgte er die gesamte Situation mit äußerster Aufmerksamkeit, und seine Gedanken destillierten und analysierten jeden einzelnen Aspekt der Vorgänge. Bis jetzt war die Mission ein voller Erfolg. Seine Männer hatten fast jedes der festgesetzten Ziele erreicht, und in einigen Fällen hatten sie weit mehr geleistet, als er ursprünglich erwartet hatte. Aber die Phase, in der die Ereignisse dirigiert werden konnten, war jetzt vorbei, und es war unannehmbar, noch weitere Verluste in Kauf zu nehmen. Er mußte einsehen, daß seine Gegner inzwischen die Übermacht gewonnen hatten. Wenn er die Auseinandersetzungen fortführte, könnte seine Truppe so geschwächt werden, daß ein Rückzug unmöglich würde. Und er gehörte nicht zu denen, die sich auf den Zufall verließen.

Er drehte sich zu seinem Fahrer, der an seiner Seite hockte.

»Wir treten den Rückzug an«, sagte er mit einer Handbewegung zum Jeep. »Sagen Sie den anderen über Funk Bescheid.«

In ihrer Nähe saß Manuel auf dem Boden und lehnte

sich gegen die Tür des Wagens. Seine unbehandelte Wunde hatte ihn geschwächt, und er atmete in kurzen, mühsamen Stößen.

»Wir können noch nicht weg.« Er deutete mit dem Kopf auf den Gebäudekomplex. »Das Team Gelb ist immer noch da drinnen.«

»Sie kannten die Risiken«, entgegnete Kuhl. »Wir haben so lange gewartet, wie wir konnten.«

Mit schmerzverzerrtem Gesicht schob Manuel sich an der Fahrzeugtür nach oben. »Sie hatten noch nicht genug Zeit«, krächzte er.

»Ich habe meine Befehle gegeben. Sie können ja hierbleiben, wenn Sie möchten.« Zorn stand in Kuhls Augen. »Entscheiden Sie sich schnell.«

Nach einem langen Blick auf Kuhl ließ Manuel den Kopf sinken und schaute auf den Boden. Dann sah er langsam und resigniert zu ihm auf. »Ich werde Hilfe brauchen, um in den Jeep zu steigen«, sagte er schließlich.

Vor dem Lagerhauskomplex raste eine Gruppe von zehn Sword-Soldaten auf die Tür zu, durch die Thibodeau die Eindringlinge verfolgt hatte. Das gerade zusammengestellte Team bestand aus Männern, die von anderen Einheiten der Wohn- und Bürogebäude des Gesamtkomplexes abgezogen worden waren.

Jetzt erreichten sie die Stelle, wo der ermordete Wachsoldat auf dem Boden lag, hielten inne und blickten auf ihn hinunter. Die Messerwunde in seinem Rükken blutete immer noch aus.

Einer der Männer fluchte, dann fuhr er mit der rechten Hand im Zeichen des Kreuzes zu seiner Stirn und Brust. »Bryce«, sagte er. »Scheiße, du armer Teufel.«

Ein anderer Mann griff nach seinem Arm. »Hat keinen Sinn, hier herumzustehen«, murmelte er.

Die beiden Männer sahen sich an. Zuerst wollte der

erste Soldat antworten, doch dann räusperte er sich, schluckte und nickte.

Mit einem Ruck wandten sie sich von der Leiche ab und rannten durch die offene Tür. Der Rest des Teams folgte ihnen ins Lagerhaus.

Thibodeau fühlte, wie ihm die Welt allmählich entglitt. Verzweifelt versuchte er, sie festzuhalten, doch sie war lose und rutschig an den Enden, wie aus weichem Karamel, und weiter hinten, wo sie sich in Formlosigkeit verlief, spürte er eine schwarze Masse, die darauf wartete, alles zu verschlingen. Tief in seinem Innern wußte er, was mit ihm geschah, dafür war kein Gedankenblitz nötig. Es war Blutverlust, es war traumatischer Schock, und so war es, wie man sich fühlte, wenn man im Bauch ein Loch von einer großkalibrigen Kugel hatte und allmählich daran starb. Die Welt entglitt ihm, und obwohl er es lieber gesehen hätte, wenn es nicht so gewesen wäre, schien er doch keine Wahl mehr zu haben.

Aber es war so fürchterlich dunkel an den äußeren Rändern.

Thibodeau atmete hart durch den Mund, dann hustete er. Es war ein dicker, schwammiger Laut, der ihn zugegebenermaßen ein wenig erschreckte, und die Luft fühlte sich kalt an beim Eintritt in seine Lungen, doch hatte er kaum Schmerzen, und danach schienen die Dinge wieder klarer zu werden. Er sah die beiden Eindringlinge, die auf ihn geschossen hatten, am verschwommenen Rand seines Gesichtsfelds auftauchen, einer hinter dem anderen, auf dem Weg nach oben zum Laufsteg. So lange wie irgend möglich hatte er sie zurückgehalten. Seinen gesamten Munitionsvorrat hatte er auf sie abgefeuert. Jetzt wußte er nicht einmal mehr, ob sich die Waffe noch in seiner Hand befand.

Der erste Eindringling stand über ihm und zielte mit dem Gewehr direkt auf seinen Kopf.

Thibodeau atmete noch einmal tief, hob mit letzter Anstrengung seine Wange vom blutigen Bodenprofil des Laufstegs. Die Rillen hatten seine Wange mit Streifen seines Blutes markiert.

»Mach schon«, sagte er mit schwacher Stimme.

Der Eindringling stand über ihm. Falls er unter seiner Gesichtsmaske irgendeine Miene verzog, konnte Thibodeau dies nicht einmal erahnen.

»Los«, sagte Thibodeau. »Mach schon.«

Immer noch über ihm stehend und auf ihn herabsehend senkte der Eindringling langsam die Mündung des Gewehrlaufes an seine Schläfe.

Felix rollte aus dem gleichen Aufzug auf den Laufsteg, den Thibodeau wenige Minuten zuvor benutzt hatte.

Hoch über der Lagerhalle bewegte sich das Stachelschwein mit maximaler Geschwindigkeit auf ihn zu. Sein Navigationssonar zeigte ihm die Umgebung in vom Echo erstellten Orientierungsschichten an.

Dabei handelte es sich um ein in diesem Moment eigentlich überflüssiges System zur Verhütung von Zusammenstößen, denn zu diesem Zeitpunkt hatte Jezoirski die komplette Kontrolle seiner Operation von der Überwachungsstation aus übernommen. Nachdem er sich die Virtual-reality-Brille aufgesetzt hatte, konnte er die dreidimensionalen graphischen Repräsentationen von allen Dingen sehen, die das Stachelschwein mit seiner optischen Ausrüstung ›sah‹. Zur gleichen Zeit dirigierte er jetzt mit den Joysticks auf seiner Konsole das Bewegungssystem des Roboters, das es ihm möglich machte, jede Drehung und jede Aktion zu führen und zu entscheiden.

Jezoirski biß sich auf die Lippen und ließ das Stachelschwein über den Laufsteg rasen. Wie ein Zauberer, der jemanden aus der Ferne steuert – mit Technologie statt mit Talismanen, mit Algorithmen statt mit Beschwörungsformeln –, hatte er sich bis in den physischen Raum des Roboters hineinbegeben und befand sich tatsächlich an zwei Orten zur gleichen Zeit.

Felix glitt mit leise surrenden Rädern um eine Kurve. Von der weit entfernten fluoreszierenden Notbeleuchtung des riesigen Raumes reflektierten schwache hellblaue Lichtstrahlen, blinkend zurückgeworfen von den Sensoren auf seinem Turmaufbau.

Dann, urplötzlich, stoppte er.

Wurde gestoppt.

Während ihn Panik wie ein eiskalter Schneesturm durchfegte und ihn jegliches Training vergessen ließ, saß Jezoirski wie erstarrt an der Fernsteuerung. Etwa dreißig Meter über ihm in einem anderen Gebäude, doch gleichzeitig direkt vor seinen Augen, stand Rollie Thibodeau kurz vor seinem Tod.

Und Jezoirski wußte plötzlich nicht, was er dagegen unternehmen konnte.

»Was ist mit Ihnen los?« fragte Cody.

Jezoirskis Herz klopfte ihm gegen die Rippen. Unter der VR-Brille waren seine Augen weit aufgerissen.

Er umklammerte die Steuerelemente von Felix, blind vor Unentschlossenheit, und wußte gleichzeitig, daß der kleinste Fehler oder die geringste Fehleinschätzung Thibodeaus Ende bedeuten würde.

»Ich habe gefragt, was zum Teufel mit Ihnen los ist!« wiederholte Cody neben ihm. Seine Stimme zitterte vor Aufregung.

Jezoirski atmete ein und fühlte, wie sich seine Muskeln entspannten. Der fordernde und aufgeregte Ton von Codys Stimme hatte ihn aus seiner momentanen Lähmung herauskatapultiert.

»Alles in Ordnung, alles in Ordnung«, murmelte er schnell, gleichzeitig zu sich selbst und zu seinem Vorgesetzten.

Mit einem tiefen Atemzug durch entschlossen zusammengebissene Zähne konzentrierte er sich wieder auf die Fernsteuerung.

Thibodeau riß vor Überraschung seine verschleierten Augen weit auf, als Felix mit Höchstgeschwindigkeit von rechts auf ihn zugerast kam. Seine Räder zischten über den Boden des Laufstegs, seine Greifarme waren im rechten Winkel nach vorn ausgestreckt.

Aufgeschreckt von dem näherkommenden Geräusch wirbelte der über Thibodeau stehende Eindringling herum und versuchte, sein Gewehr auf den Roboter anzulegen. Doch die an der Seite des Stachelschweins angebrachte Kanone feuerte mit einem Rülpser von Rauch und Flammen, noch bevor er die Drehbewegung zur Hälfte durchgeführt hatte.

Der Eindringling wurde rückwärts gegen das Geländer des Laufstegs geschleudert; sein Gewehr fiel ihm aus den Händen. Der vorpreschende Roboter verfolgte jede seiner Bewegungen, korrigierte den Winkel der Kanone und feuerte einen zweiten Schuß aus kürzester Entfernung, der den Eindringling so hart traf, daß seine Füße den Kontakt mit dem Boden verloren. Mit einem Aufschrei griff er in die Luft, flog über das Geländer und stürzte bis auf den Boden der Lagerhalle, wo sein Körper mit einem schweren Aufprall landete.

Während das Röhren seiner Kanone noch nicht verklungen war, stürmte Felix auf den zweiten Eindringling zu, dem es noch gelang, den Abzug seiner Waffe durchzuziehen und so eine kurze Salve aus seiner Automatik in die Richtung des Stachelschweins abzufeuern. Aber er hatte sich nicht schnell genug von seiner Überraschung erholt, um sich für die Schüsse in Stellung zu bringen, und lediglich ein oder zwei von ihnen streiften den Rumpf von Felix. Der Rest ging daneben und prallte pfeifend als Querschläger von der Wand und dem Laufsteg ab.

Er sollte keine Gelegenheit bekommen, eine zweite Gewehrsalve abzufeuern. Die Greifklaue des Stachelschweins schoß hervor, als er gerade anlegte, schnappte sein Bein direkt unter dem Knie und preßte es mit der Kraft von mehreren hundert Pfund zusammen.

Plötzlich war sein Hosenbein naß von seinem Blut. Der Mann schrie und versuchte, sich dem Griff zu entwinden, doch Felix ließ nicht locker. Schreiend vor Schmerzen ließ der Killer sein Gewehr zu Boden fallen. Dann beugte er sich vornüber und wickelte seine Finger um den Arm des Roboters. Vergeblich versuchte er, sich von ihm loszureißen.

Aus kürzester Entfernung sah Thibodeau mit verschwommenem Blick zu, sah, wie er auf ein Knie sank, und hörte dann unter dem erbarmungslosen Druck der Greifklaue die Knochen des anderen Beins mit einem Übelkeit hervorrufenden Knirschen zersplittern. Mit immer schriller werdenden Schreien zog der Eindringling immer noch am Arm des Roboters, während dieser seinen Vormarsch wieder aufnahm und ihn unnachgiebig zurückschob, außer Reichweite seiner zu Boden gefallenen Waffe.

Die Ausrüstung von den Biestern scheint ja doch zu etwas gut zu sein, dachte Thibodeau. Dann ließ er seinen Kopf wieder auf den Boden sinken, nicht länger fähig, ihn noch hochzuhalten.

Sein Blickwinkel zog sich zu einem kleinen, ungenauen Kreis zusammen. Er lag bewegungslos da, eine Seite seines Gesichts auf dem Boden. Vage vernahm er laute Schritte weit unter ihm, viele Schritte. Dann rief jemand – zuerst auf spanisch, dann auf englisch. Schließlich das Stakkato von Gewehrfeuer.

Einen Augenblick später, noch bevor er Zeit gehabt hatte, sich nach der Bedeutung dieser Geräusche zu fragen, rollten Thibodeaus Augen zurück unter die Lider, und er nahm überhaupt nichts mehr wahr.

Als die Sword-Soldaten in die Lagerhalle stürzten, hörten sie zwei Schüsse über ihren Köpfen und sahen dann einen Mann in schwarzer Tarnausrüstung von einem der Laufstege taumeln, schreiend und um sich schlagend, während er auf den Boden zu ihrer Linken herunterfiel, hart und dumpf aufschlug und dann still und bewegungslos liegenblieb. Einen Augenblick später wurde in der Luft hoch über ihnen eine Automatik abgefeuert. Mit nach oben gerichtetem Blick entdeckten sie einen zweiten schemenhaften Schatten auf dem Laufsteg, der plötzlich an den Knien zusammenknickte, als ein Stachelschwein von der anderen Seite des Laufstegs auf ihn losging. Sein Greifarm war herausgeschossen, um ihn zu schnappen – ganz wie das Vorderbein eines Raubtieres nach seiner Beute schlug. Einige der Soldaten sahen, daß ein dritter Mann auf dem Boden des Laufstegs hinter dem Stachelschwein ausgestreckt lag. Sie bemerkten seine Sword-Uniform und begriffen im gleichen Moment, daß es sich um Thibodeau handeln mußte.

Aber noch bevor sie auf diesen Anblick reagieren konnten, sprang eine dritte Figur in Schwarz hoch. Der Mann hatte unterhalb einer vor ihnen aufragenden Arbeitsplattform gehockt und ließ etwas auf dem Boden neben dem Stützpfeiler liegen. Sie alle hatten genug Erfahrung, um zu wissen, daß es eine Sprengladung sein mußte – und sie konnten zwei weitere direkt vor sich unter den anderen Plattformen sehen.

»Stehenbleiben!« rief einer der Soldaten und hob seine Waffe. Dann erinnerte er sich daran, daß sie sich in Brasilien befanden, konzentrierte sich auf seine Sprachkenntnisse und versuchte es mit Portugiesisch. »*Parado*!«

Der Mann machte keinerlei Anstalten, seiner Warnung Folge zu leisten, unabhängig von der Sprache. Statt dessen hob er seine Waffe und schwang sie in Richtung auf die Gruppe der Sword-Soldaten.

Die Reaktion des Soldaten, der ihm zugerufen hatte, war schnell und gründlich. Die Kugeln spritzten aus seinem Gewehr und mähten den Angreifer nieder, noch bevor dieser einen Schuß abgegeben hatte.

Dann ließ er den Lauf sinken, sprintete an dem gefallenen Eindringling vorbei zum Stützpfeiler, kniete sich neben die Sprengladung und schätzte hastig die Bedrohung ab. Zwar war er kein Sprengstoffexperte, doch sah es aus, als ob hier ein einfacher Zeitauslöserstift mit einem Zünder verbunden war ... doch der Schein konnte auch trügen. Es bestand die Möglichkeit, daß interne Verkabelungen den Sprengsatz hochgehen ließen, sobald er versuchte, den Zünder herauszureißen, oder es gab andere Fallen, die er überhaupt noch nicht kannte. Doch der Sicherungsriegel des Zeitauslösers war nirgendwo in Sicht, und der Auslöser zeigte an, daß nur noch zwei Minuten Zeit blieben. Somit fiel die Möglichkeit aus, die Bombe beiseitezuschaffen oder Hilfe anzufordern ...

Einen Augenblick zögerte er, während er spürte, wie sein Körper sich anspannte. Dann biß er die Zähne zusammen, packte den Zünder mit Daumen und Zeigefinger und zog mit einem heftigen Ruck.

Im nächsten Moment atmete er zweimal tief durch, dankte Gott, daß die Bombe nicht in seinen Händen explodiert war, daß er und seine Kameraden noch heil da standen und nicht zerfetzt worden waren.

Was noch nicht hieß, daß sie in Sicherheit waren, wie er sich schnell erinnerte.

»Die hier ist entschärft, los jetzt, zu den anderen beiden!« rief er. »Schnell!«

Als Carlysle wieder im Fahrersitz seines Patrouillenwagens saß, sah er durch die Windschutzscheibe auf die fliehende Gruppe von Eindringlingen und fluchte laut. Vor weniger als einer Minute war ihr Jeep durch das Loch im Begrenzungszaun gerast – und er war hinter ihnen her gefahren.

Das Problem bestand darin, daß er sich absolut nicht sicher war, ob er damit den richtigen Entschluß gefaßt hatte.

Während der halsbrecherischen Fahrt versuchte er, seine Gedanken zu ordnen. Mit durchgetretenem Gaspedal bemühte er sich, den Abstand zwischen ihnen zu verringern.

Nachdem er Newell zur medizinischen Behandlung hatte fahren lassen, waren die Gefangenen weggebracht worden, um von einer anderen Einheit bewacht zu werden. Seine Männer gingen gerade zum Wagen zurück, als sie sahen, wie die Eindringlinge zu ihrem eigenen Fahrzeug hasteten, mit quietschenden Reifen umdrehten und mit Vollgas auf den Zaun zu rasten. Da sie ihnen zufällig am nächsten waren, hatten Carlysles Männer die Verfolgung aufgenommen ... aber der Jeep hatte einen solchen Vorsprung, daß er bereits den Zaun passiert hatte, bevor Carlysle noch hinter dem Steuer saß.

Ihn beunruhigte die simple Frage seiner Handlungsvollmacht. UpLinks Gastregierung hatte sie dazu ermächtigt, unabhängige Sicherheitskräfte auf dem Gelände der Internationalen Raumstation zu unterhalten, Punkt. Die Brasilianer waren nicht gewillt, diese Kräfte an beliebiger Stelle agieren zu sehen, im Rahmen von Kampfhandlungen, die in einen kleinen Krieg ausgeartet waren. Carlysle hatte dafür Verständnis, und da er ein disziplinierter Profi war, konnte er seine Augen nicht davor verschließen, daß er an die Grenzen seines ihm genehmigten Operationsradius gestoßen war. Wenn sie auf dem Gelände niemanden gefangengenommen hätten, der ihnen hoffentlich einige Informationen bezüglich der Motive und Ziele dieses Angriffs geben konnte, hätte er sicherlich die Neigung verspürt, diese Grenzen ein wenig auszudehnen und die Verfolgung fortzusetzen, nach Möglichkeit mit Luftunterstützung von den Skyhawks. Doch sie hatten Gefangene in ihrer Gewalt, und es war schwierig, die Fortsetzung der Verfolgung zu rechtfertigen, vor allen Dingen in Anbetracht der zu erwartenden politischen Reaktionen.

Die Hände am Steuerrad fixierte er die Rücklichter vor sich. Anhalten oder weiterfahren, was sollte er tun? Da Thibodeau nicht antwortete, lag die Entscheidung bei ihm.

Nach einer weiteren Reihe von Flüchen nahm er den Fuß vom Gaspedal und trat langsam auf die Bremse. Zwischen den Schlaglöchern der Landstraße kam das Patrouillenfahrzeug allmählich zum Stehen.

»Lassen wir sie fahren, wir müssen zurück«, sagte er zu dem Mann neben sich. »Es gibt noch einen ganzen Haufen Dinge da drin zu erledigen, und wir sind die einzigen, die das in die Hand nehmen können.«

Auf vollen Touren schoß Kuhls Jeep durch das Loch im Zaun. Sie fuhren mit Höchstgeschwindigkeit auf dem gleichen Weg zurück, der sie in das Gelände geführt hatte.

Kuhl drehte sich auf dem vorderen Beifahrersitz um und sah die Zwillingspunkte der Scheinwerfer in der Dunkelheit hinter sich. Allerdings waren sie ziemlich weit entfernt, und diese Entfernung schien sich sogar noch zu vergrößern. Dennoch wollte er sie im Auge behalten.

Der Jeep raste weiter in den Dschungel, hüpfte über die Unebenheiten der Straße; Kletterpflanzen und

Zweige schlugen gegen die Windschutzscheibe und hinterließen lange, tropfende Spuren von Feuchtigkeit. Bald verdeckte der undurchdringliche Vegetationstunnel um sie herum den Himmel über ihnen.

Immer noch beobachtete Kuhl die Scheinwerfer hinter ihnen, inzwischen überzeugt, daß sie tatsächlich immer weiter in die Ferne rückten. Aus welchem Grund das wohl geschah, fragte er sich voller Neugierde. Natürlich hatte ihre Position direkt neben dem Jeep Kuhl und seinen drei Begleitern einen guten Vorsprung vor den Sicherheitskräften gegeben, denn diese hatten sich während des Kampfes zerstreut und weit von ihren Fahrzeugen entfernt. Doch das hatte lediglich einen anfänglichen Vorsprung erklärt, nicht die gänzliche Abwesenheit einer organisierten und entschiedenen Verfolgung. Und wo steckten die Hubschrauber? Warum hatten sie ihm die nicht nachgeschickt?

Ein leichtes Lächeln umspielte seine Lippen. Sogar bei der Flucht gab es etwas zu lernen, und er stellte fest, daß er gerade einen weiteren Schritt getan hatte auf dem Weg zum Verständnis von UpLinks Anfälligkeiten und Einschränkungen, und von der Dynamik der Beziehung zu den brasilianischen Behörden.

Dieses Verständnis, dieses Wissen würde er sorgfältig verarbeiten müssen, zusammen mit den anderen Dingen, die er in dieser Nacht gelernt hatte.

Und dieses Wissen würde mit Sicherheit äußerst nützlich sein, wenn die nächste Phase des Spiels begann.

5.

Verschiedene Schauplätze
17. April 2001

Der Seeadler hob von den hohen Baumspitzen am Berghang zu ihrer Rechten ab. Dann schwebte er über den alten Halden der Küstenmarschen, seine weit ausgebreiteten Flügel als Zackenlinie gegen den Himmel, die schneeweißen Punkte des Kopfes und der Schwanzfedern in so starkem Kontrast zu seinem schwärzlichen Körper, daß sie fast wie leuchtende, aufgemalte Tupfer schienen, nur dazu geschaffen, das Auge auf die perfekte Form aufmerksam zu machen.

Megan beobachtete, wie der Adler zweimal kreiste, dann elegant einen Aufwind nutzte, um sich in die Höhe tragen zu lassen, und sich schließlich zum leuchtenden Wasser der Bucht hinüberschwang. Unter ihr die Küste war still. Nichts bewegte sich zwischen den Büschen. Auch gab es keinerlei Bewegung im Gestrüpp unterhalb des Decks, auf dem sie mit Nimec und Ricci saß, vor sich eine Tasse mit starkem schwarzen Kaffee.

»Normalerweise bleibt es etwa fünf bis zehn Minuten ruhig, nachdem er weg ist. Dann werden Sie die Möwen und Enten zurückkommen sehen, manchmal nur ein paar auf einmal, manchmal Hunderte gleichzeitig, als ob es eine allgemeine Entwarnung gegeben hätte«, sagte Ricci. »Die Adler ernähren sich am liebsten von Fisch, aber wenn sie richtig hungrig sind oder eine Brut aufziehen, dann fressen sie alles, in das sie ihre Krallen versenken können. Kleinere Vögel, Nagetiere, sogar Hauskatzen, die sich zu weit von ihren Hinterhöfen entfernen.«

Zögernd wandte Megan ihren Blick von der Flugbahn des Adlers ab. Sein plötzliches Auftauchen hatte sie fasziniert und erregt, doch Ricci hatte versprochen, eine Erklärung für die häßliche Szene auf dem Highway zu liefern, und sie war begierig darauf, ihm zuzuhören.

Sie warf ihm einen Blick über den Tisch zu. »Und was ist mit Seeigeln?«

Ricci lächelte ein wenig. »Die auch«, sagte er.

Herausfordernd schaute sie weiter zu ihm hinüber.

»Ich glaube, Megan wollte dir hier einen hübschen kleinen Einstieg ermöglichen«, bemerkte Nimec im Stuhl an ihrer Seite. »Wäre vielleicht kein schlechter Gedanke, darauf einzugehen.«

Ricci hielt einen Moment inne, dann nickte er. »Sollen wir zuerst einmal hineingehen?« Er deutete auf die Schiebetür, die in sein Haus führte. »Hier draußen wird es jetzt ziemlich frisch.«

Nimec zuckte mit den Schultern. »Mir ist es warm genug.«

»Mir auch«, sagte Megan. »Mir tut die frische Luft gut, nach dem ganzen Herumgefahre.«

Ricci saß vor ihnen, und auf seinem Gesicht war nicht die leiseste Spur von Besorgnis zu erkennen bezüglich der Kopfschmerzen, die er ihnen bereitet hatte. Das irritierte Megan, und sie hoffte, daß ihr Gesichtsausdruck ihm dies zu Genüge deutlich machte. Zu dem Herumgefahre, das sie erwähnt hatte, gehörte auch die Stunde, die sie hinter seinem Pickup her gefahren waren, als er sie zu einem nach Fisch riechenden Großmarkt für Meeresfrüchte geführt hatte. Der Markt befand sich auf einem Pier am Fuß der Halbinsel, und dort hatten sie noch einmal eine Stunde warten müssen, während er zwischen diversen Buden mit Salzkisten hin und her gehastet war und mit Käufern über den Preis von verschiedenen großen Plastiktabletts feilschte, die er auf der Ladefläche seines Fahrzeugs transportiert hatte ... oder genauer gesagt über den Preis der verschiedenen Lagen von stachligen grünen Seeigeln von der Größe von Tennisbällen, die sich auf diesen Plastiktabletts befanden und die er vorher als seinen Fang bezeichnet hatte. Und das alles, nachdem sie über fünftausend Kilometer quer durch den nordamerikanischen Kontinent gereist waren, auf dem Luft- wie auf dem Landweg, und nach dem unerwarteten Zusammenstoß mit dem Fischereiinspekteur und dem Sheriff.

»Ich nehme an«, sagte Ricci schließlich, »Sie möchten gern hören, warum diese uniformierten Gangster es auf mich abgesehen hatten.«

Über ihren Tassenrand sah Megan kühl zu ihm hinüber. »Das wäre nett«, entgegnete sie.

Ricci führte seine eigene Kaffeetasse zum Mund, trank einen Schluck und setzte die Tasse dann auf dem runden Tisch ab. »Weiß einer von Ihnen irgend etwas über das Tauchen nach Seeigeln?«

Megan schüttelte den Kopf.

»Pete?« fragte Ricci.

»Lediglich, daß Seeigel auf den ausländischen Märkten für Meeresfrüchte als Delikatessen gelten. Ich könnte mir vorstellen, daß sie gutes Geld bringen.«

Ricci nickte.

»In Wirklichkeit ist es der Rogen, der Geld bringt. Oder zumindest bringen kann. In jedem japanischen Sushi-Restaurant steht er als *uni* auf der Speisekarte. Der Großteil des Fangs wird nach Japan exportiert, der Rest geht an die japanischen Kolonien in den Vereinigten Staaten und in Kanada«, erklärte er. »Der Preis hängt vom jeweils saisonbedingten Angebot ab, vom Anteil des Rogen im Verhältnis zum Gesamtgewicht und natürlich von der Qualität des Rogen, der eine bronzene Goldfärbung haben sollte – etwa wie eine Mandarine –, wenn man Höchstpreise erzielen will. Auf den Tabletts, die ich am Markt ausgeladen habe, befanden sich etwa zweieinhalb Büschel Seeigel pro Tablett, und sie haben mir fast tausend Dollar eingebracht.«

Megan sah ihn an. »Wenn mir das jemand erzählt hätte, als ich zehn war, dann hätte ich heute ein paar Millionen. Mein großer Bruder und ich sind immer am Strand entlanggegangen und haben sie mit unseren Plastikeimern an den Anlegestegen eingesammelt. Dann haben wir die Eimer mit Meerwasser gefüllt und versucht, unsere Eltern davon zu überzeugen, daß wir sie als Haustiere mitbrachten. Mein Vater sagte immer, wir sollten die verdammten Seestachelschweine aus dem Haus schaffen.«

Ein leichtes Lächeln spielte um Riccis Lippen. »Die Leute hier haben verschiedene Spitznamen für sie, aber bis vor kurzem haben sie wohl die Meinung Ihres Vaters geteilt. Dann haben alle von der Nachfrage in Asien gehört und sind scharf auf die Yens geworden, die man damit verdienen kann«, sagte er. »Vorher wurden sie als Plagen angesehen. Die meisten alten Hummerfischer bezeichnen sie immer noch als Hureneier, weil sie ihnen die Fallen versauen. Sie verstopfen die Öffnungen, fressen den Köder und beißen sich durch den Aufbau durch, um an den Köder heranzukommen. Die bösen kleinen Biester haben außer ihren Stacheln auch noch die dazu passenden scharfen Zähne.«

»Sammeln Sie die Seeigel selbst?«

»Das Ernten geschieht in Teams von mindestens zwei Personen, einem Gerätetaucher und einem Helfer, der oben im Boot wartet«, erklärte Ricci. »Mir liegt es mehr, die Unterwasserarbeit allein zu machen. Ich nehme einen großen Maschensack mit nach unten und suche mir die besten Seeigel aus. Wenn so ein Sack voll ist, schicke ich ein Schwimmtau nach oben, damit mein Helfer, ein Mann namens Dexter, es entdeckt und den Sack an Bord hievt.«

»Helfer?« fragte Megan. »Was macht der denn sonst noch?«

»Was beim Golfspieler der Caddy, das ist für den

Taucher der Helfer. Er sollte die Tauchausrüstung in Ordnung halten, auf die Sicherheit des Tauchers bedacht sein, aufpassen, daß der Fang nicht einfriert, und wenn genügend Zeit ist, die Seeigel vorsortieren. Wenn irgend etwas schiefgeht, kann seine Reaktion entscheidend sein.« Er machte eine Pause. »Deshalb wird der Gewinn in zwei gleiche Hälften geteilt.«

Nimec hob eine Augenbraue. »Diesen Dex hast du erwähnt, als du mit dem Sheriff diskutiert hast ...«

»Genau der«, sagte Ricci.

»Hörte sich aber nicht gerade nach einer soliden Partnerschaft an.«

Ricci zuckte die Schultern. »Vielleicht, vielleicht auch nicht«, erwiderte er. »Darauf komme ich noch zu sprechen.«

Megan beobachtete ihn, während sie ihre Hände an der Kaffeetasse wärmte. »Grundsätzlich sind Sie dafür zuständig, den Fang zum Markt zu bringen?«

Langsam lehnte er sich in seinem Sessel zurück. »Darauf komme ich auch noch zu sprechen«, entgegnete er und nahm einen Schluck Kaffee. »Normalerweise findet man die Seeigel in Kolonien in küstennahen Algenbänken. Vor langer Zeit gab es praktisch einen Teppich von ihnen auf dem Grund der Penobscotbucht, und zwar begann dieser Teppich direkt vor der Küste. Man konnte sie einsammeln, ohne seinen Kopf unter Wasser zu halten.« Er hielt inne. »In den letzten Jahren wurden es immer weniger. Exzessives Ernten hat den Preis für den Fang in absurde Höhen getrieben und dazu geführt, daß die Leute ihre Zonen mit Händen und Füßen verteidigen, wenn man auch nur in ihre Nähe gerät.«

»Diese Zonen ... ich nehme an, sie werden gesetzlich festgelegt.«

Ricci nickte. »Die Lizenz kostet fast dreihundert Dollar, und bei den heutigen Naturschutzgesetzen muß man warten, bis man im Rahmen einer Auslosung an der Reihe ist, um eine neue Lizenz zu erhalten. Bei der Beantragung muß man das Gebiet und die Jahreszeit angeben, zu der man fischen will. Fischereiinspekteure überprüfen das sehr genau. Da steht schwarz auf weiß, ob man die Fischerei legal betreibt.«

»Deine Tabletts waren ziemlich vollgepackt«, sagte Nimec. »Sieht so aus, als ginge es dir ganz gut dabei.«

Wieder nickte Ricci. »Außerdem scheint mir, daß so etwas während einer allgemeinen Flaute schnell Aufmerksamkeit erregt. Die der anderen Fischer, die der Käufer und die des Fischereiinspekteurs, wenn er seine Augen aufhält.«

Ricci sah ihm in die Augen und nickte ein drittes Mal. »Es gibt nicht allzu viele Männer, die bereit sind, so weit hinauszufahren und so tief zu tauchen wie ich ... insbesondere um diese Jahreszeit, wenn das Wasser noch eisig und die Strömungen ziemlich stark sind. Aber es gibt Hunderte von kleinen Inselchen in der Bucht, einige davon in meiner Tauchzone, und ich habe eine Insel entdeckt, wo es eine Unterwasserhöhle mit einer fantastischen Anzahl von Seeigeln gibt.«

Nimec machte ein nachdenkliches Gesicht. »Das hat sich herumgesprochen«, sagte er.

»Klar«, erwiderte Ricci. »Wenn es um ein Gebiet geht, das wirklich einen Wert darstellt, und gleichzeitig um Männer, die Schwierigkeiten haben, ihre Familien zu ernähren, dann ist das eine explosive Kombination. Außerdem gibt es hier gegen Leute von außerhalb Widerstände, die eine lange Tradition haben und vielleicht sogar ein wenig gerechtfertigt sind. Etwa um die Jahrhundertwende haben reiche Leute von außerhalb damit begonnen, sehr viel Land um ihre Sommerpaläste direkt an der Bucht zusammenzukaufen, sozusagen als private Pufferzone gegen die Fischer und Muschelsucher, die in ihren Augen nichts als minderwertiges

Gesindel waren. Dann haben sie überall Schilder mit der Aufschrift ›Betreten verboten‹ aufgestellt und damit den Zugang zum Meer immer mehr erschwert, obwohl dies die Lebensgrundlage der Menschen in dieser Gegend war.«

»Hat denn jemand die Einheimischen dazu gezwungen, ihr Land zu verkaufen?« fragte Megan.

Ricci warf ihr einen scharfen Blick zu. »Entweder waren Sie noch nie arm, oder Sie haben vergessen, wie das sein kann«, entgegnete er in scharfem Ton. »Wenn Sie zusehen müssen, wie Ihre Kinder wegen eines harten Winters in Maine Hunger leiden, dann brauchen Sie keinen anderen Zwang mehr.«

In der frostigen Stille, die seiner Bemerkung folgte, wunderte sie sich, ob seine Reaktion bei ihr mehr Schuldgefühle als nötig hervorgerufen hatte.

»Könnte es sein, daß Dex und der Fischereiinspekteur sich irgendwie anderweitig geeinigt haben?« fragte Nimec. Er wollte auf keinen Fall vom Thema abgelenkt werden.

Ricci drehte die Kaffeetasse in den Händen und schien sich auf den Dampf zu konzentrieren, der von ihr aufstieg. »Vielleicht sollten wir noch einmal darüber sprechen, ob ich normalerweise den Fang zum Markt fahre«, sagte er schließlich. »Mit Dex arbeite ich seit über einem Jahr, und vor dem heutigen Tag bin ich noch nie ohne ihn auf dem Markt gewesen. Der Mann versteht was vom Handeln, er weiß genau, wie er Angebote von den Großhändlern bekommt. Das ganze Drumherum, für ihn ist das ein Genuß, müssen Sie wissen.« Er machte eine Pause. »Außerdem ist er darauf bedacht, so schnell wie möglich sein Geld in die Finger zu bekommen. Aber heute morgen erzählt er mir plötzlich diese Geschichte, daß er schnell nach Hause muß, um nach der Schule auf seine Tochter aufzupassen. Behauptet, daß seine Frau später von der Arbeit zurückkommt und daß sonst niemand da ist. Wir hatten das Boot noch nicht ganz festgemacht, da war er auch schon verschwunden.«

»Das kommt vor, wenn man Kinder hat«, warf Nimec ein. Spielend hätte er eine Vielzahl von vergleichbaren Situationen nennen können, aus einer Zeit, als seine Kinder noch jung waren und seine Frau noch nicht seine Ex-Frau war.

Ricci schüttelte den Kopf. »Nicht bei Dex«, sagte er. »Auf die Frage nach einer guten Kneipe kann er mit Sicherheit die Namen von zwei Dutzend Pinten von hier bis New Brunswick herunterspulen und dabei genau sagen, welches Bier es in jeder von ihnen vom Faß gibt. Aber mit der Frage nach den Geburtstagen seiner Kinder wäre er höchstwahrscheinlich überfordert.«

»Du glaubst also, er hat dafür gesorgt, daß du allein unterwegs warst, als du angehalten wurdest«, meinte Nimec.

Wieder drehte Ricci die Tasse in den Händen, sagte aber nichts.

Mit einem Seufzer fuhr Nimec fort: »War es der Fischereiinspekteur, der dich angehalten hat?«

»Ja. Cobbs ist einer von diesen Einheimischen der Ostküste, die etwas gegen Leute von außerhalb haben ... und dazu gegen fast alle und alles, was es sonst noch gibt, doch das ist einfach Teil seiner charmanten Persönlichkeit. Ich bin von Boston hierher gezogen, verdiene mein Geld auf anständige Weise, und dann ist es plötzlich so, als ob ich ihm irgend etwas wegnehmen würde. Außerdem bin ich ein Polizist ... ein Expolizist in Wirklichkeit ... und das regt ihn noch mehr auf.«

»Er fühlt sich von dir eingeschüchtert und bedroht, und daraus wird dann eine Art von konkurrierender Feindseligkeit«, interpretierte Nimec. »Typisch an Orten, wo selten neue Leute auftauchen. Insbesondere wenn sie aus der Großstadt kommen.«

Achselzuckend nickte Ricci.

»Das kommt alles zusammen, und bei Cobbs geht es noch weiter«, fuhr er fort. »Er ist ein windiger Kerl mit schmutzigen Methoden. Von ihm werden üble Geschichten erzählt, und zwar sowohl von Tauchern als auch von Hummerfischern. Sobald du ihm eine Profitbeteiligung gibst, läßt er dich ohne Lizenz arbeiten oder außerhalb deiner Zone, und er schaut sogar in die andere Richtung, wenn du nachts hinausruderst und die Hummerfallen von anderen Fischern plünderst. Wenn du jedoch nicht mitspielen willst, dann belästigt er dich bei jeder Kleinigkeit, doch bisher hat er noch niemanden direkt unter Druck gesetzt. Die Nummer, die er heute bei mir versucht hat, ist wirklich eine neue Variante.«

»Wobei er behauptet hat, er hätte dich außerhalb deiner Zone tauchen sehen. Aus diesem Grunde wollte er deinen gesamten Fang beschlagnahmen«, sagte Nimec. »So war es doch, oder?«

Ricci richtete den Zeigefinger auf ihn und nickte.

»Wie du schon sagtest, die Zeiten sind schwierig«, fuhr Nimec fort. Er atmete aus und entschied sich, noch einmal auf eine Frage zurückzukommen, der Ricci bereits zweimal ausgewichen war. »Laß es mich noch einmal versuchen … glaubst du, daß Dex und Cobbs irgend etwas ausgehandelt haben?«

Ricci starrte wieder auf seine Tasse und drehte sie in seinen Händen. Jetzt dampfte die Flüssigkeit nicht mehr. »Das versuche ich selbst schon die ganze Zeit herauszufinden«, kam es schließlich zögernd. »Cobbs und sein Wachhund, der Sheriff, haben auf dem Highway auf mich gewartet, und ich bezweifle, daß es Zufall war, daß sie genau wußten, wann ich zum Markt fahren würde und welche Strecke ich nehmen würde. Es stört mich auch, daß sie mich ausgerechnet an dem Tag anhalten, an dem Dex sich nicht in meiner Begleitung befindet.«

»Wäre es denn nicht besser für ihn gewesen, wenn er mitgefahren wäre?« fragte Nimec. »Um sich erstaunt zu stellen, meine ich. So wie es sich abgespielt hat, lassen ihn die Umstände doch nur verdächtig erscheinen.«

Ricci zuckte mit den Schultern. »Dex ist kein Genie. Schlimmstenfalls hat er sich Sorgen darüber gemacht, mir in die Augen sehen zu müssen, wenn ich in diese reizende Kontrolle gerate. Oder vielleicht ist ihm auch egal, was ich vermute, oder ob ich ihn verdächtige. Unter Umständen wird er von Cobbs mehr als die Hälfte des Gewinns bekommen, und für ihn geht es nur darum, mich aus dem Geschäft herauszuhaben.«

»Und natürlich auch aus der Stadt«, warf Nimec ein.

Ricci nickte. »Wie ich schon sagte, das ist die schlimmste Möglichkeit. Aber bisher ist das reine Theorie.«

Für eine Weile saßen sie schweigend am Tisch. Megan beobachtete die beiden Männer und fühlte sich auf merkwürdige Weise wie eine außenstehende Zuschauerin. Sie spürte die spielerische Verknüpfung ihrer Gedanken, die unausgesprochene Verständigung von Männern, die sich lange Zeit mit Polizeiaufgaben beschäftigt haben, und glaubte plötzlich, einen Einblick gewonnen zu haben, warum Nimec diesen Ricci für die Stelle von Max gewinnen wollte.

»Laß uns noch einen Augenblick bei Cobbs bleiben«, sagte Nimec schließlich. »Er wird wohl kaum Ruhe geben. Du kennst solche Typen doch. So wie du ihn vorgeführt hast, wird er sich krummlegen, bis er es dir heimzahlen kann. Und die Gelegenheit dazu wird er wohl eher früher als später finden. Im Moment leckt er seine Wunden und ist überzeugt, daß du heute zufällig etwas Glück hattest.«

»Ich weiß«, erwiderte Ricci.

»Bei seinen engen Beziehungen zum Sheriff glaubt er wahrscheinlich, daß er sich alles erlauben kann. Deine Warnung, daß du dich an andere Instanzen wenden wirst, wird ihn kaum abhalten. Was ihn angeht, sind die unendlich weit weg.«

»Ich weiß.«

Nimec sah ihn an.

»Was hast du vor?« fragte er.

Ricci gab ein undefinierbares Grunzen von sich. Nach einem Schluck Kaffee runzelte er die Stirn und stellte die Tasse auf den Tisch. »Schon kalt«, sagte er und schob sie weg.

Erneutes Schweigen.

Megans Blick wanderte kurz zur Bucht hinunter. Das Sonnenlicht wurde schwächer, und weiße Rauchfähnchen erhoben sich vom Meer, als die kalte Abendbrise über die wärmere Wasseroberfläche strich. Nach Verschwinden des Adlers waren die Vögel zurückgekehrt, ganz wie Ricci vorhergesagt hatte. In der Nähe der Küstenlinie fast direkt unter ihnen konnte sie Scharen von Enten sehen, und etwas weiter draußen näherten sich die Möwen im Gleitflug durch den Nebel, um sich auf den durch die Ebbe freigespülten Sandbänken niederzulassen. Aufgeplustert und graugefleckt versanken sie augenblicklich in den Ruhezustand, wobei sie ihre Federn gegen die fallende Temperatur nach außen spreizten.

Plötzlich schien sich der Tag zu neigen.

»Wir sollten darüber sprechen, warum Pete und ich hierhergekommen sind«, sagte sie. »Sie haben uns noch mit keinem Wort davon in Kenntnis gesetzt, was Sie davon halten.«

Ricci sah zu ihr auf. »Jetzt wo Sie es sagen, warum sind Sie eigentlich gekommen?«

Erstaunt blickte Megan ihn an. »Sie wissen es gar nicht«, bemerkte sie dann. Es war eher eine Feststellung als eine Frage.

Er schüttelte den Kopf.

Sie wandte sich an Nimec. »Sie haben ihm nichts gesagt.«

Jetzt schüttelte Nimec den Kopf. »Ich dachte, wir sollten damit warten, bis wir hier ankamen«, sagte er ohne weitere Erklärung. »Um es persönlich zu besprechen.«

Sie fuhr sich mit Daumen und Zeigefinger über die Augenbraue, schüttelte leicht den Kopf und seufzte resignierend.

»Vielleicht gehen wir doch besser hinein«, sagte sie. »Es scheint, daß es doch länger dauern wird, als ich erwartet hatte.«

Kurz nach 17 Uhr 30 Pacific Standard Time wurden zwei dringende Gespräche von der brasilianischen Produktionsanlage der Raumstation beim Firmenhauptsitz von UpLink in San José angemeldet.

Das erste war für Roger Gordian.

Gordian stand an seinem Bürofenster und blickte auf den Regenguß hinaus, der in diesen Minuten auf Rosita Avenue niederging. Gerade wollte er sich anschicken, seine Sachen zusammenzupacken und das Büro zu verlassen, als das Telefon auf seinem Schreibtisch klingelte. Für einen Augenblick starrte er es an, war versucht, den Hörer nicht mehr abzuheben; einen Arm hatte er bereits zur Hälfte in seinem Mantelärmel. Der Anrufer konnte doch eine Nachricht hinterlassen.

Rriiinng!

Laß es klingeln, beschwor er sich selbst. Ashley. Abendessen. Zu Hause.

Das Telefon klingelte zum drittenmal. Beim viertenmal würde der Anrufer automatisch zu Gordians Anrufbeantworter geschaltet werden.

Seufzend zog er den Arm wieder aus dem Mantel und griff stirnrunzelnd nach dem Hörer.

»Ja?«

Am anderen Ende gab sich der Anrufer als Mason Cody vom Sword-Operationszentrum in Mato Grosso do Sul zu erkennen. Seine Stimme schien aus einer merkwürdigen Tunnelstille zu kommen, die Gordian daran erinnerte, wie es war, wenn man eine große Muschel gegen sein Ohr preßte – dem Meeresrauschen zuhören, so hatten sie es genannt, als er noch jung war.

Er setzte sich hinter seinen Schreibtisch und stellte augenblicklich fest, daß es sich um eine sichere digitale Verbindung handelte. Und deshalb war dieser Anruf alles andere als Routine.

»Sir, es hat hier einen Vorfall gegeben«, sagte Cody in einem Ton, der ihn kerzengrade sitzen ließ.

Schweigend hörte Gordian zu, während ihm die gewalttätigen Ereignisse auf dem Gelände der Internationalen Raumstation in Brasilien in kurzer, präziser Form berichtet wurden. Seine Hand umklammerte angespannt den Hörer, als er von den Verwundeten und von den Todesopfern hörte.

»Die verwundeten Männer«, unterbrach er schließlich. »Wie geht es ihnen?«

»Sie sind zur medizinischen Behandlung abtransportiert worden«, erwiderte Cody. »Die meisten haben das Schlimmste schon überstanden.«

»Was ist mit Rollie Thibodeau? Sie sagten, daß es ihn ziemlich böse erwischt hat.«

»Er befindet sich noch auf dem Operationstisch.« Eine Pause. »Über seinen Zustand weiß ich leider nichts.«

Gordian zwang sich, ruhig zu bleiben. »Ist Pete Nimec bereits informiert worden?« fragte er.

»Ich hatte das Gefühl, ich sollte Ihnen zuerst Bericht erstatten, Mr. Gordian. Nach unserem Gespräch werde ich ihn sofort anrufen.«

Mit einem Ruck drehte Gordian seinen Sessel zum Fenster und dachte darüber nach, was er gerade gehört hatte. Es war sehr schwierig, diese Informationen zu verdauen. »Gibt es irgendeinen Hinweis?« fragte er. »Irgendeine Vermutung, wer hinter dem Überfall steckt?«

»Ich wünschte, ich könnte Ihnen das schon sagen«, entgegnete Cody. »Vielleicht bekommen wir etwas aus den Gefangenen heraus, obwohl ich mir im Moment nicht einmal sicher bin, wie lange wir sie festhalten können.«

Gordian atmete tief durch. Codys Worte waren eindeutig. Als Mitglieder einer privaten Sicherheitseinheit, die international aktiv war, waren die Sword-Soldaten verpflichtet, einem strikten Verhaltenskodex zu folgen. Einige der Regeln wurden von den Gastregierungen vorgeschrieben, andere waren interne Vorschriften, und manchmal gab es komplizierte Bestimmungen, die ganz einfach darauf beruhten, daß sie Gäste auf fremdem Grund und Boden waren. Obwohl sie Anpassungen an unterschiedliche kulturelle und politische Umstände in ihre Vorgehensweise integriert hatten, wäre es zu weit gegangen, die festgenommenen Angreifer zu verhören, selbst wenn es vor Ort Gefängniseinrichtungen gab – was zu bezweifeln war. Außerdem würde ein Vorfall von der ihm berichteten Größenordnung den Brasilianern gemeldet werden müssen, wenn sie nicht bereits davon über ihren eigenen Aufklärungsapparat erfahren hatten. Waren die Gefangenen einmal in ihrem Gewahrsam, konnte man nur noch vermuten, ob sie nun die von ihnen erhaltenen Informationen weiterreichen würden. Die politischen Spielregeln der Situation würden sehr delikat sein, und Gordian wollte auf keinen Fall irgend jemandem auf die Füße treten.

»Haben Sie die örtlichen Behörden bereits in Kenntnis gesetzt?«

»Noch nicht«, erwiderte Cody. »Dachte mir, ich sollte damit noch ein wenig warten und Sie erst einmal fragen, wie wir damit umgehen sollen. Hoffentlich war das richtig.«

»Vollkommen«, entgegnete Gordian. »Wahrscheinlich werden sie ohne Benachrichtigung bei uns auftauchen, aber sagen Sie ihnen trotzdem sobald wie möglich Bescheid. Sagen Sie ihnen, daß wir ihnen in enger Zusammenarbeit bei allen Fragen zur Seite stehen wollen. Und daß wir zuversichtlich sind, daß sie es ebenso handhaben werden. Es liegt in unserem gemeinsamen Interesse, der Sache auf den Grund zu gehen.« Nehme ich an, dachte er, sagte es aber nicht. »Haben Sie meine private Telefonnummer in Ihrer Datenbank?«

Gordian hörte das Klappern von Computertasten.

»Ja, Sir, direkt vor mir.«

»Okay, dann halten Sie mich über die weitere Entwicklung auf dem Laufenden. Unabhängig von der Uhrzeit.«

»Verstanden«, antwortete Cody.

Gordian atmete noch einmal tief durch. »Das war es dann wohl«, sagte er. »Kopf hoch, ich weiß, daß Sie einiges durchgemacht haben.«

»Wir tun unser Bestes, Mr. Gordian«, erwiderte Cody.

Seine Stimme fiel wieder in diesen hermetischen Tunnel der Stille.

Ernüchtert legte Gordian den Hörer auf und schaute nachdenklich aus dem Fenster. Regen fiel gegen das Glas und lief in langen Strömen auf der Außenfläche nach unten. Aus diesem Winkel konnte er von der Straße unter sich nichts sehen, weder die Fußgänger, die zwischen den Pfützen auf der Suche nach einem trockenen Fleckchen entlanghasteten, noch die Autos, die mit laufenden Scheibenwischern langsam dahinkrochen. Selbst Mount Hamilton schien außerhalb seines Blickfelds zu liegen; der Berg war zu einer grauen, verschwommenen Masse mutiert, verhangen von schweren Regenschleiern, die auch den Himmel verdeckten.

Es war, dachte er, als ob die Welt aus Regen gemacht wäre.

Nur aus Regen.

Wie er schon Gordian mitgeteilt hatte, ging Codys nächster Anruf an Pete Nimec. In seinem Büro erreichte er ihn nicht, und die Ansage auf dem Anrufbeantworter teilte ihm mit, daß er bis zum nächsten Tag verreist sei und regelmäßig seine neuen Nachrichten abhören würde. Für Notfälle wurde die Nummer seines Handys angesagt.

Cody legte schnell auf und wählte die Handynummer.

»Sie wollen also, daß ich weltweit Auge und Ohr der Firma bin«, sagte Ricci. Er bückte sich und legte ein Holzscheit in den Ofen gegenüber dem bequemen Ledersofa, auf dem seine Besucher saßen. »Kann man es so zusammenfassen, Pete?«

»Nicht ganz, wenn ich mal ein oder zwei Dinge dazu bemerken darf«, warf Megan mit einem Blick auf Nimec ein.

Er zuckte mit den Schultern. Sie saßen in Riccis geräumigem Wohnzimmer, einem Anbau von Mitte der achtziger Jahre an ein Herrenhaus im Kolonialstil, das ein Jahrhundert vorher gebaut worden war. Naturholzwände und Glasschiebetüren, die auf das zur Küste gelegene Deck hinausführten, auf dem sie bis vor ein paar Minuten gesessen hatten.

»Die von uns ausgewählte Person wird dafür verantwortlich sein, die Sicherheitsparameter von UpLinks verschiedenen internationalen und nationalen Standorten zu implementieren und zu koordinieren«, sagte sie. »Er oder sie wird in der Kommandostruktur direkt nach Pete kommen. Doch möchte ich noch einmal betonen, daß wir in erster Linie hier sind, damit wir beiden einander kennenlernen und Ihr Interesse an unserer Firma einschätzen können.«

»Und Ihr Interesse an mir«, ergänzte Ricci und sah sie an.

Sie schauten sich in die Augen. »Ja«, erwiderte sie. »Es geht hier um einen einzigartigen und anstrengenden Job. Natürlich wollen wir sehen, ob Sie in der Lage sind, sich diesen Herausforderungen zu stellen.«

Eine Sekunde lang überlegte Ricci, dann nickte er. »Hört sich alles sehr fair an«, sagte er. »Sind Sie noch dabei, Ihre Kandidatenliste zusammenzustellen?«

»Die einzige andere Person, deren Qualifikationen wir im Augenblick untersuchen, ist ein bereits für uns tätiger Mitarbeiter unseres brasilianischen Teams namens Roland Thibodeau. Und um Ihnen die Wahrheit zu sagen, wir wissen nicht einmal, ob er an der Stelle interessiert ist. Wahrscheinlich werde ich irgendwann in den nächsten zwei oder drei Tagen mit Rollie sprechen.«

»Pete, wieso wolltest du mir am Telefon nichts vom Grund dieses Besuchs sagen?« fragte Ricci.

»Wenn ich das versucht hätte, dann hättest du schon aufgelegt, bevor ich die Frage ganz ausgesprochen hätte. Habe mir gedacht, es wäre wohl am besten, erst einmal hierher zu kommen und dann zu reden. Wollte mal sehen, was du im persönlichen Gespräch dazu sagst.«

Schweigend nahm Ricci drei Seiten Zeitungspapier aus einer flachen Weinkiste neben sich, knullte sie zusammen und steckte sie unter den Ofenrost. Dann zündete er ein Streichholz an und hielt es an die Zeitungen, um sie in Brand zu setzen. Langsam stiegen kleine Flämmchen auf und leckten von unten am Holzscheit.

Als das Holz brannte, schloß er sorgfältig die Glastür des Ofens und sah zu Megan hinüber. »Ich nehme an, daß Sie die lange, traurige Geschichte gehört haben, wie ich bei der Polizei entlassen wurde«, sagte er.

»Pete hat mir seine Version erzählt«, entgegnete sie. »Aus den Zeitungen kannte ich bereits eine andere.«

»Dann werden Sie verstehen, warum ich sie so gern verheize«, bemerkte er.

Sie lächelte leicht. »Dieser Gedanke ist mir auch gekommen«, sagte sie. »In Anbetracht der heutigen Ereignisse scheint mir außerdem, daß Sie ein besonderes Talent dafür haben, sich an den falschen Stellen Feinde zu schaffen.«

Einen winzigen Moment zögerte Ricci. »Sie haben sicherlich die Version gelesen, in der behauptet wird, ich sei ein unkontrollierbarer Dickkopf, oder diejenige, in der ich als eine regelrechte Schande für die Bostoner Polizei bezeichnet werde?«

»Ich habe beide gelesen, doch neige ich dazu, die ausschweifenden Beschreibungen zu ignorieren und mich auf die Fakten zu konzentrieren«, gab sie zurück. »Ein junger Student stürzt vom Dach eines Gebäudes auf dem Campus einer Nobeluniversität in den Tod. Die Studenten aus der Burschenschaft, die mit ihm da oben waren, behaupten alle, daß es ein schrecklicher und unerklärlicher Unfall war. Zuviel Bier, rücksichtsloses Verhalten. Als Chef des Morddezernats der Stadt sind Sie für eine Untersuchung zuständig, die aller Voraussicht nach reine Routine sein wird, bis sich bei der gerichtsmedizinischen Untersuchung herausstellt, daß sich keinerlei Alkohol im Blut des Verstorbenen befand. Sie fangen an, sich ein wenig umzuhören, und finden heraus, daß die Jungs, die oben auf dem Dach waren, allesamt dem Drogenhandel und anderen unschönen Aktivitäten außerhalb der Vorlesungen nachgehen. Schließlich entdecken Sie, daß es heftigen Streit gab zwischen dem Führer der Gang und dem Jungen, der ums Leben kam. Der Bandenchef wird des Mordes angeklagt, und seine Freunde zeigen sich zur Zusammenarbeit bereit und wollen als Zeugen der Anklage aussagen. Dann kommt es zur Verhandlung, und er wird schuldig gesprochen, was normalerweise 25 Jahre Zuchthaus bis hin zu lebenslänglicher Freiheitsstrafe bedeuten würde. Doch die Entscheidung der Jury wird vom Richter aufgehoben, und wegen einer technischen Kleinigkeit kommt der Täter frei. Angeblich irgendein Verfahrensfehler, wie bestimmte Beweismaterialien von der gerichtsmedizinischen Abteilung weitergeleitet wurden.« Sie machte eine Pause. »Wie schlage ich mich bis hierher?«

Ricci schaute ihr direkt in die Augen. »Wenn es ihnen nichts ausmacht, möchte ich mit der Bewertung warten, bis Sie mit dem nächsten Teil fertig sind«, entgegnete er.

Megan nickte. Das Holzscheit im Ofen knackte und spritzte Harztropfen, während die Flammen hell um ihn aufleuchteten. »Als nächstes geben Sie eine Reihe von Interviews in den verschiedenen Medien, in denen Sie die Entscheidung des Richters kritisieren und die Meinung vertreten, daß schon die Berufungsinstanz ein schwerer Fehler gewesen sei, ganz zu schweigen von der Aufhebung der Juryentscheidung durch den Richter. In einem weiteren Schritt gehen Sie sogar so weit zu behaupten, daß der Richter vom Vater des Mörders bestochen wurde. Daraufhin tritt die andere Partei mit ihren Gegenbehauptungen vor die Fernsehkameras und sagt, daß Sie eine Art persönlicher Fehde mit dem Richter austragen wollen. Verschiedene intime Details werden der Presse zugänglich gemacht, unter anderem die Information, daß Sie im Laufe Ihrer Karriere psychologische Beratung wegen Alkohol und Depressionen in Anspruch genommen haben. Dann tauchen Geschichten auf, daß Sie Vorurteile haben. Am Ende ist der Student immer noch auf freiem Fuß, und Sie haben

Ihren Abschied eingereicht. Der allgemeine Eindruck der Öffentlichkeit ist, daß man Sie vor die Wahl gestellt hat zwischen freiwilligem Abschied oder Entlassung ohne Pensionsansprüche.«

Wieder saß sie still und beobachtete ihn.

»Nicht schlecht, bis hierher«, bemerkte Ricci. »Allerdings sind da noch die Details, die Sie ausgelassen haben.«

»Eigentlich wollte ich nicht hier sitzen und Ihnen einen Vortrag halten«, hielt sie dagegen. »Wahrscheinlich ist es besser, den Rest von Ihnen zu hören. Wenn Sie ihn uns erzählen möchten.«

Ricci nickte. »Natürlich«, willigte er ein. »Im Interesse der guten Öffentlichkeitsarbeit.«

Kommentarlos wartete sie darauf, daß er fortfuhr.

»Der Vater des kleinen Mordprinzen war ein Millionär von Beacon Hill«, begann er. »Während der Verhandlung erfuhr ich, daß der Richter zum gleichen privaten Eliteclub gehörte wie der Vater, was meiner Meinung nach bereits genug hätte sein müssen, um ihn von diesem Fall abzuziehen. Die Anklage hätte den Fall auf Bezirksebene verhandeln können, hat es aber nicht getan. Da sie normalerweise darüber bestimmen, habe ich mir zunächst keine Sorgen gemacht. Nachdem allerdings der Prozeß vorbei war, hörte ich von einigen Mitarbeitern des Clubs, daß es insgesamt drei Treffen unter vier Augen zwischen dem Vater und dem Richter gab, während die Jury sich beriet. Einer dieser Mitarbeiter ist Manager, ein ehrenwerter Kerl, der seit vierzig Jahren dort gearbeitet hat und keinen Grund hat, irgendwelche Geschichten zu erfinden. Er kam deshalb zu mir, weil er sich schuldig fühlte, genau wie die anderen beiden.« Dann zuckte er mit den Schultern. »Später haben sie alles abgestritten, als ich damit an die Öffentlichkeit ging.«

»Irgend jemand hat sie von ihren Schuldgefühlen geheilt«, sagte Megan. »Geld und Macht sind dabei die Medizin, die verschrieben wird. Wenn ich Ihrer Version Glauben schenken soll.«

Totenstille. Ricci sah mit einem durchdringenden Blick zu ihr hinüber, während das Feuer Schatten auf seine eckigen Gesichtszüge warf. »Was genau stört Sie eigentlich an mir?« fragte er schließlich.

Seine blauen Augen schauten sie forschend an.

Sie öffnete den Mund wie zu einer Antwort, schloß ihn aber wieder und starrte lediglich ohne ein einziges Wort zurück.

»Ich glaube es«, sagte Nimec, um die Stille zu unterbrechen. »Seine Version, meine ich.«

Ricci drehte sich zu Nimec, während Megan über ihre eigene Erleichterung staunte, als sie seinen festen Blick nicht mehr ertragen mußte.

»Ich brauche keinen Verteidiger«, sagte Ricci.

»Deine Glaubwürdigkeit sollte hier nicht zur Debatte stehen.«

Plötzlich strahlten Riccis Gesichtszügen vor Intensität. »Ich habe dir bereits gesagt, ich brauche keinen Anwalt. Weder dich noch sonst jemanden.«

Megan hob die Hand in einer beschwichtigenden Geste. »Einen Augenblick«, sagte sie. »Ich wollte Sie nicht provozieren, und ich möchte mich entschuldigen, wenn Sie diesen Eindruck von mir hatten. Es war einfach ein sehr anstrengender Tag.«

Ricci sah sie schweigend an; die durchdringenden Augen ruhten wieder auf ihrem Gesicht.

»Vielleicht sollten wir noch einmal einen Schritt zurückgehen. Uns auf unsere Gefühle in bezug auf die Arbeit bei UpLink beschränken«, schlug sie vor.

Ricci sah sie noch einen kurzen Augenblick an. Dann atmete er hörbar aus. „Ich weiß es nicht«, entgegnete er. »Der Ehrlichkeit halber möchte ich Ihnen sagen, daß ich mir nicht sicher bin, ob es etwas für mich ist, oder ob ich wirklich die Ausbildung dafür habe. Es geht hier um große Dinge. Meiner Meinung nach sollten Sie sich um schwere Artillerie bemühen, nicht um ein Fliegengewicht der Polizei.«

Nimec lehnte sich vor und faltete die Hände auf dem Schoß.

»Es ist nur so, daß zu dieser Ausbildung, die du so einfach zur Seite schiebst, etwa vier Jahre beim SEAL-Team Six gehören, und dabei handelt es sich um die Elite einer Elitetruppe, die speziell für Antiterror-Operationen ins Leben gerufen wurde«, sagte er. »Und das war nur der Anfang.«

»Pete ...«

Nimec ließ ihn nicht zu Wort kommen. »Nachdem du 1994 den Dienst beim Militär quittiert hast, bist du zur Polizei in Boston gegangen, wo du prompt dein Inspektorenschild erster Klasse in Rekordzeit erhalten hast. Dann hast du bei der Spezialeinheit gegen organisiertes Verbrechen im Untergrund gearbeitet, wozu du bestens geeignet warst, da du ja schon die Erfahrungen vom SEAL-Team Six mitbrachtest, wo zu deinen Spezialgebieten die Infiltrationsstrategien gehörten. Nach Abschluß einer größeren Untersuchung einer Erpresserbande hast du deine Versetzung in die Mordkommission beantragt und bist dort geblieben, bis es diese unglückliche Affäre gab, von der wir gerade gesprochen haben.«

Ricci kniete neben dem Ofen und blickte quer durch den Raum zu ihm hinüber. »Die Tatsache, daß du meinen Lebenslauf herunterbetest, ändert nichts daran, wie ich mich fühle«, sagte er. »Inzwischen sind zehn Jahre vergangen, seit ich den Dienst quittiert habe. Das ist eine lange Zeit.«

Nimec schüttelte den Kopf. »Ich verstehe dich nicht, Tom«, entgegnete er. »Niemand will hier Zwang ausüben, aber es ist nun mal kein Allerweltsvorschlag.

Reifliche Überlegung ist angebracht, und zwar von uns allen. Wir sollten uns zumindest darauf einigen …«

Abrupt unterbrach er sich. Das Vibrieren seines Handys in der Hemdtasche zeigte ihm an, daß er einen Anruf erhielt. »Eine Sekunde«, entschuldigte er sich, indem er den Zeigefinger in die Höhe hielt.

Schnell nahm er das Telefon aus der Tasche, klappte die Abdeckung über dem Mikrofon auf und meldete sich.

Sein Gesichtsausdruck zeigte zunächst Überraschung, dann gespannte Aufmerksamkeit, dann eine Mischung von beidem.

Es war Cody, der aus Mato Grosso anrief.

Mit dem gleichen beherrschten, doch zur selben Zeit dringlichen Ton, den er Roger Gordian gegenüber angeschlagen hatte, berichtete Cody zum zweiten Mal in weniger als zehn Minuten von den Ereignissen in Brasilien. Seine Stimme wurde zuerst über das reguläre Festnetz zu einem Satellitenübertragungsgerät in Nordargentinien übermittelt, dann an einen in niedriger Umlaufbahn befindlichen Kommunikationssatelliten weitergereicht, elektronisch verstärkt, weiter vermittelt an eine Empfangsantenne, die von einem örtlichen Mobilfunkservice an der Küste von Maine betrieben wurde, und schließlich fast augenblicklich an Nimecs Telefongerät weitergeleitet.

Leise stellte Nimec eine Frage, hörte zu, flüsterte wieder in das Telefon und beendete das Telefonat schließlich.

»Pete, was ist los?« fragte Megan, überrascht von der tiefen Besorgnis auf seinem Gesicht.

Immer noch hielt er das Handy offen in seiner Hand. »Probleme«, sagte er langsam. »Kategorie Eins in Brasilien.«

Verstehend sah sie ihn an. Die Tatsache, daß er im Code mit ihr sprach, konnte nur bedeuten, daß es zu einer äußerst schweren Krise gekommen war, und daß er in Riccis Gegenwart keine Details erörtern wollte. »Ist Roger informiert worden?« fragte sie.

Er nickte.

»Am besten melden wir uns bei ihm«, sagte er. »Ich habe das Gefühl, daß er uns sofort zurück nach San José beordern wird.«

Als er in den Operationssaal gebracht wurde, erkannten die Ärzte sofort, daß es um Leben und Tod ging.

Selbst für einen Laien wäre es offensichtlich gewesen, daß er sich in einem schrecklichen Zustand befand; aufgrund seines fast komatösen Zustandes, verursacht durch das viele Blut, das aus dem klaffenden Loch in seinem Bauch durch seine Kleidung sickerte, dann durch die dünnen Decken, mit denen er zugedeckt war und schließlich durch die Uniformen der Sanitäter, die ihn auf einer Bahre eingeliefert hatten; sichtbar auch an der Blaufärbung seiner Haut und dem schwachen, unregelmäßigen Atemrhythmus.

Für das geübte Auge deuteten diese körperlichen Anzeichen auf besonders lebensbedrohliche Komplikationen, die unmittelbar diagnostiziert und behandelt werden mußten. Allein die schwere Blutung hätte sie veranlaßt, auf Schock zu schließen, doch seine bläuliche Blässe ließen keinen Zweifel mehr aufkommen, und die Blutdruckmanschette, die sie um seinen Arm geschlungen hatten, als die Bahre hineingefahren wurde, zeigten systolische und diastolische Werte um Null und wiesen damit auf das fast totale Kreislaufversagen hin. Sein unregelmäßiger Atem ließ einen Spannungspneumothorax vermuten – mit den Worten eines Laien eine Lufttasche zwischen den Lungen und dem sie umgebenden Gewebe, die als Resultat von Schock entstand, auf die Lungen Druck ausübte und sie ganz oder teilweise kollabieren ließ.

Dieser Zustand würde zu Atemstillstand und sicherem Tod führen, wenn nicht augenblicklich von außen Entlastung geschaffen wurde.

Das Management einer medizinischen Krise verlangt, daß ununterbrochen neue und häufig sich beschleunigende Serien von Prioritäten aufgestellt werden. In diesem Fall war die Priorität, seine Vitalfunktionen zu stabilisieren, noch bevor die inneren Verletzungen anhand von Röntgenaufnahmen und einer Bauchoperation näher bestimmt werden konnten. Erst dann würde man mit Sicherheit herausfinden, wie oft er getroffen worden war oder welchen Weg die Kugel, die Kugeln oder die Kugelfragmente genommen hatten.

Unter diesem extremen Zeitdruck gab der leitende Chirurg seinen Assistenten sofort schnelle und eindeutige Anweisungen.

»Ich brauche MASTs ...« Das war die Abkürzung für medizinische Anti-Schock-Hosen, die dem Patienten angezogen und mit Luft vollgepumpt wurden, um das Blut aus den unteren Extremitäten zum Herzen und zum Gehirn strömen zu lassen.

»... sieben RBC-Konzentrate ...« Diese Abkürzung stand für Red Blood Cells, also Bluttransfusionen, die mit roten Blutkörperchen angereichert waren, die den lebenswichtigen Sauerstoff zu den Gewebezellen des Körpers transportierten. In üblichen Bedarfssituationen von Transfusionen wurde die Serumvariante des Patienten auf Verträglichkeit mit einer Probe des einzusetzenden Blutprodukts getestet, doch weil es sich hier um einen Angestellten von UpLink International handelte, war die Blutgruppe dieses Mannes bereits in der Datenbank des Ärztecomputers bekannt, so daß dieser Schritt übergangen werden konnte und wertvolle Minuten eingespart wurden.

»... eine große Braunüle ...« Dies war ein weiterer

Katheter für intravenöse Infusionen, der eingesetzt wurde, um die roten Blutzellen durch eine schnelle und massive Transfusion in seinen Körper einzuschleusen.

»... und sofort eine Pneumothoraxdrainage in seine Brust!« Das Pneumothoraxbesteck war eine große Spritze mit Schlauch und Sonde, die dazu benutzt wurde, die Luft aus dem Pneumothorax abzuziehen, die Lungen aufzublasen und die normale Atmung wiederherzustellen.

Während man sich die Arbeit der Mediziner häufig in geordneter und minutiös geplanter Sterilität vorstellt, räumt nichts schneller mit diesem Trugbild auf als der Blick in eine Intensivstation oder eine Unfallchirurgie, wo der Kampf um menschliches Leben zu einer körpernahen, angespannten, chaotischen, schmutzigen und verschwitzten Angelegenheit wird. Mit einer Hohlnadel von enormer Größe in den Brustkorb eines kräftig gebauten, über hundert Kilo schweren Mannes zu stoßen, dabei die daran angebrachte Spritze fest in der Faust zu halten und zwei- oder dreimal ohne Erfolg zu versuchen, sie zwischen harten Schichten von Interkostalmuskulatur einzuführen, bis endlich ein glatter Eintritt gelingt, dann die Spritze aufzuziehen und einen Schub warmer, feuchter Luft ins Gesicht zu bekommen, die zischend aus den Taschen um die Lungen entweicht – das kam dem sterilen Klischeebild nicht besonders nahe. Der junge Arzt, der in dieser Nacht hastig zum Dienst gerufen worden war und jetzt in der Intensivstation des ISS-Komplexes über Rollie Thibodeau schuftete und versuchte, ihn am Leben zu erhalten, bis er auf den eigentlichen Operationstisch kam, hätte sich wohl hierzu äußern können, wenn er nur über eine einzige freie Sekunde verfügt hätte. Aber er war ununterbrochen damit beschäftigt, die Anweisungen des Chefarztes auszuführen. Dabei stand er über dem Patienten und bemühte sich, so schnell wie möglich den Katheter zu legen und die Infusion anzuhängen.

Nachdem die Nadel an die richtige Stelle gebracht und die Luft aus dem Pneumothorax abgesaugt war, mußte alles getan werden, um eine erneute Luftansammlung zu verhindern und den Patienten ohne weitere Behinderung der Atmung zu belassen. Dies bedeutete, daß sofort eine Thorakostomie mit Anlage einer Pleuradrainage durchgeführt werden mußte.

Zunächst mußte der Tubus luftdicht versiegelt werden. Der junge Arzt nahm die hektischen Aktivitäten in seinem Umkreis kaum wahr. Von einem Instrumententablett nahm er ein Skalpell und machte oberhalb der Rippe einen horizontalen Einschnitt in das Gewebe. Dann nahm er eine Kelly-Klammer vom Tablett und schob sie in den Einschnitt. Während er die Klammer am unteren Ende festhielt, spreizte er mit ihr das weiche Gewebe und öffnete einen Tunnel für seinen Finger. Das Blut schwappte um die Klammer herum, als er sie von der Öffnung entfernte. Dann preßte er seinen handschuhgeschützten Finger zwischen die Lippen des Einschnitts, griff mit dem Finger tief hinein und fühlte sorgfältig nach Lunge und Zwerchfell. Nachdem er sich davon überzeugt hatte, daß er bis zur Pneu vorgestoßen war – der Raum zwischen Lungen und Rippen, wo sich die Lufttasche gebildet hatte –, bat er die OP-Schwester, ihm die Pleuradrainage zu reichen. Vorsichtig schob er sie durch die Öffnung.

Einen Moment lang hielt er inne, musterte den Patienten und atmete schließlich mit einem Seufzer der Erleichterung auf. Die Atmung war jetzt stärker und regelmäßiger, und die Hautfarbe hatte sich deutlich verbessert. Ein Wasserschloß mit Dauersog am anderen Ende der Pleuradrainage sorgte dafür, daß die Luft weiterhin aus der Brust des Patienten drainiert wurde, während es gleichzeitig verhinderte, daß neue Luft in den Brustkorb hineingelangte. Zum Abschluß der Prozedur nähte der junge Arzt die Haut um die Drainage fest zusammen, damit diese sicher fixiert blieb.

Noch lag eine sehr lange Nacht vor ihm, doch nun hatte Rollie Thibodeau zumindest den Anflug einer Überlebenschance. Die Ärzte hasteten jetzt mit ihm in den Operationssaal, öffneten seine Bauchdecke und fanden endlich heraus, wie groß seine inneren Verletzungen waren.

6.

Region Chapare / Westliches Bolivien
18. April 2001

Mit dem Ausdruck stiller Genugtuung sah Harlan DeVane zu, wie die Reihe der drei Lastwagen auf der Piste an der östlichen Begrenzung seiner Ranch entlangfuhr und sich der Landebahn und der wartenden Beech Bonanza in einer Staubwolke näherte. Um diese Uhrzeit, kurz vor Mittag, hing die Sonne wie ein Feuerball über den verbeulten alten *camiones* und der ausgedehnten Weidefläche im Hintergrund, wo er sein Vieh behäbig in der Hitze grasen sah. Diese Milchkühe erster Güteklasse hatte er eigens aus Argentinien importieren lassen. Es herrschte völlige Windstille, und die Asche und der Rauch der Buschfeuer ähnelten einem unbeweglichen Geschmier über dem Horizont. Später, mit der Nachmittagsbrise, würde dieser Rauch nach oben steigen und sich in einem grauen Dunstschleier am ganzen Himmel ausbreiten. Dadurch würde die Sonne so weit abgedunkelt werden, daß man mit ungeschütztem Auge zu ihr hochschauen konnte. Es war ein Preis für die wirtschaftliche Entwicklung, den DeVane bedauernswert fand, doch er war ein Mann, der sich den Realitäten stellte, wie sie gerade auftauchten. Die Holzfäller setzten ihre Bulldozer ein, um neue Straßen durch die Wildnis zu schlagen, und die herumziehenden Kleinfarmer, die als Siedler hierher kamen, folgten diesen Straßen. Da der Boden im Amazonasbecken schnell ausgelaugt war – bei normalem Anbau gingen nach drei Jahren bereits die Ernteerträge zurück –, rodeten sie vorher unberührte Abschnitte des Regenwalds, sobald ihre Felder austrockneten und brachlagen. Es war ein gnadenloser Zyklus, doch schien er ihm unvermeidbar. Denn nichts im Leben bekam man umsonst, und häufig mußte sofort ein Tribut entrichtet werden.

»Es sieht so aus, als ob das Flugzeug bald startet, Harlan«, sagte Rojas und schlürfte seinen eisgekühlten *guapuru*.

DeVane sah ihn unter der Krempe seines weißen Panamahutes an. Seine Haut spannte sich straff über die Wangenknochen und war fast farblos. Seine Augen waren von einem frostigen Blau und lagen tief in ihren Höhlen. An diesem Morgen trug er einen weißen doppelreihigen Anzug, der wahrscheinlich irgendwo in Europa aus einem besonders leichten Material maßgeschneidert worden war. Die Kragenecken seines blauen Seidenhemdes waren nach unten festgeknöpft, und passend dazu trug er Hosenträger mit schmalen blauen und gelben Streifen. Unberührt vom brütend heißen Wetter schien er in seinem eigenen, ganz privaten Luftraum zu existieren. Rojas fühlte sich an den Engelfisch erinnert, der in den Gewässern der Karibik zu finden war – so träumerisch zart in der Erscheinung, so heiter und doch so giftig.

»Und Sie, Francisco?« fragte er auf portugiesisch, obwohl Rojas der englischen Sprache mächtig war. »Werden Sie mitfliegen? Oder darf ich annehmen, daß Sie andere Vorkehrungen getroffen haben?«

»Wie Sie wissen, ich habe mir angewöhnt, den *perico* allein fliegen zu lassen«, erwiderte Rojas. »Als Vorsichtsmaßnahme.«

Innerlich amüsierte sich DeVane über die Wortwahl seines Gesprächspartners. Kokain machte einen manisch und geschwätzig. Wie ein Papagei, oder *perico* auf spanisch. Es war ein Ausdruck der Gassensprache, den er von einem kleinen Straßendealer in San Borja erwarten würde, nicht aber von einem brasilianischen Polizeioffizier höheren Ranges. Doch dieser Wortschatz paßte zu Rojas. Ein feiger, korrupter und fauler kleiner Bürokrat südlich des Äquators, der versuchte, das Gehabe der Kriminellen nachzuahmen. Wenn man ihm einen Feuerwerkskörper unters Bürofenster warf, würde er sich sicherlich jammernd unter seinem Schreibtisch verstecken.

»Wenn wir fertig sind, lasse ich Sie von meinem Fahrer zurück zum Flughafen in Rurrenabaque bringen«, sagte er. »Sie haben ein Anrecht darauf, sich sicher zu fühlen.«

Rojas hörte den Anflug von Ironie in DeVanes Stimme und breitete die Arme entschuldigend auseinander.

»Es geschehen die merkwürdigsten Dinge«, entgegnete er. »Ich erwarte keine Probleme, aber wie immer werde ich erleichtert sein, wenn die Ladung ihr Ziel erreicht hat.«

Tatsächlich, so dachte er, würde diese Erleichterung in dem Augenblick einsetzen, in dem er nicht mehr von den eiskalten Augen der Leibwächter DeVanes beobachtet würde. Und in dem Augenblick, in dem er eine gewisse Distanz zu Kuhl zurückgelegt hätte. Dieser Mann schien weniger ein Mensch als vielmehr eine kalte Präzisionswaffe zu sein … und wie gefährlich es doch war, daß so ein mörderisches Instrument von jemandem mit grenzenlosem Hunger nach Reichtum und

Macht kontrolliert wurde. Kuhl selbst hatte bereits einen einschlägigen Ruf erworben, doch hatte die Zusammenarbeit mit DeVane zweifellos seine angeborene Neigung zur Gewalttätigkeit verstärkt und ihr die Chance zur vollen, blutigen Entfaltung gegeben.

Ja, es wäre besser, sich woanders aufzuhalten.

Rojas griff wieder nach seinem Glas und trank einen großen Schluck. Nicht zum erstenmal war er mit diesen Männern zusammengetroffen, und inzwischen sollte er eigentlich seiner Unruhe Herr werden. Der Trick war, nicht an Kuhl und die bewaffneten Wachen zu denken. Sich auf die Gegenstände um ihn herum zu konzentrieren. Wenn er es versuchte, war er schon mit halben Erfolgen zufrieden. Natürlich befand er sich in einer angenehmen Umgebung. Unter dem Schatten einer blühenden Mimose saßen sie an einem Tisch im Vorgarten von DeVanes eindrucksvollem Ranchhaus, einem weitläufigen Gebäude mit sonnengebrannten Wänden und einem Ziegeldach, das für einen spanischen Don errichtet schien – vielleicht für einen Nachfahren der spanischen Eroberer – nur die Schwimmbäder und der Tennisplatz auf dem riesigen Gelände wiesen auf ein wesentlich jüngeres Baujahr hin. Wirklich in großem Stil angelegt und nur eines der vielen luxuriösen Häuser, die DeVane in der ganzen Welt unterhielt und die er auf seinen ständigen Reisen besuchte, während er sich um sein weitverzweigtes Geschäftsimperium kümmerte.

Jenseits der vor dem Haus liegenden Weidefläche hatten die *camiones* die Startbahn erreicht und hielten im Schatten des wartenden Flugzeugs. Rojas beobachtete, wie die Fahrer, zerlumpte Indios vom Stamm der Quechua, damit begannen, die Ladeflächen ihrer Lastwagen leerzuräumen und ihre Bündel zur Frachtluke des Flugzeugs zu tragen.

»Ihre Fähigkeit, sich die Loyalität der Indios zu erhalten, ist außergewöhnlich, Harlan«, sagte er. »Das hätte ich niemals erwartet.«

»Wieso?« fragte er. »Sie haben auch vorher schon mit Amerikanern Geschäfte gemacht.«

Rojas gab sich Mühe, sein Schulterzucken lässig aussehen zu lassen. »Ja, aber nicht zu den Bedingungen, die Sie festgelegt haben. Es ist eine einzigartige und ungewöhnliche Konstellation. Von den Peruanern zu kaufen, und die örtlichen *cocaderos* lediglich zur Verarbeitung und zum Vertrieb einzustellen …«

Er ließ den Satz unbeendet.

DeVane behielt ihn fest im Blick.

»Sprechen Sie weiter«, sagte er. »Ich bitte darum.«

Zuerst zögerte Rojas, dann sagte er: »Die Arbeiter sind arm und die Chapare-Ernte ist ihre Haupteinnahmequelle. Hundert Kilo könnten drei Millionen Dollar einbringen, wenn sie die Produktion von Anfang bis Ende übernehmen. Statt dessen müssen sie entweder andere Käufer für ihre Pflanzen finden oder sie auf dem Feld verrotten lassen.«

DeVane lächelte und zeigte dabei plötzlich für einen kurzen Augenblick seine kleinen, weißen Zähne. »Wenn Sie Ihren Leuten zu wenig geben, werden Sie gehaßt. Wenn Sie Ihnen zuviel geben, werden Sie nicht länger gebraucht. Das Geheimnis der Loyalität ist, Ihnen gerade genug zu geben, Francisco.«

»Trotzdem sollte man meinen, daß Ihre Geschäfte mit Anbauern von außerhalb böses Blut schaffen könnten«, entgegnete Rojas. Seine Neugierde zeigte sich für einen Moment seiner Vorsicht überlegen. »Und daß der Sendero Luminoso seine eigenen Gründe hätte, unzufrieden zu sein. Die Linken haben schon lange mit ihren eigenen Produktionsstätten gearbeitet, und sie sind dafür bekannt, daß sie ihre Interessen vehement verteidigen.«

»Nicht mehr als ich selbst auch, und das ist ihnen

durchaus bewußt«, erwiderte DeVane. »Ich habe meine Gründe dafür, die linken Rebellen an der Operation zu beteiligen. Und sie haben vorher nie dagewesene Gewinne, um sie glücklich zu machen.«

Rojas entschied sich, das Thema abzuschließen, doch fühlte er sich vage so, als ob ihm etwas vorgegaukelt würde.

»Wie ich schon sagte, Sie haben meine volle Bewunderung«, sagte er. »Es ist ein Teufelstanz, der mir niemals gelingen würde.«

DeVane machte keine Anstalten, diese Unterhaltung zu beenden. »Der Teufel kann einer der besten Partner sein, wenn man seine Schritte kennt«, sagte er. »Sie wissen es sicherlich, daß ihn die Bergleute in den Zinnminen im Süden des Landes *El Tio* nennen. Der Onkel. Jeden Sonntag morgen gehen sie mit ihren Familien in die Kirche, fallen auf die Knie und singen das Lob Gottes und seiner Heiligen. Aber bevor sie unter Tage fahren, halten sie zunächst an den Eingängen der Schächte, um vor den Statuen von *El Tio* Opfergaben niederzulegen – Alkohol, Zigaretten und Kokablätter.«

Rojas Unruhe nahm zusehends zu.

»Passende Geschenke für den Herrn der Hölle«, bemerkte er.

»Ganz genau.« DeVane zeigte noch einmal sein kurzes, eisiges Grinsen. »Ihre Überlegungen sind so herrlich pragmatisch. Wenn man dort arbeiten will, wo es dunkel und heiß ist, muß man lernen, sich dort zurechtzufinden. Und die Götter beschwichtigen, nach deren Reichtümern man gräbt.«

Für eine lange Weile herrschte Schweigen. Die Sonne war bis zum Zenit aufgestiegen, und ihr Glühen ließ das Vieh auf der Weide in unbeweglicher Trägheit erstarren. Rojas' Blick wanderte zu den jungen Wachtposten, die in der Nähe des Tisches mit ihren Kalaschnikows im Arm standen. Dann wandte er seine

Aufmerksamkeit wieder der Landebahn zu, wo die Männer beim Umladen zwischen Lastwagen und Flugzeug Schwerstarbeit leisteten. Nun fühlte er sich erschöpft und ausgelaugt, und wieder wünschte er, er wäre woanders.

Schließlich nahm DeVane einen kleinen Schluck aus seinem Glas, wonach er es sorgfältig wieder auf den Tisch stellte.

»Es gibt eine Angelegenheit, bei der ich gern auf Ihre Hilfe zählen würde, Francisco«, sagte er. »Eine äußerst wichtige Angelegenheit.«

Auf diesen Moment hatte Rojas gewartet. In den meisten Fällen hätte er einen Kurier mit der Bezahlung für eine Produktladung geschickt, aber als DeVane für heute auf seiner Gegenwart bestanden hatte, war er dieser Aufforderung ohne Bitte um eine weitere Erklärung gefolgt. Dabei erwartete er nicht, daß der Amerikaner ihm diese Erklärung geben würde, bevor er es für nötig hielt.

»Sollte es sich um das Fiasko mit Guzman handeln, dann wird es Sie vielleicht freuen zu hören, daß ich mich in den Fall eingeschaltet habe«, sagte er. »Geben Sie mir noch einen Tag, dann werde ich ihn aus der Gefängniszelle herausholen und über die Grenze schaffen.«

»Dafür danke ich Ihnen, und ich werde die für die Freilassung notwendigen Gelder besorgen«, erwiderte DeVane. »Aber diese Angelegenheit hat nichts mit ihm zu tun.«

Rojas hob die Augenbrauen. Eduardo Guzman war ein kleiner Fisch in DeVanes Organisation, ein Mitläufer, dessen Festnahme wegen Verdachts auf Drogen- und Waffenschmuggel die Folge seiner Intimität mit einer Prostituierten war, die mit der Anti-Drogen-Polizei zusammenarbeitete. Unter normalen Umständen hätte DeVane überhaupt nichts von seinem Schicksal erfahren, und Eduardo wäre den Wölfen zum Fraß vorgeworfen worden. Doch es war weithin bekannt, daß sein Onkel einer von DeVanes wichtigsten Managern in São Paulo war. Deshalb hatte Rojas angenommen, daß der Amerikaner ihn aus dem selbstverschuldeten Mist herausholen lassen wollte. Also war er diskret mit den Beamten der Staatsanwaltschaft in Verbindung getreten, die ihn formal anklagen wollten. Es hatte ihn kaum überrascht, daß fast alle von ihnen angedeutet hatten, daß sie für einen gewissen Preis ihre Meinung ändern könnten.

Trotz allem hatte DeVane gerade klar und deutlich gesagt, daß er nicht über Guzman sprechen wollte, womit der eigentliche Grund des Gesprächs nur noch mysteriöser wurde.

»Entschuldigen Sie meine Verwirrung«, sagte er. »Ich hatte gedacht ...«

»In der letzten Nacht hat es in Mato Grosso einen Vorfall gegeben. Es war eine Art Überfall auf die Industrieanlagen einer amerikanischen Firma«, unterbrach Kuhl. Es waren die ersten Worte, die er seit Rojas' Ankunft äußerte. »Haben Sie irgend etwas davon gehört, bevor Sie heute morgen losgefahren sind?«

»Ich glaube nicht«, erwiderte Rojas. Tatsächlich war er sich sicher, daß er nichts davon gehört hatte. Doch galt die Regel, sich so lange aus dem Wasser zu halten, bis man wußte, in welche Richtung es floß.

»Sie können sicher sein, daß es nicht mehr lange dauern wird, bis Sie davon hören«, sagte Kuhl. »Dazu sollten Sie wissen, daß einige der Angreifer von den privaten Sicherheitskräften dieser Anlage gefangengenommen oder getötet wurden. Ich kann Ihnen nicht sagen, wie viele überlebt haben, und noch nicht einmal, ob sie bereits der Polizei übergeben wurden. Früher oder später aber wird dies geschehen. Nach der Übergabe müssen Sie dafür sorgen, daß es auf keinen

Fall zu einem Verhör dieser Männer kommt. Mir ist es völlig egal, ob sie auf freien Fuß gesetzt oder hingerichtet werden oder ganz einfach verschwinden. Ich will nur sichergehen, daß sie keine Aussage bei der Polizei machen.«

Rojas sah ihn an und versuchte, eine Antwort zu finden. Vor acht Monaten hatte seine Beziehung zu DeVane mit dem Kauf von Kokain begonnen, aber bevor er sich recht versah, hatte sich diese Beziehung zu einem komplizierten Dickicht von Affären entwickelt. Er hatte DeVane geholfen, Transaktionen zu verschleiern, die sonst vielleicht unnötig das Interesse der brasilianischen Regierung erregt hätten. Außerdem war er ein Verbindungsglied zu politischen Kreisen und zur Polizei gewesen, ein kleines Glied in einer sehr langen Kette, ein kleiner Tropfen Öl in einer riesigen Maschine, und er war reichlich dafür belohnt worden. Es hatte Geld und Frauen gegeben, Aufenthalte in extravaganten Hotelsuiten und Reisen ins Ausland.

Erst in den letzten Wochen war Rojas bewußt geworden, wie tief er in DeVanes Geschäfte hineingeraten war. Die Aufträge an ihn waren mit jedem Mal riskanter und der Druck wegen ihrer Ausführung immer massiver und direkter geworden. Aber es gab Grenzen. Es mußte Grenzen geben. Doch es sah aus, als ob das jetzt vor ihm liegende Problem sämtliche Grenzen sprengte.

»Ich weiß nicht«, sagte er. »Mato Grosso liegt weit außerhalb meines Kompetenzbereichs. Ich könnte einige Fragen stellen, den Aufenthaltsort der Gefangenen ohne größere Schwierigkeiten herausfinden. Aber wenn die örtlichen Behörden sie verhören wollen, kann ich mir nicht vorstellen, wie ich sie davon abhalten könnte.«

Kuhl starrte ihn an. »Es wird Ihnen gelingen«, entgegnete er. »Wir haben keine andere Wahl.«

Rojas sah ihm in die Augen und schwieg fast eine

volle Minute. Plötzlich schien die Sonne noch heißer. Seine Handflächen und Achseln waren schweißnaß. Es war Wahnsinn gewesen zu glauben, er könne sich mit DeVane einlassen, ohne seine Unabhängigkeit einzubüßen. Völliger Wahnsinn. Er war gekauft und bezahlt worden, in regelmäßigen Raten, und jetzt wurde von ihm erwartet, gehorsam die Wünsche seines Herrn zu erfüllen.

Schließlich wandte er sich an DeVane und sagte: »Sie werden verstehen, daß ich Ihnen keine Versprechen machen möchte, die ich nicht einhalten kann.«

»Daran hätten auch wir kein Interesse, das ist wohl klar«, erwiderte DeVane. »Wir erwarten lediglich, daß Sie Ihr Bestes tun.«

Rojas hob das Glas an die Lippen und trank es mit einem großen Schluck aus. Der Schatten der Mimose war zusammengeschrumpft, und die Hitze war fast unerträglich geworden. Einen verrückten Moment lang stellte er sich vor, wie er spontan in Flammen aufgehen würde, während DeVane und Kuhl ohne mit der Wimper zu zucken zusehen würden.

»Stimmt etwas nicht, Francisco?« fragte DeVane. »Sie machen einen verwirrten Eindruck.«

Rojas schüttelte den Kopf. Dann hörte er das laute Brummen des anspringenden Flugzeugtriebwerks und sah zum Anfang der Startbahn hinüber. Die *cocaderos* hatten ihre Lastwagen komplett entladen und fuhren auf der Lehmpiste zurück, während der Pilot die kleine Maschine für den Start vorbereitete. Trotz seiner Aversion dagegen, persönlich mit der Ladung zu reisen, hätte er sich doch fast zu einer Ausnahme hinreißen lassen. Seine Nerven vertrugen die Gesellschaft dieser Männer nicht mehr allzu lange.

»Vielleicht sollte ich mich auch auf den Weg machen«, sagte er. »Es gibt nur wenige Flüge nach Brasilien, und die Abflugzeiten ändern sich ständig.«

DeVane nickte und gab einem der Leibwächter mit den Fingerspitzen ein Zeichen. Der Mann nickte fast unmerklich und sprach in sein Funkgerät.

»Ihr Wagen ist schon unterwegs«, sagte er. »Wir wollen doch nicht, daß Sie hier festsitzen.«

Rojas schaffte es, ein Lächeln aufzusetzen.

»*Muito obrigado,* äußerst liebenswürdig von Ihnen«, erwiderte er, angewidert von seiner eigenen schleimigen Unterwürfigkeit. Mit Abscheu dachte er, wie er dem Beispiel der Bergleute schon seit einiger Zeit folgte, ohne es sich selbst einzugestehen.

Genau wie sie hatte er sich an einen Ort gewagt, an dem es heiß und dunkel war, und hatte schnell und gründlich gelernt, wie man seine Götter zufriedenstellte.

7.

Palo Alto, Kalifornien
18. April 2001

Normalerweise legte sie vor ihrem morgendlichen Kaffee nie Musik auf, und deswegen rätselte er, was wohl in ihr vorging.

Nach vielen Stunden am Telefon saß Roger Gordian jetzt auf der Veranda seines Hauses in Palo Alto, vor sich einen noch unberührten Teller mit Rührei und Toast. Dampfender Kaffee stand zu seiner Rechten, und das schnurlose Telefon lag ganz in der Nähe zu seiner Linken. Für ihn war das Treffen von Entscheidungen zu einem Reflex geworden, einem Mechanismus der Bewältigung, der durch äußeren Druck nur angespornt und intensiviert wurde. Auf die Mitteilungen aus Brasilien hatte er wie in verschiedenen anderen Notfällen reagiert. Zunächst sammelte er alle erhältlichen Informationen, dann verarbeitete er davon soviel, wie die Umstände zuließen, bevor er sich auf einen logischen und systematischen Aktionsplan festlegte. In diesem Fall hatte ihn der Prozeß des Zusammentragens von Informationen die ganze Nacht in seinem Arbeitszimmer beschäftigt.

Von Cody hatte es im Laufe der Nacht eine Reihe von neuen Details gegeben, und dazwischen hatte er selbst seine eigenen Anrufe bei Beratern und politischen Kontakten getätigt. Dazu gehörte auch ein Gespräch mit einem hochgestellten Beamten des Außenministeriums, ebenso wie die darauf folgende mitternächtliche Unterhaltung mit seinem engen Freund Dan Parker, der bis zum letzten verlorengegangenen Anlauf zur Wiederwahl der Kongreßabgeordnete für den 14. Distrikt von Kalifornien gewesen war. In Krisenzeiten holte Gordian grundsätzlich seine Meinung ein. Während jeder dieser Kontakte nun über seine eigenen Kanäle zur Aufklärung der brasilianischen Krise beizutragen versuchte, hatte Gordian im nächsten entscheidenden Schritt bei Charles Dorset angerufen, dem Topmanager der NASA. Dabei ging es um zwei Dinge. Zunächst wollte er Dorset von den Ereignissen auf dem ISS-Gelände in Brasilien in Kenntnis setzen, bevor diesen die Nachrichten aus anderen, unvorhersehbaren Quellen erreichten, deren Verläßlichkeit vielleicht fragwürdig sein würde – dabei dachte Gordian in erster Linie an die Presse. Dann mußte er mit ihm eine Vielzahl von Einzelheiten der *Orion*-Untersuchung diskutieren. Bis zu diesem Zeitpunkt sah Gordian die *Orion*-Tragödie als separate und eigenständige Angelegenheit an, obwohl die zeitliche Nähe der Vorfälle in Florida und in Brasilien sowie die Tatsache, daß beide negative Auswirkungen und Reaktionen auf das Programm der Internationalen Raumstation haben bzw. auslösen würden, es unmöglich machte, eine Verbindung zwischen beiden Ereignissen völlig auszuschließen. Obgleich er nicht zu voreiligen Schlüssen neigte, war er auf der anderen Seite auch nicht willens, solche Gedanken einfach beiseite zu schieben. So besorgniserregend sie auch sein mochten, die Verschwörung gegen UpLink im Vorjahr war eine dermaßen teure und bittere Lektion gewesen, daß solche Gedanken niemals ignoriert werden konnten.

Deshalb hatte er sein letztes Telefongespräch an diesem Morgen auch mit Hilfe eines Sword-Dolmetschers mit Juri Petrow geführt, dem Pendant zu Dorset bei der Russischen Raumfahrtbehörde, um ihn auf dem Laufenden über die Geschehnisse zu halten. Und um ihm dringend zu raten, die Sicherheitskräfte im Umkreis des Baikonur-Kosmodroms in Kasachstan – sowie bei anderen RKS-Komplexen in seinem Direktorat – in erhöhte Alarmbereitschaft zu versetzen.

Endlich nun war sein Telefon stumm, und er fand die Gelegenheit, seinen Kopf aus dem Arbeitszimmer herauszustecken und den Morgen zu begrüßen. Dorset hatte ihm versprochen, ihn innerhalb der nächsten Stunde wegen eines besonders wichtigen Details anzurufen, und Gordian hatte deshalb beschlossen, noch so lange im Arbeitszimmer zu bleiben, um auf jeden Fall mit ihm sprechen zu können.

Er warf einen Blick auf seinen Teller, schob eine Gabel voll Rühreier hin und her, ohne sie zum Mund zu führen und beschloß dann, auf Ashleys Rückkehr zu warten, bevor er mit dem Frühstück anfing.

Während er sich zurücklehnte, stellte er fest, daß seine Tochter Julia kaum mehr Appetit hatte als er selbst. Ihm gegenüber standen die Reste ihres halbverzehrten Frühstücks – ein auseinandergepflückter Blaubeermuffin und eine Tasse mit abgestandenem Kaffee. Völlig verkrampft war sie zu ihrem ersten schmerzlichen Termin mit einem Scheidungsanwalt geeilt, als er gerade ins Sonnenlicht getreten war. Ihren Teller hatte sie auf dem Tisch stehen lassen, und um ihre Windhunde mußten Ashley und er sich kümmern.

In diesem Augenblick waren sie ihm allein anvertraut, da seine Frau vom Tisch aufgesprungen und ins Haus gegangen war, um eine CD aufzulegen. So sehr er sich bemühte, er konnte sich nicht daran erinnern, daß sie jemals in den 25 Jahren ihrer Ehe so etwas getan hatte. Besonders erstaunlich für ihn war die Plötzlichkeit, mit der sie ihn und ihr Muffin und ihren Kaffee zurückgelassen hatte, um die Musik anzustellen.

Während er sich wunderte, was in sie gefahren war, wünschte er, daß er endlich abschalten und sich ein wenig entspannen könnte. Dann schaute er nach rechts, darauf nach links, und runzelte die Stirn in Anbetracht der höchst ungewöhnlichen Situation. Die Hunde gaben ihm während der Mahlzeiten den Vorzug und saßen zu beiden Seiten seines Stuhls wie Buchstützen auf einem Regal. Dabei starrten sie mit ihren leuchtenden braunen Augen bettelnd zu ihm hoch.

Er nahm die Kruste seiner Toastschnitte, brach sie entzwei und gab jedem Hund ein Stück. Wie üblich schluckte Jack, der Rüde und größere der beiden Hunde, sein Stück ganz herunter und starrte ihn danach an wie zuvor. Die wesentlich nervösere Hündin Jill sprang aufgeregt auf alle Viere und drehte sich einmal komplett im Kreise, während sie ihre Portion auffraß. Dabei schlug ihr Hinterteil gegen die Tischbeine.

Gordians Frühstücksgeschirr klapperte und wackelte, und der Kaffee schwappte über den Rand seiner Tasse und überflutete die Untertasse.

Er stieß den angehaltenen Atem aus.

»Weißt du, so bekommst du immer wieder Scherereien.«

Gordian drehte sich um und sah, wie Ashley aus

dem Haus kam, begleitet von der Klaviermusik von Fats Waller.

»Hm«, entgegnete er und tupfte den verschütteten Kaffee mit einer Papierserviette auf. »Was meinst du damit?«

»Ich meine damit, daß du die Hunde bei Tisch nicht füttern solltest«, sagte sie. »Zum einen widerspricht es Julias ausdrücklichen Anweisungen, zum anderen wird es sicher bald eine Tragödie geben.«

Er runzelte die Stirn. »Weißt du eigentlich, wie diese armen Tiere auf der Rennbahn behandelt wurden? Bevor Julia sie aus dem Hundezentrum geholt hat? Sie mußten buchstäblich um ihr Leben laufen.«

»Ich weiß, doch das tut hier doch nichts zur S…«

»Sie haben ihre Tage eingesperrt in Käfigen verbracht, die nicht einmal einen Quadratmeter groß waren, außer wenn sie zum Fressen und zur Notdurft herausgelassen wurden. Davon haben sie Druckwunden bekommen, geschwollene Gelenke und kahle Stellen vom Reiben gegen die Wände der Käfige, ganz zu schweigen …«

»Roger …«

»Außerdem habe ich gesehen, wie Julia ihre eigene Regel gegen Tischbettelei schon mindestens ein Dutzendmal in dieser Woche ignoriert hat.«

Ashley warf ihm ein mitleidiges Lächeln zu und setzte sich in den Sessel zu seiner Rechten. »Sie ist ihre Mutter«, sagte sie. »Deshalb darf sie das.«

Gordian beobachtete sie, während sie nach der Thermoskanne langte und sich noch einen Schluck Kaffee eingoß. Sie trug ein offenes blaues Jeanshemd über einem pfirsichfarbenen T-shirt, Jeans und weiße Turnschuhe. Der elegante eckige Schnitt ihrer hellbraunen Haare war die jüngste Modekreation von ihr selbst und ihrem Friseur Adrian und betonte ihre hohen Wangenknochen und die meerblauen Augen auf eine Weise, das er sich wie ein vollkommenes Design der Natur ausnahm.

»Ich würde ihnen ja auch bei Tisch nichts geben, wenn sie nicht so betteln würden«, sagte er.

»Und sie würden nicht betteln, wenn du sie nicht füttern würdest. Oder hast du noch nicht bemerkt, daß sie nie neben mir warten, wenn wir gerade essen?«

Jetzt schaute er erneut zu den Hunden hinunter. Sie befanden sich wieder in ihrer Ausgangsstellung, jeder an einer Seite von ihm. Jill rutschte unruhig hin und her und verlagerte dabei ihr Gewicht von einer Vorderpfote auf die andere, während Jack ihn mit nach oben gerichteter Schnauze unverwandt und erwartungsvoll anstarrte.

»Es ist ein Teufelskreis«, sagte er.

»Oder vielleicht nur deine Schwäche für jedes Lebewesen in Not.« Sie nahm ihren Muffin und deutete mit dem Kinn auf seinen Teller. »Du solltest selbst mal ein bißchen probieren.«

Er wandte sich seinem Teller zu und aß ohne rechtes Verlangen, immer noch gänzlich ohne Appetit. Von der Stereoanlage erklang jetzt Wallers ›Cash for Your Trash‹. Seine linke Hand wechselte zwischen Oktaven, um eine Grundlage rhythmischer Bässe und Akkorde zu schaffen, während die Rechte mit einer hellen Anfangsmelodie die Tonleiter hinaufglitt.

Gordian hörte dem einsetzenden Gesang zu.

»Dieses Lied habe ich seit Jahren nicht mehr gehört«, sagte Ashley, nachdem sie bis zur Hälfte des Songs schweigend zugehört hatte.

Er nickte und aß ein wenig Rührei.

»Ich glaube«, fuhr sie fort, »daß kein anderer Künstler jemals so kraftvoll darüber gesungen hat, wie traurig er ist. Wenn du weißt, was ich meine.«

Gordian wandte sich zu ihr und sah ihr in die Augen. »Ja, ich weiß«, erwiderte er. »Wenn du dir vor Augen hältst, daß er als Schwarzer in Zeiten der Rassendiskriminierung aufgewachsen ist, und dann noch an all die Dinge denkst, die seine Generation mitgemacht hat ... den Ersten Weltkrieg, die Wirtschaftskrise der Depressionszeit, den Zweiten Weltkrieg. Wenn ich mich recht erinnere, hat er seine letzten Aufnahmen gemacht, als amerikanische Soldaten gerade nach Europa geschickt wurden.«

»Stormy wheather«, sagte sie.

Er nickte.

»In seinen Liedern geht es immer darum, wie man schlechte Zeiten mit einer Portion entschieden guten Humors übersteht«, sagte sie. »Und wie man sich dadurch, daß man sich nicht unterkriegen läßt und am Leben bleibt, die Chance auf ein besseres Morgen erhält ... so abgedroschen das auch klingen mag.«

Wieder nickte er. »Richtig«, sagte er schließlich.

»Bezieht sich das auf den abgedroschenen Teil oder auf den anderen?«

»Auf beide«, entgegnete er. »Aber hauptsächlich auf den anderen Teil.«

Schweigend aßen sie und lauschten, wie die wechselnden Besetzungen – Benny Carter, Slam Stewart, Bunny Berigan und andere Musiker neben Waller selbst – mitreißende Versionen von ›Lulu's Back in Town‹, ›I Ain't Got Nobody‹ und ›Gonna Sit Right Down and Write Myself a Letter‹ spielten.

Für eine Weile sah Ashley zu ihm hinüber, dann deutete sie auf das Telefon auf dem Tisch. »Also«, sagte sie. »Möchtest du mir sagen, was vor sich geht?«

»Im Moment warte ich auf einen Anruf von Dorset, von der NASA«, gab Gordian zur Antwort. »Wir sind damit beschäftigt, die *Orion*-Ermittlung in Gang zu bringen. Eigentlich hatte ich mich intensiv auf die Verfahrensmechanismen konzentriert, doch Alex Nordstrum hat gestern mit mir über einen anderen Aspekt der Untersuchung gesprochen, den man nicht vernachlässigen sollte.«

»Alex?« Ihre Augenbrauen gingen erstaunt in die Höhe. »Ich dachte, der wäre eifrig am Golfspielen.«

Gordian verzog sein Gesicht zu einem schwachen Lächeln. »Hast du das wirklich gedacht?« fragte er. »Auf jeden Fall hatte ich ihn um den Gefallen gebeten, zu mir ins Büro zu kommen. Das tat er dann auch.« Er zuckte mit den Schultern. »Du weißt schon warum.«

Sie sah ihn an. »Nein, das weiß ich nicht, aber ich nehme an, daß es sich um eines dieser Männerrituale handelt, die du mir später erklären kannst«, sagte sie. »Sag mir, worüber ihr beiden gesprochen habt.«

»Letztendlich hat er mich daran erinnert, daß wir das Vertrauen der amerikanischen Öffentlichkeit erst noch verdienen müssen, statt uns zurückzulehnen und davon auszugehen, daß wir es schon haben. Aufgrund seiner Vorschläge habe ich inzwischen ein paar konkrete Vorstellungen, wie wir das erreichen können. Auf keinen Fall werde ich zulassen, daß diese Angelegenheit sich wie das Debakel bei der *Challenger*-Tragödie entwickelt, bei dem eine externe, vom Weißen Haus eingesetzte Kommission frontal gegen die Raumfahrtbehörde vorging, weil den internen Recherchen mit soviel Skepsis begegnet wurde.«

»Skepsis, die durchaus angebracht war«, warf Ashley ein.

»Natürlich«, entgegnete er. »Und es wird auch bei den Ergebnissen dieser Untersuchung Zweifel an der Glaubwürdigkeit geben, unabhängig von der Gründlichkeit der Nachforschungen. Doch wenn es uns nicht gelingt, sie soweit wie möglich einzuschränken, dann glaube ich kaum, daß sich das Raumfahrtprogramm jemals davon erholen wird.«

Sie schluckte einen Bissen von ihrem Muffin herunter. »Was hält Dorset denn von deinen Vorschlägen?

Häufig wollen sich solche Leute doch nicht dreinreden lassen.«

»Bislang bewegen wir uns auf einer Linie. Chuck ist intelligent, und die Interessen der NASA liegen ihm wirklich am Herzen.« Er drehte sich zu ihr. »Außerdem ist er praktisch gezwungen, meinen Vorschlägen positiv gegenüberzustehen. Ohne die Technologie und den Zugang zu ausländischen Regierungen von UpLink gibt es keine Internationale Raumfahrtstation. Punkt.«

Sie lächelte ihn an.

»Fast ist es unvorstellbar, wie irgend jemand deine Ratschläge nicht berücksichtigen könnte, wenn du diesen stählernen Blick in den Augen bekommst«, sagte sie.

Er räusperte sich und senkte den Kopf, um den Inhalt seines Tellers zu begutachten – ein jungenhaftes Zeichen von Verlegenheit, das Ashley vorgab, nicht zu bemerken.

Nach einigen Sekunden fragte sie: »Wegen welcher speziellen Vorschläge von dir soll Dorset denn heute morgen anrufen?«

»Ich habe ihm mitgeteilt, wen ich als Leiter der Untersuchungskommission eingesetzt haben möchte. Unmißverständlich.«

»Und ...?«

»Und sein einziges wirkliches Problem damit – oder besser seine einzige Sorge, sollte ich wohl sagen – war, daß er niemandem in seiner Behörde das Gefühl vermitteln wollte, übergangen worden zu sein.«

»Das kann ich verstehen«, bemerkte Ashley. »Wieder diese Geschichte, daß sich niemand einmischen sollte. Du weißt doch, wie es manchmal ist.«

»Ich weiß, Ashley. Aber wir haben im Moment keine Zeit, uns wegen der bürokratischen Harmonie innerhalb der NASA Sorgen zu machen. Je schneller wir die

Dinge erledigen, um so besser. Gegen Ende des Monats ist ein russischer Raketenstart vorgesehen, und ich will nicht, daß er aus irgendwelchen Gründen verschoben wird. Ich mache mir ernsthafte Sorgen darüber, was geschieht, wenn der alte Senator Delacroix, oder sonst jemand, dem es immer gelingt, bei jeder Angelegenheit auf der falschen Seite zu stehen, plötzlich damit anfängt, in diversen Talkshows sämtliche Anstrengungen der Raumfahrtbehörde in Frage zu stellen.«

»Delacroix«, erinnerte sie sich. »War das nicht derjenige, der mit dem großen ausgestopften Bär in der Badehose mit aufgesticktem Hammer-und-Sichel-Symbol gerungen hat?«

»Und das im Senat.« Langsam atmete er aus. »Auf jeden Fall wird Dorset mir mitteilen, ob die Person, die ich für den Job will, an der Ernennung zumindest interessiert ist. Wenn es so weitergeht, wie ich es mir wünsche, dann haben wir einen großen Schritt dahin getan, das öffentliche Vertrauen zu gewinnen. Und es wird ein verdienter Schritt sein.«

»Irgendein Grund, warum du mir deine Wahl noch nicht mitgeteilt hast?«

Er zuckte mit den Schultern und sah ein wenig verlegen zur Seite. »Reiner Aberglaube. Typisch für einen ehemaligen Piloten«, sagte er. »Wenn du darauf bestehst, sage ich es dir natürlich, aber …«

Protestierend hielt sie die Hand in die Höhe. »Auf keinen Fall will ich zum Unglücksbringer werden. Als Frau eines ehemaligen Piloten habe ich gelernt, ruhig sitzen zu bleiben und die Daumen zu drücken, bis du soweit bist. Nur solltest du nicht vergessen, daß ich auch neugierig bin.«

Einige Minuten lang schwiegen sie und verzehrten ihr Frühstück, während Jack und Jill die Bewegungen von Gordians Gabel mit großer Aufmerksamkeit verfolgten. Aus den Lautsprechern hörte man, wie Fats

Waller etwas von einer Frau mit schrecklichen Strampelbeinen sang. Gordian lächelte unmerklich vor sich hin und aß mit zunehmendem Genuß.

Plötzlich wollte Ashley ihre Arme ausstrecken und ihn fest an sich drücken. Doch sie hielt sich zurück, wie sie ihm auch absichtlich keine Fragen zu den Geschehnissen in Brasilien gestellt hatte. Noch fragte sie nichts, noch nicht, doch das Wenige, das sie bereits in Erfahrung gebracht hatte, ließ sie vermuten, daß es sich um eine massive Bedrohung der Sicherheit ihres Mannes handelte. Wie in ähnlichen Situationen in der Vergangenheit würde sie sich auch heute nacht und in vielen der kommenden Nächte rastlos in ihrem Bett wälzen und sich davor fürchten, daß er ihr für immer genommen werden könnte.

Nach dem Frühstück blieben sie noch eine Weile sitzen und genossen die Musik. Vom Garten kam der Geruch von frischem Gras, und durch die offenen Jalousien der Veranda flutete Sonnenschein. Nachdem er seinen Teller bis auf eine einzige Kante Toastbrot geleert hatte, schaute Gordian abwechselnd von einem Hund zum anderen; dann warf er Ashley einen fragenden Blick zu.

»Ich finde, du solltest es besser nicht tun«, sagte sie. »Aber wenn du es trotzdem tust, dann wollen Julia und ich später auch keine Kommentare über die verdorbenen, ausgehungerten Hunde hören.«

Er hob den Toast von seinem Teller und teilte ihn zwischen den Hunden auf – Jack verschlang seinen Teil mit einem einzigen Bissen, während Jill sich etwas mehr Zeit nahm, und dann Gordians Finger ableckte, als ob sie sich dafür entschuldigen wollte, daß sie an den Tisch gestoßen war.

»Welch feuchte Bewunderung«, kommentierte Ashley.

Er wischte sich die Hand an seiner Hose ab und sah

zu ihr herüber. »Kann ich dich jetzt mal etwas fragen?« sagte er.

»Natürlich.«

»Ich habe mich gefragt, warum du die Musik angestellt hast.«

Ihre Blicke trafen sich.

»Ganz einfach«, entgegnete sie mit einem Achselzukken. »Aus heiterem Himmel habe ich mich daran erinnert, daß du Fats Waller schon immer gern mochtest.«

Immer noch schaute er ihr in die Augen. »In Ordnung, das erklärt deine Musikwahl«, erwiderte er. »Aber nicht die ungewöhnliche Zeit. Wo du immer betonst, wie gern du morgens deine Ruhe hast.«

Sie lächelte.

»Dann hast du es sicher erraten«, sagte sie.

»Nein«, sagte er ehrlich. »Ich habe nicht die leiseste Ahnung.«

Sie rückte näher an ihn heran. »Das ist Frauensache«, sagte sie, und lehnte ihren Kopf an seine Schulter. »Jetzt sei ruhig, lieber Ehemann, vielleicht erkläre ich es dir später.«

8.

Nördliches Albanien
18. April 2001

Als der keuchende, mit Rostflecken übersäte Citroën sich dem ausgemachten Treffpunkt hoch auf dem Balkanpaß etwa fünfzig Kilometer außerhalb von Tirana näherte, musterte Sergej Ilkanowitsch noch einmal die anderen beiden Russen im Auto, und plötzlich und gänzlich unerwartet erinnerte er sich an den oft wiederholten Wahlspruch seines Vaters, daß man den Charakter eines Mannes immer nach den Schuhen beurteilen konnte, die er trug. Reich oder arm, das machte keinerlei Unterschied, hatte er behauptet. Ein Landstreicher in Lumpen würde sich Mühe geben, seine Kleider in bestmöglichem Zustand zu erhalten, wenn er überhaupt Charakter hätte, während das höchste Mitglied des Präsidiums die Abnutzung und Schäbigkeit der eigenen Kleider kaum bemerken würde, wenn er von geringerem Kaliber war. Die Person, auf die er sich gern als Beispiel für den zweiten Fall bezog, war Chruschtschow gewesen. Er verabscheute ihn, nannte ihn einen Simpel, der übermäßig vom amerikanischen Kapitalismus beeindruckt war, einen Feigling, weil er auf Kennedys Bluff während der Kubakrise hereingefallen war, und einen wirtschaftlichen und politischen Stümper, verantwortlich für die Revolte am Schwarzen Meer im Jahre 1963 und Amerikas frühe Führung im Rüstungswettlauf. Als er theatralisch mit seinem Schuh auf den Tisch der Generalversammlung der Vereinten Nationen hämmerte, konnte man deutlich erkennen, wie schäbig und abgelaufen derselbe war. Damit gewährte er einen abstoßenden Einblick in seinen Charakter und entwürdigte sein Land vor den Augen der gesamten Welt. Als er ein Junge war, hatte Sergej seinen Vater endlos über den angeblichen Fauxpas des Premiers klagen hören, und er wußte nicht, was er damit anfangen sollte. Selbst nach wiederholtem Betrachten der körnigen schwarzweißen Nachrichtenbilder des Ereignisses war es ihm nicht gelungen, irgend etwas über den Zustand des Schuhs herauszufinden. Außerdem hätte er nicht gewußt, was dies über Chruschtschow oder sonst irgend etwas aussagte. Doch bald hatte es Sergej aufgegeben, irgendwelche Weisheit in den Bemerkungen seines Vaters zu vermuten, und heute erinnerte er sich an ihn als einen barschen, schrillen kleinen Mann, dessen endlose Tiraden fast komisch gewesen wären, wenn sie ihn nicht in ihrem Haß und ihrer schmollenden Frustration so genervt hätten. Der Vater war Inspektor in einer staatseigenen Automobilfabrik an der Wolga gewesen, und nach der Arbeit konnte er sich nur mit Hilfe von Wodka entspannen. Dementsprechend war Sergejs deutlichste Erinnerung an den älteren Ilkanowitsch, wie er völlig betrunken ausgestreckt auf der Couch in ihrer ärmlichen kleinen Arbeiterwohnung lag.

Als Sergej zwölf Jahre alt war, starb sein Vater im Jahre 1969 an Herzversagen. Er war der jüngste von vier Söhnen, und die Mutter mußte die gesamte Familie mit den mageren Einkünften als Näherin und ihrer äußerst unzureichenden staatlichen Rente durchbringen. Sechs Monate später war er zu einem Onkel geschickt worden, bei dem er in Zukunft leben sollte. Dieser Onkel war als Mathematiker am Regierungsinstitut in Akademgorodoc angestellt, der westsibirischen Stadt für die Intelligentsia, die früher pompös als Stadt der Wissenschaft bezeichnet wurde, zu einer Zeit, als die Kommunisten noch romantische Vorstellungen davon hatten, wie sie die Welt in ein futuristisches Paradies führen würden. Als er seine Mutter gefragt hatte, warum sie gerade ihn unter seinen Geschwistern ausgewählt hatte, erklärte sie ihm, daß er sich schon immer in der Schule ausgezeichnet hatte und deshalb die größte Chance hätte, von der Erziehung des Onkels zu profitieren. Doch trotz ihrer logischen Begründung hatte sich Sergej immer beiseite geschoben gefühlt, weggeschickt, wie ein Unerwünschter, der zum Gulag verurteilt wurde. Insgeheim vermutete er, daß ihr die Lohntüten seiner sich im arbeitsfähigen Alter befindlichen Brüder mehr am Herzen lagen als seine akademische Karriere. Am Ende war er ihr jedoch für ihre Entscheidung dankbar gewesen. Was er vom Leben wußte, hatte er auf eigene Faust gelernt, doch seinem Onkel gebührte das Verdienst, in ihm die wissenschaftliche Neugierde wachgerufen zu haben, die ihn veranlaßt hatte, die wissenschaftliche Karriere einzuschlagen und Physiker zu werden.

In diesem Augenblick nahm der Citroën eine scharfe Kurve, so daß Sergej mit plötzlichem Schwung gegen die rechte Hintertür gedrückt wurde. Durch sein Fenster sah er, wie die Gebirgsstraße in Serpentinen direkt am Rand des Bergabhangs entlangführte – ein schwindelerregender Anblick, bei dem sich sein Magen angespannt zusammenknotete. Doch der Fahrer hatte erst in der Kurve beschleunigt, als ob er sich gar keine Gedanken darüber machte, daß eine einzige Unaufmerksamkeit sie über den Straßenrand in einen namenlosen Abgrund stürzen würde. Wie merkwürdig war es doch unter diesen Umständen, daß Sergej sich immer noch dabei erwischte, daß er an die absurden Äußerungen seines Vaters über die Schuhe seiner Mitbürger dachte – aber vielleicht lenkte er sich nur selbst ab, um seine Panik unter Kontrolle zu bekommen.

Was hätte sein Vater wohl zu den beiden Männern gesagt, die in den letzten Tagen seine Leibwächter und Reisebegleiter gewesen waren? Beide trugen Westernstiefel aus sorgfältig verarbeitetem Leder, doch waren beide außerdem mit Tätowierungen verziert, die sie buchstäblich als harte Berufsverbrecher abstempelten. Molkow, der kräftige Mann mit den groben Zügen, der zu seiner Linken saß, hatte ein Kreuz auf jedem Knöchel seiner rechten Hand, als Zeichen dafür, wie oft er im Gefängnis gewesen war. Das ›Siegel‹ der Ringtätowierung auf seinem Mittelfinger, ein in den Fängen einer Schlange verschlungener Dolch, zeugte von einer Verurteilung wegen Mord. Auf seinem Zeigefinger zeichnete ihn das Abzeichen in Form des umgedrehten Piksymbols einer Spielkarte als Gangster aus, der für gewalttätige Verbrechen wie Überfall oder bewaffneter

Raub im Gefängnis gelandet war. Die größere Gladiatortätowierung auf seinem rechten Arm – von der man den unteren Teil unterhalb des hochgerollten Ärmels seines Khakihemds erkennen konnte – war vielleicht die bösartigste von allen, denn sie identifizierte ihn als Killer mit einer Vorliebe für sadistische Quälereien und Folterungen.

Alexandre, der vor Sergej sitzende dünne, knochige Georgier, trug eine ähnliche Verbrechensliste auf seiner Haut zur Schau – die Kreuze auf den Knöcheln, die diversen Symbole für eine Vielzahl von Vergehen und Verbrechen. Außerdem zierte ihn ein eintätowierter Siegelring, den Sergej ganz besonders interessant fand, denn in minutiösen Details wurde hier die vor einem schachbrettförmigen Hintergrund aufgehende Sonne dargestellt. Er wußte, das war ein Zeugnis von Alexandres kriminellen Vorfahren, die stolze Erklärung, daß er eine Familientradition der Gesetzlosigkeit fortsetzte.

Sergej mußte immer noch an seinen Vater und seine eigenartigen Thesen denken. Wahrscheinlich hätte er Molkow und Alexandre nach einem Blick auf ihre Füße als beispielhafte Menschen eingestuft und dabei alle anderen Details ignoriert. Für Sergej war Ironie ein Genußmittel, wie für andere Männer guter Wein, Kaviar oder eine kubanische Zigarre, und man konnte in diesen Überlegungen die erlesensten Geschmacksnoten finden – denn auch er trug Schuhe, die er sorgfältig pflegte. Tatsächlich trug er schon immer nur die allerbesten Schuhe. Es war ein persönlicher Zwang, der wie die Tätowierungen seiner Kumpane als bleibendes Zeichen seiner Vorgeschichte fortlebte, obwohl er bei ihm in der Psyche verankert war, statt in die Haut eingeritzt zu sein. Doch wenn sein Vater noch am Leben wäre und Zeuge sein könnte, welche moralische Schwelle er gerade unwiderruflich überschritt, wäre diese Situation vielleicht ein Beweggrund, seine einzigartige Methode der Menschenbeurteilung noch einmal zu überdenken.

Tief in diese Gedanken versunken benötigte Sergej einige Augenblicke, um zu bemerken, daß der Wagen endlich langsamer wurde. Sein überstrapazierter Motor knatterte und klopfte bei der Fahrt in Richtung auf die rechtwinklig vor ihnen in große Höhen aufsteigende Felswand. Dann schaute er auf den Hartschalenkoffer zwischen seinen Füßen und umklammerte den Handgriff, wobei ihn ein Gefühl der Unwirklichkeit überkam.

»Sind wir angekommen?« fragte er den Mann am Steuer.

Der dunkelhäutige Mann vom Stamm der Gheg hatte schwarzen Bartflaum auf den Wangen und trug die gestrickte weiße Kopfbedeckung der moslemischen Bevölkerungsmehrheit seines Landes. Auf Sergejs Frage schüttelte er den Kopf, was in Albanien eine zustimmende Geste ist, und schaute Sergej im Rückspiegel angesichts einer dermaßen unnötigen Frage auf eine Weise an, daß dieser sich wie ein Tölpel vorkam. Der Albaner stellte die unverkennbare Verachtung der Eiferer gegenüber denjenigen zur Schau, die ihrer Meinung nach von eigennützigen Motiven geleitet werden, obwohl diese Tatsache ihn und seine Freunde nicht davon abgehalten hatte, sich bei der Suche nach todbringender Technologie an Sergej zu wenden, der sie zum Verkauf angeboten hatte. Es gab, so dachte er, endlose Stufen der Heuchelei zwischen der realen Welt und der Wunschvorstellung von ihr.

Während Sergej das dichte Gestrüpp am Berghang betrachtete, brachte der Fahrer den Wagen direkt daneben zum Stehen, und zwar so nah, daß die verschlungenen Ranken und Zweige an der Seite des Citroën entlangpeitschten. Die sich nun anschließende Wartezeit war nervenaufreibend, denn Sergej wußte genau, daß das Herannahen des Wagens beobachtet worden war, und seine Unfähigkeit, irgendein Zeichen der versteckten Beobachter zu entdecken, verursachte in ihm ein Gefühl des Unbehagens und der Verletzlichkeit. Dennoch gab er sich Mühe, noch eine Weile die Selbstbeherrschung zu bewahren. Die albanischen Guerilleros hatten allen Grund zur Vorsicht. Außerdem waren seine beiden Begleiter ausreichende Versicherung gegen Täuschung und Betrug, und zudem eindrucksvolle Erinnerung an seine eigene Verbindung zur *organizatsiya*, einer Macht, deren Feindschaft nur ein Irrer herausfordern würde.

Nach fünf langen Minuten bemerkte er eine leichte Bewegung im Gestrüpp oberhalb von ihnen. Dann kamen die Guerilleros schließlich in einer Reihe den Abhang hinunter, wobei immer einer oder zwei aus dem Dickicht herunterrutschten und nur wenige Meter vor ihrem Wagen den Paß erreichten.

Insgesamt waren es sechs rauhe und ungehobelte Männer, die mit ihren dunklen Gesichtern und Stammeszügen in vielerlei Hinsicht dem Fahrer ähnelten. Sie trugen Sturmgewehre über der Schulter – Kalaschnikows, Berettas und MP5er. Vom langen Tragen war ihre Kleidung schmierig, und sie reichte von Kampfanzügen über amerikanische Markenjeans hin zu Sportjacken und Tennisschuhen, die in asiatischen und osteuropäischen Ländern zu Statussymbolen avanciert waren. Dort wurden sie oft billig hergestellt, bevor sie in die Vereinigten Staaten verschifft, mit einem deftigen Preisaufschlag versehen und anschließend in dieselben Länder exportiert wurden, in denen sie produziert worden waren, um schließlich mit astronomischem Gewinn verkauft zu werden. Wieder eine köstliche Ironie, die Sergej heute zu Bewußtsein gekommen war, und die ihn an die legendäre Schlange erinnerte, die ihren eigenen Schwanz verschlingt.

Doch blieb ihm keine Zeit, diesen Gedanken nachzuhängen. Der augenscheinliche Kommandeur der Gruppe, angespannt, in Armeehose, mit Hakennase und einer langen diagonalen Narbe auf der rechten Wange, trat näher an den Wagen heran, und zwei seiner Stammesgenossen folgten ihm mit einigen Schritten Abstand. In seiner rechten Hand hielt er eine abgewetzte Ledertasche und war sicherlich genauso begierig wie Sergej, ihr Geschäft zu einem Abschluß zu bringen.

Als er den Kühlergrill des Wagens erreicht hatte, hob Sergej seinen eigenen Koffer vom Boden und wandte sich an den untersetzten Leibwächter an seiner Seite.

»Gehen wir«, sagte er.

Molkow nickte. Über seinem Hemd hing eine Mikro-Uzi mit kurzem Lauf. Bei einem Gewicht von weniger als drei Kilo war die kompakte Maschinenpistole kaum größer als eine Pistole, insbesondere wenn das Metallrohr des Schaftes zusammengeschoben wurde, wodurch die Gesamtlänge nur noch 25 Zentimeter betrug. Auf dem Beifahrersitz hielt Alexandre eine identische Waffe in den Händen; dazu trug er mit der gleichen Nonchalance im Schulterhalfter eine 9mm Glock. Als sie aus Tirana herausgefahren waren, hatten sie die Waffen neben ihre Sitze gelegt, doch waren sie zu weit von irgendwelchen Polizeistationen entfernt, um sich die Mühe zu machen, sie irgendwie zu verbergen. Die Kontrolle der gesetzlosen Banden, die diese Berge besetzt hielten, basierte auf uralten Stammesbindungen und wurde durch Waffenstärke bekräftigt. Demonstratives Zurschaustellen der Waffen erzielte sowohl ihren Respekt als auch den eigentlichen Schutz vor Angriffen.

Die drei Russen stiegen aus dem Wagen und gingen nach vorn zum Kühlergrill, während der Albaner hinter dem Lenkrad sitzenblieb. Auf dem Weg nahmen die beiden Leibwächter Sergej in ihre Mitte – Molkow ging auf der rechten Seite, Alexandre auf der linken. Die Guerilleros standen still auf der Straße und schauten mißtrauisch zu ihnen hinüber. Außer dem kurzen Tschirpen eines Vogels, das von der riesigen hohlen Stille des Abgrunds neben ihnen verschluckt wurde wie ein buntgefärbtes Band in einem Vakuum, war kein Laut zu hören.

Sergej ging auf den Mann mit der Narbe im Gesicht zu; wieder zog die Spannung seinen Magen zu einem Knoten zusammen. Oberflächlich betrachtet war die Transaktion, die er gerade abschließen wollte, fast eine Routineangelegenheit – der Austausch von Geld gegen Schwarzmarktgüter auf einem entlegenem Bergpaß in einem Land, das für seine illegalen Handelsgeschäfte bekannt war, und das kaum mehr als ein Anhängsel des europäischen Kontinents war. Zwar wußte er nur vage, wo er sich befand, und er würde diesen gottverlassenen Ort kaum auf der Landkarte finden, wenn er ihn einmal verlassen hatte. Doch jetzt würde er hier in den Bergen mit dem passenden Namen ›Gebirge der Verdammten‹ einen Verrat begehen, dessen Ausmaß bisher unerhört war, ja der vielleicht dem Wort eine völlig neue Dimension geben könnte. In der Tat, wenn er recht darüber nachdachte, fühlte er sich wie ein Schwimmer, der sich weiter von der Küste entfernt hat als jemals zuvor. Jeder Zug wurde von einer inneren Herausforderung getrieben, sein Selbstvertrauen gestärkt von gelegentlichen Blicken zurück, um sich davon zu überzeugen, daß er das Land noch sehen konnte, bis er sich plötzlich umdreht und nur noch Meer sieht, vor ihm, hinter ihm und unendlich ausgedehnt in alle Richtungen. In diesem Augenblick überkommt ihn die Einsicht, daß eine Laune der Flut ihn hierher getrieben hat und ihn weiter hinaustragen wird, über den Punkt hinaus, von dem es keine Rückkehr mehr gibt.

Doch genug davon, ermahnte er sich selbst. Genug davon. Er hatte seine Entscheidungen getroffen, und er war hier, um ein Geschäft abzuschließen.

Einen Moment lang musterten der Guerillaführer und er sich gegenseitig und nickten schließlich beifällig. Dann legte Sergej seinen Koffer auf die Motorhaube des Fahrzeugs, stellte die Nummernkombination der Verriegelung ein und öffnete den Deckel.

Der Kommandant der Guerilleros schaute in den Koffer hinein. »Ja«, sagte er auf russisch, mit einer Art Verwunderung in den Gesichtszügen. »Ja, ja.«

»Es ist alles dabei«, sagte Sergej. »Natürlich die Komponente, dazu detaillierte Anleitungen und schematische Darstellungen, wie sie in das größere Gerät eingebaut werden muß.« Dann dachte er an die zusätzliche Kleinigkeit, die er hinzugefügt hatte und mußte fast grinsen, wenn er an ihre Bedeutung dachte. Dieser herrliche Geschmack. Wie Kaviar. Oder wie eine besondere Zigarre. »Alles, was sie in Kasachstan benötigen werden.«

»Sind Sie sich sicher, daß man sich auf die Information verlassen kann?«

»Völlig sicher. Ich habe sie zweifach beigelegt, sowohl auf Diskette als auch auf Papier.« Sergej gönnte dem Kommandanten noch einen Augenblick, um den Inhalt des Koffers zu betrachten, dann schloß er den Deckel. »Jetzt zur Bezahlung.«

Ein dünnes Lächeln spielte um die Lippen des Guerillero; er nickte und übergab daraufhin die Tasche Sergej.

Bei dem Gewicht ihres Inhalts verspürte Sergej die Aufregung in sich hochsteigen. Plötzlich zitterten seine Finger. Mit einer Hand hielt er den Riemen, mit der anderen hob er die Lasche. Dann sah er hinein.

Es dauerte einen Moment, bis er reagierte – doch dann trafen ihn Schock und eisiger Unglaube. Er wurde bleich, das gesamte Blut seines Körpers schien in die Beine zu rauschen.

Die Tasche war mit dicken Packen weißer Papierstücke angefüllt, die etwa in der Größe amerikanischer Geldscheine zurechtgeschnitten waren und mit Gummibändern zusammengehalten wurden.

Er hob seinen Blick und richtete ihn bohrend auf den Kommandanten, dessen Lächeln an den Mundwinkeln eingefroren schien. Dann drehte er sich hastig zu Molkow. »Diese Bastarde hatten die Stirn, uns zu betrügen«, sagte er.

Molkow starrte ihn ausdruckslos an.

»Haben Sie mich verstanden?« Sergejs Stimme überschlug sich vor Wut, während er die Tasche umdrehte und die rechteckigen Papierbündel auf den Boden schüttete. »Das ist gar kein Geld!« Molkow starrte ihn immer noch an.

Fassungslos drehte sich Sergej zu Alexandre.

In dessen Hand befand sich die Glock, und er hielt sie genau auf Sergejs Brust gerichtet. Der mit einem Schalldämpfer ausgerüstete Lauf spuckte zweimal, und Sergej taumelte zurück, fiel zu Boden und war augenblicklich tot. Auf seiner Jacke bildete sich ein roter Fleck an der Stelle, wo beide Schüsse sein Herz durchbohrt hatten. Sein Gesicht zeigte einen Ausdruck der Bestürzung und des Verrats.

Einen Augenblick lang schaute Molkow auf die Leiche hinunter, nickte befriedigt und wandte sich schließlich an den Kommandanten der Guerilleros. »So«, sagte er und streckte die Hand aus. »Jetzt können wir zur Bezahlung übergehen.«

Der Albaner gestikulierte energisch einem seiner Männer, der herbeitrat, um ihm eine Ledertasche zu übergeben, ganz ähnlich derjenigen, die Sergej bekommen hatte. Dieses Mal öffnete er die Tasche selbst, dann hielt er sie in einem solchen Winkel, daß beide Russen ohne Schwierigkeiten hineinsehen konnten. Und dieses Mal war die Tasche vollgestopft mit Bündeln echter amerikanischer Geldscheine.

»Der gesamte Betrag ist hier drin. Mit Grüßen und Empfehlungen an Ihren *bochya*, Vostow«, sagte er, den russischen Slangausdruck für Pate gebrauchend, während er mit einer kleinen Verbeugung die Tasche zu Molkow hinüberreichte.

Molkow entnahm ihr das erste Bündel, das ihm in die Finger geriet, und blätterte mit dem Daumen an den Kanten entlang, wobei er es dicht vor seine Augen hielt. Zufriedengestellt legte er das Bündel wieder zurück, schloß die Tasche und hängte sie sich über die Schulter. »Okay«, bemerkte er zu Alexandre. »Wir können gehen.«

Sie drehten sich um und wandten sich dem wartenden Citroën zu. Sorgfältig gingen sie dem Blut aus dem Weg, das sich in einer Lache um Sergejs Leiche gesammelt hatte.

Es war Alexandre, der zufällig durch die Windschutzscheibe schaute und entdeckte, daß ihr Fahrer sich nicht mehr im Auto befand und daß seine Tür sperrangelweit offen stand. Augenblicklich verstand er die Bedeutung seiner Entdeckung und riß den Kopf zu Molkow herum.

Doch als er den Mund zur Warnung öffnen wollte, war es für beide zu spät.

Auch nachdem der Citroën angekommen und der Kommandant mit ihren Waffenbrüdern aus der Dekkung herausgetreten war, um die Insassen zu treffen, waren zwölf weitere Mitglieder des albanischen *fis* oder Clans der Gesetzlosen in den Verstecken im Gestrüpp des Berghangs geblieben. Ihre Aufmerksamkeit und ihre Waffen waren auf die Straße unter ihnen gerichtet.

Alles war genau nach Plan verlaufen. Als der russische Physiker von seinem angeblichen Leibwächter erschossen wurde, hatte der Fahrer des Citroën die momentane Ablenkung genutzt, um das Auto unbemerkt zu verlassen und in die Büsche am Straßenrand zu stürzen. Damit brachte er sich in Sicherheit und sorgte dafür, daß seine Brüder ein freies Schußfeld hatten.

Sie hatten zugesehen, wie ihr Kommandant dem größeren der beiden russischen Gangster die zweite Tasche überreicht hatte. Wie er sie geöffnet und den Inhalt überprüft hatte – wiederum genau, wie sie es vorhergesehen hatten. Sobald er dem zweiten Russen den Erhalt der tatsächlichen Zahlung bestätigt hatte, waren die wartenden Männer in Bereitschaft gegangen. Ihre Gewehre richteten sie nach unten, ihre Ziele hielten sie fest im Blick. Um sicherzugehen, daß die Russen die Täuschung nicht so früh bemerkten, daß sie noch Zeit hatten, die Waffen gegen ihre Clanbrüder zu erheben, hielten sie das Feuer so lange zurück, bis die *mafiyasi* sich auf den Weg zurück zum Auto machten und sich von den Guerilleros abwandten.

Im Augenblick, als die Falle zuschnappte, schien es, als ob der dünnere Russe die Täuschung entdeckt hatte und seinen Partner warnen wollte.

Dazu hatte er keine Gelegenheit mehr. Die Gewehrschützen auf dem Berghang eröffneten das Feuer auf die Russen und mähten beide dort nieder, wo sie sich befanden. Die Gewehrsalven dauerten mehrere Sekunden an; Kugeln durchlöcherten die toten Körper und durchsiebten die linke Seite des Autos, wo sie gefallen waren. Die Windschutzscheibe zerbarst in einer Lawine von gezackten Glassplittern.

Schließlich waren die letzten Schüsse gefallen. Ihr Echo wurde schnell von der alles umgebenden Stille der Schlucht verschlungen. Fetzen von Blättern und Ästen, die vom Gewehrfeuer getroffen worden waren, flatterten auf die Straße hinab.

Von unten winkte der Kommandant den Männern hinter dem Vorhang aus Gebüsch befriedigt zu. Dann ging er zu Molkows von Kugeln durchlöcherter Leiche und kniete sich auf den Boden, um die Ledertasche, die immer noch über die Schulter des Russen geschlungen war, wieder an sich zu nehmen.

Ihre Mission war ohne Schwierigkeiten zu Ende gebracht worden.

Jetzt mußten sie nur noch Harlan DeVane davon in Kenntnis setzen.

9.

Houston, Texas
18. April 2001

Das Lyndon B. Johnson Space Center, ein Komplex von zirka hundert Gebäuden, das abseits der Interstate 45 auf der halben Strecke zwischen dem Stadtzentrum von Houston und den Stränden von Galveston Island ungefähr vierzig Kilometer weiter südlich liegt, ist die wichtigste Verwaltungs-, Test- und Astronautentrainingseinrichtung des NASA-Programms für bemannte Weltraumforschung. Das Mission Control Center (Gebäude Nr. 30), eine fensterlose, bunkerähnliche Struktur im Kern dieses insgesamt 660 ha großen Komplexes, ist seit dem Start von *Gemini 4* im Juni 1965 der Ort, wo die Bodenunterstützung und die Überwachung der Operationen der amerikanischen Raumflüge stattfindet. Dort befinden sich zwei Flugleiträume, die während der gesamten Zeit der Missionen rund um die Uhr mit großen Teams von Flugleitern besetzt sind.

Für die Tausende von wissenschaftlichen Forschern, Ingenieuren und Verwaltungsbeamten, die ihr Leben

›der Erweiterung des menschlichen Wissens über die Phänomene in der Atmosphäre und im Weltall‹ gewidmet haben – das Mandat der Raumfahrtbehörde, so wie es in ihren Statuten aus der Eisenhower-Zeit steht –, bedeutet das Johnson Space Center der Ort, wo dieses Ziel mit Fantasie, Intelligenz, Kühnheit, Aufrichtigkeit und unbezähmbarer Beharrlichkeit verfolgt wurde. Für die weit kleinere Anzahl der Kandidaten, die sich für das Astronautenprogramm bewerben und angenommen werden, bedeutet es sogar mehr als das, nämlich eine Art Oz, wo ihnen die magischen, rubinroten Pantoffeln verliehen werden, die sie zu der tief in ihrem Herzen am meisten ersehnten Bestimmung transportieren ... allerdings nicht die bekannten Landschaften der Erde, wie es bei Dorothy der Fall war, sondern der lockende, mysteriöse Himmel.

»Schlag die Hacken dreimal zusammen und sag, es gibt keinen besseren Platz als Betelgeuse«, murmelte Annie Caulfield trocken vor sich hin, die sich der Tatsache bewußt war, daß sie gerade eine der wichtigsten Entscheidungen ihres Lebens traf. In Gedanken versunken schaute sie aus ihrem Bürofenster auf die Bahn, die sich durch die gepflegte Gartenlandschaft des Johnson Space Centers schlängelte, während sie Personal und Besucher zu den verschiedenen Einrichtungen beförderte. Dann schwang sie ihren Drehstuhl herum und fing an, geistesabwesend die drei eingerahmten Fotos auf ihrem sonst leeren Schreibtisch zu betrachten. Ungewollt fiel ihr erster Blick auf das ihrer Eltern, Edward und Maureen, ein 13x18 Zentimeter großes Foto, das vor fünf Jahren bei ihrem vierzigsten Hochzeitstag aufgenommen wurde.

Annie lächelte schwach. Unabhängig von ihren Lieblingsreisezielen hatte sie doch, zumindest während ihrer Entwicklungsjahre, ein oder zwei Dinge mit Dorothy gemein. Denn auch sie war als Einzelkind auf dem

Land in Kansas aufgewachsen. Ihr Vater führte einen Ein-Mann-Lufttransportbetrieb, und die Familie lebte so nah an dem Flugfeld, wo er seine klapprige Cessna parkte, daß Annie die Abflüge und Landungen von ihrem Schlafzimmerfenster im zweiten Stock beobachten konnte.

Vielleicht war es das gewesen, was ihr Interesse an der Erforschung des Himmels erweckt hatte. Sie wußte es nicht. Doch als sich ihr achter Geburtstag näherte, wünschte Annie sich ein Fernrohr und erhielt ein billiges 60mm Meade Refraktions-Teleskop, zusammen mit der Kosmosphäre von Carl Sagan, das sie an zahllosen Frühlings- und Sommerabenden auf der Veranda benutzte, um die Planeten, Konstellationen und Galaxien zu lokalisieren. Damals half der Vater ihr noch beim Nivellieren und Drehen des Rohres auf dem dreibeinigen Stativ, bis sie alt genug war, es auch ohne seine Hilfe zu bewältigen. Auf die gleiche geduldige und aufmerksame Weise hatte er ihr sieben Jahre später geholfen, ein weiteres Ziel zu erreichen, indem er ihr das Fliegen beibrachte. Als Annie ihr 18. Lebensjahr erreicht hatte, erhielt sie ihren Flugschein und flog an seiner Stelle während der Schulferien.

Im Rückblick war absehbar, daß ihre Besessenheit gegenüber der Astronomie und dem Fliegen sich in den Wunsch, Astronautin zu werden, verwandeln würde. Für ihre Eltern war es dennoch eine riesige Überraschung, als sie sich entschloß, zu Beginn ihrer Karriere zur Luftwaffe zu gehen. Zudem war dies für sie der Anlaß größter Besorgnis gewesen, denn auf diese Weise war Annie den potentiellen Gefahren eines Krieges ausgesetzt. Ein Risiko, das als besonders hoch angesehen werden konnte in einer Zeit von begrenzten, regionalen Konflikten, bei denen die militärischen Streitkräfte stark, oft sogar ausschließlich, auf das Potential ihrer Luftstreitkräfte angewiesen sind, um ihre präzisen Ziele zu erreichen. Doch ihre Fähigkeiten im Cockpit in den Jahren ihres aktiven Einsatzes hatten Annie davon überzeugt, daß sie wie für die NASA geschaffen sei.

Also schickte sie ihre Unterlagen an das für die Auswahl der Astronauten zuständige Büro, noch lange bevor sich ihre F-16 Fighting Falcon bei einer Aufklärungsmission über dem Norden Bosniens in einen Haufen verbrannten Metallschrotts verwandelt hatte. Nach ihrer Rettung wurde sie von ihrem Vorgesetzten wieder in die Vereinigten Staaten abkommandiert, gemäß der üblichen Verfahrensweise der Air Force, Piloten nach Hause zu versetzen, die im Kampf weit entfernt vom eigentlichen Kriegsherd abgeschossen wurden, ohne Rücksicht auf deren Drang oder scheinbare Fähigkeit, wieder ins Flugzeug zu steigen. Denn die verständliche Annahme war, daß solche Piloten möglicherweise unter verstecktem Trauma leiden, was sie veranlassen könnte, einen Sekundenbruchteil zu zögern, wenn sie handeln mußten, oder umgekehrt, zu heftig auf eine bedrohliche Situation zu reagieren. Weder die eine noch die andere Alternative ist besonders hilfreich, wenn man mit Geschwindigkeiten von mehr als 800 Kilometer pro Stunde über feindliches Gebiet donnert.

Obwohl sie protestieren wollte, war letztendlich die Sorge um ihre Eltern ausschlaggebend, deren Befürchtungen um ihre Sicherheit von den Ereignissen bestätigt worden waren. Bevor die Suchtrupps der NATO das Signal ihres Notsenders ausmachten, wurde fast eine Woche lang angenommen, daß sie bei dem Flugzeugabsturz ums Leben gekommen wäre. Sie wollte ihnen nicht zumuten, eine solche Tortur noch einmal zu erleben.

Als sie einige Wochen nach ihrer Versetzung zu einem ersten Interview eingeladen wurde, war sie ganz begeistert. Doch dann folgte ein langer, quälender Auswahlprozeß, wobei Angaben überprüft und erneute

Gespräche geführt wurden sowie die medizinischen Untersuchungen stattfanden, bevor sie in die Endauswahl gelangte. Eine abermalige Reihe von Vorprüfungen schloß sich an, und schließlich kam dann die definitive Entscheidung, auf die sie wie gebannt gewartet hatte.

Als Annie endlich den Bescheid bekam, daß ihre Bewerbung angenommen worden war, war ihre Aufregung so gewaltig, daß sie sich fühlte, als ob sie abheben und ohne Raumschiff die Anziehungskraft der Erde sprengen könnte. Trotzdem wußte sie genau, daß ihre Annahme längst keine Garantie bedeutete, daß sie letztendlich ins All geschickt würde. Zunächst einmal standen ihr zwei Jahre hartes Training der Astronautengrundausbildung bevor. In dieser Zeit würden ihre Fähigkeiten entwickelt und ununterbrochen bewertet werden. Sie hatte jedoch ihr erstes Ziel erreicht und befand sich, wie Tom Wolfe in *The Right Stuff* schrieb, in Sichtweite des Olymp. Nichts würde sie dabei aufhalten, die noch fehlende Distanz zu bewältigen.

Getrieben von ihrer lebenslänglichen Ambition und unterstützt durch angeborene Selbstdisziplin sowie durch die Leidenschaft, sich selbst zu übertreffen, die von ihren Eltern immer gefördert wurde, hatte sie sich den Herausforderungen des Trainings mit wilder und zielstrebiger Hingabe gewidmet und als Klassenbeste – zusammen mit Jim Rowland – den Grundkurs abgeschlossen. Gleich nach der bestandenen Abschlußprüfung wurde sie für das eigentliche Einsatztraining ausgewählt.

Annie und Jim waren 1997 zusammen ihre erste Weltraummission geflogen. Er als Kommandant, sie als Pilotin.

Nun trommelte sie mit den Fingern auf den Schreibtisch. Ihre Augen verließen das Foto ihrer Eltern am linken Ende der Reihe und schweiften hinüber zu dem am rechten. Ein offizielles NASA-Gruppenbild von der Besatzung des Fluges, der ›sie aufs Pferd gesetzt und eine Reiterin aus ihr gemacht hatte‹, um diesmal einen weniger bekannten Autor zu zitieren, nämlich den besonders taktvollen Colonel Rowland. Von den sieben Männern und Frauen dieses Raumschiffs waren zwei – außer Jim und ihr selbst – aus der Rübenklasse: die Missionsspezialisten Walter Pratt und Gail Trecombe.

Es war die vielseitig talentierte, mehrsprachige Gail, der Ausbildung nach Computerwissenschaftlerin und Elektroingenieurin, die den einzigartigen Aufnäher der Besatzung entworfen und auch das Motto, welches sie und Jim erfunden hatten, ins Lateinische übersetzt hatte. Um ihm Klasse und Authentizität zu verleihen, wie sie erklärt hatte.

Ach, Jimmy, wie sehr wünschte ich mir, du wärst hier mit irgendeinem dummen oder verblüffenden Spruch, am liebsten irgendein unanständiger ... als ob du auch andere wüßtest, dachte Annie. Traurigkeit breitete sich in ihrem Lächeln aus, als sie sein Gesicht auf dem steifen offiziellen Foto betrachtete. Trotz der formellen vom Photographen vorgeschriebenen Pose war sein spitzbübischer Humor auf irgendeine Weise deutlich zu erkennen.

Mit einem Seufzer des Schmerzes atmete sie tief durch. Dann wandte sich ihre Aufmerksamkeit dem mittleren Bild zu, was sie absichtlich ein paar Sekunden früher vermieden hatte, eben weil sie gewußt hatte, daß sie ohne Aussicht auf Gewinn kämpfen müßte, um ihre Gefühle unter Kontrolle zu halten.

Hinter der matten Glasscheibe sah man eine Montage, die sorgfältig aus Fotoausschnitten von Mark, ihren Kindern und sich selbst zusammengesetzt war. Dabei hatte sie Dutzende von Schnappschüssen, die über Jahre hinweg geschossen worden waren, nebeneinander geklebt. Bilder, die sich übereinanderlegten wie die alten Erinnerungen, die sie in Annie aufwirbelten. Sie hatte nicht das Niveau einer Gail, was die Kreativität anging. Die meisten Bilder ihrer Auswahl waren die typischen Fotos einer sorgenden Mutter und liebevollen Gattin, die ein verlegenes Lächeln hervorriefen, wenn sie Freunden oder Mitarbeitern gezeigt wurden, da sie für andere Leute genauso tödlich langweilig waren wie Heimvideos von Geburtstagsfesten und Grillpartys. Hier zeigte Mark stolz einen Fisch vor, den er von einem Pier auf Sanibel Island geangelt hatte; hier war Linda auf einem Spielplatz auf der Wippe; hier die Kinder am Weihnachtsmorgen vor drei Jahren, noch in den Schlafanzügen, wie sie zwischen den Geschenken unter dem Weihnachtsbaum herumwateten; hier war die ganze Familie in Disneyworld, von einem fast zwei Meter großen Mickey fotografiert. Und in der Mitte …

Annie starrte auf das Bild, in Gedanken an den Abend zurückversetzt, an dem es aufgenommen worden war.

In ihren Flitterwochen hatte sie mit Mark Großbritannien besucht. Die Reise hatte fast einen ganzen Monat gedauert und hatte sie zunächst von London nach Edinburgh geführt, dann hinunter zur südwalisischen Küste. Auf dem Weg unterbrachen sie die Fahrt in einem Dutzend reizender Dörfer und noch einmal so vielen alten Schlössern. Unterwegs waren sie in einem winzigen Pub und Gasthaus in den schottischen Highlands gelandet. Ursprünglich wollten sie sich dort ausschlafen, bevor es am nächsten Tag auf die Orkney-Inseln weiterging. Doch hatten sie an diesem Abend besonders ausgiebig dem Single Malt Whisky zugesprochen und mit den ausgelassenen Einheimischen zu keltischer Volksmusik getanzt, wobei sie so lange Sägemehl hochwirbelten, bis der Vorsänger gegen Morgen nur noch ein Krächzen herausbrachte. Als sie am darauffolgenden Nachmittag endlich aus ihrem Zimmer auftauchten, nachdem sie versucht hatten, einem mörderischen Kater durch viel Schlaf zu entgehen – und ihre Fähre aus dem Dorf verpaßt hatten –, gab ihnen der Besitzer des Gasthofs ein Polaroid-Foto, das ein anonymer Mittänzer von ihnen gemacht hatte. Auf dem Bild vollendeten sie gerade eine Achterdrehung mit Tweedmützen auf dem Kopf, von denen sie nicht mehr wußten, wann sie sie aufgesetzt hatten, und die sie auch niemals mit auf ihr Zimmer genommen hatten. Die Kombination ihrer vertrottelten, betrunkenen Gesichtsausdrücke mit dem schrägen Winkel der Mützen auf ihren Köpfen hatte sie jedes Mal kichern lassen, wenn sie sich das Fotoalbum angesehen hatten.

Doch dieses Bild bedeutet irgendwie mehr als das Festhalten einer herrlichen Erinnerung, eines seltenen ungehemmten Augenblicks für zwei Menschen, die ihr Leben in ununterbrochener Disziplin und harter Arbeit gestalteten; es war ein Beispiel für das einfache Zusammenspiel zwischen ihnen, für die Leichtigkeit und Ungezwungenheit, die keiner von ihnen mit irgendeiner anderen Person teilen konnte. Auf diese Weise stellte es so sehr die Essenz ihrer ehelichen Verbindung dar, daß sie es wie selbstverständlich ins Zentrum ihrer kleinen Collage geklebt hatte.

Immer schneller trommelte Annie mit ihren Fingerspitzen auf den Schreibtisch, während ihre Augen sich mit Tränen füllten. Acht Jahre, länger waren sie nicht zusammen gewesen. Acht Jahre, dann wurde Mark ihr vom Krebs entrissen. Eine Unzahl schrecklicher Erniedrigungen mußte er erleiden, während ihn die Krankheit aufzehrte.

Aber sie konnte sich nicht erlauben, allzu lange daran zu denken, nicht in diesem Augenblick. Statt dessen konzentrierte sie ihre Gedanken auf das Gespräch, das sie vor einer halben Stunde mit Charles Dorset geführt hatte. Direkt nach ihrer Ankunft hatte Dorset sie heute morgen zu sich ins Büro bestellt und sie praktisch ohne Umschweife gefragt, ob sie Interesse daran hätte, die Untersuchung der *Orion*-Tragödie zu leiten. Das Angebot hatte sie völlig unvorbereitet getroffen, und sie hatte einige Augenblicke lang schweigend vor seinem Schreibtisch gesessen, als ob seine Frage in irgendeiner Weise unverständlich gewesen wäre.

»Mr. Dorset, es gibt eine lange Liste von Personen, von denen ich angenommen hatte, daß sie für diesen Job in Frage kämen. Aber ich hatte nicht damit gerechnet, daß mein eigener Name sich auf dieser Liste befand«, sagte sie schließlich.

»Warum?« Eine dampfende Kaffeetasse in den Händen, beobachtete er sie. »Aus welchem Grunde sollte irgend jemand geeigneter sein als Sie?«

Annie schüttelte den Kopf, immer noch ein wenig verloren. »Aufgrund des Alters. Aufgrund der technischen Erfahrung. Ich bin mir nicht sicher, wie ich mich einer derartig großen Verantwortung stellen würde.«

Sein breites, blühendes Gesicht war sehr ernst. »Ich habe immer daran geglaubt, daß die größte Investition der NASA die Männer und Frauen sind, die wir in den Weltraum schicken, und nicht die Technologie, die sie dorthin befördert. Das menschliche Element«, sagte er. »Und Sie haben Ihre Fähigkeiten unter Beweis gestellt, indem Sie das gesamte Training unseres Astronautencorps in den letzten drei Jahren gemanagt haben.«

Nach einem Moment erwiderte Annie: »Ihr Vertrauen ehrt mich, aber ehrlich gesagt beseitigt es meine Skepsis in keiner Weise. Ich habe keine technische Berufsausbildung. Jedes der elektronischen und strukturellen Systeme der *Orion* wird analysiert werden müssen, um herauszufinden, was schiefgelaufen ist ...«

»Sie haben ein Raumschiff gesteuert und anderen beigebracht, wie sie dabei vorgehen müssen. Folglich sind Sie auf das Innigste mit sämtlichen Abläufen und

Vorgängen vertraut. Aber das gehört eigentlich gar nicht zur Sache. Natürlich erwartet niemand von Ihnen, daß Sie alles allein machen. Es geht hier um die Führung. Sie haben natürlich freie Hand dabei, sich innerhalb und außerhalb der Raumfahrtbehörde nach einem Team von Experten und Profis umzusehen.«

Sie schaute ihm in die Augen. »Ich könnte mir vorstellen, daß einige höhere Angestellte der Organisation ziemlich unglücklich darüber sein werden, daß sie nicht berücksichtigt wurden.«

»Überlassen Sie das bitte mir«, erwiderte er mit einer weitausholenden Handbewegung. »Wenn sie sich gekränkt fühlen, dann können sie zu mir kommen, und ich werde ihnen ein Kleenex geben, sie ausschelten, ihnen ein Kompliment machen wegen ihrer Frisur oder ihrer Krawatte, was auch immer nötig ist, damit sie sich wieder beruhigen. Neunzig Prozent meiner tagtäglichen Arbeit besteht darin, hochgradig von sich überzeugte Persönlichkeiten miteinander zu versöhnen. Süßholz raspeln kann ich so gut wie die meisten Diplomaten.«

Während sie ihm zuhörte, war Annie plötzlich ein Gedanke gekommen. »Ich möchte Sie etwas fragen«, sagte sie. »Geht es bei dieser ganzen Angelegenheit darum, mich vor die Fernsehkameras zu stellen? Mich als Galionsfigur zu gebrauchen?«

»Eine berechtigte Frage«, antwortete er. »Und ich werde Ihnen nicht sagen, daß die Wertschätzung, die Sie in der Öffentlichkeit genießen, übersehen wurde. Die Menschen in Amerika müssen den Funden unserer Untersuchungskommission glauben, und die Wahrheit aus Regierungskreisen ist ein schwerverkäufliches Produkt. Doch die Tatsache, daß Sie vor der Kamera eine gute Figur abgeben, ist nur ein kleiner Teil der Auswahlkriterien.« Einen Augenblick hielt er inne und sah Annie in die Augen. »Ich hoffe, ich habe Ihnen hinreichend dargelegt, daß die Wertschätzung Ihrer Fähigkeiten und Ihrer Integrität auch von meiner Seite ausgeht. Und außerdem sollten Sie wissen, daß Roger Gordian Sie unbedingt auf diesem Posten haben will.«

Noch einmal überraschten seine Worte sie. »Sie haben mit ihm gesprochen?«

»Wir hatten heute früh ein längeres Telefongespräch.« Um Dorsets Lippen spielte ein kleines Lächeln. »Und ich kann Ihnen versichern, er hat seiner Vorliebe ganz klar Ausdruck verliehen.«

Unerklärlicherweise wurde Annie in diesem Moment merkwürdig nervös. »Ich weiß nicht, was ich sagen soll. Es gibt noch andere Einzelheiten. Das Raumschiff muß Stück für Stück rekonstruiert werden, und die Halle A in Cape Canaveral ist unsere einzige Einrichtung, die dafür groß genug ist. Also müßte ich in Florida sein, um die Arbeiten kontinuierlich zu überwachen und die Fortschritte zu verfolgen. Das würde bedeuten, meine Familie aus ihrer Umgebung herauszureißen …«

»Die Wohnungssuche wird kein Problem sein. Wir haben hervorragende Wohnhäuser, wo Sie unter einem Sonnenschirm auf dem Balkon sitzen können und die Delphine vorbeischwimmen sehen.«

»Das ist noch nicht alles. Die Kinder gehen beide zur Schule …«

»Gordian hat angeboten, Sie in den besten Privatschulen an der Küste unterzubringen und ihr Schulgeld zu zahlen, solange es nötig ist. Außerdem wird er sich um eine Tagesmutter oder Nachhilfelehrer kümmern, wenn während des Übergangs dafür Bedarf entsteht.«

»Sir …« Überwältigt hielt sie inne. »Ich weiß Ihr Angebot zu schätzen. Ebenso wie die Großzügigkeit von Mr. Gordian. Trotzdem muß ich die Angelegenheit überdenken.«

»Ich verstehe.« Dann trank er einen Schluck Kaffee. »Nehmen Sie sich eine halbe Stunde Zeit.«

Sprachlos sah sie ihn an und fragte sich einen Moment lang, ob er einen Scherz gemacht hatte. Die unveränderte Ernsthaftigkeit seines Gesichtsausdrucks zeigte ihr, daß er es wirklich so meinte. »Eigentlich hatte ich auf etwas mehr Zeit gehofft«, sagte sie. »Einen Tag oder zwei …«

»Natürlich sollten Sie eigentlich mindestens so lange Zeit haben. Doch leider kommt sehr viel Druck von den Medien. Sie wissen ja, welche Atmosphäre sie geschaffen haben. Heutzutage erwarten die Leute, daß alles, einschließlich Bürgerkriege und Naturkatastrophen, im Rhythmus von Fernsehdramen abläuft. Nach Möglichkeit sollen die Geschichten rechtzeitig vor den Elf-Uhr-Nachrichten zu Ende gehen. Wenn die Realität und diese Erwartung nicht zusammenpassen, fühlen sich die Leute vor den Kopf gestoßen. Ich verspreche Ihnen, daß Sie bei der Untersuchung nicht unter Zeitdruck stehen werden, aber wir müssen zeigen, daß wir die entscheidenden Schritte unternehmen, um einen Anfang zu machen. Der Start in Kasachstan darf nicht aufgehalten werden.«

Annie schüttelte den Kopf leicht. »Irgendwie verstehe ich nicht, wo es da eine Verbindung geben soll. Abgesehen von der Tatsache, daß wir unsere Zeitpläne aufeinander abgestimmt haben, war die russische Mission absichtlich unabhängig von *Orion* geplant und sollte deshalb auch nicht von der Tragödie berührt werden.«

»Das weiß ich, und das wissen Sie, aber die Russen haben schon bei anderen Gelegenheiten kalte Füße bekommen. Für jede Verspätung machen sie technische Probleme verantwortlich, doch letztendlich ist es ihr fehlender Wille – oder ihre Unfähigkeit, möchte ich fairerweise hinzufügen –, für ihren Anteil selbst zu zahlen. Und Gordian hat mich daran erinnert, daß sie durchaus in der Lage sind, ihren Start ausfallen zu lassen, wenn sie den Eindruck bekommen, daß die Vereinigten Staaten aus ihren finanziellen Verpflichtungen aussteigen könnten.«

Noch bevor Dorset geendet hatte, war Annie klar, daß sie hierüber mit ihm nicht diskutieren konnte. Er hatte recht. Ohne jeden Zweifel. Mit einem zustimmenden Nicken stand sie auf. »Ich bin in meinem Büro«, sagte sie.

»Und in dreißig Minuten geben Sie mir Bescheid?«

»Ja, in dreißig Minuten«, versicherte sie.

Und jetzt saß sie hier, und die Zeit lief ab. In fünf Minuten würde sie ihm eine Antwort geben müssen.

Ihre Finger trommelten immer schneller auf die Schreibtischplatte. Warum war diese Entscheidung für sie so schwierig? Dorsets Angebot sollte eigentlich unwiderstehlich sein. Die Kinder würden Florida toll finden, besonders wenn sie wußten, daß sie nach Hause zu ihren Freunden zurückkehren würden, sobald die Untersuchung einmal abgeschlossen war. Da Orlando mit seinen vielbesuchten Touristenattraktionen weniger als eine Autostunde entfernt lag, könnte sie ihre Termine so organisieren, daß jedes Wochenende für die Kinder ein Besuch im Paradies sein würde. Und für sie selbst bedeutete es die Chance, darauf zu bestehen, daß alle Anstrengungen unternommen wurden, um herauszufinden, warum die *Orion* in Flammen aufgegangen und warum Jim Rowland auf so schreckliche Weise gestorben war … und darauf hinzuarbeiten, daß nie wieder ein Astronaut von einer ähnlichen Panne in Gefahr gebracht wurde.

Krampfhaft versuchte Annie, den Grund für ihr Zögern herauszufinden. Könnte es sein, daß sie sich davor fürchtete, die Ursache des Feuers nicht zu entdekken, und damit auch Jim im Stich zu lassen? Oder gab es irgendeinen anderen, tieferliegenden Grund, den sie verdrängte, ein anderes Versagen, das sie an die Ketten ihrer Selbstvorwürfe fesselte seit der Nacht, in der Mark gestorben war? Vielleicht, ja doch, vielleicht war sie wie eine Gefangene, die sich so sehr an die Gefangenschaft gewöhnt hat, daß sie von ihrer Zellentür zurückschreckt, wenn diese geöffnet wird, um sie freizulassen. Vielleicht überkommt sie beim Anblick der Freiheit ein plötzlicher Schrecken, daß sie nicht länger ohne Ketten zu leben weiß.

Zunächst unbewußt, schließlich mit zunehmender Aufmerksamkeit schaute sie sich das Bild von Mark und sich selbst in Schottland noch einmal an. Zwei Menschen, die den Augenblick frohlockend genießen und eine Zukunft willkommen heißen, deren Ungewißheit die einzige Gewißheit ist. Eindringlich betrachtete sie die Fotografie. Plötzlich kannte sie die Antwort auf Dorsets Angebot.

Die richtige Antwort.

Tief durchatmend griff sie zum Telefon und wählte die Nummer von seinem Büro. Seine Sekretärin stellte sie sofort zu ihm durch.

»Ja?« fragte er mit gespannter Erwartung in der Stimme.

»Sir, ich möchte Ihnen für Ihr Angebot danken«, sagte sie. »Und wenn Sie die Freundlichkeit hätten, mir die Nummer von Roger Gordian zu geben, dann kann ich ihm meine Dankbarkeit für seine Unterstützung aussprechen. Und ihn persönlich davon informieren, daß ich annehmen werde.«

Nachdem Dorset die Nummer von Gordian vom Display seines Taschencomputers abgelesen hatte, gratulierte er Annie Caulfield zu ihrer Entscheidung. Dann legte er den Hörer auf die Gabel, stand auf und ging zu der Kaffeemaschine, die auf der anderen Seite des Büros auf einem kleinen Tisch aufgebaut war. Dies wäre jetzt seine vierte – oder war es die fünfte? – große morgendliche Tasse Kaffee, und er war erst vor einer guten Stunde hereingekommen. Doch zum Teufel damit, wer wollte denn die Tassen zählen, er hatte auch so schon genug Sorgen, ohne mit dieser Art von Buchführung anzufangen.

Er nahm die Kanne von der Warmhalteplatte, füllte seine Tasse bis zum Rand und nahm einen Schluck des starken schwarzen Gebräus, während er noch neben der Maschine stand. Sofort begann er, sich ruhiger zu fühlen. War es nicht merkwürdig, daß er grundsätzlich ein Getränk mit viel Koffein brauchte, um sich entspannen zu können? War Koffein nicht ursprünglich ein Stimuliermittel? Obwohl man sicherlich die gleiche Frage bei Kettenrauchern stellen konnte, denn auch Nikotin gehörte zu den allseits bekannten Aufputschern. Vielleicht war es einfach eine Form der oralen Fixierung, wie bei Eßsüchtigen. Denn was für beruhigende Eigenschaften gab es eigentlich in einer Salamipizza, einem Subwaysandwich oder einem Cheeseburger mit gebratenen Zwiebelringen?

Dorset schlürfte ein wenig Kaffee ab, so daß er die Tasse gefahrlos transportieren konnte, ging dann zurück an seinen Schreibtisch und setzte sich. Die zustimmende Antwort von Annie Caulfield hatte ihn erfreut, insbesondere in Anbetracht ihres ursprünglichen Zögerns. Und man konnte ihr Zögern verstehen. Im vergangenen Jahr hatte sie viel mitmachen müssen. Ihr Mann war an Krebs erkrankt, und dann war sie in seiner Todesnacht zu spät im Krankenhaus angekommen. Dieser Teil der Tragödie – daß sie in der Todesstunde nicht bei ihm gewesen war – hatte sie völlig verstört, und noch Monate später war Dorset im stillen darauf vorbereitet gewesen, daß sie ihren Abschied einreichen würde. Doch dann war sie irgendwie wieder auf die Beine gekommen. Diese Frau hatte ein stählernes Rückgrat, da gab es keinen Zweifel. Dorset nahm an, daß die Anforderungen ihrer Aufgabe, die Mannschaft der *Orion* zu trainieren und auf die Mission vorzubereiten, ihr dabei geholfen hatten, weiterzumachen und sich nicht unterkriegen zu lassen.

Aber jetzt, nachdem sie Jim Rowland verloren hatte, der für sie wie ein Bruder gewesen war ... Auch mit einem stählernen Rückgrat gab es Grenzen bei dem Gewicht, das ein Mensch tragen konnte. Sie hatte allen Grund, Abstand von der Untersuchung gewinnen zu wollen, ganz zu schweigen von der Verantwortung, diese Untersuchung zu leiten. Dies war einer der Hauptgründe gewesen, daß er sie nicht ernsthaft für die Stellung in Betracht gezogen hatte, bis Roger Gordian bei ihm anrief.

Wieder hob Dorset die Tasse an die Lippen und trank. Annies Zusage hatte ihm Auftrieb gegeben, doch er wunderte sich, warum dieser Auftrieb nicht noch größer gewesen war. Er hatte keinerlei Befürchtungen, daß sie mit dem Job klar kommen würde, ja, er war der Ansicht, daß ihre Fähigkeiten gar nicht hoch genug eingeschätzt werden konnten. Vielleicht hatte seine Stimmung damit zu tun, daß Gordian Druck ausgeübt hatte. Nicht auf massive Art und Weise. Im Gegenteil, wenn jemand eine sanfte Methode kannte, jemanden daran zu erinnern, daß er Anweisungen auszuführen hatte, dann war es Gordian. Er beherrschte diese Kunst hervorragend. Doch von dem Augenblick an, in dem er Annie Caulfield für die Leitung des *Orion*-Untersuchungsausschusses vorschlug, ließ er keinen Zweifel daran, daß seine Wünsche Vorrang vor allen anderen Überlegungen haben sollten, die Dorset eventuell in dieser Angelegenheit haben könnte. Und daß, außer einer kategorischen Ablehnung von Seiten Annies, ein negativer Bescheid für ihn nicht in Frage kam.

Natürlich, dachte Dorset bei einem weiteren Schluck

Kaffee, Gordians Eingreifen störte ihn in einem Maße, daß vom Glanz dieses Augenblicks nicht viel übrigblieb. Aber das war noch nicht alles. Nicht wenn er sich selbst gegenüber ehrlich sein wollte. Denn außerdem gab es die beunruhigenden Nachrichten aus Brasilien und die Tatsache, daß er sie absichtlich Annie gegenüber verschwiegen hatte, obwohl er eigentlich das Gegenteil hätte tun sollen. Es konnte durchaus sein, daß der Angriff auf das ISS-Gelände nichts mit *Orion* zu tun hatte. Inständig betete er, daß es so sein möge – warum immer gleich das Schlimmste befürchten? Aber sie hatte ein Anrecht darauf, Bescheid zu wissen. Es wäre ihr gegenüber nur fair gewesen, sie vor ihrer Entscheidung davon in Kenntnis zu setzen, damit sie genau wußte, auf was sie sich einließ. Denn wenn die Presse einmal Wind bekam von den Vorfällen, dann würde Annie mit den wildesten Spekulationen bestürmt werden, und jede ungenaue Aussage von ihrer Seite, so unschuldig sie auch sein mochte, würde ausreichen, den Verdacht der Vertuschung bei den Fragestellern zu erwecken. Annie mußte informiert, mußte vorbereitet werden – und innerhalb der nächsten Stunde hatte er diese Aufgabe zu erfüllen. Doch zunächst hatte er die Informationen zurückgehalten, damit ihre Entscheidung nicht davon beeinflußt würde, denn es lag ihm sehr viel an ihrer positiven Antwort.

Damit Roger Gordian zufriedengestellt werden konnte, dachte Dorset mit einer Mischung aus Irritation und Schuldgefühlen. Und wer denkt daran, was ich durchmache?

Er seufzte. *Orion*, Brasilien, der Start in Kasachstan … Er hatte das Gefühl, daß sich die Ereignisse überschlugen, daß sie ihn überholten. Es war wie in einer Stummfilmkomödie mit Charlie Chaplin oder Buster Keaton. Fieberhaft pumpte er einen Handwagen, während er wie ein Clown versuchte, eine schnaufende, pfeifende

Lokomotive einzuholen. Witzig. Sogar äußerst witzig. Vor allem, wenn man sich unter den Zuschauern befand und nicht schwitzend auf den Gleisen.

Als er die Hand nach seiner Tasse ausstreckte, mußte er verblüfft feststellen, daß sie schon wieder fast leer war. Mist. Welche Tortur mutete er eigentlich seinem Magen zu? Und seinen Nerven?

Stirnrunzelnd starrte Dorset auf den letzten Rest seines Kaffees. Er sollte wirklich seinen Konsum etwas einschränken. Mit 58, gelegentlichem Herzflimmern, erhöhten Triglycerid-Werten und einem Haufen chronischer Gesundheitsprobleme sollte man etwas besser auf sich aufpassen. Richtig wäre regelmäßige Gymnastik oder ein wenig Sport, oder einer dieser Kurse zum Streßmanagement. Alles, nur nicht eine Kanne Kaffee nach der anderen. Trotzdem gab es natürlich Schlimmeres. Italienischer Röstkaffee konnte unmöglich schädlicher sein als Zigaretten, Schnaps oder verschreibungspflichtige Beruhigungstabletten. Von einigen Leuten hatte er sogar gehört, daß sie nach Nasensprays süchtig waren. Wie wäre das? Ach was, zum Teufel damit!

Tief ausatmend schob er den Stuhl von seinem Schreibtisch zurück und erhob sich, um sich eine neue Tasse einzuschenken.

10.

Quijarro, Bolivien
19. April 2001

Zunächst war Eduardo Guzman kaum überrascht gewesen, als der Landrover, mit dem man ihn von Brasilien über die Grenze gefahren hatte, bei dem armseligen

Dorf Quijarro abbog, statt direkt auf den Highway nach Westen in Richtung auf die Region Chapare zu fahren. Doch als sie durch die verschlammten und heruntergekommenen Straßen fuhren, hatte sein Fahrer erklärt, daß er an einem der Kioske in der Nähe des Bahnhofs etwas zu trinken kaufen wollte. Hätte Eduardo von diesem Vorhaben gewußt, wegen eines Erfrischungsgetränks anzuhalten, so hätte er ihm wahrscheinlich vorgeschlagen, die Gelegenheit beim Grenzübergang in Corumbá zu nutzen, wo es entlang der Flußpromenade verschiedene anständige Gaststätten gab. Obwohl eine weite Fahrt und viele Kilometer ohne menschliche Behausung vor ihnen lagen, hatten die verdreckten Zustände außerhalb ihres Fahrzeugs jeden Hunger oder Durst betäubt, den er in den letzten Stunden hätte bekommen können.

Er brauchte immer noch lediglich an das zu denken, was er zurückgelassen hatte, und schon war seine gute Laune wiederhergestellt. Diese verdammte Hure, die scheinbar sogar dann mit der brasilianischen Polizei zusammengearbeitet hatte, während sie ihn im Bett bearbeitete, und die beides brillant beherrschte, hatte ihn dazu gebracht, dreißig Kilo Kokain an ihre ›Geschäftsfreunde‹ zu verkaufen, die sich als V-Männer der Polizei herausstellten. Nach seiner Festnahme hatte Eduardo drei Tage mit nach Pisse stinkenden Dieben und Betrunkenen in einer großen Gemeinschaftszelle verbracht und Blut und Wasser bei dem Versuch geschwitzt, sich an alles zu erinnern, das er der Frau törichterweise über seine Aktivitäten erzählt hatte. Besorgt hatte er darauf gewartet, wie die Anklage lauten würde. Gott sei Dank hatte jemand von der Organisation – es war Eduardo nicht klar, ob es sich dabei um seinen Onkel Vicente oder um Harlan DeVane persönlich handelte – Kontakt zu einem Regierungsbeamten aufgenommen und für seine Freilassung gesorgt. Kurz vor Sonnenaufgang, nur wenige Stunden bevor er dem

Richter vorgeführt werden sollte, waren zwei Beamte in Zivil vor der Zelle erschienen, hatten ihn schweigend herausgeführt und ihn dann zu einem PKW ohne Nummernschilder begleitet, der vor dem Gefängnis in São Paulo geparkt stand. Anschließend waren sie mit ihm bis zum Grenzübergang in Corumbá gefahren, hatten diskret ein paar Worte mit den Grenzbeamten gewechselt und ihn dem Fahrer von diesem Landrover übergeben, der in der Nähe des Übergangs auf sie gewartet hatte. Sobald Eduardo auf den Beifahrersitz geklettert war und sie losgefahren waren, hatte dieser Fahrer, ein stämmiger Mann namens Ramón, ihm erklärt, daß sie zu DeVanes Ranch außerhalb von San Borja reisen würden, um ihn und Vicente dort zu treffen. Voller Befürchtung schnürte sich Eduardos Magen bei dieser Nachricht zusammen, doch in einem Ton brüderlicher Vertrautheit, der unter den Untergebenen und Angestellten jeder Organisation üblich ist, wenn man über die Vorgesetzten spricht, hatte Ramón ihm berichtet, daß eine großzügige Bestechungssumme notwendig gewesen war, um die brasilianischen Behörden dazu zu bewegen, daß sie gegen ihn keine Anklage erhoben. Die beiden Bosse wollten lediglich den gebührenden Dank dafür empfangen, daß sie sich für ihn eingesetzt hatten.

Nach all den Dingen, die er bereits durchgemacht hatte, so hatte Eduardos Antwort gelautet, war er mehr als bereit, mit Begeisterung seiner Dankbarkeit und seiner Verpflichtung Ausdruck zu verleihen, selbst wenn das bedeuten sollte, auf die Knie zu fallen und ihre nackten Ärsche zu küssen.

»Bei allen Dingen im Leben ist es grundsätzlich einfacher hineinzugelangen als wieder herauszukommen«, hatte der Fahrer grinsend kommentiert.

Jetzt verlangsamte Ramón die Geschwindigkeit. Zunächst fuhr er in eine Seitenstraße mit schmutzigen, schräg stehenden Häuschen, die kurz vor dem Umfallen schienen, bog dann nacheinander in eine Reihe ähnlicher Straßen ein und lenkte den Wagen schließlich in eine schmale Kiesgasse, die zwischen einigen leeren Grundstücken verlief. Obwohl Eduardo bisher kaum auf ihre Fahrt durch das trostlose Dorf geachtet hatte, runzelte er nun plötzlich verwundert die Stirn. Ein Blick durch die Windschutzscheibe zeigte ihm, daß sie sich in einer Sackgasse bewegten, an deren Ende sich eine bewachte Toreinfahrt befand. Dahinter lag eine niedrige, graue Halle mit Flachdach, und sechs oder acht schwere Lastwagen mit Anhängern parkten auf jeder Seite der Mauern – wohl irgendeine Art von Lagerhalle.

»*No entiendo, dónde está la estación*?« fragte er auf spanisch. Er wollte wissen, wo der Bahnhof war.

Der Fahrer lächelte und zeigte nach rechts. »*Sólo al norte de aquí*«, sagte er, und bremste langsam ab, als er sich der Einfahrt näherte. »Er ist direkt nördlich von hier.«

Eduardo schaute nach rechts und sah nichts außer dem weiten, lehmigen Gelände. Dann hörte er, wie Ramón sein Fenster herunterfuhr, wandte abrupt wieder die Augen zu ihm und sah, wie er die Hand aus dem Fenster streckte, um eine Ausweiskarte durch den Sicherheitsscanner der Einfahrt zu ziehen.

Als das Tor langsam aufschwang, um sie hineinzulassen, fühlte Eduardo einen Funken Alarm in sich aufsteigen. Einige Meter vor dem Gebäude hielt Ramón schließlich den Wagen an und stellte den Motor aus.

»*Qué es esto*?« brachte Eduardo hervor. »Ich verstehe nicht …«

Mit einer blitzschnellen Bewegung schoß Ramóns Hand unter das Armaturenbrett und zog eine Pistole hervor, die er offenbar zuvor an der Unterseite festgeklemmt hatte. »Tür auf und raus!« befahl er, während er den Lauf der Waffe auf Eduardos Kopf richtete. »Schön langsam.«

Verstört riß Eduardo die Augen auf und schluckte. Ein Blick auf die Waffe belehrte ihn, daß es eine SIG Pro .40 Halbautomatik war – eine Standardwaffe der DEA, der amerikanischen Zentralbehörde zur Drogenbekämpfung. Der Gedanke, daß er einer anderen Anti-Drogen-Truppe in die Hände gefallen war, ging ihm blitzartig durch den Kopf und wurde fast genauso schnell wieder fallengelassen. Was für einen Sinn hätte das gemacht? Schließlich war er nicht aus dem Gefängnis ausgebrochen, sondern absichtlich von seinen Wächtern freigelassen worden. Und er hatte weder dem Fahrer noch den Polizisten in Zivil gegenüber, die ihn zur Grenze eskortiert hatten, ein einziges Wort über seine Geschäfte verlauten lassen.

Er kam zu dem Schluß, daß Ramón, oder wie immer sein wirklicher Name lauten mochte, wohl wirklich für DeVane arbeiten mußte – doch der plötzlich so aggressive Blick in seinen Augen, die extreme Geschwindigkeit, mit der er die versteckte Waffe hervorgezaubert hatte und das spezielle Waffenmodell, das er benutzte, waren deutliche Hinweise darauf, daß er mehr als ein einfacher Chauffeur war. Während sie Antidrogenoperationen in Bolivien und anderen Ländern Südamerikas durchführten, hatten die DEA und Spezialtrupps des Militärs der Vereinigten Staaten überall einheimische Feldkommandos rekrutiert und trainiert. Natürlich kannten diese Mitarbeiter vor Ort das Gelände und beherrschten die Sprache. Nach Abschluß ihres einjährigen Pflichtvertrages boten dann diese Einheimischen – die häufig mit den Kokafarmern und Händlern verwandt waren – ihre Fähigkeiten und ihr Insiderwissen von den Taktiken der Drogenpolizei genau denjenigen Kartellen an, die sie noch kurze Zeit zuvor zu bekämpfen gelobt hatten.

Eduardo schimpfte sich selbst einen Narren. Sein Onkel bekleidete eine respektierliche Führungsposition in DeVanes Organisation, und er hatte angenommen, daß Vicente aus Familienloyalität seine Freilassung veranlaßt hatte. Doch es konnte auch durchaus DeVane selbst gewesen sein, der sie in die Wege geleitet hatte. Ja, er mußte es gewesen sein, und zwar nicht aus Gründen, die seinem Wohlwollen entsprangen.

Erbleichend gehorchte er dem Befehl von Ramón. Noch bevor er das Fahrzeug verlassen hatte, sprang Ramón aus seiner Tür und hastete zu Eduardos Seite hinüber. Dann griff er ihn energisch mit einer Hand am Arm und schob ihn auf die Wellblechtür des Gebäudes zu. Die SIG-Pistole hielt er dabei gegen den Hinterkopf von Eduardo gepreßt.

Neben dem Eingang befand sich eine Gegensprechanlage. Die Pistole fest im Griff lehnte sich Ramón hinüber, drückte auf den Knopf unter dem Lautsprecher und kündigte sich an. Einen Augenblick später wurde die Tür mit lautem Klappern in ihren metallenen Schienen hochgezogen. Ramón verstärkte den Druck auf Eduardos Hinterkopf und schob ihn durch den Eingang. Dann folgte er ihm hinein, während sich die Tür ratternd hinter ihnen schloß und der Tag zurückblieb. Plötzlich befand sich Eduardo im Dämmerlicht. Die Luft war abgestanden und warm. Die Glühbirnen an der Decke schienen in ihren Metallschirmen die Schatten der Halle eher zu vergrößern als zu vertreiben.

Von hinten schiebend, zwang Ramón ihn zum Weitergehen. Als sich seine Pupillen an die schwache Beleuchtung gewöhnt hatten, schaute Eduardo von einer Seite zur anderen und bemerkte die Transportkisten, die auf hölzernen Paletten überall um ihn herum aufgestapelt waren. Ganz wie er vermutet hatte, eine Lagerhalle. Nach seiner Schätzung war die Halle etwa dreißig Meter tief und doppelt so breit.

Dann sah er nach vorn und erblickte die Gruppe von Männern, die in einem leer geräumten Freiraum am Ende des Gangs warteten. Jetzt überkam ihn jäh die Angst. Nur zwei von ihnen saßen auf Stühlen, deren Rücklehnen an die nackten ungestrichenen Wände stießen. Einer von ihnen war Vicente. Obwohl Eduardo ihm noch nie persönlich begegnet war, wußte er sofort, daß der schlanke Amerikaner in dem unpassenden weißen Anzug an der rechten Seite seines Onkels Harlan DeVane sein mußte. Auf jeder Seite von ihnen standen jeweils zwei Leibwächter mit kompakten Micro-Uzi-Maschinenpistolen.

Der große, muskulöse Mann, der starr aufgerichtet vor den anderen stand, war DeVanes Militärkommandant Siegfried Kuhl.

»Eduardo«, sagte DeVane. Seine Stimme klang sanft zu ihm herüber. »Wie geht es dir?«

Eduardo versuchte, eine Antwort zu finden, aber Denken war ihm unmöglich geworden. Sein Kopf fühlte sich leer und ausgewaschen an von der peitschenden Welle des Terrors zwischen den Männern vor sich und dem Druck von Ramóns Waffe in seinem Nacken.

Leicht berührten sich DeVanes Fingerspitzen auf seinem Schoß. Die Beine hatte er übereinandergeschlagen, sein rechter Oberschenkel lag locker über dem linken Knie. »Du siehst eingeschüchtert aus«, bemerkte er. »Hast du Angst?«

Eduardo brachte immer noch keinen Laut über die Lippen. Erstickende, atemlose Übelkeit stieg in ihm auf.

»Sag mir, ob du Angst hast«, wiederholte DeVane.

Erfolglos versuchte Eduardo noch einmal, ein paar Worte hervorzubringen; sein Mund öffnete und schloß sich wieder. Schließlich nickte er stumm. Der kleine Vorsprung vom Korn der Pistole zerzauste seine Nackenhaare, als er den Kopf auf und ab bewegte.

DeVane seufzte. »Weißt du, mein Junge, ich verabscheue es genauso wie du, hier sein zu müssen«, sagte er mit seiner glatten, sanften Stimme. »Ich leite sehr viele Unternehmen, und normalerweise würde ich kleine Komplikationen wie die von dir verursachte von anderen erledigen lassen. Ich kann nicht überall zur gleichen Zeit sein. Ein Befehlshaber muß seinen Untergebenen vertrauen können.« Eine Hand erhob sich von seinem Schoß und deutete auf Vicente. »Solide, ehrenwerte Männer wie dein Onkel.«

Eduardo schaute zu Vicente hinüber. Der spindeldürre Mann in den Mittsechzigern, grauhaarig über der hohen Stirn, blickte eine Sekunde lang zu ihm zurück. Sein zerknittertes Gesicht war grimmig. Dann schaute er zu Boden.

Eduardo bekam weiche Knie. Es war der Ausdruck auf dem Gesicht des alten Mannes gewesen. Die Art, wie er seinem Blick ausgewichen war.

»Das soll nicht heißen, daß mich deine Situation nicht interessiert hat, oder daß ich finde, sie sollte keine Konsequenzen haben«, fuhr DeVane fort. »Das Problem ist nicht deine Festnahme. So etwas kommt vor. In jedem Wettbewerb gibt es Fehler und Rückschläge. Zeiten, in denen auch die besten Spiele vom Gegner übertroffen werden. Verstehst du mich soweit?«

Eduardo nickte.

»Gut«, erwiderte DeVane. »Und da du deine eigene Angst eingestanden hast, werde ich dir auch sagen, wovor ich mich fürchte.« Er lehnte sich auf seinem Stuhl ein wenig nach vorn. »Ich fürchte die Dummen und die Schwachen, denn die Geschichte zeigt uns, daß ihre Taten die Mächtigsten zu Fall bringen können. Wenn du so leichtgläubig bist, daß du dich von einer gewöhnlichen Nutte täuschen läßt, daß du dich von ihr überreden läßt, mit Männern Geschäfte zu machen, die du nicht kennst und deren Identität herauszufinden du dir nicht einmal die Mühe machst, dann kann niemand wissen, was für Informationen auf die andere Seite gelangen können. Es geht gar nicht darum, wieviel oder wie wenig du zu bieten hast, denn eine Sache führt zur nächsten, und diese wieder zur nächsten, und so weiter. Zum Beispiel hast du dadurch, daß du deinen Onkel Vicente kontaktiert hast, um dich aus dem Schlamassel zu holen, ihn in die Zwangslage gebracht, mich um einen Gefallen bitten zu müssen.

Aus Respekt für deinen Onkel habe ich mich daraufhin veranlaßt gesehen, einem windigen Regierungsbeamten Schmiergeld anzubieten, von dem ein Teil zu dem für deinen Fall zuständigen Richter heruntergesickert ist, während eine kleinere Summe an den Staatsanwalt gelangte und wahrscheinlich ebenfalls an einen Büroangestellten der Polizei. Der hat dafür gesorgt, daß zufällig die Beweise für deine Transaktion aus dem Kontrollraum für Beweismittel verschwanden. Diese Dinge hinterlassen Spuren, mein Junge. Und sie könnten einen hartnäckigen, entschiedenen Gegner von dir zu Vicente führen, von Vicente zu mir, von mir herunter zu dem Regierungslakai, und dann schließlich wieder zu dir – eine Verbindung, die mir theoretisch Schwierigkeiten ohne Ende bereiten könnte.« Für einen Moment hielt er inne. »Kannst du mir noch folgen, Eduardo?«

Wiederum nickte Eduardo unterwürfig.

DeVanes Augen bohrten sich mit einer derart schrecklichen, greifbaren Kraft in ihn, daß er glaubte, seine Knie könnten im selben Augenblick nachgeben.

»Mach den Mund auf und antworte«, sagte DeVane. Sein Gesichtsausdruck war spröde. »Nimm dich zusammen.«

Voller Übelkeit und Schwindel versuchte Eduardo verzweifelt, die Worte herauszubringen. Ihm war bewußt, daß er am Rande der Hölle stand. Wenn sein Schweigen als trotzige Herausforderung angesehen wurde, war er erledigt. »Ja«, sagte er mit schwacher, brüchiger Stimme. »Ich verstehe.«

DeVane lehnte sich zurück und legte die Fingerspitzen wieder aneinander. Erneut befand er sich in der entspannten, selbstbewußten Haltung, in der Eduardo ihn zuerst gesehen hatte.

»Gut«, entgegnete er. »Dann solltest du zum Abschluß noch etwas verstehen. Ich befinde mich in diesem Augenblick hier aus einer Geste des Respekts für Vicente, für den deine Bestrafung schwer sein wird. Wäre es nicht seinetwegen, so wäre die Bestrafung meiner Gegenwart nicht würdig. Ich hätte sie bequem von zu Hause befohlen, und nicht mehr Gedanken daran verschwendet als daran, mit den Augen zu zwinkern.«

Mit diesen Worten sah er zu Kuhl hinüber, der sich ihm halb zugewandt hatte. Es gab eine Verständigung ohne Worte zwischen ihnen – ein kurzes Zusammentreffen ihrer Blicke, ein kaum wahrnehmbares Kopfnicken.

Dann griff Kuhl zu seinem rechten Oberschenkel und zog etwas aus einem breiten Ledergurt. Im Halbdunkel blinzelte Eduardo hinüber und erkannte eine Art hölzernen Schlagstock. Flehentlich sah er zu DeVane, doch dieser starrte auf seine eigenen Hände, als ob er an etwas ganz anderes dachte. Neben ihm schaute Vicente immer noch auf den Boden.

Kuhl trat auf ihn zu, den Schlagstock fest im Griff.

»Bitte«, sagte Eduardo. Bei dem Versuch, sich nach hinten zu ducken, stieß er gegen Ramóns massigen Körper, und das unnachgiebige Metall der Waffe wurde gegen seinen Nacken gedrückt. »*Bitte.*«

Einen Augenblick später ging Kuhl auf ihn los. Während Eduardo noch versuchte, die Hände zum Schutz in die Höhe zu heben, landete Kuhl einen scharfen, präzisen Schlag mit dem Ende des Stocks auf seinem Arm.

Mit hörbarem Knacken brach sein Gelenkknochen von den längeren Knochen des Unterarms ab. Schnell wirbelte Kuhl den Schlagstock zur Rechten und erneut nach unten, traf Eduardo zwischen Nacken und Schlüsselbein, dann mitten in den Leib. Während Eduardo auf die Knie fiel, mußte er sich übergeben.

Noch dreimal traf Kuhl ihn mit dem Schlagstock; mit dem ersten Schlag zertrümmerte er ihm die Nase, dann schlug er ihm zweimal auf den Schädel. Eduardo rutschte weiter nach unten und preßte die Knie an die Brust. Aus seiner zermatschten Nase spritzte das Blut auf den rauhen Betonboden.

Seine Augen rollten trübe nach oben. Er sah, wie Kuhl über ihm stand und den Stock senkrecht hochhielt, während er am oberen Ende zog. Dann löste sich der Griff des Stocks und die lange Klinge eines Messers kam zum Vorschein.

Ausdruckslos stand Kuhl da, das Messer in seiner rechten Hand und den restlichen Teil des Schlagstocks in seiner linken. Er sah aus, als wäre er kurz davor, die Klinge in Eduardos Körper zu stoßen. Doch statt dessen drehte er sich um und reichte das Messer an jemanden, der neben ihn getreten war.

Eduardo drehte den Kopf soweit es ging, sah durch einen Schleier von Schmerzen den Mann neben Kuhl und gab ein leises, gequältes Stöhnen von sich.

Einen Moment lang starrte Vicente mit feierlichem Blick auf seinen Neffen, die Falten um seinen Mund tief eingefurcht. Dann kniete er sich mit dem Messer in der Hand über ihn und zog die Klinge durch seine Kehle, um ihm den *Coup de grâce* zu erteilen.

Eduardo zuckte am ganzen Körper, dann gab er einen gurgelnden Laut von sich und starb.

Beim Aufstehen reichte der alte Mann das Messer an Kuhl zurück, drehte sich dann zu DeVane und deutete eine kleine Verbeugung an.

»Ich bedaure Ihren Verlust, teurer Freund«, sagte DeVane mit gütiger Stimme.

Vicente nickte noch einmal, blieb jedoch auf der gleichen Stelle stehen.

DeVane erhob sich von seinem Stuhl, als Kuhl mit dem tropfenden Messer in der Hand zu ihm herüberkam. »Sorgen Sie dafür, daß Vicente fahren kann, damit die anderen den Müll da vom Boden kratzen können«, sagte er. »Die Albaner haben uns einen Schritt weitergebracht, und Sie und ich haben äußerst wichtige Dinge zu besprechen.«

11.

San José, Kalifornien
19. April 2001

»Gibt es schon Neuigkeiten über Thibodeau?« fragte Gordian.

»Er ist immer noch auf der Intensivstation, aber sein Zustand hat sich von kritisch auf ernst verbessert«, erwiderte Nimec. »Die Ärzte haben wieder Hoffnung. Sie sagen, er ist recht munter. Und sie haben mir erzählt, daß er ihnen bereits auf die Nerven geht.«

»Wie das?«

»Indem er einen Haufen Fragen stellt.«

»Ein gutes Zeichen.«

»Außerdem hat er nach seinem Stetson verlangt.«

»Um so besser.«

»Das sehe ich auch so.«

»Hätte einer von Ihnen vielleicht die Güte, mir etwas zu erklären?« unterbrach Megan. »Ich meine die Sache mit dem Texaner-Hut, mit dem Stetson.«

Gordian schaute sie an. »Thibodeau war bei der Air-

Cavalry in Vietnam. Dort war es Brauch, als Teil der militärischen Uniform bei der Verleihung von Auszeichnungen und Orden einen Stetson zu tragen. Ist wohl immer noch so, glaube ich.«

»Ach so«, sagte Megan. »Also ist er offensichtlich der Meinung, daß es etwas zu feiern gibt.«

Gordian nickte.

Sie saßen in einem unterirdischen Konferenzraum im Hauptquartier von UpLink International, der ähnlich aussah wie die meisten Räume in diesem Gebäude – beigefarbener Teppich, ovaler Konferenztisch, in die Decke eingelassene Neonbeleuchtung –, sich jedoch in vielen wichtigen Aspekten von den anderen Räumen unterschied. Besonders sichtbar für die wenigen Topmanager, denen der Zugang gestattet war, waren die elektronischen Sicherheitsvorkehrungen vor der Tür, mit stimmaktivierbarer Verschlüsselungssoftware und Scannern für Fingerabdrücke und Retinae, und das völlige Fehlen von Fenstern im Innern des Raumes.

Zu den bedeutendsten Unterschieden zählte ferner das Netz modernster Technologien, das auf subtile Weise in Design und Bau Eingang gefunden hatte. Sechzig Zentimeter starke Betonschichten und akustische Verkleidungen schirmten die Wände vor menschlichen Ohren ab. Stahlverstärkungen, Geräuschgeneratoren und andere Systeme der Spionageabwehr waren in sie eingebaut worden, um das Abhören von Gesprächen und von elektronischer Kommunikation zu verhindern. Zur weiteren Sicherheit wurde der Raum zweimal wöchentlich nach Abhörwanzen durchkämmt. Zusätzlich passierten sämtliche elektronischen Geräte, die in den Raum oder aus ihm heraus transportiert wurden, einen Spektrumscanner und eine Röntgenkontrolle.

Obwohl die kontinuierliche Weiterentwicklung der Lauschtechnologien es unrealistisch machte, eine Garantie darauf zu geben, daß irgendein Ort der Erde völlig gegen Lauscher abgesichert sein könnte, fühlten sich die Anwesenden bei ihren Gesprächen doch in hohem Grade abgeschirmt und geschützt. Allerdings war der Spezialist für Risikoanalysen bei UpLink, Vince Scull, den ›dreckigen Schnüfflern‹, wie er sie nannte, ganz besonders zugetan.

Im Augenblick waren lediglich Gordian, Nimec und Megan Breen anwesend. Sie hatten sich in dieses hochtechnisierte Heiligtum zurückgezogen, um die Lage in Brasilien zu erörtern.

»Haben Thibodeaus Ärzte die Art der Fragen erwähnt, die er stellt?« fragte Gordian in diesem Moment.

»Nein, aber Cody. Mit ihm wollte Rollie auf jeden Fall sprechen«, erwiderte Nimec. »Es sind so ziemlich die Fragen, die man erwarten würde. Wer, was, warum. Und wieso die Eindringlinge soviel über unsere Grenzsicherungen und Lagepläne wußten.«

»Die Antwort auf die letzte Frage scheint leider schmerzhaft offensichtlich zu sein.«

»Ein Maulwurf«, sagte Megan.

»Oder mehrere Maulwürfe«, ergänzte Nimec.

»Gibt es schon Verdachtsmomente?« fragte Gordian.

»Noch nicht, und es wird wohl auch eine Weile dauern, bis wir eindeutige Hinweise finden,« antwortete Nimec. »Es gibt keinerlei Anzeichen dafür, daß unsere internen Verteidigungssysteme kompromittiert wurden, etwa dadurch, daß ganze Systemteile ausgefallen wären oder daß Hacker an unsere geheimen Datenbanken herangekommen wären. Denn die Informationen, die zusammengetragen wurden, waren nicht sonderlich geheim. Ausreichend waren dabei Vertrautheit mit dem Komplex, die nötige Zeit und die entsprechende Motivation, gründliche Arbeit zu leisten. Ich würde schätzen, daß mehr als tausend Angestellte aus der Verwaltung, aus dem Forschungs- und Entwicklungsbereich, aus der Produktion, aus der Bauabteilung, aus dem medizinischen Bereich, aus der Wartungsabteilung und sogar aus der Küche diese Informationen geliefert haben könnten.«

»Wir können nicht einmal ausschließen, daß es jemand aus der Sword-Truppe war«, warf Megan ein.

Nimec sah sie an. »Allerdings«, stimmte er zu. »Das können wir tatsächlich nicht.«

Gordian sah zuerst zu Megan, dann warf er einen fragenden Blick auf Nimec. »Ihre Eindrücke?«

»Die Invasionstruppe war sehr gut organisiert und bis an die Zähne bewaffnet«, begann Nimec. »Es gab Boden- und Luftelemente, die in außergewöhnlicher Weise taktisch koordiniert waren. Die Ausrüstung der Männer bestand in einem französischen Komplettsystem, bei dem die Waffe mit der im Helm eingebauten Zielvorrichtung integrativ verbunden war. Damit verfügten sie über ein Äquivalent zum allerneuesten amerikanischen Land-Warrior-System, das immer noch im Feld getestet wird. Die Fallschirmspringer, die letztendlich unsere Roboter beseitigten, wandten bei ihrem Absprung aus extremen Höhen Techniken an, die gleichzeitig die Öffnung der Schirme in großer Höhe erlauben. Auch hierbei dreht es sich um Fähigkeiten, Erfahrungen und Ausrüstungen, die normalerweise nur bei Elite-Kommandoeinheiten zu finden sind. Im Vergleich zu ihnen sehen die Terroristen, die uns vor zwei Jahren in Rußland angegriffen haben, wie Spielzeugsoldaten aus.«

»Ich nehme an, daß keiner der Männer, die wir gefangengenommen haben, verraten hat, wer sie geschickt hat?«

»Dazu hätten sie kaum Gelegenheit gehabt, selbst wenn sie es *gewollt* hätten«, sagte Megan. »Die brasilianische Bundespolizei hat sie innerhalb einer Stunde abgeholt, nachdem wir sie von dem Angriff in Kenntnis gesetzt hatten.«

»Das hatte ich eigentlich nicht anders erwartet. Haben wir in der Zwischenzeit offiziell die Polizei um Auskunft gebeten?«

»Bereits mehrfach, doch sie überschlagen sich nicht gerade mit ihrer Antwort. Keiner von den Beamten, die wir kontaktiert haben, scheint genau zu wissen, wo die Gefangenen festgehalten werden.«

»Und ich möchte darauf wetten, daß wir nie wieder etwas von ihnen hören oder sehen werden.« Nimec rieb mit dem Daumen über Zeige- und Mittelfinger. »Wer auch immer eine solche Operation, wie wir sie gerade erleben mußten, auf die Beine stellen kann, der verfügt auch über die ausreichenden Schmiermittel. Die Hundesöhne, die sich dort unten Hüter des Gesetzes nennen, werden sicherlich dabei helfen, diese Mittel begierig aufzusaugen. Achten Sie auf meine Worte, Gordian, wir werden absolut nichts von ihnen erfahren.«

»Andererseits haben wir unsere eigenen Aufklärungsmöglichkeiten. Die Bodentruppen sind mit Sicherheit von einer Basis in relativer Nähe zu unserer Anlage gestartet.«

»Wobei das Schlüsselwort hier ›relativ‹ ist«, warf Nimec ein. »Die Wildnis dehnt sich im Mato Grosso über mehrere hundert Kilometer aus. Ausreichend Gelände, wo man auch ein ziemlich großes Camp tarnen kann, wenn man sich darauf versteht. Und davon kann man wohl bei diesen Leuten ausgehen.«

Gordian rieb sich den Nacken. »Sie haben die Tarnung und die Verstecke, wir haben den Hawkeye«, sagte er. »Wir sollten unseren neuen Vogel an die Arbeit schicken und sehen, wer hier besser ist.«

»Das wollte ich gerade vorschlagen«, entgegnete Nimec. »Sobald ich in Brasilien ankomme, werde ich dafür sorgen, daß der Satellit in Position gebracht wird.«

Gordian schüttelte den Kopf. »Das können Sie von

einer Bodenstation hier in den Staaten veranlassen, Pete.«

»Natürlich, aber ich wollte damit sagen, daß wir dort unten jemanden brauchen, solange wir nicht wissen, wie es mit Rollie weitergeht ...«

»Da bin ich Ihrer Meinung«, sagte Gordian. »Trotzdem ziehe ich es momentan vor, Sie als unseren Verbindungsmann in Florida zu haben, damit Sie bei der *Orion*-Untersuchung beratend bereitstehen können.«

Nimec sah ihn an.

»Ich dachte, Sie hätten es so arrangiert, daß Annie Caulfield für die Leitung des Untersuchungsausschusses ausgewählt wurde.«

»Das habe ich auch. In ihre Führungsarbeit habe ich volles Vertrauen.«

»Trotzdem wollen Sie, daß *ich* die Dinge im Auge behalte?«

»Damit ich immer auf dem Laufenden bin«, erwiderte Gordian. »Außerdem gibt es bei der NASA einige Leute, die sich vielleicht, wie soll ich es sagen, durch Annies Ernennung auf den Schlips getreten fühlen, und mir ist es ganz lieb, wenn sie auf jemanden zählen kann, falls sie auf Schwierigkeiten stoßen sollte.«

»Da könnte ich Ihnen mindestens ein Dutzend fähiger Leute in unserer Organisation nennen, die einen solchen Job genauso gut erledigen würden wie ich«, antwortete Nimec.

»Nur wenn wir Ihre Erfahrung bei der Identifizierung der Anzeichen von Sabotage außer acht lassen«, sagte Gordian. »Hoffentlich müssen wir nicht darauf zurückgreifen, aber wir sollten für alle Eventualitäten gerüstet sein. Womit Sie auch den dritten Grund kennen, warum ich Sie in Cape Canaveral haben möchte.«

Schweigend schaute Nimec zu Boden. Gordians entschlossener Gesichtsausdruck gab zu verstehen, daß es keinen Sinn hatte, weiter über seine Entscheidung zu diskutieren, und daß die Dinge nach seinen Vorstellungen ablaufen würden, ob es Nimec nun gefiel oder nicht. Außerdem konnte er kein einziges logisches Gegenargument vorbringen; denn alles, was Gordian gesagt hatte, hatte Hand und Fuß.

Trotz der Logik und der schlüssigen Folgerichtigkeit dieser Entscheidung spürte Nimec einen ganz anderen Beigeschmack. Aus seiner Sicht bekam er jetzt endlich die Quittung für Malaysia. Gordian schien seiner Sorge Ausdruck zu verleihen, daß sich die Wildwestszenen des letzten Jahres wiederholen könnten. Damals hatte Nimec in übermäßiger Großzügigkeit die nicht autorisierte Nachforschung von Max Blackburn bei Monolith Technologies geschehen lassen. Immer noch klangen ihm die Worte Gordians in den Ohren, als dieser es schließlich herausgefunden hatte. Zu dem Zeitpunkt war bereits offensichtlich, daß Blackburn in Schwierigkeiten steckte. Niemand hatte geahnt, welche Dimensionen diese Schwierigkeiten annehmen würden, aber Max war verschwunden, und Nimec hatte schließlich um die Erlaubnis seines Arbeitgebers bitten müssen, nach ihm zu suchen.

Ja, er konnte sich noch an die genauen Worte erinnern.

»Es ist mir völlig unbegreiflich, daß Sie sich auf so etwas Leichtsinniges einlassen konnten, Pete. Absolut unbegreiflich … Sie beide haben etwas angefangen, das uns in allergrößte Schwierigkeiten bringen könnte. Was jetzt wahrscheinlich geschehen ist …«

Nimec atmete tief durch. Vielleicht hatten sie die Schwierigkeiten überstanden, aber Max war tot, und ihn traf ein Teil der Verantwortung. Vielleicht war es an der Zeit, an Wiedergutmachung zu denken. »Wen wollen Sie denn nach Mato Grosso schicken?« fragte er schließlich.

Gordian schwieg.

Megan setzte sich in ihrem Sessel zurecht. »Gord hat mich gebeten, nach Brasilien zu fliegen«, sagte sie.

Nimec sah sie an.

»Ich bitte um Entschuldigung.« Einen winzigen Augenblick lang schlug sie die Augen nieder. »Wahrscheinlich hätte ich es früher erwähnen sollen.«

Er schwieg.

»Noch etwas, Pete«, sagte Gordian in die Stille, als er den Moment für gekommen hielt. »Haben Sie schon etwas von Tom Ricci gehört? Wir können es uns nicht erlauben, bei der Leitung der Sword-Kräfte so lange in der Luft zu hängen.«

»Heute morgen hat er mir eine Nachricht auf dem Anrufbeantworter hinterlassen. Sobald ich in mein Büro komme, werde ich ihn zurückrufen.«

»Noch keine Andeutungen, wie er sich entscheiden könnte?«

Nimec schüttelte den Kopf. »Er wird mit mir sprechen wollen.«

Gordian nickte. »Das ist naheliegend.«

Megan strich den Rock über ihren Beinen glatt. »Das muß wohl eines dieser Männerrituale sein«, murmelte sie.

Gordian sah sie mit hochgezogenen Augenbrauen an. »Sie haben in letzter Zeit nicht zufällig mit meiner Frau gesprochen?«

»Nein«, erwiderte sie. »Warum fragen Sie?«

Nach einer kurzen Weile wandte Gordian den Blick ab. »Vergessen Sie es«, sagte er und kratzte sich hinter dem Ohr. »Es ist nicht so wichtig.«

12.

Cape Canaveral, Florida
21. April 2001

Annie Caulfield war oft genug gedrängt worden, als Sprecherin der NASA aufzutreten. Inzwischen hatte sie eine philosophische Einstellung dazu. Wenn man es als Bürde ansah, wurde es auch zur Bürde – und wenn man es dann bei der Fernsehübertragung sah, schien man empfindlich und ausweichend, das heißt, als ob man etwas zu verbergen hätte. Entsprechend gnadenlos reagierten die Presseleute darauf mit ihren Fragen. Wenn man es als einen freundlichen Schlagabtausch mit Reportern und Journalisten ansah und zu nett war, dann erschien man wie einer von ihnen, ein egoistischer, aalglatter Insider, der das Rampenlicht genoß und den Fragestellern zur Vertretung eigener Interessen entgegenkam – vielleicht in der Hoffnung, sich als Kenner der Materie zu ihnen zu gesellen, oder als fachmännischer Berater, wie es offiziell genannt wurde – dann steckte man bei der Täuschung des Normalbürgers wahrscheinlich mit ihnen unter einer Decke. Wenn man es auf der anderen Seite als einen Dienst an der Öffentlichkeit ansah, die ein Anrecht auf Informationen hatte, und gleichzeitig sein Bestes gab, um ein positives Bild der eigenen Behörde zu zeichnen, dabei ehrlich die offengelegten Fakten darstellte und ebenso freimütig in bestimmten Situationen erklärte, daß gewisse Informationen nicht zugänglich gemacht werden konnten, dann befand man sich eindeutig auf Annies Kurs. Natürlich war es immer zum Teil Theater und zum Teil Ritual ... aber selbst beim Theater gab es ehrliche und unehrliche Aufführungen, und Rituale konnten mit Licht oder mit Schatten praktiziert werden. Annie bemühte sich, der Ehrlichkeit den Vorzug zu geben.

Dennoch handelte es sich um einen schwierigen Balanceakt, der ihre Strapazierfähigkeit und Gelassenheit oft auf eine harte Probe stellte.

Nachdem sie zugesagt hatte, den Untersuchungsausschuß der *Orion*-Tragödie zu leiten, erschien ihr Gesicht am folgenden Tag auf sämtlichen Fernsehkanälen. Sie wurde Gegenstand der Berichterstattung jeder nationalen und regionalen Nachrichtensendung; via Satellitenübertragung erschien sie außerdem bei zwei der drei morgendlichen Kaffeeklatschsendungen und organisierte ihre erste nachmittägliche Pressekonferenz in Cape Canaveral – später sollten diese Pressekonferenzen zu einer regelmäßigen Einrichtung werden. Beim Kabelfernsehen war sie zur besten Sendezeit der Stargast des Interviewprogramms mit den höchsten Einschaltquoten, ebenfalls über Satellitenübertragung.

Ihr erster Auftritt war ein fünfminütiges Interview mit dem gleichen Gary Soundso, der sie für einen Kommentar vor die Kameras gezerrt hatte, als nur noch ein paar Minuten bis zum Start des Raumschiffs fehlten. Diesem genialen Mann um die Dreißig halfen sein recht gutes Aussehen und seine honigsanfte Stimme dabei, Gespräche und Interviews über Kriege, Tragödien und die neuesten Nachrichten aus dem Showgeschäft gleichermaßen in ein homogenes Püree zu verwandeln, das leicht verdaulich zum Frühstück serviert wurde und ihn regelmäßig den Nielsenspreis für höchste Zuschauerquoten gewinnen ließ. Trotz des opportunistischen Stils gefiel er Annie auf seine Weise. Sie fand ihn etwas weniger monströs als viele seiner Konkurrenten, zudem viel intelligenter, als sein sanfter und glatter Auftritt vermuten ließ.

»Wir fühlen uns geehrt, daß Sie sich die Zeit genommen haben, zu uns zu kommen, Ms. Caulfield«, begann er freundlich. »Im Namen der Mitarbeiter dieses Senders und auch seiner Zuschauer möchte ich der

NASA und der Familie von James Rowland mein herzliches Beileid aussprechen. Wir sind in Gedanken bei Ihnen.«

»Ich danke Ihnen, Gary. Die Unterstützung aus der Öffentlichkeit bedeutet uns natürlich sehr viel und ist insbesondere ein großer Trost für Jims Ehefrau und für seine Tochter gewesen.«

»Können Sie vielleicht zu uns darüber sprechen, wie Sie persönlich die Tragödie getroffen hat? Wie ich weiß, waren Sie und Colonel Rowland enge Freunde und Kollegen.«

Keine Tränen, dachte sie. *Antworte, gib ihm ein neues Stichwort, dann geht er vielleicht zum nächsten Thema über.*

»Also ... wie jedermann beim Verlust einer liebgewonnenen Person habe auch ich große Schwierigkeiten dabei, alle meine Gefühle in Worte zu fassen. Jims Tod war für alle seine Freunde ein vernichtender Schlag. Er war eine großherzige, aufgeschlossene Persönlichkeit, und ich kann es immer noch nicht glauben, daß er nicht mehr bei uns ist. Er wird von uns allen schrecklich vermißt, und wir werden immer an ihn denken ...«

»Sie sind bei verschiedenen Weltraummissionen mit Colonel Rowland geflogen, nicht wahr?«

Ein Wort. Keine Tränen. »Richtig.«

»Während Sie als Mannschaftskameraden an diesen Missionen teilnahmen, haben Sie beide jemals die Möglichkeit diskutiert, ernsthaft zu Schaden zu kommen? Schließlich handelt es sich um eine äußerst gefährliche Tätigkeit.«

Bitte, zum nächsten Thema. »Ich kann mich nicht daran erinnern, daß wir explizit darüber sprachen. Meiner Meinung nach fühlt jeder Astronaut, daß es ein ganz besonderes Privileg ist, für eine Weltraummission ausgewählt zu werden. Natürlich ist uns immer bewußt, daß etwas schiefgehen kann, und wir versuchen, uns auf diese Situationen im Training vorzubereiten.

Ich bin überzeugt davon, daß die übrigen Mannschaftsmitglieder der *Orion* deshalb unversehrt entkommen sind, weil sie vom Training so gut vorbereitet waren. Aber wir können es uns nicht erlauben, immer nur an die Risiken unserer Aufgabe zu denken, genauso wenig wie ein Feuerwehrmann oder ein Polizist sich darüber jeden Morgen vor Arbeitsantritt den Kopf zerbrechen kann.«

»Natürlich verstehe ich das, und ich glaube, daß dies einer der Hauptgründe dafür ist, daß Astronauten einen fast mythischen Heroismus für diejenigen unter uns verkörpern, die bisher die Sterne nur von der Erde aus sehen konnten und davon träumen, die Erde von den Sternen aus zu sehen.«

Was immer das heißen mag, doch bitte mach weiter mit einem anderen Thema, dachte sie mit einem Lächeln. Ihr fiel keine Antwort auf seine Betrachtung ein.

»Kommen wir jetzt zu Ihrer gegenwärtigen Aufgabe als Leiterin des Untersuchungsausschusses der *Orion*-Tragödie. Was werden Ihre ersten Schritte sein, um die Ursache der schrecklichen Ereignisse an der Startrampe vom letzten Dienstag zu ermitteln?«

Danke. Erst einmal. »Zu diesem Zeitpunkt kann ich Ihnen nur in groben Zügen einige Anhaltspunkte geben. Wir werden ein Team zusammenstellen, das die Geschehnisse analysieren und nach Hinweisen suchen wird, damit es uns gelingt, die Faktoren zu isolieren, die zu diesen Vorgängen geführt haben. Jede Beweisaufnahme ist in erster Linie ein Prozeß der Eliminierung, und die Überreste der *Orion* müssen einer minutiösen Untersuchung unterzogen werden.«

»Können wir davon ausgehen, daß Ihr Untersuchungsausschuß sich aus Mitarbeitern der NASA zusammensetzen wird?«

»Wie bereits in unserer ersten Mitteilung an die Presse dargelegt wurde, haben wir uns definitiv entschlossen, sowohl mit Experten der Raumfahrtbehörde selbst als auch mit externen Fachleuten zu arbeiten ...«

»Wenn Sie von externen Fachleuten sprechen, frage ich mich persönlich, wo diese Spezialisten herkommen werden. Denn dieses Desaster hat doch wenige historische Parallelen. Außer *Challenger*, und davor *Apollo 10*, fällt einem doch glücklicherweise nichts ein ... und ich möchte hier durchaus das Wort *glücklicherweise* betonen.«

»Ich verstehe, worauf Sie hinauswollen, Gary. Aber wir haben unendlich viel gelernt von den Unfällen, die Sie erwähnten, und eine Reihe der Leute, die bei den damaligen Untersuchungen mitgeholfen haben, stehen heute als Berater zur Verfügung, wenn nicht gar als aktive Mitarbeiter in unserem Ausschuß. Und obwohl das Spaceshuttle ein einzigartiges und hochmodernes Raumschiff ist, basieren doch viele seiner Systeme und Untersysteme im Grunde auf den gleichen Technologien, die auch in anderen modernen Flugzeugen eingesetzt werden. Konsequenterweise gibt es eine Vielzahl von kompetenten Persönlichkeiten in der öffentlichen und zivilen Luftfahrt, die außerordentlich hilfreich für uns sein können.«

»Soll das heißen, daß die Bundesbehörde für Luftfahrt und der Nationale Transport- und Sicherheitsausschuß einbezogen werden?«

Warum müssen Sie ausgerechnet die beiden Behörden aufzählen, denen niemand, aber auch wirklich niemand *traut? Eigentlich können Sie dann noch fragen, ob wir nicht auch ehemalige Mitarbeiter des KGB oder die Abhörspezialisten von Präsident Nixon anheuern wollen, wenn Sie schon einmal dabei sind.* »Wir werden parallel zu diesen Institutionen arbeiten, um den Dingen auf den Grund zu gehen, und es kann durchaus sein, daß Vertreter beider Behörden zu unserem Team gehören werden. Nichtsdestotrotz darf ich mit Genugtuung feststellen, daß viele Spezialisten der Luftfahrtindustrie und anderer Teile der Privatwirtschaft ihre Kenntnisse und ihr Wissen freiwillig zur Verfügung gestellt haben, und wir werden dieses Potential in seiner ganzen Fülle ausschöpfen. Mich interessiert in erster Linie, daß diese Arbeit zu einem erfolgreichen Abschluß gelangt, und ich neige dazu, jede Person um Hilfe zu bitten, die konstruktive Mitarbeit leisten kann, unabhängig von ihrem momentanen Arbeitgeber.«

Gary Soundso machte eine kleine Pause. Obwohl Annie direkt in das milde Auge einer Fernsehkamera schaute und ihn an keinem Videomonitor beobachten konnte, vermutete sie, daß er in diesem Augenblick Anweisungen aus dem Regieraum erhielt.

Einen Moment später wurde ihr Verdacht bestätigt. »Mir wurde gerade mitgeteilt, daß unsere Zeit ein wenig knapp ist. Deshalb möchte ich Ihnen schnell noch ein paar abschließende Fragen stellen«, sagte er. »Wir haben aus verschiedenen Quellen gehört, daß es auf dem Gelände von UpLink International in Brasilien einen Einbruch gegeben hat. Dort werden einige wichtige Elemente der Internationalen Raumstation hergestellt. Diversen Berichten zufolge kam dabei eine paramilitärische Angriffstruppe zum Einsatz. Wissen Sie etwas Näheres hierzu?«

Da muß ich Ihnen leider die Antwort schuldig bleiben. Sie werden sie von mir erhalten, sobald mir jemand zu dem, was dort geschieht, etwas mehr als ein paar Stichworte gibt. Wenn ich Glück habe, wird das auch irgendwann passieren. »Um ehrlich zu sein, habe ich mit Roger Gordian nach meiner Nominierung zur Leiterin dieses Untersuchungsausschusses erst ein einziges Mal gesprochen, und ich hatte bisher keine Gelegenheit, dieses Thema tiefergehend zu erörtern ...«

»Können Sie bestätigen, daß es *tatsächlich* einen Angriff auf die Industrieanlage gegeben hat?«

»Es scheint einen Einbruch gegeben haben, um Ihre Charakterisierung des Vorfalls zu benutzen, und die Sicherheitskräfte von UpLink International haben diesen Versuch unterbunden. Bisher beschränkt sich mein Wissensstand hierauf, doch werde ich heute oder morgen mit Mr. Gordian in Verbindung treten, und danach werde ich hoffentlich zusätzliche Informationen für Sie haben.«

»Haben Sie irgendeine Ahnung, wie viele Angreifer es waren, was sie wollten oder wer hinter dieser Angelegenheit stecken könnte?«

»Nein, nicht die geringste. Ich würde Ihnen wirklich gern schon jetzt mehr mitteilen können, aber wir müssen noch ein klein wenig Geduld haben.«

»Trotzdem muß ich Ihnen noch die folgende Frage stellen: In Anbetracht der Tatsache, daß sich beide Ereignisse beinahe gleichzeitig zugetragen haben sowie der Tatsache, daß die Hauptfracht von *Orion* ein Laborelement der Internationalen Raumstation war – ist irgendein Zusammenhang zwischen den Vorfällen in Brasilien und der Explosion des Raumschiffs in Erwägung gezogen worden?«

»Mir liegen keinerlei Informationen vor, die mich dazu bewegen könnten, so etwas zu vermuten, und ich glaube nicht, daß wir mit unseren Spekulationen zu weit gehen sollten. Die NASA unterhält eine sehr enge Verbindung zu UpLink, und wir werden genauestens sämtliche Geschehnisse in Mato Grosso verfolgen, die das Raumfahrtprogramm irgendwie beeinträchtigen könnten. Ich werde der Presse gegenüber völlig offen sein und Sie an allen neuen Entwicklungen teilhaben lassen, wobei wir allerdings daran denken müssen, die nötige Vorsicht walten zu lassen, um die Sicherheit der im Ausland arbeitenden Mitarbeiter von UpLink International nicht aufs Spiel zu setzen.«

»Sie machen sich also keine Sorgen, daß Roger Gordian die industriellen Aktivitäten in dieser Anlage einstellen könnte? Wenn die Geschichten aus Brasilien sich als wahr herausstellen?«

Was? Aktivitäten einstellen? Wo kam das denn her? Greifen Sie ruhig etwas aus der Luft, Gary! »Nein, ich habe absolut nichts gehört, was vermuten ließe, daß solche Überlegungen angestellt werden.«

Wieder eine Pause.

»Leider ist mir ein Zeichen gegeben worden, daß wir unsere Zeit bereits überschritten haben. Wir wünschen unseren Zuschauern viel Spaß bei unserer täglichen Sendung *Halten Sie Ihren Rasen grün*. Annie, mögen unsere Gebete und unsere besten Wünsche Sie bei Ihrer Untersuchung begleiten. Ich hoffe, Sie bald mit neuen Informationen wiederzusehen.«

»Herzlichen Dank, Gary, und ich werde sicherlich auf Ihre Einladung zurückkommen«, erwiderte Annie.

Raus hier, dachte sie.

Bei ihrer Pressekonferenz am Nachmittag entdeckte Annie einen roten Faden, der langsam aber stetig mit Verkaufszahlen und Einschaltquoten durch einen journalistischen Wolf gedreht wurde, um das gewünschte Ergebnis zu erzielen.

Nach ihren Eröffnungsworten hatte sie kaum Luft geholt, als ein Reporter von *Associated Press* den Gesprächsteil damit eröffnete, daß er die Hand in die Höhe streckte und von seinem Sitz direkt vor dem Podium aufsprang wie ein Junge, der verzweifelt die Erlaubnis der Kindergärtnerin einholen möchte, auf die Toilette zu gehen.

»Bei Ihrem Auftritt in einer landesweiten Fernsehsendung heute morgen sprachen Sie darüber, ob Roger Gordian seine Fertigungsanlage für die Internationale Raumstation in Brasilien aufgrund eines Angriffs von bewaffneten Militärkräften schließen werde«, sagte er.

»Können Sie uns etwas mehr zu diesem Thema berichten?«

»Was ich heute morgen festgestellt habe, kann ich nur wiederholen: Ich habe absolut nichts über eine derartige Schließung vernommen, und ich muß darauf hinweisen, daß Ihre Klassifizierung der Eindringlinge als *Militärkräfte* voreilig ist ...«

»Aber Sie bestätigen, daß es zu einem Einbruch gekommen ist, habe ich recht?«

»Ja, obwohl der Ausdruck *Einbruch* vom Fragesteller kam, nicht von mir«, sagte sie. »Mein Aktionsradius ist die *Orion*-Untersuchung, und darauf möchte ich mich konzentrieren. Bei meinen Eröffnungsworten vor ein paar Minuten habe ich erklärt, daß die Überreste des Raumschiffs von der Startrampe zum Gebäude für den Zusammenbau von Raumfahrzeugen transportiert werden. Mit der Koordination dieses Transports bin ich seit heute morgen hauptsächlich beschäftigt gewesen. In der übrigen Zeit wurden Verfahrensrichtlinien für die Untersuchung ausgearbeitet und Mitarbeiter für unser Team ausgewählt. Zudem wurden keinerlei Anstrengungen gescheut, um die Presse über sämtliche Vorgänge auf dem Laufenden zu halten.«

Annie deutete auf einen anderen Zeitungsreporter, Allen Murdock, Mitarbeiter der *Washington Post*.

»Um bei dem Thema zu bleiben, das mein Kollege von *Associated Press* gerade angeschnitten hat«, begann Murdock, »als Sie während des besagten Interviews gefragt wurden, ob die Vorfälle in Brasilien in irgendeinem Zusammenhang mit *Orion* stehen könnten, sagten Sie, daß Ihnen – Zitat – keinerlei Informationen vorliegen, die Sie dazu bewegen könnten, so etwas zu vermuten – Ende des Zitats –, doch schlossen Sie diese Möglichkeit nicht kategorisch aus. Heißt das, daß es vielleicht Anzeichen geben könnte, daß es sich hier um miteinander verknüpfte Sabotageakte handelt? Und wenn ja, wer wäre Ihrer Meinung nach für diese Akte verantwortlich?«

»Allen, ich glaube nicht, daß es irgend etwas nützt, Haarspalterei zu betreiben. ›Keine Informationen‹ bedeutet nichts anderes ...«

»Aber es ist weithin bekannt, daß Roger Gordian seit Jahren die Internationale Raumstation befürwortet und finanziell unterstützt. Falls sich die Berichte, daß seine Firma ihre Aktivitäten in Brasilien einstellen will, als korrekt herausstellen sollten, wäre es dann nicht sinnvoll zu folgern, daß diese Entscheidung durch eine ernsthafte Bedrohung seiner Mitarbeiter ausgelöst wurde?«

Habe ich richtig gezählt, oder waren das wirklich drei ineinander verschachtelte Spekulationen in einem einzigen Satz? »Sie stellen eine Reihe von Fragen gleichzeitig, und alle sind rein hypothetischer Natur. Ich bleibe lieber bei den Fakten. Um es noch einmal zu wiederholen, mir ist nicht klar, wie diese Idee entstanden ist, daß UpLink aus dem Programm aussteigen könnte, doch scheint mir, daß in Folge einer falschen Interpretation einiger Worte, die heute morgen gefallen sind, Vermutungen angestellt wurden, die hoffentlich nach Meinung aller hier Anwesenden nur dazu führen, allgemeine Verwirrung zu stiften.«

Der nächste!

Sie zeigte auf ein neues Gesicht. Eine junge Frau mitten unter den konkurrierenden Männern. *Endlich eine Schwester, endlich weibliches Verständnis!* Ihr Presseausweis lautete auf Marla Eumans von *CNBC*.

Marla stand auf. »Sollte UpLink entscheiden, die Internationale Raumstation nicht mehr zu unterstützen, einmal *unabhängig* von den Gründen, wie sehr würden Ihrer Meinung nach die Zukunftsaussichten der Raumstation davon betroffen werden ...?«

Und so ging es noch eine äußerst anstrengende halbe Stunde lang weiter.

»Annie, ich bin mir durchaus bewußt, daß dies schwierige Zeiten sind, aber trotzdem muß ich sagen, daß Sie fantastisch aussehen.«

»Das ist sehr liebenswürdig von Ihnen, Mac.«

»Mac« war McCauley Stokes, der etwa sechzigjährige Talkshow-Master des Kabelfernsehens, allgemein bekannt für seinen volkstümlichen Interviewstil, für seinen immer gegenwärtigen Zehn-Gallonen-Hut und die Krawattenschnur mit Goldnadel, wie auch für die lange Liste etwa zwanzigjähriger, mit Silikon aufgebesserter Ehefrauen – all diese Dinge dienten als Erinnerung an sein viriles Texanertum und Cowboy-Erbe. Die Wildwest-Masche war jedoch ebenso künstlich wie der außergewöhnliche Busen seiner jetzigen Braut. Denn obwohl Stokes *tatsächlich* in Texas geboren war, waren seine Eltern bereits die dritte Generation von Nutznießern eines Familienvermögens aus Erdölquellen. Als er vier Jahre alt war, zogen seine Eltern in die exklusive, blaublütige Gemeinde von Greenwich, Connecticut um und erzogen ihn in einer Atmosphäre vornehmen Stadtlebens, wo der engste Kontakt, den er je zu einem Pferd hatte, die Zuschauertribüne der örtlichen Poloarena war.

»Wirklich, Annie, ich bin alles andere als nur höflich zu Ihnen – Sie sind tatsächlich etwas Besonderes. In jeder Hinsicht eine bewundernswerte Frau.« Er tippte sich an den Hutrand. »Wir werden heute abend eine lange Strecke mit Ihnen zurücklegen, eine ganz besonders lange, würde ich sagen …«

Mein Gott, schon wieder so eine Cowboyimitation.

»… doch bevor wir uns *Orion* zuwenden, sollten wir vielleicht zunächst einmal bei den heimischen Gefilden verweilen. Als Sie zum letzten Mal bei uns zu Gast waren, kamen Sie gerade von einem sechswöchigen Aufenthalt im Weltraum zurück, erinnern Sie sich? Das war damals gegen Ende des Jahres 1999, nicht wahr?«

»Das ist richtig, Mac. Es war kurz nach meiner dritten und letzten Mission.«

»Anschließend mußten Sie, wie wir leider erfahren haben, den Verlust Ihres Ehemannes Mark ertragen.«

Sie atmete tief ein und sah Stokes im Monitor an, der ihr von den Studiotechnikern zur Verfügung gestellt worden war. »Ja, das stimmt. Mark ist vor etwas mehr als einem Jahr gestorben.«

»Eine Frau wie Sie, mit zwei Kindern und einer Spitzenkarriere – da muß es schwer sein, ein aktives gesellschaftliches Leben zu führen. Haben Sie jemanden kennengelernt, seit Mark verstorben ist?«

Ganz tief durchatmen. »Mein berufliches Engagement und meine Verantwortung als Mutter füllen mich völlig aus, Mac. Außerdem sind es die einzigen Dinge, mit denen ich mich zur Zeit auseinandersetzen möchte.«

»Aber eine Dame mit Ihrer Schönheit, Ihrer Intelligenz und Ihrer Klasse, dazu noch mit Ihrem *Elan* müßte doch haufenweise junge Böcke haben, die sich ihretwegen ins Gehege kommen ...«

Böcke? Es ist nicht zu fassen. »Mac, verzeihen Sie mir die Unterbrechung, aber ich bin sicher, daß Ihre Zuschauer viel weniger Interesse an meinem Privatleben haben als an dem Fortschritt, den wir bei der NASA im Rahmen der *Orion*-Untersuchung machen.«

»Dann halte ich wohl besser meine Zunge für eine Weile im Zaum und überlasse Ihnen die Zügel. Aber könnten Sie uns zuvor noch berichten, wie die NASA es schaffen wird, Roger Gordian zu überreden, daß er seine Meinung über die Firmenauflösung in Brasilien ändert ...?«

Der Ort, an dem die *Orion* auf die Welt gekommen war, war zu ihrer Leichenhalle geworden.

Um 21 Uhr 30, eine Stunde nach ihrem Auftritt bei der *McCauley Stokes Live* Talkshow – die mit einem anzüglichen Augenzwinkern des Gastgebers geendet hatte und glücklicherweise ihre letzte Medienverpflichtung des Tages gewesen war – stand Annie Caulfield allein im Gebäude für den Zusammenbau von Raumfahrzeugen auf dem Kennedy Space Center. Diese Halle spannte sich über mehr als 30 000 Quadratmeter Fläche am Nordende von Cape Canaveral und erhob sich fast 180 Meter in die Höhe, mehr als dreimal die Höhe, in die King Kong gestiegen war, als er Faye Wray zur Spitze des Empire State Building getragen hatte (und umgekehrt dreimal die Entfernung, die er zu Boden gestürzt war, dachte Annie); mit diesen Dimensionen war das Gebäude für den Zusammenbau von Raumfahrzeugen die einzige überdachte Einrichtung in Amerika, in der die Kapsel der Raumfähre, die beiden Feststoffantriebsraketen und der massive Außentank sowohl vor als auch nach der Vereinigung zur vertikalen Startposition im »Stapel« Platz fanden.

Vor einem Monat hatte einer der beiden Sattelschlepper des Centers die *Orion* über fünf Kilometer vom Gebäude für den Zusammenbau von Raumfahrzeugen bis zur Startrampe 39A transportiert. Es hatte fünf Stunden gedauert, die Rampe zu erreichen, und während der gesamten Zeit hatten die Motoren des Schleppers über sechshundert Liter Dieseltreibstoff pro Minute verbrannt. Am heutigen Morgen hatte das gleiche Fahrzeug vor den trauernden Augen der NASA-Mitarbeiter die Überreste des Raumschiffs zurück zum Gebäude transportiert, wie ein Beerdigungszug für einen erschlagenen Koloß. Und jetzt lagen die verkohlten und verbogenen Teile der *Orion* auf dem Boden von High Bay 1 ausgebreitet. Sie rochen nach Rauch, verbranntem Treibstoff und geschmolzenem Plastik – der beißende, harzige Gestank verbreitete sich in der gefilterten Luft der Halle, stach in Annies Nase und ließ sie das Innere ihres Halses als geschwollen und gereizt empfinden.

Warum war sie heute abend noch in ihrem von UpLink gemieteten Saab hierhergefahren, warum hatte sie den Umweg über Cape Canaveral gemacht, statt sich vom Fernsehstudio direkt auf den Weg nach Hause zu begeben? Warum hatte sie die Kinderfrau, die auf Kosten von Roger Gordian zeitweilig mit ihrer Familie von Houston übergesiedelt war, vom Studio angerufen, um ihr zu sagen, daß sie sich um eine Stunde verspäten würde? Sie mußte wohl kaum daran erinnert werden, daß ihre Reise nach Florida kein Traumurlaub mit Vollpension war, den sie bei einer Fernsehshow gewonnen hatte. Noch vor einer Woche war sie hier in Cape Canaveral gewesen, zu einem Zeitpunkt, als die verkohlten Trümmer, die jetzt um sie herum aufgeschichtet lagen, noch ein eindrucksvolles, majestätisches Raumschiff waren, das bereitstand, um die obere Grenze der Atmosphäre zu durchstoßen. Als Jim Rowland auf den Button an seiner Brust gedeutet hatte und ihr – nur für sie hörbar – das alte Motto der Ausbildungszeit zugerufen und sie dabei mit seinem schrägen kleinen Grinsen angestrahlt hatte, bevor er in den silbernen Bus gestiegen war, der ihn zu seiner Todesstätte gefahren hatte. Als *Orion* noch etwas ganz anderes gewesen war als ein Name, der für immer verknüpft sein würde mit Tragödie und unwiderruflichem Verlust.

Terra nos respuet.

Nein, sie brauchte keine Gedächtnisstützen, um sich daran zu erinnern, warum sie sich in Florida befand.

Annie schaute sich suchend auf dem riesigen Boden der Halle um; ihre Augenbrauen formten ein nachdenkliches M über den Augen, und tiefe Furchen liefen von ihren Mundwinkeln zum Kinn. Hätte die Explosion auch nur Sekunden nach dem Beginn des Aufstiegs der *Orion* stattgefunden, dann wären die Trümmerteile auf dem Meeresgrund verstreut worden, und damit wäre die Suche nach ihnen zu einer langwierigen und mühsamen Aufgabe geworden, bei der sie eine ganze Flotte von Bergungsschiffen und unzählige Taucher benötigt hätten. Doch das Feuer war vor dem Abheben ausgebrochen, und fast alle Bestandteile des Raumschiffs – von den kleinsten, bisher noch nicht identifizierten Stücken verkohlten Metalls bis zu den gigantischen Schraubenbolzen, die den Stapel zusammenhielten, bis zu großen Teilen des Rumpfes und der Deltaflügel der *Orion* – im Umkreis der Startrampe waren aufgesammelt und anschließend hierher gebracht worden. Sie wurden gekennzeichnet und geprüft wie die Überreste eines menschlichen Körpers vor der Untersuchung durch den Gerichtsmediziner. Was für ein Wort konnte sie benutzen, um ihre diesbezüglichen Gefühle zu beschreiben? Ermutigt? Dankbar? Es schien obszön, dieses Vokabular in einem Kontext von so grimmiger Härte zu gebrauchen.

Die Zahl der Einzelteile des Raumschiffes und der Ausrüstungen ging in die Hunderte, einige von ihnen relativ unangetastet, die Mehrzahl von Flammen und Rauch beschädigt. Morgen würde sie die erste Gruppe forensischer Spezialisten zusammentreiben, um diese Teile zu inspizieren, die sich nie wieder zu einem Ganzen zusammenfügen lassen würden ... nein, selbst dann nicht, wenn auch die allerletzte Schraube und das allerletzte Stück Kabel gefunden waren. Dann würde es neue Interviews mit den Journalisten und Reportern der verschiedenen Medien geben, Berge von Papierkram, eine lange Liste von Telefonanrufen – einschließlich der versprochene Bericht von Roger Gordian über den Vorfall in Brasilien. Doch jetzt brauchte sie Ruhe. Eine Dusche, einen Blick auf die Kinder, dann ins Bett.

Warum um Himmels willen war sie also *nicht* direkt nach Hause gefahren, warum war sie statt dessen hierher gekommen, um dieses schreckliche, bedrückende Bild zu betrachten, nachdem bereits alle außer den uniformierten Männern am Eingangstor heimgegangen waren?

Annie runzelte die Stirn, während sie versuchte, auf ihre eigene Frage eine Antwort zu finden – und stellte plötzlich fest, daß ihr Bedürfnis, ein wenig über alles nachzudenken, durchaus die Antwort sein konnte. Oder jedenfalls ein großer Teil der Antwort.

Wenn man sie gefragt hätte, wie sie ihre eigenen Medienauftritte am ersten Arbeitstag benoten würde, hätte Annie bestenfalls für ein schwaches Ausreichend plädiert. Die Berichterstattung war in eine Richtung abgedriftet, die sie nicht eingeplant hatte ... schlimmer noch, sie war ihr von den Presseleuten entrissen worden und hatte begonnen, aufgrund ihrer absichtlichen und unabsichtlichen Verdrehungen ein Eigenleben zu entwickeln. Was mit der aus der Luft gegriffenen Frage von Gary Soundso nach der *Möglichkeit* eines Abbruchs der Aktivitäten von Roger Gordian in Brasilien angefangen hatte, veranlaßte mehrere Presseorgane, bereits um die Mittagszeit von »Gerüchten« – im Plural – zu sprechen, daß UpLink die Fertigung in Südamerika einstellen würde. Bei ihrer Pressekonferenz am Nachmittag hatten sich die Gerüchte zu ›Berichten‹ verdichtet – danke sehr, Allen Murdock –, was der Geschichte eine falsche Legitimität verlieh.

Dadurch wurde kurz darauf in den Reportagen am späten Nachmittag eine hitzige Debatte über die Konsequenzen für die Internationale Raumstation ausgelöst. Soweit Annie der Entwicklung folgen konnte, war die nächste Verwandlung der Story eingetreten, als eine der 18-Uhr-Nachrichtensendungen eine *Analyse* der Spekulationen des Tages mit ihrer allgemeinen Berichterstattung vermengte, damit ein mehrdeutiges Gemisch aus Fakten und Fiktion zusammenbraute, das später als Quellenmaterial für ein *weiteres* Nachrichtenmagazin mit landesweiter Ausstrahlung diente. Alles hatte seinen Höhepunkt gefunden, als der volkstümliche McCauley Stokes sie gefragt hatte, wie die NASA gedenke, den Schließungsplänen von UpLink *entgegenzutreten*, als ob es sich um eine reale Konstellation handelte und nicht um etwas, das ursprünglich der Phantasie von Gary Soundso entsprungen war.

Demzufolge hatte die Geschichte sieben klar zu unterscheidende Stufen durchlaufen, und das im Laufe eines einzigen Nachrichtenzyklus. Daher hatte Annie den größten Teil der Zeit in der Sendung von Stokes damit verbracht, auf die diversen Ungenauigkeiten hinzuweisen, statt diejenigen Informationen vorzutragen, die *sie* für wichtig hielt. Und trotz ihrer wiederholten Klarstellungen und Verneinungen war sie sich fast sicher, daß es morgen mit einem Reigen von Schlagzeilen losgehen würde, die sich auf den bei Stokes angesprochenen Rückzug von UpLink beziehen würden. Damit würden weitere sich schnell verhärtende Schichten von Unsinn der Story hinzugefügt werden, und sie würden gleichzeitig das sich selbst beschleunigende Moment verstärken, das den Schneeballeffekt der letzten 24 Stunden ermöglicht hatte.

Und die Story wird mich überrollen, wenn ich nicht anfange, meine Worte erheblich sorgfältiger auszuwählen, ermahnte Annie sich selbst. *Diese Geschichte ist völlig anders als alles, was ich bisher mitgemacht habe, und ich muß endlich begreifen, daß ich mitten im Scheinwerferlicht stehe.*

Vielleicht lag unbewußt ein weiterer Grund für ihre Anwesenheit an diesem Ort darin, daß sie die Realität der ihr bevorstehenden Aufgabe vollends begreifen wollte. Vielleicht war ihre anfängliche Unbeholfenheit – und gelegentliche Defensive – bei der öffentlichen Diskussion der Nachwehen der *Orion*-Tragödie darin begründet, daß sie sich noch nicht ganz eingestehen wollte, was in ihr selbst vorgegangen war. Normalerweise bestanden die ersten Trauerphasen aus Schock und Verleugnung. Doch sie hatte eine Verantwortung übernommen, bei der ihr diese Phasen nicht erlaubt waren, und die sie statt dessen zu einer brutalen Abkürzung, nämlich zur Annahme der Fakten ohne irgendwelche Umschweife gezwungen hatte. Es hatte keinen Sinn, sich deswegen zu verurteilen, doch im Interesse ihrer zukünftigen Effizienz mußte sie ihre Fehler verstehen und sich ihnen stellen.

Langsam ging sie in der Halle umher und sichtete die verstümmelten Fragmente von dem, was einmal die *Orion* gewesen war. Auf dieser Seite befanden sich die Verkleidungselemente geborstener Hitzeschilde, auf der anderen Seite ein Berg von Aluminiumteilen, drüben ein fast unkenntlicher Brocken der Pilotenkonsole, aus dem ein Knäuel verschmorter Kabel anstelle der fehlenden Rückseite baumelte. Zu ihren Füßen sah sie ein Elevon, das wohl vom Rand eines Flügels abgesprengt wurde, als eine der gewaltigen Explosionen erfolgte, die auch das Mission Control Center erschüttert hatten, in dem sie zur unglücklichen Zeugin des Desasters geworden war.

An diesem Ort war das Akzeptieren der Fakten unausweichlich, und das war wohl hauptsächlich der Grund gewesen, warum sie hergekommen war, statt sofort nach Hause zu den Kindern zu fahren, wo sie sich alsbald hätte hinlegen können, um den dringend nötigen Schlaf aufzuholen. Und es gab noch einen Beweggrund für diese selbstverordnete Höllentour, eine letzte Angelegenheit, die sie in absoluter Stille überlegen wollte … eine letzte Angelegenheit, obwohl sie sich darüber im klaren war, daß sie sich auch der schlimmsten Möglichkeit stellen würde.

Während all der Lärmfetzen, mit denen sie im Laufe

des Tages bombardiert worden war, all der halb ausgegorenen Theorien, die sie gehört und zurückgewiesen hatte, all der *Verrücktheit*, hatte es in ihren Spekulationen eine einzige Klette gegeben, die permanent an ihren Gedanken hing und auch nach mehrfachen Versuchen nicht abgestreift werden konnte. Aufgetaucht war sie zuerst gegen Ende des Interviews mit Gary Soundso, der schlauer war, als er schien.

»... *in Anbetracht des beinahe gleichzeitigen Eintretens der beiden Ereignisse und der Tatsache, daß die Hauptfracht von* Orion *ein Laborelement der Internationalen Raumstation war – ist irgendein Zusammenhang zwischen den Vorfällen in Brasilien und der Explosion des Raumschiffs in Erwägung gezogen worden?*«

Nicht von ihr, nicht bis zu jenem Moment. Doch seither hatte sie diesen Zusammenhang aus fast allen Perspektiven in Erwägung gezogen.

Was wäre, wenn eine Verbindung zwischen *Orion* und Brasilien bewiesen würde?

Was wäre, wenn jemand das Desaster absichtlich verursacht hätte?

Was wäre, wenn Jim Rowland nicht wegen irgendeiner technischen Panne umgekommen wäre, sondern wegen eines vorsätzlichen, mörderischen Zerstörungsaktes von jemandem, der – koste es was es wolle – den Start auf jeden Fall verhindern wollte?

Grübelnd stand sie in der Leichenstille der Halle, die Hände auf dem Rücken verschränkt; die halbmondförmigen Furchen um ihren Mund vertieften sich immer mehr, während diese Fragen dunkel und ununterbrochen ihre Gedanken umkreisten.

Was wäre, wenn?

13.

Südostbrasilien
21. April 2001

In den Monaten nach der Entgleisung des Nachtzugs von São Paulo nach Rio de Janeiro, bei der 194 Passagiere getötet oder schwer verletzt wurden, gab es eine Vielzahl voneinander unabhängiger Untersuchungen bezüglich der Begleiterscheinungen, Gegebenheiten und Umstände dieses Ereignisses. Niemand war sonderlich überrascht, als die Erkenntnisse der verschiedenen Ausschüsse sich als widersprüchlich und anfechtbar herausstellten und zu einer Reihe von langwierigen Rechtsstreitigkeiten führten. Die Eisenbahnlinie und ihre Versicherungsgesellschaft beschuldigten die Firma, von der sie die Gleise geleast hatten. Dabei wurden als ursächliche Faktoren eine Unzahl von Problemen bei der Signalgebung, der Weichenstellung und der Instandhaltung und Wartung aufgelistet.

Die Gleisbesitzer und ihre Versicherungsgesellschaft kritisierten wiederum die Eisenbahnlinie dafür, allgemein nur höchst laxe Sicherheitsvorkehrungen getroffen zu haben. Im besonderen beschuldigten sie den zuständigen Ingenieur, Julio Salles, der Nachlässigkeit bei der Ausübung seiner Arbeit. Nachdem Experten für Unfallrekonstruktion, die zur Unterstützung der Gemeinschaftsklage eingestellt worden waren, eine Computeranalyse vorgelegt hatten, schlugen sich die Anwälte der Opfer und der Familien der Opfer auf die Seite der Gleisbesitzer. Als Salles ohne Bezahlung so lange vom Dienst suspendiert werden sollte, bis es in den diversen Streitfällen zu einer Entscheidung gekommen wäre, argumentierten seine persönlichen Anwälte, daß er sowohl von der Eisenbahngesellschaft als auch von den Gleisbesitzern zum

Sündenbock für ihre eigene Nachlässigkeit gemacht werde.

Gleichzeitig geriet außerdem noch diejenige Firma ins juristische Kreuzfeuer, die das neue elektrohydraulische Bremssystem und den Doppler-Geschwindigkeitsanzeiger für den Zug entwickelt hatte. Sie beschuldigten das Unternehmen, daß beide Systeme im Augenblick vor der Entgleisung versagt hätten. Die Untersuchungskommission der brasilianischen Regierung, die mit der Überprüfung des Vorfalls beauftragt wurde, würde 18 Monate und 3000 Seiten später zahm verlauten lassen, daß die Fakten keine eindeutige Beurteilung zuließen und man von offizieller Seite ein Agreement zwischen der Vielzahl der Kläger und den Beklagten befürworten würde. Nach Veröffentlichung dieses Regierungsberichts würde es zu Kompromissen zwischen fast allen einander gegenüberstehenden Lagern kommen – mit der alleinigen Ausnahme von Julio Salles, der weiterhin seine Unschuld beteuerte und darauf bestand, daß sein Ruf von den gegen ihn erhobenen Anschuldigungen irreparabel beschmutzt worden sei.

Unter dem Eindruck der nachdrücklichen Aufforderungen seiner Anwälte akzeptierte er schließlich ein Angebot, bei vollen Pensionsansprüchen und nach Auszahlung seiner ausstehenden Gehälter in Rente zu gehen, wobei er im Gegenzug alle weiteren Schritte vor Gericht ebenso wie sonstige öffentliche Aussagen unterlassen würde. Privat würde er weiterhin mit bitteren Gefühlen an die Firma denken, der er dreißig Jahre seines Lebens gewidmet hatte, und in der Folge in tiefe Depressionen versinken.

Exakt zwei Jahre nach dem Unglück würde Salles in der Zweizimmerwohnung in São Paulo, die er mit seiner Ehefrau teilte, den tragischen Geburtstag damit begehen, daß er seinem Leben mit einem tödlichen

Kopfschuß ein Ende setzte. Damit würde er auf brutale Weise zum 195sten Opfer der Tragödie werden.

Am Ende würde es ein Geheimnis bleiben, was mit dem Zug in den dunklen Hügeln auf dem Weg vom Bahnhof Barra Funda zu seinem ursprünglichen Zielort geschehen war.

Um 23 Uhr fuhr der graue Lieferwagen auf den Seitenstreifen am Rande der Landstraße. Hier befand er sich einen Viertelkilometer westlich von der Stelle, an der die Eisenbahngleise auf der steilen Abfahrt ins Tal in eine scharfe Kurve führten. Augenblicklich schaltete der Fahrer des Lieferwagens die Scheinwerfer aus und stellte den Motor ab. Dann saß er hinter dem Lenkrad und studierte die Gleisstrecke. Obwohl am Nachthimmel weder Mond noch Sterne zu sehen waren, und die Dunkelheit hier im dünnbesiedelten Bergland östlich von Taubaté auch nicht durch die Lichter irgendwelcher Dörfer erhellt wurde, konnte er dennoch weiter oben neben den Gleisen den Signalmast durch die Gläser seiner Nachtsichtbrille erkennen.

Für einen Augenblick ließ er die Brille sinken und drehte sich zu den Rücksitzen des Fahrzeugs, um den Befehl zu geben. Zwei schwarz gekleidete Männer mit Balaclava-Gesichtsmasken stiegen aus der Seitentür des Wagens. Sie lösten die Befestigungsriemen der Plane, die das Autodach bedeckte, und zogen die Plane auf den Boden. Zum Vorschein kam eine Antennenschüssel mit einem Durchmesser von dreißig Zentimetern, die auf das Dach des Lieferwagens montiert war.

Nachdem sie die Plane zusammengefaltet und verstaut hatten, stiegen sie wieder in den Wagen und richteten die Antenne ein letztes Mal aus. Die Schüssel rotierte neunzig Grad nach Osten und richtete sich auf das automatische Eisenbahnsignal. Hinter ihnen im Laderaum des Lieferwagens summte ein kleiner mobiler Generator leise in der Totenstille.

Inzwischen drehte sich der Fahrer nach vorn und hob die Nachtsichtbrille noch einmal an die Augen. Er schaute zu seiner Linken, nach Westen, in die Richtung, aus der bald der Zug den Berghang herunterkommen würde. Dann wandte er seine Aufmerksamkeit dem Signalmasten zu. Wenn der Moment gekommen war, würde die Schüssel ihn einige hundert Nanosekunden mit einem Breitbandfrequenz-Puls bestrahlen, dann auf ihrer Ostachse drehen und einen weiteren kurzen Pulsstrahl aussenden, wenn der Zug in die Sichtlinie geriet. Dem Russen Ilkanowitsch zufolge war das alles, was erforderlich war.

Was war noch die clevere kleine Nachricht, die er dem Albaner zusammen mit dem Material übergeben hatte?

Ein Test und ein Vorgeschmack.

Bald würde Kuhl selbst sehen können, was er davon hielt.

Fünf Minuten vor Mitternacht hörte er das entfernte Rumpeln des Zuges. Obwohl Kuhl wußte, daß die offene Akustik des Tals eine größere Nähe des Zugs vortäuschte, als es der Wirklichkeit entsprach, biß er jetzt schon begierig die Zähne aufeinander. In wenigen Minuten würde der Zug auf dieser Strecke mit kontinuierlichem Gefälle mit über hundert Stundenkilometern den Hügel herabkommen.

Sein Blick war fest auf das Signal geheftet, dessen gelbe Anzeige ›Langsam fahren‹ gebot.

Das Rattern und Rumpeln des Zugs wurde lauter.

Kam näher.

Kuhl ließ das Signal nicht aus den Augen. Dann schien der Generator ein wenig stärker zu brummen, es knisterte in der Luft um ihn herum, doch zweifelte er, daß es mehr als seine ungeduldig wachsende Erwartung war.

Der erste Pulsstrahl wurde ausgelöst.

Fasziniert sah Kuhl zu.

Das gelbe Signallicht flackerte, erlosch, flackerte erneut, erlosch wieder. Dann blieb es dunkel.

Pfeifend stieß er seinen Atem aus. Mit fest zusammengebissenen Zähnen riß er den Kopf nach links und sah zunächst, wie das Scheinwerferlicht der sich nähernden Lokomotive auf den Schienenschwellen tanzte. Dann tauchte die Lokomotive selbst unter ihm auf. Die Umrisse des zugführenden Ingenieurs waren durch die Fenster der erhöhten Fahrerkabine deutlich zu erkennen, und eine lange, stromlinienförmige Reihe von Passagierwaggons folgte der Lokomotive geduckt den Abhang hinunter.

Geräuschlos rotierte die Antennenschüssel auf dem Dach des Lieferwagens, und dann wurde der zweite Pulsstrahl ausgelöst.

Sie war hochgewachsen, braungebrannt, jung, reizend und aus Ipanema, ganz wie das Mädchen in dem alten Song. Christina aus Ipanema – kaum zu glauben.

Darvin hatte sie in einem Straßencafé am Bahnhof Barra Funda kennengelernt, wo er gerade einen Martini trank, während er auf die Abfahrt seines Zuges wartete. Er hatte an seinem Glas genippt und an das lukrative Geschäft gedacht, daß er für seine Firma in New York unter Dach und Fach gebracht hatte – na gut, die Firma seines Schwiegervaters, wenn man es genau nehmen wollte –, als sie auf ihn zu kam, ganz wie in dem Lied, und mit stolzen Schritten am Café vorbeigehen wollte. Sie trug ein dünnes, am Rücken weit ausgeschnittenes Sommerkleid aus blumenbedrucktem Cotton, dazu Diamantenohrringe, eine schwarze Perlenkette und ein modisches Mehndi-Tattoo in Form einer

Lotusblüte auf der nackten Schulter. Ihre Hüften bewegten sich sanft zum rhythmischen Samba, der aus den Lautsprechern des Cafés schallte. Beide Hände trugen Einkaufstüten von teuren Boutiquen der Innenstadt.

Christina aus Ipanema. Darvin hatte kaum Zeit gehabt, seinen Augen zu trauen, als er sich auch schon unwillkürlich vornüber gebeugt und sie gefragt hatte, ob er sie nicht zu einem Drink einladen dürfe. Es war ungewöhnlich für ihn, zunächst einmal, weil er ein verheirateter Mann war – vor sechs Monaten hatte er sich entschieden, und es war kein Zufall, daß er genau seit dieser Zeit für Rinas Internationale Hotelausrüstungen im Außendienst arbeitete – und zweitens, weil vorher, als er noch Modeschmuck von Tür zu Tür verkauft hatte, kein Pfennig übriggeblieben war. Damals hatte er Ringe für dreißig Dollar und Ketten für 35 im Auftrag eines israelischen Händlers auf der 10th Avenue verkauft und für jedes Teil des sich schnell verfärbenden Tands eine Provision von zehn Prozent bekommen. Der ihm zugeteilte Bezirk verlief von Lenox Avenue in der Bronx bis Washington Heights und Harlem. Es war nicht einfach gewesen, mit dem dabei verdienten Geld zu überleben. In jener Zeit, bevor er geheiratet hatte und bevor sein Schwiegervater in der Folge sein Chef wurde und ihm das gesamte Brasiliengeschäft übertrug, hätte Darvin weder das Kleingeld noch die Courage gehabt, um auch nur davon zu träumen, so eine Frau wie Christina anzusprechen. Es war schon irgendwie lustig, wenn man es sich richtig überlegte, wie eine dieser Geschichten aus dem *Penthouse Forum*. Vielleicht sollte er einen Artikel einschicken, unter einem dieser dummen Pseudonyme, um seine Identität zu verbergen: *Heiraten, um die Mädels anzumachen. Von Hans im Glück*.

Genau in diesem Augenblick rasten sie durch die

pechschwarze südamerikanische Nacht in Richtung Rio und Darvins Hotelzimmer im Copacabana Palace, eng aneinander geschmiegt im schwach beleuchteten Waggon des Schnellzugs – der fünfte von insgesamt sechs Waggons hinter der Lokomotive – und waren auf eine Weise beschäftigt, die er äußerst erregend fand. Vor zehn Minuten hatten sie den Schaffner um eine Decke gebeten und sich damit zugedeckt, nicht etwa, weil einem von ihnen kalt war, sondern weil Christina aus Ipanema ein bestimmtes Vorhaben verwirklichen wollte. Zufällig hatte sie auf den gleichen Zug gewartet, nachdem sie am Nachmittag einen Einkaufsbummel mit ihrer Freundin in São Paulo gemacht hatte – das hatte sie ihm zumindest gesagt. Und vor einer Viertelstunde hatte sie in sein Ohr geflüstert, wie sie sich während der langen Stunden der Fahrt die Zeit vertreiben könnten, wenn sie vor neugierigen Augen geschützt wären.

Da dies ein Luxuszug war, hatten sie bereits ein gewisses Maß an Privatsphäre. Die hohen Rückenlehnen ihrer weichen Ledersitze blockierten die Sicht von hinten. Der dicke Teppichboden dämpfte die meisten Geräusche um sie herum, und, wichtiger noch, alle Geräusche, die sie selbst verursachten. Die fluoreszierende Deckenbeleuchtung über dem Mittelgang war im Interesse derjenigen Passagiere ausgeschaltet worden, die ein wenig schlafen wollten, und diejenigen, die sich nicht schläfrig fühlten, befanden sich in ihrer Mehrzahl im Speisewagen bei Cocktails und Häppchen. Zwischen den Fenstern waren kleine Glühlampen mit rosenfarbenen Lampenschirmen angebracht, deren schwaches Glimmen gerade genug Licht zum Lesen abgab und außerdem eine irgendwie romantische Atmosphäre erzeugte. Für Darvin war es deshalb eine gelungene Krönung dieser Situation, daß die Decke ihnen die zusätzliche Tarnung gab, die sie gebraucht hatten.

Jetzt sah er zu ihr hinunter und stöhnte. Sie schaute mit halbgeöffneten Lippen zu ihm auf und gab einen leisen, verhaltenen Seufzer von sich. Fast berührten sich ihre Gesichter, und ihre feuchten, kurzen Atemstöße gingen ineinander über. Beider Hände wühlten unter der Decke wie ein paar warme, sich eingrabende Tiere. Christinas Hände hatten seinen Gürtel gelöst, den Reißverschluß geöffnet und waren eifrig in den Tiefen seiner Hose beschäftigt, während sich seine Hände weit unter ihren Rocksaum gegraben hatten.

Darvin war kurz davor, den unzweifelhaften Höhepunkt seiner Reise zu erreichen – oder zumindest dieses Teils der Reise –, als die fluoreszierenden Deckenleuchten über dem Mittelgang plötzlich aufflackerten und den Zug in ihr grelles Licht tauchten.

Unsanft aus ihrer Verzückung aufgeschreckt setzte sich Christina aus Ipanema kerzengerade neben ihm auf. Zu seiner Enttäuschung hatte ihre Hand unter der Decke zuerst in der Bewegung innegehalten und war dann ganz aus seiner Hose geschlüpft. Verstört und verständnislos sah sie sich um. Die meisten der schlafenden Fahrgäste waren vom plötzlichen Licht aufgewacht und sahen ebenfalls verwirrt in die Runde.

Obwohl Darvins Hand noch unter ihrem Kleid vergraben war und er sie auch dort lassen wollte, bis sie ihn ausdrücklich aufforderte, sie zu entfernen, schaute er sich doch im Waggon um. Die Beleuchtung war nicht einfach nur eingeschaltet, sie gab ein lautes Summen von sich und schien zudem viel zu *hell*, als ob die Wattzahl auf diese grelle Hitze erhöht worden wäre. Und der Schaffner, der nach oben an die Decke starrte, schien genauso verwirrt zu sein wie alle anderen auch.

»*O que é isso?*« fragte ein Mann hinter ihm auf portugiesisch. »*Tudo bem?*«

Was ist los? Ist alles in Ordnung?

Sekunden später rüttelte der dahinrasende Zug auf

den Gleisen, und die Notsirene der Lokomotive gab ein schrilles, ohrenbetäubendes Pfeifen von sich. Spätestens jetzt wurde allen Fahrgästen schlagartig klar, daß eindeutig *nichts* in Ordnung war.

Minuten später waren Darvin, die Frau, die sich Christina nannte und weitere 25 Passagiere an Bord dieses Waggons tot.

Als sie noch jung waren und sich oft darum sorgten, wie sie zum Monatsende die Miete für ihre Reihenhauswohnung in Baltimore zahlen sollten, in der sie ihre vier Kinder aufzogen, hatten Al und Mary Montelione bei grundsätzlich jedem Einkauf im Supermarkt eine lustige kleine Spielerei miteinander getrieben. Alles hatte kurz nach der Geburt ihrer zweitjüngsten Tochter Sofia angefangen. Da sie ausschließlich von seinem bescheidenen Gehalt als Postbote lebten und sich wo immer möglich einschränken mußten, verglichen sie stets sorgfältig die Preise von Lebensmitteln, Haushaltsgeräten und allen anderen Dingen, die sie erstanden. An einem Feiertagswochenende während einer sehr knapp bemessenen Zeit hatten sie beschlossen, die Familie mit ein wenig Eiscreme zu verwöhnen. Aber als sie im Supermarkt vor der Tiefkühltruhe mit den verschiedenen Sorten standen, war ihnen plötzlich aufgegangen, daß sie sich eigentlich nicht einmal einen derart bescheidenen Luxus leisten konnten, da sie keinen Cent auf dem Konto hatten und gerade noch insgesamt zehn Dollar in bar für die Feiertage besaßen.

Doch als sie den enttäuschten Blick in Als Gesicht sah, während er die Preisschilder las, faßte Mary ihn am Ellbogen und rief laut: »Los, mein Herr, jetzt aber schnell! Wer den billigsten Familienbecher findet, gewinnt eine Reise nach Rio!« Es war eine dieser Situationen, in der man entweder lachen muß oder in Tränen ausbricht, und ihre Imitation des Showmasters einer

Wettbewerbsshow hatte bei Al trotz seiner Verunsicherung das erste ausgelöst. Unter hysterischem Gelächter stürzte er sich auf die Tiefkühltruhe, als ob er *tatsächlich* an einem Fernsehwettbewerb teilnehmen würde, mit einem Mal viel weniger deprimiert als noch Minuten zuvor – was natürlich Marys Absicht gewesen war. Obwohl sie ihn an jenem Abend um 22 Cents unterbot, kauften sie den Eiscremebecher für die Familie, und zur Abwechslung fühlte er sich beim Betreten seiner Wohnung als Gewinner. Von da an war der Spruch von der »Reise nach Rio« zu einer Standardtaktik geworden, die sie einsetzten, um die Belastung durch ihre ständigen finanziellen Sorgen erträglicher zu gestalten. Nach einer Weile hatten sogar die Kinder an dieser Taktik Gefallen gefunden.

Vier Jahrzehnte später lebten sie in einfachen Verhältnissen, aber relativ sorgenfrei von der Pension, die Al als vormaliger Abteilungsleiter von der Post bekam, denn nach seiner Beförderung war es mit ihnen bergauf gegangen. Alles war in bester Ordnung gewesen, außer einem Schrecken aus gesundheitlichen Gründen, als vor drei Jahren bei Al schwere Herzrhythmusstörungen auftraten, die dazu führten, daß ihm zur Normalisierung ein Herzschrittmacher eingepflanzt werden mußte.

Doch jetzt feierten Al und Mary ihre Goldene Hochzeit mit einer *echten* Reise nach Rio, und außerdem zu noch vielen anderen Sehenswürdigkeiten in Brasilien. Reise- und Hotelkosten waren von ihren bereits erwachsenen und verheirateten Kindern bezahlt worden, die sich diese Idee als Überraschungsgeschenk ausgedacht hatten. Bis hierher waren die Ferien fantastisch gewesen. Zuerst hatten sie fünf Tage in Copacabana verbracht, dann waren sie weiter nach Brasilia geflogen, um eine Rundfahrt durch den westlichen Teil des Landes zu unternehmen. Dazu gehörte auch die atemberaubende Fahrt im Heißluftballon über einem Wildreservat im Pantanal. Anschließend waren sie wieder zurück in Richtung Osten geflogen, hatten zwei Tage in São Paulo verbracht und waren dann in den Nachtzug nach Rio gestiegen, wo sie das letzte Wochenende ihres Urlaubs genießen wollten.

Nachdem sie drei Stunden nach der Abfahrt in den Speisewagen gegangen waren und vom Buffet gekostet hatten, hatten sie sich in der Mitte des Zuges niedergelassen. Mary nahm einen Roman von Danielle Steele aus ihrer Reisetasche, und Al machte es sich gemütlich, um ein wenig zu schlummern. In diesem Augenblick blitzten die Deckenleuchten auf und begannen, wie Wespennester zu brummen. Mit fragend gerunzelten Augenbrauen sah Mary von ihrem Taschenbuch auf; dann drehte sie sich zu ihrem Ehemann.

Sofort weiteten sich ihre Augen vor Angst.

Al war hochgeschreckt und hielt beide Hände auf die Brust gepreßt. Sein Gesicht war blaß und sein Mund weit aufgerissen. Mit flachen Atemzügen schnappte er nach Luft.

»Al, was ist los?« fragte sie. Das Buch fiel ihr aus der Hand, als sie hinübergriff und ihn an den Schultern faßte. »Al, Liebling, Al, geht es dir schlecht?«

Nach Luft ringend nickte er mit dem Kopf.

Völlig verstört und ohne auf das Gemurmel zu achten, daß sich wegen der hellen Beleuchtung im Waggon erhoben hatte, schaute sich Mary verzweifelt nach einem Schaffner um.

»*Wir brauchen einen Arzt!*« rief sie. »*Bitte, helfen Sie uns doch!*«

Doch niemand antwortete. Ein plötzlicher heftiger Stoß des Zuges, gefolgt vom lauten Schrillen der Alarmsirene, hatte die anderen Fahrgäste dieses Waggons mit ihrer eigenen Panik konfrontiert. Von überall um sie her hörte Mary verängstigte Schreie. Hörte, wie

Metallräder laut über die Gleise knirschten, während die rüttelnden, stoßenden und schaukelnden Bewegungen des Zuges immer schlimmer wurden und sie von ihrem Sitz zu schleudern drohten.

Neben ihr versuchte Al verzweifelt zu atmen. Seine Hände verkrampften sich an seiner Brust, genau über der Stelle, wo der Schrittmacher eingesetzt worden war. Ohne zu wissen, was sie sonst tun sollte, warf sich Mary auf einen plötzlichen Einfall hin schützend über ihn, legte die Arme um ihn und drückte ihn an sich.

In dieser Position wurden ihre blutigen, zerrissenen Körper am nächsten Tag entdeckt, als die Suchtrupps sie aus den Trümmern zogen.

Im zweiten Waggon des Zuges führte Enzio Favas stolz seine Armbanduhr mit eingebautem Pager von UpLink Telecommunications vor. Zuhören mußte Alyssa, eins der australischen Mannequins, die er eingestellt hatte, um die nächste Kollektion seiner Strandmoden beim Treffen der Modedesigner in Rio in der nächsten Woche vorzuführen.

»Damit kann man E-mail schicken und empfangen, verstehst du? *E-mail!*« Er deutete auf den unteren Teil des Displays. »Du berührst die kleine Bildfläche, und die Worte erscheinen genau hier!«

Alyssa sah zu ihm hinüber. Sie hatte gerade eine unansehnliche Kalziumablagerung unter ihrem Fingernagel entdeckt und wünschte, es gäbe in diesem Zug jemanden für eine Maniküre. »Ah-hah«, sagte sie.

»Und sie paßt sich an verschiedene Zeitzonen an! *Automatisch!*« begeisterte er sich. Seine Aussprache des Englischen hatte einen stark ausgeprägten Akzent. »Du fliegst von New York City nach Los Angeles, von Paris nach Tokio, und die Zeit stimmt immer haargenau! Wird alles über Satelliten gemacht, weißt du?«

»Ah-hah.« Ein kleines Mädchen einige Reihen hinter

ihnen kicherte laut, und Alyssa runzelte die Stirn. »Glaubst du, diese kleinen Biester hinter uns werden jemals die Klappe halten und einschlafen?«

Enzio zuckte die Schultern. Die »kleinen Biester« waren in Wirklichkeit drei entzückende Schwestern, die von ihrem Kindermädchen auf der Fahrt quer durchs Land begleitet wurden. Enzio hatte zu Anfang der Reise kurz mit dieser Frau gesprochen, und sie hatte ihm die ganze Geschichte erzählt. Die Eltern der Kinder waren geschieden; die Mutter lebte in São Paulo, der Vater in Rio. Sie hatten sich auf ein gemeinsames Sorgerecht geeinigt, und aus diesem Grund reisten die armen Kleinen ununterbrochen wie Pingpong-Bälle zwischen ihnen hin und her. Da Enzio eine ähnliche Kindheit gehabt hatte, empfand er Sympathie für die Mädchen. Wie konnte Alyssa nur so kalt sein? So eitel und nur mit sich selbst beschäftigt? Und außerdem, wieso interessierte sie sich *überhaupt nicht* für seine Uhr?

»Sie hat zwanzig verschiedene Töne, und einige davon sind richtige Melodien! Und – wie nennt man das noch gleich – ein eingebautes GPS!« sagte er in der Annahme, daß dieser letzte Punkt sie nun endlich beeindrucken würde. »Wenn du dich irgendwo auf der Welt verirrst, *egal wo auf der ganzen Welt*, dann schickst du einfach eine Nachricht an den UpLink Operator. Er schickt dir sofort eine Nachricht zurück und teilt dir mit, wo du dich befindest! Ist das nicht traumhaft?«

Alyssa fuhr sich mit der Zunge über die Innenseite der Lippen und versuchte, sich zu beherrschen. Wenn Enzios endloses Geplapper über die Armbanduhr sie nicht zum Wahnsinn trieb, dann würde es sein Akzent bald schaffen. Und diese kichernden Gören, Gott im Himmel.

»Ah-hah«, erwiderte sie. Allmählich bereute sie, daß sie sich nicht auf der anderen Seite des Gangs zu Thandie gesetzt hatte, eins von den anderen Mannequins … obwohl *die* immer nur darüber redete, daß sie soviel fettes, kalorienreiches Essen verschlingen konnte, wie sie wollte, und trotzdem schlank blieb – die Diätpillen vergaß sie zu erwähnen, ebenso wie den Finger im Hals, wenn sie ihre Mahlzeiten auf direktem Wege in die Toilette beförderte.

Neben ihr machte Enzio einen allerletzten Versuch, sie mit seinem teuren neuen Spielzeug in Erstaunen zu versetzen. Schwungvoll hielt er ihr sein Handgelenk vors Gesicht, so daß das Zifferblatt der Armbanduhr fast ihre Nasenspitze berührte.

»Du kannst auch Namen, Telefonnummern und Adressen eingeben! *Von bis zu eintausend Leuten!* Verabredungen im Kalender eintragen! *Informationen* auf den Computer übertragen! Ist das nicht …?«

Die fluoreszierenden Lichter über ihnen leuchteten plötzlich auf. Alyssa hatte keine Ahnung, warum das geschah, vielleicht war eine der Monstergören hinter ihr aufgestanden und hatte am Schalter herumgespielt. In diesem Fall müßte sie ihr eigentlich dankbar sein, denn zumindest hielt Enzio jetzt für einen Augenblick den Mund.

Allerdings verstand sie nicht, warum die Lichter so hell waren. Und was war das eigentlich für ein komisches *Summen,* das sie verursachten …?

Sie schaute über die Schulter und stellte fest, daß die drei Mädchen auf ihren Plätzen saßen und sich genauso überrascht umschauten wie alle übrigen Fahrgäste des Waggons.

Na ja, fast alle, dachte sie, während ihr Blick auf Enzio fiel, der immer noch voller Bewunderung auf seine gottverdammte Dick-Tracy-Superarmbanduhr schaute, die gleichzeitig Essen kochen und den jeweiligen Partner befriedigen konnte. Nichts um ihn herum schien ihn zu berühren.

»Enzio«, sagte sie. »Weißt *du*, was hier los ist ...«
»Schsch!« entgegnete er. »Jetzt nicht!«
Überrascht von seiner ungewöhnlichen Schroffheit – Enzio mochte zwar eine Nervensäge sein, aber normalerweise war er immer sehr wohlerzogen und höflich – sah Alyssa ihn an und stellte fest, daß er die Uhr nicht mehr bewundernd anschaute, sondern sie mit einem Stirnrunzeln betrachtete. Was immer er auf dem Display sah, mußte ihn sichtlich stören. Sogar *außerordentlich* stören.
Sie lehnte sich zu ihm hinüber, um selbst einen Blick auf das Zifferblatt zu werfen. Dann hob sie die Augenbrauen, als ihr schlagartig der Grund für seinen verstörten Gesichtsausdruck klar wurde.
Das Display zeigte nicht mehr die Zeit an, sondern war komplett ausgefüllt mit Reihen von winzigen, blinkenden Einsen und Nullen. Außerdem schienen die Alarmtöne der Uhr alle gleichzeitig zu erklingen. Tschirpen, Piepsen, kurze Fragmente von einfachen Melodien. Wahrscheinlich wäre es ihr sofort aufgefallen, wenn ihre Aufmerksamkeit nicht von den summenden Lichtern und der konfusen und nervösen Atmosphäre im Waggon abgelenkt worden wäre.
Schon vor dem ersten rüttelnden Stoß hatte sie das Gefühl, daß irgend etwas schrecklich schiefgehen würde.
Dann schien der Zug aus den Gleisen zu springen, und auf der Suche nach Halt klammerte sie sich an ihren Sitz.
»Enz...?«
Sie hielt inne. Immer noch starrte er auf die Armbanduhr, schüttelte traurig den Kopf und war *ausschließlich* um die Uhr besorgt. Es sah aus, als ob sein bester Freund auf der Welt gerade vor seinen Augen einen tödlichen Schlaganfall erlitten hatte.
Jetzt wackelte und ratterte der Zug, wurde wild auf

den Gleisen hin und her geschüttelt, die Alarmsirene machte einen ohrenbetäubenden Lärm. Einige Leute schrien, die kleinen Mädchen hinter ihr begannen zu weinen und fragten die Kinderfrau, was mit ihnen geschah.

Alyssas letzter zusammenhängender Gedanke war, daß diese kleinen Biester, diese armen hilflosen kleinen Biester sich verletzen würden. Dann stieß der nachfolgende Waggon in den hinteren Abschnitt des Waggons, in dem sie saß, rammte diesen gegen die Lokomotive und zerquetschte ihn wie ein Knäuel Aluminiumfolie in einer wütenden Riesenfaust.

In der sprichwörtlich perfekten Welt, angefüllt mit perfekten menschlichen Wesen, wäre Julio Salles *vielleicht* in der Lage gewesen, in jener Nacht die Anzahl der Todesopfer zu verringern. Die achtzig Stundenkilometer, mit denen Salles fuhr, als er sich noch mehr als drei Kilometer von dem ausgeschalteten Signal mit der Aufschrift ›Langsam fahren‹ befand, lagen zwar knapp unterhalb der offiziell erlaubten Höchstgeschwindigkeit, doch wäre es auf einer abfallenden Steigung klüger gewesen, wenn er langsamer gefahren wäre. Obwohl er wachsam auf seinem Posten gewesen war und nach dem Signal Ausschau gehalten hatte – und keinerlei Grund hatte, zu vermuten, daß mit dem Signal etwas nicht stimmen *könnte* –, wäre es ein Zeichen intelligenter Vorsicht gewesen, wenn er sich an markanten geographischen Elementen orientiert hätte, als er sich der Stelle näherte, an der die Gleise abwärts um den Berg herumführten, für den unwahrscheinlichen Fall, daß das Signal *wirklich* einmal versagen sollte. Aber es gibt so etwas wie übermäßige Vertrautheit mit einer Strecke, insbesondere in einer Landschaft, in der das Terrain auf immer gleiche Weise dahinfließt und ein Gleisabschnitt kaum merklich in den nächsten übergeht. Jeder, der regelmäßig in einer ländlichen Gegend zur Arbeit fährt, kennt dieses Gefühl; wenn man immer die gleichen Straßen fährt, tagein, tagaus über Monate oder Jahre, dann beginnt man, die Landschaft zu ignorieren und fängt an, sich auf einen allgemeinen Orientierungssinn zu verlassen, statt auf spezifische Eigenschaften der Gegend zu achten, bis man an ein Schild oder eine Ampel kommt, wo man abbiegen muß. Das Gebäude, der Bach, der Bauernhof, der Funkturm oder der kirschfarbene Mustang Baujahr 63 in einer Einfahrt, Dinge, die früher auf jeder Fahrt bemerkt wurden – all das nimmt man einfach nicht mehr wahr. Man erlaubt es sich, mit der zugelassenen Höchstgeschwindigkeit zu fahren, oder auch ein wenig schneller, weil man weiß, daß die Polizei in den meisten Fällen tolerant ist bei Autofahrern, die auf einer Strecke mit einer Geschwindigkeitsbegrenzung von achtzig Stundenkilometern vielleicht einmal neunzig fahren.

Salles war seit fast vier Jahrzehnten Lokführer und hatte die Strecke São Paulo – Rio mehr als 500mal zurückgelegt, seit er hierher versetzt worden war. Nicht ein einziges Mal in seiner ganzen Karriere war es auch nur zur Andeutung von einem Zwischenfall oder Unglück gekommen. In der Nacht der Entgleisung wartete er bereits auf das Erscheinen des Signals, das nicht mehr funktionierte, und verließ sich damit auf ein Gerät, bei dem niemand es für nötig erachtet hatte, es gegen die Art schwarzer Technologie zu schützen, deren Ziel es geworden war. Er führte seine Arbeit den Vorschriften entsprechend aus, und seine Reaktion auf die ersten Anzeichen eines Problems war schnell. Wenn es Schuldzuweisungen eines Richters mit vollständiger und objektiver Kenntnis der Fakten gegeben hätte, so wäre der Anteil von Salles wirklich äußerst gering ausgefallen. Außerdem entsprachen seine öffentlichen Berichte und seine Aussagen vor Gericht aus seiner Perspektive zu hundert Prozent der Wahrheit.

Unter Eid erinnerte er sich vor Gericht an die folgenden Geschehnisse: Sein Zug fuhr mit normaler Geschwindigkeit über eine Reihe von Steigungen und Abfahrten durch die hügelige Landschaft, die von der Bahnstrecke São Paulo – Rio durchquert wird. Da die bewaldete Landschaft östlich von Taubaté außergewöhnlich dunkel und eintönig war, hatte sich Salles immer auf seine Instrumente und auf Signale entlang der Gleise verlassen, statt zur Orientierungshilfe nach herausstechenden Merkmalen des Terrains Ausschau zu halten. Als er den Hügel hinabgefahren war, wo die Entgleisung stattgefunden hatte, hatte er geschätzt, daß er sich noch etwa acht Kilometer westlich einer nicht einzuschätzenden Kurve befand, an der eine Geschwindigkeitsreduzierung um etwa zehn bis 15 Stundenkilometer notwendig war. Dabei wurde seine definitive Entscheidung bezüglich der möglichen Geschwindigkeit durch Faktoren wie die Wetterbedingungen oder die Gegenwart eines anderen Zuges auf dem Gegengleis bestimmt. Normalerweise begann er etwa *drei* Kilometer westlich der Kurve damit, langsam die Bremsen zu betätigen, an einer Stelle, wo das immer gelb beleuchtete »Langsam fahren«-Signal in sein Blickfeld geriet, und er hatte seit dem Beginn der Abfahrt danach Ausschau gehalten. Doch seine Schätzung der Position des Signalmasten hatte etwa fünf Kilometer daneben gelegen. Ohne es zu wissen, hatte er das Signal bereits *passiert* – er *konnte* es gar nicht wissen, denn die Signalbeleuchtung hatte nicht funktioniert.

In der pechschwarzen Dunkelheit kam die Kurve wie aus dem Nichts auf ihn zu. Salles hatte sie im Kegel der Scheinwerfer in einer Entfernung von vielleicht dreißig Metern entdeckt und sofort zur Geschwindigkeitskontrolle auf seinen Doppler-Anzeiger geschaut, doch auf dessen Digitaldisplay blinkten Doppelnullen und eine Fehlermeldung. Dieses erste Anzeichen eines Versagens der Elektronik, deren Verläßlichkeit Salles später bestreiten würde, wurde von einer anderen Wahrnehmung am Rande seines Gesichtsfeldes begleitet. Die Kabinenbeleuchtung war urplötzlich heller geworden, wie bei einer Überspannung aus der Stromversorgung. Da er seine Geschwindigkeit schätzen mußte, entschied er, daß der Zug etwa achtzig Stundenkilometer fuhr. Sodann ergriff Salles sofort Notmaßnahmen, um die Geschwindigkeit des Zuges zu reduzieren und um eventuell entgegenkommende Züge vor seinem Herannahen zu warnen. Während die Alarmsirene schrillte, versuchte er, die Bremsen zu betätigen. Doch das technisch hochentwickelte Bremssystem – das ein Netz von Sensoren und Mikroprozessoren einsetzt, um die Funktion von konventionellen hydraulischen Steuerventilen zu emulieren, und das ein Jahr zuvor nachträglich in den Zug eingebaut worden war –, dieses Bremssystem reagierte nicht. Ebenso wie beim Doppler-Geschwindigkeitsanzeiger zeigte auch der flache Bildschirm des Displays der Bremskontrolleinheit eine Fehlermeldung an.

Salles raste mit halsbrecherischer Geschwindigkeit auf die Kurve zu, und er kam ihr immer näher, ohne daß sein elektronisches Bremssystem funktionierte.

Augenblicklich war ihm klar, daß die Situation äußerst ernst war. Der Sicherheitsmechanismus der Notbremse, der so eingerichtet war, daß der Bremszylinder automatisch im Falle eines Stromausfalls oder eines Hardwareversagens ausgelöst wurde, würde ihm jede Möglichkeit nehmen, den Druck zu regulieren und die Abbremsung sanfter zu gestalten. Und bei diesem schnellen Tempo, bei der Abfahrt von der Spitze eines hohen Berges in einer scharfen Kurve, würden die harten, heftigen Stöße einer Notbremsung das Entgleisen des Zuges unvermeidlich machen. Es war die denkbar schlimmste Konstellation, und er konnte absolut nichts unternehmen, um die Gefahr abzuwenden. Er befand sich am Steuer eines dahinrasenden Zuges, der dabei war, sich in ein Schlachthaus zu verwandeln.

Als Salles gerade die Hand nach dem Mikrofon ausstreckte, um seine Fahrgäste vor der bevorstehenden Entgleisung zu warnen, erreichte der Zug die Kurve. Die Notbremsung setzte im gleichen Augenblick ein. Noch bevor seine Hand das Mikrofon erreichte, gab es einen plötzlichen, harten Stoß, der ihn aus dem Fahrersitz schleuderte. Er schlug durch das Fenster vor ihm wie ein Projektil, das von einer Riesenschleuder abgefeuert worden war. Seine letzte Erinnerung an die Ereignisse der Nacht war der schmerzhafte Zusammenstoß mit dem Fenster, und das Geräusch des um ihn herum zersplitternden Glases.

Als er einige Stunden später wieder zu Bewußtsein kam, erfuhr Salles, daß die Vorwärtsbewegung, die ihn gegen das Fenster geschleudert hatte, sein Leben gerettet hatte, denn sie war stark genug gewesen, um ihn *durch* das Fenster hindurch bis auf die Böschung zu befördern. Er war mit relativ geringen Verletzungen davongekommen – eine Gehirnerschütterung, ein gebrochenes Handgelenk und eine Anzahl von Aufschürfungen und Schnittwunden. Diese würden für die Ärzte einfach zu diagnostizieren und zu behandeln sein.

Im Gegensatz zu den psychischen Wunden, die ihn zwei Jahre später in den Selbstmord treiben würden.

Der Rest der Besatzung und der Passagiere hatten weniger Glück als Salles. Als die Räder blockierten und der Zug entgleiste, stießen die Waggons, in denen sie saßen, auf eine Weise ineinander, daß drei von ihnen sich in kompakt zusammengepreßte Metallwracks verwandelt hatten, noch bevor sie von den Gleisen sprangen, und kopfüber Hunderte von Metern ins Tal stürzten. Einer der Waggons brach in verschiedene Teile auseinander, die sich über den Abhang verstreuten und sich mit den grauenhaften Bruchstücken menschlicher Körper und Körperteile vermischten. Zur gleichen Zeit, als die Treibstoffleitungen der Lokomotive barsten und sich entzündeten, rammte sie in den Speisewagen und explodierte in einem Flammenmeer, das alle Menschen an Bord auf der Stelle lebendig verkohlte.

Außer Salles überlebten von den 194 Menschen im Zug nur zwei die Katastrophe – eine Schaffnerin namens Maria Lunes, deren Wirbelsäule durchtrennt wurde und die in der Folge vom Genick abwärts gelähmt war, und ein zehnjähriges Mädchen, Daniella Costas, deren beide Schwestern und Kindermädchen in der Tragödie umkamen, und die als einzige wunderbarerweise unverletzt aufgefunden wurde, umschlungen von den Armen eines jungen australischen Mannequins mit dem Namen Alyssa Harding.

Bei der späteren Befragung des Mädchens stellte sich heraus, daß Alyssa Harding einen Moment nach der Entgleisung des Zuges von ihrem Platz zwei Reihen vor dem Mädchen aufgesprungen war und sich als Schutzschild über Daniella geworfen hatte. Als das Dach beim Herunterrollen des Waggons in den Fahrraum gedrückt wurde, hatte ihr eigener Körper den zerbrechlichen kleinen Körper des Mädchens abgeschirmt.

Es war ein Akt von selbstlosem und spontanem Heroismus, der jede Überlebenschance zunichte machte, die Alyssa Harding vielleicht gehabt hätte.

14.

Atlantikküste von Maine
22. April 2001

Das offene Polyesterboot legte kurz vor sieben Uhr morgens vom Pier ab. Ricci saß in der Mitte des Bootes auf der Bank, Dex befand sich achtern, nachdem er mit ein paar kräftigen Zügen den Mercury-Außenbordmotor angeworfen hatte. Die Preßluftflaschen und der tragbare Kompressor lagen zu seinen Füßen im Gerätekasten auf dem Boden des Bootes.

»Wird ein wunderschöner Tag werden, glaube ich«, sagte er gähnend. Seine Augen waren ein wenig gerötet. »Wir werden unseren Spaß haben, oder meinst du nicht?«

Ricci schaute über den Bug nach vorn; seine Ausrüstungstaschen lagen auf dem Deck vor ihm.

»Das hängt davon ab, ob wir Glück haben und was finden«, erwiderte er.

Dex steuerte das Boot mit der Pinne und lenkte es in den Kanal. Er war ein hochgewachsener, schlaksiger Mann in den Dreißigern mit rotblondem Bart, trug eine marineblaue Kappe über seinen schulterlangen Haaren, dazu einen Umhang aus Schottentuch, eine schwere Latzhose und hohe Gummistiefel. Seine helle Hautfarbe war typisch für den Menschenschlag der Frankokanadier, und die nicht vom Bart bedeckten Teile seines Gesichts und Nackens waren wund vom häufigen Kontakt mit dem beißenden Salzwind.

»Wieso hat denn Glück was damit zu tun?« fragte er. »Du hast mir doch selbst erzählt, daß dort unten noch reichlich Seeigel übrig waren nach dem letzten Fang, und sie tun doch nichts anderes als steckenzubleiben, wo immer sie gerade stecken, bis jemand vorbeikommt und sie abpflückt.« Er gluckste vor sich hin. »Bei der

Regelmäßigkeit, mit der du immer zur gleichen Zeit und am gleichen Ort tauchst, sollten die Viecher dir eigentlich schon auf die Schliche gekommen sein. Sich nach einer ungefährlicheren Wohngegend umsehen, oder sich zumindest an jedem zweiten Tag zwischen sieben und drei dünnemachen.«

Ricci zuckte mit den Schultern. »Überlegen kann man sich nur etwas, wenn man das nötige Hirn dazu hat«, sagte er und schaute zu ihm hinüber. »Und das haben sie nicht.«

Mit den Händen in den Taschen seiner Kapuzenjakke drehte er sich wieder zum Bug des Boots und starrte geradeaus nach vorn. Trotz der steifen Brise war es wirklich ein angenehmer Frühlingsmorgen, mit einer Strömung von sechs oder sieben Knoten und viel Sonnenschein am fast wolkenlosen Himmel. Der Dunst war dünn genug, so daß Ricci ohne Schwierigkeiten die Nummern auf den Spitz- und Stumpftonnen der Fahrtrinnenmarkierung erkennen konnte, als der Kanal sich weitete und Dex Gas gab, damit sie schneller gegen die Flut vorwärtskamen.

Mit einem Aufheulen beschleunigte das leichte, 16 Fuß lange Boot. Seine Schrauben verursachten einen feinen, kalten Sprühregen. Ricci schätzte, daß die Wassertemperatur bei etwa fünf Grad lag, und er trug einen schwarzsilbernen Trockentauchanzug aus Neopren und Thinsulate-Spezialunterwäsche zur Konstanthaltung der Körperwärme während seiner Zeit unter Wasser.

Bald hatten sie die Kanalbetonnung und die rotschwarzen Markierungsfässer hinter sich gelassen, die auf die Stelle wiesen, wo Sandbänke an der Hafeneinfahrt eine tückische Falle auch für Fahrzeuge mit geringem Tiefgang bedeuteten, da sie sich bei Flut direkt unterhalb der Wasseroberfläche verbargen. Überall auf der Wasseroberfläche der Bucht konnte Ricci größere Flecken wahrnehmen, die wie gläserne Verzierungen auf einem sonst glatten Spiegel aussahen. Es waren Anzeichen dafür, daß der böige, unterschiedlich starke Wind an den Stellen kreisförmige Wirbel gebildet hatte, wo sich das Salzwasser und die treibenden Meeresbodensedimente mit dem leichteren Süßwasserfluß vermischten. Im Geiste merkte er sich diese Stellen, um sie später zu vermeiden. Normalerweise wurde die nach Westen treibende Strömung schwächer, je geringer die Tiefe war, doch die Auftriebe konnten auf den Taucher einen starken, plötzlichen Sog ausüben, und das häufig dort treibende Phytoplankton verringerte die Sichtweite unter Wasser erheblich.

Die beiden Männer flitzten in ihrem Skiff über das Wasser; wegen des Motorenlärms sprach keiner von ihnen ein Wort, für die Dauer der halben Stunde, die sie brauchten, um die Insel zu erreichen, wo Ricci die Seeigelkolonie entdeckt hatte. Noch nicht einmal viertausend Quadratmeter groß, von der Form eines gespaltenen Hufs, wobei der Spalt an der Nordostseite eine kleine Bucht bildete, die bis auf eine Tiefe von mindestens zweihundert Metern abfiel und auf den unter Wasser gelegenen Klippenvorsprüngen dicht mit Seegras bewachsen war.

Als sie näher herankamen, drosselte Dex die Geschwindigkeit, setzte sich auf die Backbordseite und lenkte das Boot um die Insel herum in Richtung auf die kleine Bucht. Ricci saß steuerbord auf dem Bootsrand und ließ seinen Blick über die Kieselsteine der Küste und den wenige Schritte weiter ins Landesinnere parallel dazu verlaufenden Streifen von Bäumen und Büschen schweifen.

Sekunden bevor Dex das Boot in die Bucht hineinmanövrierte, glaubte Ricci, das Funkeln von reflektiertem Sonnenlicht im Gebüsch in der Nähe einer großen Granitformation wahrzunehmen. Für einen Augenblick richtete er seinen Blick auf diese Stelle, sah wieder das reflektierte Glitzern und registrierte die Umrisse dieses kleinen Strandabschnitts in seinem Gedächtnis. Als zusätzliche Referenz bestimmte er auf dem an seinem Handgelenk angebrachten Kompaß die Koordinaten. Die Reflexion konnte von Glasscherben sein, die ans Ufer gespült worden waren, oder von einer Bierdose oder einer Flasche, die von einem Fischer nach einem einsamen Imbiß auf der Insel zurückgelassen worden war. Aber für den Fall, daß dem nicht so war, bot die riesige Felsformation einen so perfekten Anhaltspunkt, wie er sich nur wünschen konnte.

Nachdem Dex den Anker geworfen und soviel Ankerleine nachgesteckt hatte, bis der Anker sich eingegraben hatte, drehte sich das Boot langsam mit dem Bug in den Wind. Er gähnte, streckte sich und griff schließlich nach seiner Thermosflasche.

»Sieht so aus, als ob die Kinder dich ganz schön angestrengt haben«, sagte Ricci. Wieder starrte er nach vorn über den Bug.

»Was?« Dex schraubte den Deckel der Thermoskanne ab. »Was willst du denn damit sagen?«

»So wie du schon den ganzen Morgen mit dem Mund Fliegen fängst«, erwiderte Ricci. »Ich habe gedacht, das muß wohl davon kommen, daß du vor ein paar Tagen nach der Schule deine Frau vertreten mußtest. Entweder das, oder du hast in letzter Zeit nicht genug geschlafen.«

Dex sah nach unten und goß sich ein wenig Kaffee ein.

»Eigentlich habe ich ganz gut geschlafen«, sagte er. Dann schlürfte er ein bißchen von dem heißen Getränk. »Aber es stimmt, daß die kleinen Biester mich keine Sekunde allein gelassen haben.«

Schweigend sah Ricci zu ihm hinüber.

»In der Nacht kam auch noch Nancy so geil ins Bett

wie eine Katze bei Vollmond, und ausnahmsweise mußte ich dann schließlich passen«, fuhr Dex fort. »Ich weiß nicht, ob es die Jungs waren, die mich genervt haben, oder wie du es nennen willst, oder ob es der Gedanke an den Mist war, den Phipps und Cobbs mit dir veranstaltet haben, während ich Kindermädchen spielen mußte.« Mit der Hand strich er sich durch den Bart. »Ich nehme an, es war wohl mehr das Letztere. Also wirklich, daß die beiden Halunken sich mit *unserem Fang* aus dem Staub machen wollten. Und wie es der Zufall so wollte, mußte ich ausgerechnet an dem Tag nicht dabei sein. Das war wirklich Pech!«

»Reg dich nicht auf«, entgegnete Ricci, ohne den Blick von ihm abzuwenden. »Die haben bekommen, was sie verdient hatten.«

»Trotzdem hätte ich dabei sein sollen, um dir dabei zu helfen, es ihnen zu zeigen. Das ist alles, was ich sagen will.« Dex trank noch einen Schluck Kaffee aus der Thermostasse, dann bot er sie Ricci an. »Willst du was von dem Gebräu, das meine Alte gekocht hat?«

Ricci schüttelte den Kopf.

»Danke, jetzt nicht«, antwortete er. Dann zog er seinen Pullover aus. »Ich möchte lieber anfangen, solange das Wasser noch halbwegs ruhig ist.«

Dex nickte, stellte den Deckel ab und machte sich an die Arbeit. Zunächst hißte er die Taucherflagge, dann griff er in den Gerätekasten, holte eine der Preßluftflaschen hervor, erhob sich vom Cockpit und hievte sie an einer Leine über Bord.

In der Zwischenzeit beugte sich Ricci über eine seiner Ausrüstungstaschen, öffnete den Reißverschluß und begann, sein Tauchgerät herauszunehmen und vor sich an Deck anzuordnen. Er zog die Tauchkapuze über den Kopf, schlüpfte dann mit den Armen in die Tarierweste, deren doppelte Luftkammern ihre Luft aus seiner Tauchflasche bekamen, und befestigte die Schnellverschlüsse des Bundes an seiner Hüfte. In seinem nylongewebten Bleigürtel hatte er vier Zwölf-Pfund-Gewichte gleichmäßig verteilt, und zwei Pfund Zusatzgewichte waren an jedem Fußgelenk befestigt, um ihn leichter in der Waagerechten zu halten und die Wirbelsäule zu entlasten. Obwohl unter normalen Tauchbedingungen die 52 Pfund übertrieben gewesen wären, hatte Ricci doch oft festgestellt, daß er sie brauchte, um in den von Seeigeln bewohnten Tiefen bei starken Strömungen und Unterwasserwirbeln ruhig arbeiten zu können.

Nachdem er seinen Gürtel angelegt hatte, setzte Ricci seine Maske auf, zog Handschuhe und Schwimmflossen an und griff dann in die Tasche, um die beiden Tauchmesser und ihr Geschirr hervorzuholen. Sein Seeigelmesser mit der Sägespitze kam in die Scheide an seinem Oberschenkel, ein spitzes Ersatzmesser aus Titanlegierung in eine ähnliche Scheide auf der Innenseite seines linken Armes. Zum Abschluß benutzte er eine elastische Handschlaufe, um die Unterwasser-Halogenlampe an seinem Handgelenk zu befestigen.

Als er fertig war, öffnete er seine zweite Ausrüstungstasche und zog drei Maschensäcke aus Nylon hervor, die eng aufgerollt waren und mit Gummibändern zusammengehalten wurden. Er ließ ihre Schwimmleinen in die Ösen an seiner Tauchweste einschnappen, kletterte auf den Bootsrand und setzte sich mit dem Rücken zum Wasser.

»Vergiß deine Reserveflasche nicht«, sagte Dex. Aus dem Gerätekasten nahm er einen Aluminiumtank mit Schnorchel von der Größe einer Fahrradpumpe, steckte das Gerät in eine salzwasserfeste Tasche und trug sie zu Ricci hinüber.

Ricci hängte sich die Tasche über die Schulter.

»Okay«, sagte er. »Jetzt bin ich startklar.«

Dex streckte den Daumen in die Höhe.

»Wenn du mir schon keine Hurenmuschi hochschikken kannst, dann muß ich mich eben mit den Eiern zufriedengeben, die sie fallen gelassen hat«, entgegnete er grinsend, als ob er etwas besonders Witziges von sich gegeben hätte.

Mit einer Rückwärtsrolle kippte Ricci ins Wasser, schwamm zu seiner Preßluftflasche, zog sie über und befestigte den Niederdruckschlauch des Lungenautomaten an der Tarierweste, der aus der Tauchflasche durch ein mit der Hand leicht zu erreichendes Drehventil mit Luft versorgt wurde. Zur Reserve – und für kleinere Auftriebskorrekturen, die bei dieser Methode nicht so einfach waren – befand sich am rechten Schulterriemen seiner Tauchweste eine Mundaufblasvorrichtung, die aus einem dicken Faltenschlauch wie bei einem Staubsauger oder einem Kraftfahrzeugvergaser bestand, an den ein Mundstück angebracht war, das mit einem einfachen Knopfdruckmechanismus aktiviert werden konnte.

Vor dem Untertauchen überprüfte Ricci noch die Anzeigenvorrichtung, die oben an seinem Preßlufttank mit einem weiteren Druckschlauch befestigt war. Auf der Anzeige gab es zwei Meßgeräte – ein digitales Display zur Tiefen- und Temperaturmessung, und darunter einen analogen Druckmesser. Der Druckmesser zeigte, daß der Tank auf dem Maximalstand von 200 bar Arbeitsdruck war, mit der üblichen zehnprozentigen Sicherheitsüberfüllung.

Bei einem letzten Blick nach oben sah er, wie Dex sich über die Bootskante lehnte, immer noch grinsend und den Daumen nach oben gestreckt.

Ricci stieß sich vom Rumpf des Bootes ab, ließ Luft aus seiner Tarierweste und tauchte nach unten ab.

Das Grinsen auf dem Gesicht von Dex dauerte nur so lange, bis Riccis Umrisse unter dem Wasserspiegel verschwanden. Dann verschwand es ebenfalls. Mit verkniffenen Augen und angespannt zusammengepreßten Lippen stand er am Bootsrand und beobachtete, wie die Blasen von Riccis ausgeatmeter Luft die Oberfläche erreichten. Plötzlich fielen ihm die Worte ein, die sie heute morgen gewechselt hatten.

»Bei der Regelmäßigkeit, mit der du immer zur gleichen Zeit und am gleichen Ort tauchst, sollten die Viecher dir eigentlich schon auf die Schliche gekommen sein.« Dann hatte er noch irgendeinen Blödsinn hinzugefügt, etwa daß sich die Tiere nach einer besseren Wohngegend umsehen sollten, oder so ähnlich. Nur um das Schweigen zwischen ihnen zu unterbrechen.

»Überlegen kann man sich nur etwas, wenn man das nötige Hirn dazu hat«, hatte Ricci geantwortet. *»Und das haben sie nicht.«*

Na ja, dachte er, vielleicht sind die Gehirne der Seeigel nicht größer als kleine Sandkörner in ihren Köpfen, obwohl sie nicht einmal Köpfe hatten, soweit Dex sehen konnte, doch er war sicherlich schlau genug, um sich selbst etwas zu überlegen. Nicht daß Gott ihn zu einem Genie gemacht hätte; wenn das der Fall gewesen wäre, dann müßte er nicht im Boot sitzen und in jeder Wintersaison arbeiten, wenn die Morgenkälte so bitter war, daß sie einem die Eier bis in den Magen zusammenzog und die Tropfen an der Nase in Eiszapfen verwandelte. Aber er wußte genau, daß Ricci sich über die Sache mit Cobbs und Phipps Gedanken machte, und daß Ricci sich vielleicht gefragt hatte, ob er vorher von der Angelegenheit gewußt hatte. Es konnte sogar sein, daß er richtig Verdacht geschöpft hatte, so still wie er heute morgen gewesen war. Obwohl er auch sonst nicht gerade gesprächig war, selbst wenn er besonders gut aufgelegt war.

Dennoch konnte Dex es sich nicht leisten, darauf zu warten, daß Ricci den Weg zurücklegte von ersten Verdachtsmomenten bis hin zu den richtigen Schlüssen, vor allem, wenn man bedachte, wie naheliegend diese Schlüsse waren. Vielleicht quatschte er nicht soviel über sich selbst wie die meisten anderen Flachländer, die einem ihr gesamtes Leben in allen Details von A bis Z innerhalb der ersten fünf Minuten erzählten, nachdem man sie kennengelernt hatte, doch manchmal sprach auch Ricci über die Zeit, als er unten in Beantown bei der Polizei gewesen war. Außerdem hatte die Freundin von Dex bestem Freund Hugh Temple eine Schwester namens Alice, die beim Immobilienmakler in der Stadt arbeitete. Diese Schwester wußte von ihrem Freund, der bei der Key Bank arbeitete, daß Ricci früher einmal bei einer besonderen militärischen Organisation gewesen war, so etwas wie die Rangers oder die Navy SEALs oder auch die Boy Commandos – irgend so etwas –, bevor er zu den Bullen ging. Diese Nachricht hatte Dex nicht sonderlich überrascht, denn manchmal gab es Momente, in denen man Ricci nur in die Augen schauen mußte, um zu sehen, daß er ein äußerst gefährlicher Bastard sein konnte für jeden, der sich auf der falschen Seite befand.

Dex fischte sich eine Zigarette aus dem Päckchen in seiner Brusttasche, schob sie zwischen die Lippen und hielt schützend eine Hand über die Spitze, während er sein Feuerzeug aufflackern ließ. Dann stand er rauchend am Rande des Bootes und folgte mit den Augen dem Strom von Riccis Luftblasen. In Wahrheit war er immer gut mit Ricci ausgekommen, der immer gerecht zu ihm gewesen war, was das Geschäft betraf, und niemanden behandelt hatte, als ob er selbst etwas Besseres wäre, wie es eine Reihe von Leuten von außerhalb ganz selbstverständlich taten, insbesondere die Sommergäste mit ihren Kajaks, Kanus und Mountain Bikes auf den Dachgepäckträgern ihrer riesigen, nagelneuen Kombis mit Allradantrieb. Solche Leute standen in

Gruppen von fünf, sechs oder mehr mitten im Dorf herum, in weißen Shorts und weißen Tennisschuhen, die zu ihren blendend weißen Zähnen paßten. Wenn man vorbeikam, fiel es ihnen gar nicht ein, kurz beiseite zu treten, um einen vorbeizulassen. Dazu redeten sie in einer Lautstärke, daß man meinen mußte, alle wären so taub wie ein Brett. Sie verstopften den Bürgersteig, als ob er ihnen gehörte, obwohl sie ganz genau sehen konnten, daß sie ihn mit allen anderen Leuten teilen mußten. Sie benahmen sich, als ob sie sich zwischen irgendwelchen Filmaufbauten bewegten, die ausgerechnet für sie zu Anfang der Saison errichtet worden waren, und die wieder weggepackt wurden, sobald sie im September wieder nach Süden in ihre Heimatstädte fahren würden, und die dann Staub und Spinnweben ansammelten, bis der nächste Feriensommer ins Haus stand.

Nein, Dex war Ricci nicht schlecht gesonnen, weder an dem Tag, als er ihm die erfundene Geschichte erzählt hatte, daß er auf die Kinder aufpassen müßte, noch jetzt, nachdem er gestern abend an Riccis Luftdruckmesser gefummelt und alles vorbereitet hatte, damit es heute mit ihm vorbei war. Aber was hatte er denn für eine Wahl? Es kam ihm so vor, als ob er in den Krieg ziehen würde. Man war gezwungen, jemanden zu erschießen, gegen den man keinen persönlichen Groll hegte, jemanden, den man vielleicht sogar sympathisch finden könnte bei einem Glas oder zwei, und das alles aufgrund von Umständen, die man genauso wenig steuern konnte wie die Drehungen der Erde. Da er Soldat gewesen war, würde Ricci das wahrscheinlich verstehen. Was Ricci als jemand von außerhalb *niemals* verstehen würde, war jedoch der Druck, unter dem er, Dex, gestanden hatte, um mit Cobbs einen separaten Deal zu machen. Wie hätte er diesem Hund die Zusammenarbeit verweigern können, ohne selbst in Teufels Küche zu kommen? Cobbs steckte dermaßen unter einer Decke mit dem Sheriff und den Herren der Stadtverwaltung, er hätte garantiert dafür gesorgt, daß Dex für irgendeine Verletzung der Verkehrssicherheit einen Strafzettel bekam, wenn er auch nur seinen Wagen anließ; daß man ihn an die Seite winken würde, ihn ins Röhrchen blasen lassen würde und dann in eine Ernüchterungszelle stecken würde, jedesmal wenn er mit seinem Pickup nach ein oder zwei Bier in der Kneipe nach Hause fahren wollte. Dagegen hatte Ricci keine solche Sorgen. Als er in der Stadt angekommen war, hatte er genug Geld gehabt, um sich das hübsche Haus am Strand zu kaufen, und außerdem bekam er bestimmt eine reichliche Pension von der Polizei, ganz zu schweigen von den Vorzügen, die er als ehemaliger Soldat genoß, wie zum Beispiel die bezahlten Arztbesuche und Routineuntersuchungen im Krankenhaus in Togas, dazu all den anderen Bonbons, die ihm die Regierung zukommen ließ. Zudem war Ricci ein Einzelgänger ohne Frau und Kinder, und man konnte darauf wetten, daß es nicht mehr lange dauern würde, bis er sich nach einer besseren Wohngegend umsehen würde.

Dex runzelte die Stirn, seine Augenbrauen hoben sich in Gedanken. Was zum Teufel sollte er denn tun? Schließlich mußte er hier sein Geld verdienen, jahrein, jahraus, oder er müßte zusehen, wie seine Familie verhungerte. Er mußte in der Lage sein, die Straße hinunterzugehen, ohne dauernd über die Schulter zu schauen, ob ihm Phipps oder ein anderer Scheißsheriff im Polizeiwagen folgte, um ihn bei der nächstbesten Gelegenheit unter irgendeinem auf der Stelle erfundenen Vorwand fertig zu machen.

Nach einem tiefen Zug an der Zigarette stieß er eine Säule Rauch und Atemdunst in die kalte Salzluft, wobei ihm noch einmal sein Kommentar gegenüber Ricci einfiel, als sie den Hafen verließen.

Bei der Regelmäßigkeit, mit der du immer zur gleichen

Zeit und am gleichen Ort tauchst, sollten die Viecher dir eigentlich schon auf die Schliche gekommen sein …

Es stimmte, Ricci lief wirklich so regelmäßig wie ein Uhrwerk. Jeden Morgen, wenn sie hinausfuhren, verteilte er seine Ausrüstung auf die gleiche Weise vor sich auf dem Deck, legte die Geräte in der gleichen Reihenfolge an, tauchte an seinen vertrauten Stellen, brauchte nicht länger als eine halbe Stunde, um die ersten zwei Säcke mit den Tieren zu füllen, die er auf den Unterwasservorsprüngen am Eingang der kleinen Bucht fand. Sobald deren Markierungen an die Oberfläche kamen, würde Dex die Säcke an Bord laden. Dann wußte er, daß Ricci sich jetzt auf dem Weg hinunter in den dichtesten Teil des Seegraswaldes befand, wo er sich mit der Strömung treiben ließ, statt *gegen* sie zu tauchen, wie andere Taucher es normalerweise taten, so daß sie zum Boot zurückgetrieben wurden statt von ihm weg, wenn sie die Orientierung verloren. Strömungstauchen, wie man es nannte, war eine riskante Angelegenheit, doch dadurch, daß er sich von der Strömung treiben ließ, konnte Ricci die größtmögliche Fläche Meeresboden in kürzester Zeit bewältigen, und es war auf dem Meeresboden, wo er die besten, dicksten Seeigel fand.

In der Zwischenzeit war es die Aufgabe von Dex, den Anker zu lichten, den Außenbordmotor in den Rückwärtsgang zu schalten und konzentriert auf Riccis Luftblasen zu achten, während er langsam und vorsichtig rückwärts hinter ihm herfuhr. Einige Taucher befestigten eine Schwimmleine an ihren Gürteln, damit der Helfer im Boot nur auf die mit Leuchtfarbe gestrichene Markierung achten mußte, statt mit Argusaugen die Luftblasen zu verfolgen, die viel schwieriger zu erkennen waren. Doch in diesen Gewässern gab es so verdammt viel Seegras, daß die Schwimmleine sich nur darin verheddern würde.

Dex warf einen Blick auf die Armbanduhr. Nur noch ein paar Minuten, bevor Ricci etwa zehn oder zwölf Meter tief unten war. Zu tief, um es ohne Luft nach oben zu schaffen, und gerade zu einem Zeitpunkt, an dem seine *Luftversorgung* zu Ende gehen würde. Dann würde Dex noch ein wenig länger warten, darauf den Motor in den Vorwärtsgang schalten und so schnell wie möglich von hier verschwinden, wohl wissend, daß sein Partner irgendwo da unten ertrank. Seine Lungen würden in der Brust anschwellen, bis sie wie angestochene Luftballons zerplatzen würden.

Ja, dachte Dex, er hatte Ricci gelinkt, man konnte es nicht anders nennen. Gelinkt, und jetzt so gut wie umgebracht. Aber was konnte er dazu sagen?

Er hatte keine Wahl, dachte er. Absolut keine Wahl.

So waren die Dinge nun einmal, und dazu gab es wirklich nicht mehr zu sagen.

Ricci war schon fast eine halbe Stunde so tief unten wie möglich, als er den großen Treffer landete.

Nachdem er zwei seiner drei Säcke mit kleineren Seeigeln von den oberen Ebenen des Hangs gefüllt hatte, hatte er ihre Schwimmleinen an die Oberfläche geschickt, damit Dex sie einsammelte, und war dann unterhalb der Seegrasvorsprünge abgetaucht. Der Weg nach unten war zum großen Teil beschwerlich. Wie er beim Verlassen der Hafenfahrrinne festgestellt hatte, hatten die wechselhaften Winde ziemlich starke und trübe Strömungen hervorgerufen. Damit wurde er gezwungen, unter viel Energieaufwand gegen den Sog anzukämpfen. Außerdem wirbelten die Strömungen so viel Sand und Muschelstaub auf, daß Ricci in einigen Momenten des Abtauchens allerhöchstens zwei Meter weit sehen konnte. Obwohl sich die Bedingungen besserten, als er den Meeresboden der Bucht erreichte und sich treiben ließ, war doch seine maximale Sichtweite auch hier auf etwa zwölf Meter begrenzt. Folglich fragte er sich, ob er den Tauchgang abbrechen müßte, ohne ein paar erstklassige Tiere gefunden zu haben.

Dann entdeckte er die Aushöhlung durch reinen Zufall. Sie war von oben durch einen breiten Felsvorsprung verborgen. Ein Vorhang aus Seegras hing vor der Zugangsöffnung, und er wäre ahnungslos vorbeigeschwommen, wenn nicht zufällig in diesem Augenblick die Strömung einige Gräser zur Seite gestreift hätte.

Er glitt näher heran und bestrahlte die Nische mit seiner Lampe, wobei er mit der freien Hand die langen, nach oben strebenden und gebogenen Unterwassergräser auseinanderhielt. Schwärme silbriger Heringe und andere kleine Fische, die Ricci nicht kannte, schossen im Licht hin und her, als er durch die Öffnung in die Höhle hineinleuchtete.

Der durchdringende Lichtstrahl zeigte, daß die Aushöhlung recht klein war und bei sich nach innen verjüngenden Wänden höchstens vier oder fünf Meter in den Felshang hineinreichte. Dabei war der Eingang so eng, daß sich Ricci mit seiner Tauchausrüstung und seiner Druckluftflasche nur mit Mühe hindurchzwängte. Trotzdem vibrierte er vor Aufregung über seinen Fund. Das Innere der Höhle wimmelte von ausgereiften, erstaunlich großen Seeigeln. Unmengen von Seeigeln, und sie hingen in Dreier- oder Viererreihen an allen senkrechten und waagrechten Oberflächen. Bei dieser unglaublichen Konzentration der Tiere würde er bereits mit denjenigen den Sack bis ganz oben füllen, die sich direkt am Eingang der Höhle befanden. Die übrigen stacheligen Kreaturen konnten dann weiterhin das tun, was sie taten, wenn gerade keine menschlichen oder anderweitigen futtersuchenden Räuber sie in ihrer Ruhe störten.

Er griff hinunter an seinen Oberschenkel und zog das Seeigelmesser aus der Scheide.

Bevor er anfing, überprüfte Ricci seine Taucheruhr und die Meßgeräte. Dann überschlug er im Kopf einige Daten, wie er es beim Tauchtraining der Marine gelernt hatte. Obwohl sein Luftdruckmesser noch eine reichliche Luftreserve anzeigte, hatte er seine Nullzeit überschritten und würde beim Auftauchen einen Dekompressionsstop machen müssen. Das war zwar nicht untypisch für ihn, doch mußte er auf jeden Fall daran denken.

Dann schwamm er in die Höhle hinein, die Beine in scherenförmiger Stellung. Sorgfältig bemühte er sich, nicht mit den Taucherflaschen an den Felsen entlangzukratzen. In Anbetracht seiner Pläne für die allernächste Zukunft, seine Karriere als Seeigeljäger definitiv abzuschließen, fand er seine Aufregung über den Fund erstaunlich, vielleicht sogar ein wenig lustig. *So bin ich nun einmal*, dachte er. In keinem Bereich ein Naturtalent, doch wild entschlossen, jede Arbeit auf die bestmögliche Art und Weise zu Ende zu führen. Es war die alte Arbeiterethik, die Ricci seiner eigenen Meinung nach von seinem Vater geerbt hatte, der in einem Stahlwerk gearbeitet hatte. Oft wünschte er, diese Einstellung ein für alle Male abstreifen zu können, da er auf dem harten Wege hatte lernen müssen, daß ein bestens ausgeführter Job ebensogut Probleme wie Belohnungen nach sich ziehen konnte – und, schlimmer noch, daß man gelegentlich für seine Sorgfalt aufs bitterste bestraft wurde.

Mit dem Sack in der Linken und dem Messer in der Rechten machte Ricci sich an seinen frisch entdeckten Schatz. Die Seeigel, die langsam auf dem Rücken derjenigen krochen, die am Felsen hingen, waren leichte Ernte, und sie waren so zahlreich, daß bereits nach ein paar Minuten der Sack zu einem Drittel angefüllt war. Zufrieden mit dem schnellen Erfolg begann er, die anderen einzusammeln. Dazu schob er die abgeflachte Spitze des Messers unter die Saugscheiben an den Endpunkten ihrer röhrenförmigen Füße und lockerte sie dann vorsichtig von der Oberfläche, an der sie sich verankert hatten. Es dauerte länger als der erste Teil der Arbeit, und er mußte mit Sorgfalt und Feingefühl vorgehen, damit er ihre Schalen nicht zerbrach – was eine unnötige Verschwendung gewesen wäre, denn sie waren wertlos für ihn, wenn er sie nicht lebend nach oben brachte.

Nach zwanzig Minuten konzentrierter Arbeit wanderten Riccis Gedanken zurück zu dem hellen Glitzern, das er vom Boot aus bemerkt hatte. Vielleicht hatte ein ökologisch unbedarfter Fischer etwas hinter sich gelassen, oder es handelte sich um ein Stück spiegelndes Treibgut, das von der Flut auf die Insel gespült worden war. Vielleicht. Aber irgendwie wurde er den Gedanken nicht los, daß es auch ein Sonnenreflex auf einem Fernglas gewesen sein konnte – oder auf dem Zielfernrohr eines Gewehrs. Unter Umständen hatten seine langen Jahre beim Militär und bei der Polizei einer Sache unnötiges Gewicht verliehen, die normalerweise als zu weit hergeholt abgetan würde, doch warum sollte er diese Möglichkeiten von vornherein ausschließen? Nicht nur *seine* Erfahrung mußte berücksichtigt werden. Auch Pete Nimec hatte beim Persönlichkeitstyp von Cobbs den Nagel auf den Kopf getroffen. Ricci hatte ihn gedemütigt, hatte seine beschränkte kleine Welt aufgerüttelt wie eine dieser Schneekugeln, die von den Touristen in den Souvenirläden gekauft wurden. Er würde in seinem eigenen Saft schmoren, bis er einen Teil seines Stolzes wiedererlangte. In einer kleinen Stadt sprachen sich die Dinge schnell herum, und er würde alles daran setzen, es Ricci heimzuzahlen, bevor die Geschichte von den Arschtritten bis an die Theken der hiesigen Kneipen gelangte. Vielleicht hatte er sich sogar ein wenig Zeit genommen, um seine Rache zu planen, aber Cobbs war wohl eher ein Hitzkopf, und ein wenig verrückt dazu. Es war wesentlich wahrscheinlicher, daß er etwas unternehmen würde, solange er noch in Rage war – und dabei möglicherweise zu ebenso extremen wie überstürzten Mitteln greifen würde.

Ricci ließ einen Seeigel in den Sack fallen und lockerte den nächsten mit seinem Messer. In Ordnung, er und Pete wußten, was sich im Kopf von Cobbs abspielte, doch was genau hatte das mit dem hellen Aufblitzen am Strand zu tun? Wenn er annahm, daß Cobbs ihn erledigen wollte, dann war es offensichtlich. Als Fischereiinspekteur durfte Cobbs Feuerwaffen tragen; auch war ihm vom Kreis Waldo ein Schnellboot zur Patrouille der Bucht zur Verfügung gestellt worden. Außerdem wußte er genau, wo Ricci tauchen ging. Er konnte sein Boot an Land ziehen oder es an der anderen Seite der Insel festmachen, sich dann im Gestrüpp verstecken und abwarten, bis er bereit war, das auszuführen, wofür er gekommen war. Im Wasser war Ricci ein äußerst verwundbares Ziel. Cobbs konnte warten, bis er wieder an die Wasseroberfläche kam, dann mit seinem Motorboot herbeirasen und ihn abknallen wie eine Ente in einer Schießbude. Wenn er gut genug mit dem Gewehr umgehen konnte und ein anständiges Zielfernrohr hatte, konnte er es auch vom Land aus versuchen, ohne überhaupt jemals seine Deckung zu verlassen. Dann würde Ricci einfach in den ausgedehnten Gewässern der Penobscot-Bucht verschwinden. Das Tauchen nach Seeigeln steckte voller Gefahren und hatte in den vergangenen Jahren eine Reihe von Menschenleben gefordert, und in zwei oder drei dieser Fälle waren die Leichen der Taucher niemals geborgen worden. In Anbetracht der diversen Strömungen, der Unmengen von Seegras und den Aasfressern des Meeres war die Suche nach einer Leiche ein schwieriges Unterfangen.

Nachdem Ricci all diese Dinge zwei Tage und zwei Nächte in Gedanken durchgespielt hatte, war er zu dem Schluß gelangt, daß Cobbs versuchen würde, ihn beim Tauchen zu erwischen. Wenn nicht bei diesem, dann sicherlich beim nächsten Mal. Lediglich die Rolle von Dex war ihm noch nicht klar. Ricci verstand, daß sein Partner der Versuchung erlegen sein konnte, ihn um den Anteil am Erlös für den Fang zu betrügen, und hatte in der Tat die letzten Zweifel an der diesbezüglichen Schuld von Dex ausgeräumt, als dieser heute morgen auf dem Boot auf das Thema seines angeblichen Kinderhütens zu sprechen kam. Durch sein gesamtes Verhalten war es überdeutlich geworden – die Art, wie er nervös davon geplappert hatte, wie schlecht er sich wegen der Geschichte fühlte, die Ricci in seiner Abwesenheit passiert war. Er trug ein wenig zu stark auf bei der Demonstration seiner Reue und Bestürzung, konnte nicht ruhig sitzen, mußte ununterbrochen mit seinem Bart spielen und konnte ihm während der ganzen Zeit nicht in die Augen sehen. Dieses waren beispielhafte Anzeichen von Lüge und Täuschung, die Ricci von den zahllosen Vernehmungen Verdächtiger wiedererkannte, die er in den Jahren als Polizeikommissar durchgeführt hatte.

Es gab allerdings verschiedene Arten von Betrügereien. Ricci glaubte nicht daran, daß Dex das Zeug hatte, Cobbs aktiv bei seiner Rache zu helfen. Es sei denn, er wußte nicht, daß Cobbs irgend etwas Drastisches im Schilde führte. Oder er fühlte sich dazu gezwungen. Dex lebte unter großen Schwierigkeiten von der Hand in den Mund, und Cobbs und seine Kumpanen in ihren nicht gerade makellosen Uniformen konnten ihm zusätzliche Probleme bereiten, wenn sie wollten. Ob er nun angelockt oder bedroht wurde, Dex *konnte* dazu überredet werden, den Mund zu halten über alles, was er mitbekommen könnte.

Am Ende hatte Ricci nur zwei Alternativen gesehen – entweder trat er den Rückzug an, oder er blieb hart und ging bei möglichst gespannter Aufmerksamkeit weiter seiner üblichen Routine nach. Er entschied sich für die zweite Alternative und glaubte immer noch, die richtige Entscheidung getroffen zu haben. Sollte es sich eindeutig herausstellen, daß Dex sich gegen ihn gewandt hatte und es vielleicht sogar zulassen würde, daß Cobbs ihn ungestraft *umbringen* würde, dann wären seine Motive letztendlich nebensächlich. Riccis tief wurzelnder Sinn für begründetes Handeln verlangte, daß es eine Erklärung für diesen Vertrauensbruch geben mußte. Und was Cobbs anging …

Mit Cobbs würde er sich ebenfalls auseinandersetzen müssen. Und zwar ganz entschieden.

Jetzt vernahm Ricci das Brummen eines Motors irgendwo oben und hielt einen Moment lang inne, um dem Geräusch zuzuhören. Es schien diffus und kam von allen Seiten gleichzeitig – so nahm das menschliche Ohr die meisten niedrigen Frequenzen unter Wasser wahr –, aber er konnte deutlich erkennen, daß der Außenbordmotor des Skiffs angeworfen wurde. Nichts Außergewöhnliches, dachte er. Je nach Windstärke da oben gab Dex gelegentlich Gas, um nicht zu weit abzutreiben.

Noch einmal schaute Ricci auf die Instrumente, stellte fest, daß er noch reichlich Luft in der Flasche hatte und ging wieder daran, den Sack mit Seeigeln zu füllen, ohne sich sonderlich zu beeilen, mit seiner Arbeit fertig zu werden.

Er hatte sich entschieden, Abwarten und Zuschauen zu spielen, und jetzt würde er es auch durchhalten. Was immer zum Teufel für ihn dabei herauskommen sollte.

Dex hatte eigentlich geplant, so lange mit seiner Abfahrt zu warten, bis die Luftblasen von Riccis Atmung nicht mehr an die Oberfläche gelangten – keine Blasen bedeuteten keine Atmung und einen toten Mann tief unten im Wasser. Aber er war an einem Punkt angelangt, an dem die Spannung ihn im Magen schmerzte, als ob er eine Handvoll Reißzwecken verschluckt hätte, und er hielt es nicht mehr aus, einfach dazustehen und auf die Blasen zu achten.

Und außerdem, was für einen Unterschied machte es schon? dachte er. Er hatte die Nadel von Riccis Luftdruckmesser so präpariert, daß die Anzeige höher war als der eigentliche Flascheninhalt – und zwar mehr als fünfzig Bareinheiten höher, ein Viertel des Gesamtinhalts. Dann hatte er sich die äußerste Zeit ausgerechnet, die Ricci unten bleiben und noch lebendig wieder auftauchen konnte, wobei er großzügig bei der Einschätzung der Luftmenge vorgegangen war, die Ricci in der Zwischenzeit unter besten Tauchbedingungen aufgebraucht hätte. Doch die Bedingungen waren alles andere als ideal, denn Dex hatte seit ihrer Abfahrt eine Vielzahl von Wirbeln und Gegenströmungen gesehen. All diese Faktoren zusammengenommen bedeuteten, daß Ricci keine Chance mehr hatte. Es war traurig, daran zu denken, wie er den Abschied nehmen würde, mit völlig zermatschten Eingeweiden. Verdammt traurig. Aber da konnte man nichts machen, und da Dex immer noch nicht zitterte, sagte er sich, daß er sich heute außerordentlich gut zusammengerissen hatte. *Sehr* gut sogar, unter all diesen Umständen. Doch dieses Herumstehen und Warten. Das Warten darauf, daß keine Luftblasen mehr an die Wasseroberfläche kamen ... Gott, das war einfach zuviel.

Dann flatterten seine Haare im Wind, die Hand umklammerte fest die Pinne, und Dex gab Vollgas, als ob er so seine Schuld hinter sich lassen könnte, weggewaschen im weißen Schaum der Fahrspur seines Bootes, während dieses mit dem Wind auf den Wellen ritt und in Richtung auf den Treffpunkt mit Cobbs zu hielt.

Cobbs hielt das Fernglas an die Augen gepreßt, hockte im Gebüsch hinter dem Strand und beobachtete, wie das Skiff von seiner Rechten, aus nördlicher Richtung, auf ihn zu kam, wobei Dex so sehr beschleunigt hatte, daß es fast schien, als wolle es im nächsten Augenblick wie eine Rakete in die Luft abheben.

Tief atmete er die von Meer und Pinien schwere Luft ein, versuchte, diesen Moment mit all seinen Details in sein Gedächtnis zu brennen, diese visuellen und auditiven Eindrücke in seinem Gehirn festzuhalten, damit er sie jederzeit abrufen könnte, selbst wenn er alt und schwachsinnig sein und seinen eigenen Namen nicht mehr wissen sollte. Das laute Dröhnen des Motors über dem Wasser hatte das Boot bereits Minuten vor seinem Erscheinen angekündigt, doch Cobbs hatte versucht, seiner erregten Erwartung Herr zu werden, bis er es tatsächlich durch das Fernglas entdeckt hatte. Als er es schließlich erblickte, als er sah, daß Dex allein war, da hatte sich Cobbs gefühlt, als ob er selbst gleich in die Stratosphäre abheben würde. Erst in diesem Augenblick, als die Spannung endlich vorbei war, hatte er die wahre Glut seines Hasses auf Ricci erkannt. Und ebenfalls erst jetzt hatte er entdeckt, wie ausgeprägt seine Veranlagung für Mord war, ohne Reue oder Angst vor Bestrafung, ohne irgendwelche Gefühle in seinem Herzen außer hämischer Befriedigung.

Jetzt drehte das Skiff nach Steuerbord und kam direkt auf den Strand zu. Der Bug tanzte hoch über den Wellen, und das Dröhnen des Motors erreichte eine Höhe, die zu der Freude paßte, die in Cobbs hochstieg, während er sich vorstellte, wie Tom Ricci in den letzten, harten Minuten seines Lebens gelitten haben mußte.

Sekunden nach dem ersten Anzeichen, daß mit seiner Luftversorgung etwas nicht stimmen könnte, wurde Ricci klar, daß er vor einem echten Problem stand. Vor Ablauf einer Minute war aus dem Problem eine ausgewachsene Krise geworden.

Der Atemzug, der den Alarm ausgelöst hatte, schien den Sauerstoff ein wenig schwerfälliger aus dem Atemregler zu holen als normalerweise. Diese Schwierigkeit hätte auf eine leichte Überanstrengung deuten können – schließlich hatte er mehr als eine Stunde lang kontinuierlich gegen starke Strömungen gearbeitet. Doch eine skeptische Stimme in seinem Kopf widersprach dieser Idee auf der Stelle. Denn er war ein erfahrener Taucher, und das richtige Tempo unter Wasser war ihm in Fleisch und Blut übergegangen.

Noch einmal atmete er ein, dann noch einmal. Jeder Atemzug war anstrengender als der vorherige und gab der inneren Stimme einen Ton größerer Dringlichkeit.

Ricci warf einen schnellen Blick auf den Luftdruckanzeiger. Der Zeiger bedeutete ihm, daß sich noch über 50 bar im Preßlufttank befanden – also 25 Prozent seiner Gesamtkapazität –, doch sein Verstand und sein Körper sagten ihm etwas anderes. Obwohl er alle Bewegungen eingestellt hatte und im Wasser ruhte, kam der Tank kaum seinem Bedürfnis nach Sauerstoff nach.

Der Zeiger stimmte nicht.

Der Zeiger belog ihn.

Für einen Moment schob Ricci die Überlegungen beiseite, wie so etwas geschehen konnte, und konzentrierte sich auf das Wichtigste. Ihm ging buchstäblich die Luft aus. Sie ging ihm aus, und es bestand die konkrete Möglichkeit, daß die in der Flasche befindliche Restluft in den nächsten Augenblicken definitiv zu Ende ging.

Sein Herz hämmerte in der Brust. Panik wollte sich ausbreiten, doch er verscheuchte sie. Er mußte sich konzentrieren und ruhig bleiben, und dann einen kleinen

Schritt nach dem anderen unternehmen. Wenn er nicht mehr vernünftig denken konnte, dann war die Zeit gekommen, den Löffel abzugeben, denn dann war er schon so gut wie tot.

Er zog den Atemregler von seinem Mund weg und griff in die Tasche, in der sich die Reserveflasche befand. Dabei achtete er darauf, ins Wasser auszuatmen. In seiner jetzigen Tiefe stand er unter fast vier Atmosphären Druck, und bei dem geringen Volumen von Luft in seinen Lungen würde er sie allzu sehr quetschen, wenn er den Atem anhielt.

Schnell steckte er den Flansch seines Schnorchelmundstücks zwischen Lippen und Zahnfleisch, drehte das Ventil auf und atmete ein.

Es kam nichts heraus.

Irgendwie war er schon nicht mehr überrascht.

Langsam. Kleine Schritte. Einen nach dem anderen.

Zuerst mußte er jetzt aus der Höhle heraus. Nein, warte, überleg doch mal. Zuallererst mußte er sich von all den Dingen befreien, die er nicht unbedingt bei sich tragen mußte.

Ricci gab den vollen Sack aus der Hand und war überrascht, in Anbetracht des Ernstes der Umstände, wie leid es ihm tat, seinen Rekordfang hinter sich lassen zu müssen. Fast hatte er sich auch schon der Reserveflasche entledigt, doch hielt er sich im letzten Augenblick zurück. Statt dessen zog er den wie ein J geformten Schnorchelansatz ab und steckte ihn wieder in die Tasche, bevor er den nutzlosen Tank fahren ließ. Dann stützte er sich mit beiden Händen auf dem felsigen Boden der Höhle ab – eine Fläche, die er erst einen Augenblick zuvor von Seeigeln gesäubert hatte – und stieß sich nach hinten und durch den Eingang nach draußen.

Als er im Seegras landete, versuchte er, noch etwas Luft aus seiner Hauptflasche zu gewinnen, doch reichte es kaum, um seine Brust zu füllen. Es war, als ob er durch einen Mundknebel atmen wollte, oder als ob ihm jemand eine Hand vor den Mund preßte. Zwei mühevolle Atemzüge später war die Flasche endgültig leer.

Erneut fühlte Ricci die Verzweiflung aus dem Unterbewußten aufsteigen. Und wieder schloß er sie aus, wie man die Tür vor einem kalten Dezemberwind verschließt.

Ausatmen, befahl er sich selbst. *Schön langsam.*

Eine der Grundregeln, die er während des Unterwasser-Überlebenstrainings bei den SEALs gelernt hatte, lautete, daß es beim Tauchen hauptsächlich darauf ankam, eine Druckbalance herzustellen. Internen und externen Druck, psychischen und physischen. Wenn es im Wasser Probleme gab, war zunächst der erste Impuls, sich nur darum zu kümmern, wie man Luft in die Lungen bekam. Deshalb klammerte sich eine ertrinkende Person an ihren Retter und zog ihn ungewollt mit nach unten. Folglich war der erste Impuls meistens falsch. Wenn man nicht mit Kiemen auf die Welt gekommen war, mußte man lernen, seine Instinkte den Umständen anzupassen. Sich auf die Balance konzentrieren, und auf das kontrollierte Atmen, das man zu ihrer Beherrschung trainiert hatte, um jede zur Verfügung stehende Luftquelle maximal auszunutzen.

Solange es eine gab.

Seine Gedanken rasten zurück zu einer der ersten Unterrichtsstunden seines Tauchtrainings. Der damalige Lehrer, ein Drilloffizier der Marine von der Elite-Kommandoeinheit UDT namens Rackel, schien schon mit einem Froschanzug geboren zu sein. Als letzte Notlösung beim Auftauchen ohne verfügbare Luft blieb nur noch der freie Aufstieg. Man entledigte sich seiner Gewichte und ließ den Körper durch die eigene Schwimmfähigkeit hochtreiben. Dabei atmete man durch den Mund aus, um Luft aus der Lunge herauszubefördern, während man den Körper in eine Adlerposition brachte, um die Reibung zwischen dem Körper und dem Wasser zu erhöhen – und die Aufwärtsbewegung zu verlangsamen. Beim Abtauchen komprimierte sich die Luft, beim Auftauchen expandierte sie, und es war immer noch ein Rest in den Lungen übrig, wie sehr sie auch nach ihr verlangten. Wenn man *ohne Ausatmen* schneller als zwanzig Meter pro Minute aufstieg, riskierte man, daß sich die Lungen buchstäblich aufbliesen, bis sie platzten.

Für Ricci existierte eine unmögliche Hürde: Er befand sich in dreißig Meter Tiefe und hatte seine Lungen bereits mehrere Sekunden lang entleert. Sekunden, die sich wie eine Ewigkeit angefühlt hatten, und die ihn an die Grenze seiner Kraft gebracht hatten. Unabhängig von der Geschwindigkeit, mit der er seinem Körper den Aufstieg erlaubte, hätte er die Möglichkeit des Ausatmens längst erschöpft, bevor er die Oberfläche erreichte. Auch seinen Dekompressionsstop konnte er nicht einhalten … und das konnte das Barotrauma hervorrufen, eine Krankheit, die schwere Gehirn- und Nervenschäden verursachen und sogar zum Tod führen konnte.

Das mußte er im Augenblick ignorieren. Einen kleinen Schritt nach dem anderen, richtig? Erst einmal lebendig an die Oberfläche gelangen, dann konnte man sich darüber Sorgen machen, was vielleicht *in der Folge geschehen könnte.*

Er brauchte eine Luftquelle. Und zwar eine, die ihn zumindest für einen Teil des Aufstiegs versorgte.

Und vielleicht hatte er eine.

Die Luftkammern seiner Tarierweste waren faltig und schlaff, doch die physischen Belastungen für sie waren identisch mit denen seiner Lunge. Auch sie hatten ein wenig zusammengepreßte Luft zurückgehalten, die sich ausdehnen würde, wenn er näher an die Wasseroberfläche gelangte und der auf den Kammern lastende atmosphärische Druck abnahm. Und genau wie die Luft in seinen Lungen einen Ausweg durch Nase,

Hals und Mund suchte, so würde die Luft in den Luftkammern seiner Taucherweste versuchen, durch das künstliche Äquivalent zu entweichen – die Mundaufblasvorrichtung. Die für dreißig oder vierzig Sekunden nötige Menge würde ihn auf zwanzig Meter Tiefe bringen, von wo ab er *unter Umständen* für den Rest der Strecke ausatmen konnte. Es war ein riskanter Versuch, doch entweder unternahm er ihn, oder er konnte gleich den Trompeter und die Ehrenwache bestellen. Oder die Unehrenwache, wenn man bedachte, wie seine Polizeikarriere zu Ende gegangen war.

Abrupt wandte Ricci sein Gesicht zur Wasseroberfläche und rollte seinen Körper nach links, weg vom Schlauch, um diesen von seiner Schulter nach oben zu befördern. Dann blies er das kleine bißchen Luft, das ihm noch verblieben war, in das Mundstück, um es von Wasser zu befreien. Der sicherste Aufstiegsmodus würde auf dem Rücken liegend sein, wobei er eine Hand nach oben ausstreckte. Dadurch hatte er freie Sicht und konnte sich gleichzeitig von eventuellen Hindernissen abstoßen. Außerdem würde sich auf diese Weise der Flexschlauch über seinem Kopf befinden, so daß der Wasserdruck von oben darauf drückte und den freien Fluß der Luft *aus* den Kammern unterstützte.

Aber es gab keine Zeit zu verlieren. Denn er war kurz vor dem Ersticken, seine Gedanken rasten, und die Venen am Nacken und an den Schläfen pochten. Ricci hielt das Mundstück an die Lippen, drückte auf den Knopf, der das Ventil öffnete und inhalierte gierig, während er den Knopf festhielt.

Ein dünner Luftstrom floß in seine Lungen. Kaum ausreichend, um sein schmerzendes Bedürfnis zu befriedigen, und dennoch unbeschreiblich kostbar.

Er atmete in das Mundstück aus und dann wieder ein, schon ein wenig langsamer und gleichmäßiger als beim ersten Mal. Der Sauerstoff stabilisierte seinen Zustand ein wenig.

Zeit zum Abheben.

Ricci löste den Bleigürtel und die Zusatzgewichte an den Fußgelenken. Taumelnd fielen sie tiefer und tiefer in das Dickicht aus Seegras.

Dann riß ihn das Wasser vom Meeresboden hoch und zog ihn mit schwindelerregender Schnelligkeit nach oben.

15.

Verschiedene Schauplätze
22. April 2001

»*Comment ça va*, Rollie?«

»Wenn eine wunderschöne Frau zur Tür hereinkommt, mich auf französisch anspricht, den langen Weg von den Staaten zurückgelegt hat, um mich zu sehen – da kann es mir nur noch gut gehen.«

Megan lächelte Thibodeau an und trat in das Krankenzimmer. Er befand sich halb in sitzender Position; die Rückenlehne des Krankenhausbetts war hochgestellt, um ihn zu stützen. An seinem Unterleib sah sie einen Drainageschlauch, und ein Tropf lief von der Halterung neben dem stählernen Bettgerüst zu seinem Arm.

Mit dem Kinn deutete er auf ihre Einkaufstüte aus braunem Papier, während sie sich auf den Stuhl zu seiner Rechten setzte.

»Jetzt sag nur noch, daß du einen Mardi-Gras-Königskuchen da drin hast, oder vielleicht scharfe Alligatorsoße, dann schwöre ich, daß ich sofort um deine Hand anhalten werde.«

»Gibt es wirklich so etwas wie Alligatorsoße?«

»Könnte ich jeden Tag essen.«

»Schrecklich.« Sie stellte die Tasche neben ihrem Stuhl auf den Boden. »Ihr Leute aus Louisiana müßt eiserne Mägen haben.«

»Liebling, wenn das nicht so wäre, dann wäre ich jetzt wohl schon tot«, entgegnete Thibodeau. »Die Ärzte sagen, die Kugel, die mich getroffen hat, wäre direkt *durch* meinen Magen bis in meine Aorta gegangen, wenn sie nicht unterwegs von meinen Bauchmuskeln abgelenkt worden wäre. Statt dessen hat sie mich lediglich einen Teil meines Dickdarms und meine Milz gekostet.«

»Das nennst du wenig?« fragte sie.

Er zuckte schwach mit den Schultern. »Wenn du einen Bauchschuß abkriegst, hast du keine große Wahl.«

»Hast du böse Schmerzen?«

»Könnte schlimmer sein«, erwiderte er. »Die Herren im weißen Kittel sagen, die größte Gefahr für mich wäre eine Infektion. Sie sagen, normalerweise hilft die Milz bei der Abwehr von Bakterien im Blut. Die Leber und meine anderen Organe werden mit der Zeit diese Arbeit übernehmen, aber vorläufig noch nicht.«

Rollie machte eine Pause und legte sein Kissen zurecht. Megan bemerkte, wie er dabei die Zähne zusammenbiß, um nicht aufzustöhnen.

»Das reicht jetzt, genug der blutigen Details«, sagte er und lehnte sich zurück. »Wie wäre es, wenn wir darauf zu sprechen kommen, was in der Tüte ist, und auf mein Heiratsangebot? Bedingung, wie ich schon sagte, ist natürlich die Soße.«

Wieder mußte Megan lächeln.

»In einer Minute kommen wir zu beidem, das verspreche ich.« Sie beugte sich weiter zu ihm vor und streckte ihre Hand aus, um seinen Arm zu berühren. »Behandeln die Ärzte dich gut?«

»Ich glaube schon«, erwiderte er. »Wenn man mal von ihrem andauernden Stochern und Fummeln absieht.«

»Dafür werden sie doch bezahlt«, antwortete sie. »Du hattest eine verdammt harte Woche, Rollie.«

»Wenigstens bin ich noch am Leben.« Sein Gesicht wurde ernst. »Nicht alle hier haben soviel Glück gehabt.«

»Nein, nicht alle«, bestätigte sie. »Es tut mir sehr leid wegen der Männer, die ihr verloren habt.«

Einen Augenblick lang schwieg Thibodeau. Dann nickte er langsam.

»Wie du schon sagtest, eine verdammt harte Woche, und nicht nur für uns hier auf diesem Gelände.« Er feuchtete seine Lippen mit der Zunge an. »Hast du von dem Zugunglück in der Nähe der Küste gehört?«

»Es kam in den Nachrichten, ja«, sagte sie. »Ein schrecklicher Unfall.«

»In letzter Zeit wird in dieser Gegend reichlich viel Blut vergossen«, fuhr er fort. »Jetzt warte ich nur noch darauf, daß die Frösche, Stechmücken und all die anderen Sachen vom Himmel herunterkommen.«

Sie schüttelte mit dem Kopf.

»Ich bin nicht religiös«, erwiderte sie. »Doch bei diesen Dingen, von denen wir sprechen, kann ich einfach nicht glauben, daß sie vom Finger Gottes ausgelöst wurden.«

Rollie zuckte unschlüssig mit den Schultern.

»Es sei denn, Gott will uns auf diese Weise den Stinkefinger zeigen«, sagte er. »Haben sie in den Nachrichten gesagt, wie es dem kleinen Mädchen geht? Du weißt schon, wen ich meine …«

»Daniella Costas«, entgegnete Megan. »Bei den letzten Meldungen sagten sie, es ginge ihr gut. Sie befindet sich bei einem Elternteil, glaube ich.«

»*Bon*«, sagte er. »Wenn ich ihr Vater wäre, dann würde ich warten, bis dieser Zugingenieur wieder komplett hergestellt ist, und dann würde ich hingehen und ihn mit meinen bloßen Händen umbringen.«

»Er behauptet, es war nicht seine Schuld.«

»Und wen beschuldigt er dann?«

»Nicht wen, sondern *was*«, antwortete sie. »Technisches Versagen.«

Rollie überlegte einen Augenblick, dann zuckte er wieder die Achseln.

»Trotzdem«, begann er. »Nicht daß mich ein Besuch von dir jemals stören könnte, aber ich frage mich, worum es diesmal geht, seit man mir gesagt hat, daß du unterwegs wärest.«

»Roger dachte, ich könnte hier unten ein wenig aushelfen, bis du wieder auf den Beinen bist«, entgegnete Megan. »Aber ich hatte auch meine eigenen Gründe, um dich persönlich zu sehen, Rollie. Und einer davon war, dir zu übergeben, was in dieser Tüte steckt.«

»Willst du damit andeuten, daß ich *tatsächlich* ein Geschenk zur guten Besserung verdient habe?«

Sie nickte.

»Und zwar ein ganz besonderes. Eins, von dem ich weiß, das es dir gefallen wird.«

Er sah sie schweigend an. Eine Krankenschwester in weißer Uniform und Schuhen mit Kreppsohlen kam an die Tür, steckte ihren Kopf kurz ins Krankenzimmer und ging dann weiter den Gang hinunter.

Megan wartete, bis sie gegangen war. Dann griff sie in die Einkaufstüte.

»Pete Nimec hat mir gesagt, du wolltest deinen Stetson haben«, begann sie. »Und die Ärzte erlauben noch nicht, daß du ihn trägst.«

Seine Schultern richteten sich ein wenig auf.

»Hast du ihn mir aus meiner Wohnung mitgebracht?« fragte er.

Sie schüttelte den Kopf.

»Ich würde doch niemals gegen die Krankenhausvorschriften verstoßen.« Sie zog einen locker in Papier verpackten Gegenstand aus der Tüte und legte ihn zärtlich auf seinen Schoß.

»Was immer da drin sein mag, die *Form* eines Hutes hat es auf jeden Fall«, sagte er mit einem Blick nach unten.

»Na ja, sie haben keine andere Sorte von Kopfbedekkung erwähnt außer dem Stetson selbst«, sagte sie lächelnd. »Warum wickelst du ihn nicht aus und schaust nach, ob er einen ordentlichen Ersatz abgibt?«

Mit gerunzelten Augenbrauen entfernte er das Verpackungspapier – und schnappte hörbar nach Luft.

Die Soldatenmütze mit der eichelförmigen Spitze war alt und fast bis zur Unkenntlichkeit verbeult. Sein grauer Filz war an verschiedenen Stellen durchgescheuert, der schwarze Kinnriemen aus Leder schwielig und abgewetzt. Doch die goldschwarz geflochtene Halskordel und das um die Krone gewundene Hutband aus Seide waren fast völlig intakt – ebenso wie die gekreuzten goldenen Kavalleriesäbel, die an der Seite der hochgeschlagenen Krempe befestigt waren.

Er sah zu ihr hoch. »Vielleicht sollte ich mich nicht zum Narren machen und sagen, was mir hierzu einfällt, um dann doch nicht recht zu haben.«

»Natürlich hättest du recht«, sagte sie. »Er hat meinem Urgroßvater gehört. Er war einer der ersten bei Präsident Ted Roosevelts Erster Freiwilliger Kavallerie.«

»*Mon Dieu.*« Ergriffen strich er mit den Fingern über den Hut. »Die Rough Riders.«

Sie nickte. »›Viel besser ist es, große Dinge zu wagen, glorreiche Triumphe zu erringen, wenn es auch Verluste gibt, als bei den armen Geistern zu hocken, die weder viel leiden noch viel genießen ...‹«

»... ›weil sie in dem grauen Zwielicht leben, in dem

man weder Sieg noch Niederlage kennt‹«, schloß Thibodeau. »Ich weiß nicht, was ich dazu sagen soll, Megan. Ich weiß es wirklich nicht.«

Sie lächelte herzlich.

»Taylor Breen hat innerhalb von sechs Monaten seinen Tennisschläger gegen ein Gewehr auf Kettle Hill eingetauscht. Er ist auf persönlichen Wunsch des Präsidenten in die Kavallerie eingetreten und hat als Professor der Universität Yale unbezahlten Urlaub genommen, um gegen Spanien in den Krieg zu ziehen.« Sie hielt einen Augenblick inne und beobachtete ihn schweigend. »Rollie ... zusammen mit dem Hut habe ich da meine eigene Bitte. Ich werde dich nicht dazu drängen, mir eine positive Antwort zu geben. Aber ich hätte deine Entscheidung gern jetzt.«

Er sah ihr in die Augen.

»Hat dies etwas damit zu tun, daß ich den alten Job von Max Blackburn übernehmen soll?«

Wieder nickte sie.

»Als wir vor ein paar Wochen darüber gesprochen haben, hast du mir gesagt, daß du Bedenkzeit brauchst, daß du nicht sicher warst, ob du dir diese Verantwortung aufladen willst ...«

»Oder ob Pete Nimec mich wollte«, ergänzte er. »Mir wurde erzählt, daß er an eine andere Person gedacht hat, und daß ihr beiden euch deswegen gestritten habt.«

»Das stimmt, wir waren nicht unbedingt einer Meinung. Aber die Dinge liegen jetzt anders. Zum Teil wegen des Überfalls hier, und wie du die Sache in den Griff bekommen hast.«

»Findet Nimec das auch?«

»Ich hatte ein langes Gespräch mit ihm, bevor ich nach Brasilien geflogen bin«, antwortete sie. »Und wir sind zu einer vorläufigen Einigung gelangt.«

»Es scheint mir, als ob dieses Angebot irgendeinen Haken hat.«

Megan lachte ein wenig.

»Schließlich bin ich eine Frau.«

»Wie ich schon sagte, das habe ich bereits bemerkt.« Er sah sie an. »Der Haken … wirst du mir verraten, worum es geht?«

»Ja«, sagte sie. »Nachdem du mir gesagt hast, ob du die Beförderung annimmst oder nicht.«

Thibodeau schaute einen Augenblick zu ihr, dann auf die Soldatenmütze auf seinem Schoß. Dann nahm er sie hoch und setzte sie vorsichtig auf seinen Kopf.

»Paßt sie?« fragte er.

»Wie angegossen.«

»Wirst du mich heiraten?«

»Nein.«

Er zuckte mit den Schultern.

»Trotzdem sollte ich dein Angebot annehmen; zumindest muß ich dann nicht mehr zur Nachtschicht.«

Megan legte ihre Hand auf seinen Handrücken und drückte ihn freundschaftlich.

»Herzlichen Glückwunsch«, sagte sie.

»Und?«

Sie lächelte ihn an.

»Und« – fuhr sie fort – »hier ist der Haken …«

16.

Atlantikküste von Maine
22. April 2001

»Hast du genau hingesehen, um sicherzugehen?« fragte Cobbs. Er kaute auf einem dicken Kaugummi herum. »Ich meine, du hast doch *zugesehen*, oder nicht?«

Dex zupfte an seinem Umhang. Vor etwa zehn Minuten hatte er das Boot festgemacht, und Cobbs hatte diese Frage bereits ein halbes Dutzend Mal auf die eine oder andere Art gestellt.

»Ich sage dir doch, es ist erledigt«, sagte er. »Was soll ich denn sonst noch sagen?«

Der Blick, den Cobbs ihm zuwarf, fühlte sich an wie ein Stoß. Er trug seinen Smokey-Hat und die Inspekteursuniform, und er hielt eine Remington 870 Pump Action-Schrotflinte Kaliber 20 mit zusammenklappbarem Schaft. Das Fernglas hing ihm an einem Riemen um den Hals.

»Du sollst mir genau sagen, was du gesehen hast«, sagte er ohne Umschweife.

Dex leckte seine Lippen. Er hörte ein Geräusch auf dem Ast eines Baumes, der in der Nähe stand, und sah zerstreut hinüber. Auf einem knospenden Ahornbaum saß ein Eichhörnchen mit zitterndem, buschigem Schwanz und knabberte irgendwelche Futterkrümel, die es zwischen seinen Vorderpfoten hielt. Dabei beobachteten die leuchtenden schwarzen Punkte seiner Augen vorsichtig die menschlichen Lebewesen unter sich.

Er drehte sich wieder zu Cobbs.

»Wichtig ist, was du und ich *nicht* gesehen haben«, sagte er.

»Was meinst du denn?«

»Ich meine, daß ich keine Luftblasen von meinem Boot gesehen habe, und mit deinem Fernglas hast du Riccis Kopf nicht plötzlich aus dem Wasser auftauchen sehen«, erklärte Dex.

Cobbs starrte ihn an und kaute auf seinem Kaugummi. Sie saßen inzwischen im Schatten am Strand hinter der mächtigen Felsformation, bei der sie sich getroffen hatten.

»Laß uns diese Mistangelegenheit noch einmal zusammenfassen, nur damit ich das Bild richtig in meinen Kopf bekomme«, sagte er.

Dex stieß müde die Luft aus und nickte voller Resignation.

»Du hast gewartet, während die Luftblasen noch hochstiegen«, begann Cobbs.

Müde nickte Dex.

»Und als keine mehr kamen, bis du mit dem Boot hierher gekommen.«

Dex nickte zum dritten Mal.

»Mit anderen Worten«, sagte Cobbs und hielt seine Remington hoch, »ich muß nicht noch ins Motorboot steigen und diese Flinte einsetzen, um Ricci aus dem Wasser zu blasen?«

»Das versuche ich die ganze Zeit zu erklären«, erwiderte Dex, sichtlich gestreßt und stärker von seinem Schicksal genervt als je zuvor.

Cobbs beobachtete Dex noch einen Moment lang. Zunächst sah es so aus, als ob er ihn mit der nächsten Runde Fragen bombardieren wollte. Dann schien er seine Meinung geändert zu haben, fischte das Kaugummi mit der Zunge hinten aus dem Mund und spuckte es auf den steinigen Boden.

»Zum Glück sind wir dieses gottverdammte Arschloch los«, sagte er.

Ricci klatschte in dem Moment an die Wasseroberfläche, als er dachte, er könne das Ausatmen keine Sekunde länger durchhalten und wäre dabei, nur Zentimeter von der Oberfläche entfernt zu ertrinken.

Erschöpft nach Luft schnappend legte er sich auf den Rücken und sog sich die Lungen voll. Bis jetzt fühlte er noch keine Anzeichen der Dekompressionskrankheit, aber das mußte nicht heißen, daß keine ernsthafte Gefahr mehr bestand. Zu den ersten Anzeichen gehörte normalerweise ein knochentiefer Schmerz in den Arm- oder Beingelenken, und es konnte Minuten oder auch Stunden dauern, bis er sich bemerkbar machte. Trotzdem hatte er gute Chancen, davon verschont zu bleiben. Der Stickstoff im Blut, der das Barotrauma verursachte, wenn man nach langen Tauchgängen zu schnell aufstieg – Dekompressionsstops hatten das Ziel, den Stickstoff durch den normalen Atmungsprozeß aufzulösen – besaß die Eigenschaft, sich in Fettgeweben anzulagern. Doch er hatte hart trainiert, um in Topform zu bleiben, und zwar nicht nur, um die Frauen im Fitneßclub zu beeindrucken.

Vorsichtig beschränkte er seine Erholungszeit auf ein paar Augenblicke, denn er war sich bewußt, daß jedes andere Verhalten zu gefährlich war. Das Boot war nirgendwo zu sehen, aber er konnte fast sicher sein, daß die Wasseroberfläche beobachtet und auf irgendwelche Anzeichen seines Wiederauftauchens geachtet wurde. Noch wußte er allerdings nicht, von wo diese Beobachtung vorgenommen wurde – ob es von der Insel aus geschah, vom Boot oder von beiden. Jedenfalls hatte er nicht vor, sich entdecken zu lassen.

Zur Orientierung warf er einen Blick in die Runde und überprüfte daraufhin seine Eindrücke auf dem Kompaß, da er weder wußte, wie weit er von der ursprünglichen Tauchstelle abgedriftet war, noch in welche Richtung die Strömung ihn getrieben hatte. Schnell fand er heraus, daß er sich in der Nähe der Zufahrt zur kleinen Bucht befand und etwa hundert Meter von ihrer südöstlichen Flanke. Das Skiff war nirgendwo zu sehen, doch das hatte er auch nicht anders erwartet. Im Gegenteil, er glaubte genau zu wissen, wo Dex das Boot hingebracht hatte.

Da seine Atmung inzwischen langsam und fast regelmäßig verlief, gönnte sich Ricci noch zwanzig Sekunden zur Wiederherstellung seiner Kräfte. Aus seiner Tasche nahm er den zwanzig Zentimeter langen Schnorchel, den er behalten hatte, als er die Reserveflasche zurückgelassen hatte, und steckte das Mundstück zwischen die Lippen. Dann drehte er das Gesicht nach unten und hielt den Kopf unter Wasser. Zum Freimachen des Luftwegs blies er kräftig in den Schnorchel und begann dann, in Richtung Strand zu schwimmen. Locker und gerade hielt er die Beine hinter sich, und mit kraftvollen Schlägen seiner Schwimmflossen glitt er ungesehen unter der Oberfläche der Bucht dahin.

Es war schon eine merkwürdige Pechsträhne, dachte er. Innerhalb von wenigen Tagen hatte man ihm zweimal aufgelauert, und bei beiden Gelegenheiten mußte er sich seinen Gegnern stellen, wenn zwei von ihnen gegen ihn allein standen – nur konnte er heute nicht darauf zählen, daß Pete Nimec aus dem Nichts auftauchte, um das Kräfteverhältnis auszugleichen.

Tief geduckt in einem Gestrüpp von Wacholderbüschen, etwa fünf Meter hinter dem hoch aufragenden Felsen, den er vom Skiff bemerkt hatte, hörte Ricci gerade, wie Cobbs und Dex die offizielle Version seines »Verschwindens« ausarbeiteten. Sehr einfach, doch das würde genügen: Ricci, der aufgeblasene Besserwisser aus der Großstadt, hatte schon seit Wochen Tauchgänge unternommen, ohne daß sein bescheidener, sorgsamer Helfer aus dem Ort namens Dex seine Tauchausrüstung kontrollieren und warten durfte, und da kein Helfer anständig seiner Arbeit nachgehen konnte, wenn der Taucher darauf bestand, so hartnäckig zu sein, hatte Dex es aufgegeben, mit ihm darüber zu streiten. Auch andere Taucher waren schon durch eigene Nachlässigkeit in große Schwierigkeiten geraten, und es würde auch in Zukunft wieder geschehen. Wenn Riccis Leiche nicht auftauchte, wäre die Angelegenheit erledigt. Und sollte sie entgegen aller Erwartung an Land gespült werden, bevor aasfressende Krebse, Hummer und Tiefseefische sie auseinandergerissen hatten, würde selbst ein völlig ehrenhafter Untersuchungsbeamter zu dem Schluß kommen, daß Ricci das Opfer eines Unfalls geworden war. Bei einer gerichtsmedizinischen Untersuchung und der Überprüfung seines Luftdruckmessers würde sich herausstellen, daß er bei diesem Unfall aufgrund von Instrumentenversagen plötzlich keine Luft mehr bekommen hatte. Wieso sollte jemand auf den Gedanken kommen, daß das Manometer von seinem Partner verstellt worden war, wenn es keinerlei Anzeichen irgendeines Streits zwischen ihnen gab? Im Gegenteil, alle Händler, denen sie regelmäßig ihren Fang verkauften, würden bestätigen, daß sie immer als echtes Team auftraten. Außerdem mußte man bedenken, daß Dex seinen Haufen selbstgemachten Mist dem Sheriff oder einem seiner Stellvertreter melden würde, und daß Cobbs die Aussage unterschreiben konnte. Unter diesen Voraussetzungen konnte er Riccis Schicksal wahrscheinlich einer Entführung durch außerirdische Lebewesen oder einem Frontalzusammenstoß mit dem Fliegenden Holländer ankreiden, ohne irgendeinen Verdacht zu erregen.

Von seinem Versteck in den Büschen beobachtete Ricci sie und hörte ihnen zu. Auf ihre Weise waren sie gut, dachte er, denn der einzige Haken an ihrem Plan war die Tatsache, daß sie ihn unterschätzt hatten. Sein eigener Fehler – und er gestand sich ein, daß er gravierend war – bestand darin, daß er unterschätzt hatte, wie weit Dex unter Druck gesetzt werden konnte. Ricci hatte von den Schwächen seines Partners gewußt, und sie waren niemals echte Freunde gewesen, doch als Geschäftspartner waren sie immer miteinander ausgekommen. Er gestand es sich selbst nur ungern ein, doch von Anfang an war er ein im Kern positiv eingestellter Bulle gewesen, und einige grundlegende Elemente dieser Einstellung waren hartnäckig in seinem Herzen geblieben, obwohl er Jahre damit zugebracht hatte, die dunkelsten Seiten der menschlichen Natur zu erforschen. Er hatte gezögert, seinem Partner das Schlimmste zuzutrauen, und hatte um ein Haar mit dem Leben dafür bezahlen müssen.

Regungslos atmete Ricci tief durch und beobachtete die beiden Männer, die auf der kleinen kieselbestreuten Lichtung neben dem großen Felsen standen und ihre Pläne diskutierten. Auf einer Diagonale war er durch die Büsche bis hierher in ihre Nähe gelangt und befand sich jetzt in etwa hinter Cobbs, der zum Strand schaute, während sich Dex landeinwärts in Riccis Richtung gewandt hatte. Während sie die wichtigsten Punkte der zu inszenierenden Täuschung durchgesprochen hatten, hatte er seinen eigenen Plan ausgeklügelt. Auch dieser Plan war ziemlich dürftig. Cobbs hatte eine Waffe, nicht das Scharfschützengewehr, das Ricci zunächst vermutet hatte, sondern eine Remington Pump Action, die aus kurzer Entfernung erst recht tödlich sein konnte – also mußte Cobbs zuerst kampfunfähig gemacht werden. In diesem Fall gab es keine Wagentür, um ihn mit dem Hintern festzuklemmen, doch die Flinte würde nur dann zu einem Problem werden, wenn er ihm die Gelegenheit gab, sie zu benutzen. Was Dex anging … er war unbewaffnet und leicht unschädlich zu machen.

Überraschung und die Fähigkeit, schnell und hart zuzuschlagen, waren deshalb Riccis beste Waffen. Er hatte Taucherflasche, Schwimmflossen und Maske in den Büschen zurückgelassen und trug nichts weiter als den Trockentauchanzug und seine Messer. Das Seeigelmesser war zum Angriff kaum geeignet und steckte in der Scheide. Doch die spitze Doppelklinge lag fest in seiner rechten Hand. Sie war genau richtig für diesen Zweck.

Durch die Büsche kam eine Brise, und Ricci nutzte das Rascheln der Blätter, Zweige und Gräser, um sich unhörbar zu erheben. Als der Wind sich legte, hielt er inne und wartete auf die nächste Böe; dann begann er, das Gestrüpp zur Seite zu schieben und sich nach vorn zu bewegen. Dabei erinnerte er sich an die Prinzipien seiner Ausbildung bei der Elitetruppe der SEALs, und er folgte den oft erprobten Grundregeln für das Anschleichen an den Gegner. Langsam das Gewicht von einem Bein auf das andere verlagern. Den Boden mit dem Fußballen berühren und vorsichtig die Ferse senken, während er nach Steinen, heruntergefallenen Blättern oder anderen Dingen Ausschau hielt, die ihn zum Stolpern bringen oder die von seinem Gewicht bewegt werden könnten. Alle paar Schritte ein wenig die Richtung ändern, damit die Büsche nicht unnatürlich schwankten und Aufmerksamkeit erregten.

Der Wind ließ nach, und er blieb regungslos stehen. Die beiden Männer sprachen immer noch. Jetzt befand sich der Rücken von Cobbs weniger als einen Meter vor ihm auf der anderen Seite des Busches, der Riccis selbstgewählte Gefechtslinie darstellte. Beim nächsten Windstoß würde er aus seinem Versteck herausstürzen, Cobbs von hinten zu Fall bringen und ihn hoffentlich entwaffnen, bevor er einen einzigen Schuß abgeben konnte.

Doch das Eichhörnchen machte ihm einen Strich durch die Rechnung.

»... wenn es ganz natürlich aussehen soll, müßtest du noch ein paar Stunden warten, dann mit einem Tauchernotruf bei mir *und* beim Sheriff anrufen«, sagte Cobbs gerade. »Dann werde ich die Sache wie jede andere ...«

Er hielt inne und schaute Dex fragend an.

Dex hatte plötzlich seinen Blick auf den Ahornbaum gerichtet, auf dem er kurz zuvor das knabbernde Eichhörnchen bemerkt hatte. Es war vorher schon nervös gewesen wegen der großen Nähe, in der Cobbs und er sich befanden, doch jetzt war es abrupt von seiner Lauer aufgeschreckt und sauste unter lautem Geraschel der Zweige den Baum hinauf. Dabei ließ es die Samenhülse, an der es geknabbert hatte, voller Furcht auf den Boden fallen. Dies verursachte eine Art Kettenreaktion: Der Aufruhr wirkte auf die angespannten Nerven von Dex wie ein Stromschlag und veranlaßte ihn, den Kopf zum Eichhörnchen hochzureißen. Dann senkte sich sein Blick auf das darunter stehende dichte Wacholdergebüsch – nur einen Schritt hinter Cobbs –, um herauszufinden, wodurch das kleine Tier in die Flucht geschlagen wurde.

In diesem Augenblick sah er einen Toten, der geduckt zwischen zwei Büschen stand und gerade mit einem langen Messer in der geballten Faust herausspringen wollte.

Er war sofort leichenblaß. Mit weit aufgerissenem Mund, zu schockiert, um etwas anderes herauszubringen als einen wortlosen Schrei der Überraschung und der Angst, gestikulierte er mit seinem Arm heftig nach vorn in Riccis Richtung.

Ohne zu wissen, was geschehen war, außer daß irgend etwas Dex zu Tode erschrocken hatte, schnellte Cobbs auf den Fersen herum, hob seine Flinte und hielt den Lauf in die Richtung, in die Dex zeigte.

Als Ricci gerade angreifen wollte, hörte er das aufgescheuchte Eichhörnchen in der Baumspitze. Dann sah er, wie Dex sich suchend umsah, zuerst mit den Augen dem Tier nach oben folgte, dann nach unten schaute. In diesem Moment landete sein Blick direkt auf ihm; ungläubig und völlig verstört riß er die Augen weit auf.

Jetzt durfte er keine Sekunde mehr zögern. Schon als Dex begann, wild zu gestikulieren – und den Bruchteil einer Sekunde, bevor Cobbs seine hochgezogene Flinte auf ihn richten konnte – brach Ricci aus seinem Versteck hervor, duckte sich unter der Mündung der Waffe und stürzte vorwärts auf den Inspekteur.

Die Flinte röhrte über seinem Kopf, die Ladung fetzte in den Baumstamm hinter Ricci und besprühte die Umgebung mit Holzsplittern und Stücken von Baumrinde. Cobbs wurde vom Rückstoß der Waffe nach hinten geworfen, erholte sich jedoch erstaunlich schnell und schaffte es, neu zu laden, bevor Ricci ihn erreichte. Ricci hörte das charakteristische Geräusch der Pumpladung der Remington und sah, wie Cobbs die Mündung auf ihn richten wollte. Im gleichen Moment stieß er mit angewinkelten Knien nach vorn, schnellte dann in die Höhe, griff die Mitte des Laufes mit seiner linken Hand und drückte die Mündung nach oben. Aus Reflex zog Cobbs den Abzug durch und schoß eine zweite harmlose Ladung Stahlschrot in die Luft.

Ohne den Lauf der Waffe freizugeben ließ Ricci seinen rechten Unterarm auf Cobbs' Hals niedersausen, dann traf er ihn zwei Mal mit seinem Ellbogen am Unterkiefer, während er die Flinte mit aller Kraft zur linken Seite riß.

Cobbs' Kinn schnappte zur Seite, und augenblicklich floß Blut aus seinem Mund. Obwohl sich seine Lippen zu einer Grimasse der Wut und des Schmerzes verzerrten, gelang es ihm, die Waffe festzuhalten, doch Ricci schob sich nah an ihn heran und gebrauchte sowohl seine Hand als auch seinen Körper, um den Lauf seitlich nach oben gerichtet zu halten. Cobbs gab nicht nach. Ricci hatte nicht erwartet, daß er so hartnäckig sein würde, doch einigen Menschen verlieh Wut und Adrenalin manchmal die Stärke, länger als gewöhnlich durchzuhalten. Dennoch mußte er mit ihm fertig werden, bevor Dex sich einmischte.

Ricci stieß mit der Brust gegen Cobbs und zwang ihn, nach hinten zu taumeln. Sobald er ihn aus der Balance gebracht hatte, schlug Ricci seinen rechten Ellbogen mit

mehr außer Matsch«, sagte er. »Ist also besser, wenn du mich reden läßt.«

Zitternd schloß Dex den Mund.

Schweigend sahen sie einander an. Die verschlungenen Zweige über ihnen verdeckten den größten Teil des morgendlichen Sonnenlichts und warfen verschnörkelte Schattenmuster auf ihre Gesichtszüge.

»Wir haben unseren Fang immer genau zur Hälfte geteilt, und mir war das recht. Es war nicht so wichtig, daß ich das Risiko einging, solange du deinen Job tatest und aufgepaßt hast.« Ricci sah ihn an. »Doch dann bist du mir statt dessen in den Rücken gefallen. Hast dich mit Cobbs und Phipps bei der Geschichte vor ein paar Tagen zusammengetan. Dann hast du meinen Luftdruckmesser so präpariert, daß ich nicht wußte, wann in meiner Flasche keine Luft mehr war. Und außerdem noch die Reserveflasche geleert. Statt zu mir zu kommen, als Cobbs dich erpressen wollte, damit wir ihn zusammen in seine Schranken verweisen konnten, hast du dich mit ihm eingelassen und versucht, mich *umzubringen*.«

Wieder schwieg Ricci. Von hinten aus der Nähe des Felsens hörte er das wimmernde Stöhnen von Cobbs.

»Ich bin dir was schuldig, Dex,« sagte Ricci. »Du hast es verdient, daß ich abdrücke, und du kannst mir glauben, daß es mich in den Fingern juckt.«

Dex versteifte sich vor Angst; sein Atem kam in kurzen Stößen. Kleine rote Flecken erschienen auf seinen Wangen.

Mit festem Griff hielt Ricci die Flinte noch eine Sekunde länger unter sein Kinn, dann schüttelte er den Kopf und ließ den Lauf nach unten sinken.

»Entspann dich«, fuhr er müde fort. »Du, Cobbs und alle eure Freunde – ihr braucht euch wegen mir keine Sorgen mehr zu machen. Genauso wäre es gewesen, wenn heute nichts anderes geschehen wäre, als daß wir einen Riesenfang Seeigel nach Hause gebracht hätten.

Denn ich habe von jemandem von außerhalb Arbeit angeboten bekommen, und ich habe mich entschlossen, das Angebot anzunehmen. Du hättest nur bis heute nachmittag warten müssen, wenn das Schild ›Zu Verkaufen‹ vor meinem Haus aufgestellt wird.«

Noch mehr Schweigen. Dex hatte einen zerknirschten, niedergeschlagenen Gesichtsausdruck und schien kurz vor dem Zusammenbruch. Doch Ricci spürte, daß er wenig echte Reue fühlte wegen der Dinge, die er getan hatte, und daß er sie wohl auch nur zum Teil in ihrer ganzen Tiefe verstand. In seinen eigenen Augen war er ein Opfer, und dieser Status rechtfertigte seine Handlungen und sprach ihn gleichzeitig von aller Schuld frei. Er schämte sich in erster Linie, weil er geschnappt worden war.

»Cobbs wird es schon schaffen«, sagte Ricci. »Ich werde mit dem Skiff zurück zum Pier fahren. Ihr beiden werdet hier warten, bis ich etwa eine Viertelstunde weg bin, dann nimmst du sein Boot und bringst ihn ins Krankenhaus. Wenn irgend jemand fragt, was mit ihm passiert ist, laßt mich aus der Geschichte raus. Ansonsten, da gebe ich euch mein Wort, wird es euch teuer zu stehen kommen.«

Schweigen.

Ricci sah ihn an und fühlte plötzlich einen derartigen Abscheu, daß er sich fast übergeben mußte. Dann wies er mit dem Kopf in die Richtung, aus der sie gekommen waren. »Verschwinde«, sagte er schließlich.

Dex zögerte noch einen Augenblick, als ob er immer noch dachte, er müßte etwas sagen, doch entweder fiel ihm nichts ein, oder er befürchtete, wieder etwas falsch zu machen. Dann nickte er nur, ging an Ricci vorbei und entfernte sich langsam durch die Büsche.

»Und noch was, Dex.«

Dex hielt inne und schaute über seine Schulter zurück.

»Mach dir keine Sorgen«, sagte Ricci. »Ich bin mir sicher, daß es dir gelingen wird, dir selbst in die Augen zu sehen.«

17.

Verschiedene Schauplätze
22. April 2001

Harlan DeVane saß Kuhl gegenüber am Rattantisch auf seiner Veranda und breitete Patiencekarten vor sich aus, während die tiefrote Sonne durch den Abendhimmel im bolivianischen Regenwald versank.

»Geben Sie mir Ihre Einschätzung zum Stand der Dinge«, sagte er, ohne den Blick von den Karten zu erheben.

»Das Pulsstrahlgerät sollte seinen Zweck erfüllen«, antwortete Kuhl. »Es fehlt nicht mehr viel, dann sind wir bereit für das Endspiel.«

DeVane drehte eine Karte um und besah sie sich. Ein Karobube. Dann legte er die Karte auf die Kreuzdame.

»Der Testlauf scheint Sie außerordentlich beeindruckt zu haben«, bemerkte er.

»In der Tat«, entgegnete Kuhl. »Der am Zug angerichtete Schaden hat alle Erwartungen übertroffen.«

DeVane nickte und schaute vom Tisch hoch.

»Ihr Herausstreichen der Ausmaße des dadurch hervorgerufenen Blutbads fasziniert mich, Siegfried«, sagte er. »Wissen Sie, welches Detail Ihrer Informationen ich nach Anhören Ihres Berichts für besonders nützlich halte?«

Kuhl sah ihn absolut unbeweglich an, ohne ihm zu antworten. In seiner Miene gab es keinerlei Anzeichen dafür, daß er sich eine Antwort überlegte, und in der

Tat wäre DeVane überrascht und enttäuscht gewesen, wenn er etwas zu sagen gehabt hätte. Der effizienteste Räuber verriet niemals seine Gedanken, noch deutete er auch nur an, daß er sich überhaupt Gedanken machte. Konnte irgend jemand die Gedanken eines Hais erraten? Oder einer Python?

»Das Signallicht«, sagte DeVane als Antwort auf seine eigene Frage. »Da Sie gesehen haben, wie es innerhalb von Sekunden nach der Entgleisung wieder anging, ist bewiesen, daß die Schaltkreise intakt geblieben sind, und daß sie normal funktionieren, sobald die Unterbrechung des elektromagnetischen Feldes aufgehoben wird. Weder wird der Grund für die Signalpanne jemals bestimmt werden, noch gibt es irgendeinen konkreten Beweis dafür, daß diese Panne überhaupt stattgefunden hat. Es wird unmöglich sein, den Grund für das Zugunglück zu bestimmen oder zu ermitteln, und deshalb wird man uns nie belangen. Für mich ist es das herausstechende Detail angesichts unserer größeren Absichten und Ziele.«

Kuhls Augen schienen wie kleine Fenster zu einer riesigen gefrorenen Landschaft.

»Wenn ich es nicht für wichtig gehalten hätte, wäre es nicht Teil meines Berichts gewesen«, sagte er.

»Außerdem begrüße ich Ihre Gründlichkeit.« DeVane studierte die ordentliche Reihe der Spielkarten vor sich. In einer Reihe gab es eine Pik-Vier, in der anderen eine Kreuz-Sechs. Er drehte eine Drei um. »Natürlich brauchen Sie mir Ihre Auswahl des Zielobjekts nicht zu erklären, doch fand ich Ihre Entscheidung faszinierend.«

»Ach ja?«

DeVane nickte.

»Wieso einen Passagierzug statt eines Frachttransports, habe ich mich gefragt? Warum menschliche Körper über den Berghang verstreuen, statt Vieh oder

Baumstämme, wo doch der Verlust an Menschenleben unerheblich für den Test war?« Nacheinander drehte er weitere drei Karten um. »Und dann hatte ich plötzlich die Antwort. Der Groschen fiel, wie man so sagt.«

Kuhl sagte nichts.

DeVane sah ihn an. »Kennen Sie die Gemälde von Bruegel oder Hieronymus Bosch?« fragte er.

Kuhl schüttelte den Kopf. »Kunst interessiert mich nicht.«

»Wahrscheinlich nicht, aber vielleicht sollten Sie eine Ausnahme machen und sich diese Bilder einmal ansehen. Das Jüngste Gericht, Der Triumph des Todes, Die Bettler … diese Werke schäumen über vor herrlichen Teufeleien, um die Worte eines Dichters zu verstümmeln, der insbesondere Bruegel verehrt hat.« DeVane lächelte. »Man weiß sehr wenig von diesen Männern, und die meisten ihrer Ölbilder tragen kein Datum. Beide haben im Mittelalter gelebt, ungefähr ein Jahrhundert auseinander. Wer hat ihre Gemälde in Auftrag gegeben, welche Einzelheiten wurden spezifiziert, haben sie jemals zur eigenen Erbauung gemalt oder nur für ihre Auftraggeber … die meisten dieser Dinge können nur vermutet werden. Doch ihr Stil und ihre monströsen Bilder sind unverkennbar, und zu ihrer Zeit waren sie wahrscheinlich kurz davor, als heretisch eingestuft zu werden. Wenn man ein Gemälde von Bosch sieht, benötigt man keine Signatur, um die grausame, treffsichere Hand seines Schöpfers zu identifizieren. Das Kunstwerk *selbst* ist ausreichend Signatur.«

Kuhl schaute ihn an.

»Ich verstehe nicht, worauf Sie hinauswollen.«

DeVane lächelte.

»Doch, ich glaube schon, trotz meiner gelegentlichen Tendenz, mich elliptisch auszudrücken«, sagte er. »Glauben Sie mir bitte, daß ich keine Kritik üben möchte. Im Gegenteil, ich sehe Sie als ein Meister Ihres Faches, ein unsichtbarer Künstler, dessen Werke für den Kenner unverwechselbar sind. Und es gefällt mir, Ihnen kreativen Spielraum zu geben.«

Wieder widmete DeVane sich den Karten. Kuhl beobachtete ihn, weder interessiert noch uninteressiert.

»Ich muß Ihnen sagen, Siegfried, meine einzige echte Sorge bei unseren Anstrengungen ist nicht, ob es uns nicht gelingt, das Projekt durchzuführen, sondern daß der Erfolg eine Enttäuschung für unsere Klienten sein könnte«, fuhr DeVane nach einer Weile fort. »In Relation zu dem, was wir an Bord der russischen Orbitalplattform installieren wollen, verhält sich das Gerät, das Sie getestet haben, wie eine Kanonenkugel zu einem präzisionsgelenkten Marschflugkörper.«

Kuhl deutete ein leichtes Achselzucken an. *Ein Vorgeschmack.*

»Havoc muß eine erheblich höhere Leistung bringen, das ist richtig, und die Verläßlichkeit des einen Apparats garantiert in keiner Weise die Qualität des anderen Geräts«, sagte er. »Trotzdem haben uns die Albaner im voraus bezahlt. Genauso wie die Leute von den Kartells. Dabei haben wir keinen Zweifel daran gelassen, daß wir ihr Geld behalten werden, unabhängig von den Resultaten.«

»Mir ist die Perspektive auf lange Sicht wichtiger.« Wieder hielt DeVane inne. »Außerdem ist es mein ausdrücklicher Wunsch, daß Roger Gordians Ruf und Einfluß unter dieser ganzen Angelegenheit leidet. Die wachsende Präsenz von UpLink International in so vielen unserer Durchgangsländer bedeutet unter Umständen unsere größte langfristige Bedrohung. Die wirtschaftliche und politische Stabilität, die seine Aktivitäten diesen Ländern bringen, ist schlecht für unser Geschäft, und was schlecht fürs Geschäft ist, muß eliminiert werden. Denken Sie nur an das Vertrauen, das er bei seinen Partnern in der ganzen Welt verlieren wird, wenn wir unsere Verträge einhalten … und denken Sie an die Beschämung für *uns*, wenn wir sie nicht einhalten. Auf beiden Seiten stehen extrem hohe Summen auf dem Spiel.«

Kuhl nickte einmal kurz.

»Die Wirkung einer Waffe kann nicht definitiv bewiesen werden, solange sie nicht eingesetzt wird«, sagte er. »Die Unterlagen von Ilkanowitsch über die russischen Testversuche werden gestützt von dem Beweis seines Potentials, den wir erlebt haben. Ich bin zuversichtlich, daß Havoc hervorragende Resultate erzielen wird.«

»Erzählen Sie mir, was Sie über die von Gordian vorgesehene Verstärkung des Kosmodroms in Erfahrung gebracht haben.«

»Es ist genau so, wie wir es vorausgesehen haben. Meine Informanten haben mir berichtet, daß er es geschafft hat, die Beamten in Baikonur von der Notwendigkeit zu überzeugen, daß er zusätzliche Sicherheitskräfte zur Verfügung stellt. Der größte Teil davon wird von der UpLink-Bodenstation in Kaliningrad herübergeschafft, doch er holt auch von anderen Stationen Verstärkung … mit der Absicht, alles zu verhindern, was in irgendeiner Weise den Start der Space Shuttle stören könnte.«

»Also spielt er unser Spiel. Ohne unsere wahre Absicht zu kennen, in der Annahme, wir wollten das ISS-Programm behindern oder zerstören, werden seine Sicherheitsmaßnahmen genau in die falsche Richtung gehen.«

»Richtig.«

DeVane sah ihn einen Augenblick an, dann nickte er.

»In Ordnung«, sagte er. »Haben Sie genügend Männer in Kasachstan, um unseren Schlag durchzuführen?«

»Ja«, erwiderte Kuhl. »Dazu kommen noch Truppen,

die morgen abend von unserem Camp im Pantanal aufbrechen.«

»Diese Männer werden das Gerät mit sich führen, nehme ich an?«

»Richtig.«

»Dann lassen Sie uns zügig weitermachen und innerhalb von ein paar Tagen zuschlagen«, sagte DeVane.

»In Ordnung.«

DeVane drehte die letzten drei Karten um und nickte befriedigt. Sein Lächeln wurde breiter, seine Lippen öffneten sich ein wenig und entblößten die kleinen weißen Schneidezähne.

»Asse, Siegfried«, sagte er. »Nichts als Asse.«

Während in Bolivien die Sonne im Regenwald verschwand, war sie in Kasachstan auf der anderen Seite der Welt schon wieder aufgegangen. Dort kam gerade eine weitere lange Reihe von Hubschraubern und Transportflugzeugen der Firma UpLink International auf dem Militärflughafen von Leninsk an, etwa dreißig Kilometer südlich des Kosmodroms von Baikonur.

Schützend hielt Juri Petrow die Hand über die Augen, denn das grelle Wüstenlicht blendete um diese Uhrzeit bereits. Grimmig schaute er auf die Landebahn, während eine dickbäuchige Lockheed-Transportmaschine zur Landung ansetzte. Vielleicht sollte er so etwas wie Dankbarkeit empfinden für die Unterstützung, die er von UpLink erhielt, doch statt dessen fühlte er … was? Wut brachte er schon nicht mehr zustande in diesen Tagen, und Entrüstung war wie ein altes Hemd, das er bereits zu lange am Körper trug. Wie hätte es auch anders sein können? Er war der Direktor einer russischen Raumfahrtbehörde, die von amerikanischen Krediten und Subventionen unterstützt wurde. Der Weltraumbahnhof in Baikonur, von der jede bemannte Weltraummission Rußlands gestartet worden war, und die Stadt

Leninsk, die als Stützpunkt zu ihrer Verteidigung und Versorgung gegründet worden war, waren seit 1994 vom unabhängigen Staat Kasachstan – ehemals Teil der Sowjetunion – in einem Leasing-Vertrag bereitgestellt worden, für mehr als einhundert Millionen Dollar pro Jahr, wovon ein großer Teil von den amerikanischen Almosen übernommen wurde. Und jetzt waren die *Wojenno Kosmitscheskije Sily*, die Militärischen Raumstreitkräfte, die in der Stadt stationiert waren, einer privaten amerikanischen Sicherheitstruppe unterstellt worden, unter der Rubrik der »gegenseitigen Unterstützung« und auf direkten Befehl von Präsident Wladimir Starinow höchstpersönlich. Von ihm glaubten viele, daß er nicht nur in der Schuld von Roger Gordian stand, sondern sich ihm gegenüber regelrecht *verpflichtet* hatte, nachdem die Leute von UpLink ihn im Vorjahr vor einem Mordanschlag gerettet hatten. Seine Regierung stand seitdem regelmäßig unter politischem Beschuß, weil sie sich auf hervorstechende Weise den Interessen der Vereinigten Staaten und der NATO beugte.

Petrows Miene wurde immer grimmiger. Wieso sollten sie eigentlich noch die russische Fahne auf der Raketenbasis hissen, russische Embleme auf den Raumschiffen eingravieren, die von hier starteten, oder russische Flaggenaufnäher auf die Raumanzüge der Kosmonauten sticken, die in diesen Raumschiffen in den Weltraum flogen? Warum nicht ein- für allemal bestätigen, was für ihn bereits allzu offensichtlich war, und das Sternenbanner, oder besser noch das Zeichen des amerikanischen Dollars, auf die Stirn eines jeden Angestellten dieser Behörde stempeln? Früher einmal war diese Behörde in der vordersten Front der Erforschung des Weltraums tätig gewesen. Von hier war der erste Satellit in die Erdumlaufbahn geschickt worden, dann die ersten unbemannten Aufklärungsflüge zur Oberfläche des Monds und des Planeten Venus, und schließlich wurde das erste menschliche Wesen von hier in den Weltraum geschossen.

Jetzt beobachtete Petrow, wie die Lockheed im Entladebereich auf der anderen Seite der Start- und Landebahn zum Stehen kam. Bodenpersonal und Frachttransporter auf Rädern bewegten sich bereits in Richtung auf die große Frachtluke. In der Ferne konnte er das schwache Dröhnen von weiteren Flugzeugen vernehmen, die sich über die Steppe näherten, während über ihm ein anderer Transporter mit dem UpLink-Wappen zum Anflug auf die Landebahn einschwenkte. Seit mehr als 48 Stunden waren Paletten mit Waffen, gepanzerten Patrouillenfahrzeugen und anderem schweren Gerät angekommen, dazu zahlreiche Verstärkung für das Operations- und Wartungspersonal. Diese Lieferungen würden ununterbrochen bis zum Start der Zarya am Ende der Woche fortgesetzt werden.

Bei seinen Überlegungen stellte sich Petrow die Frage, wie wohl die amerikanische Bevölkerung reagieren würde, wenn ihre Regierung paramilitärische Kräfte aus Rußland mit außergewöhnlichen Aufklärungs- und Kampffähigkeiten ins Herz ihrer Nation einladen würde, ihnen dabei weniger Beschränkungen beim Einsatz ihrer Waffen auferlegen würde als dem normalen amerikanischen Bürger, und diesen Kräften dann erlauben würde, die Kontrolle einer Operation der Militärpolizei der einheimischen Armeetruppen zu übernehmen. Würde so etwas nicht als Gefährdung der inneren Sicherheit angesehen werden? Als Bedrohung der Grundlagen der nationalen Souveränität? Würde es *toleriert* werden?

Frustriert schlug er die Augen nieder und vergrub die Hände in den Hosentaschen. Es gab wohl keinen besseren Beweis für die globale Hegemonie der Amerikaner als diese ununterbrochen einfliegenden Transportmaschinen.

Wie sollte er beschreiben, wie er sich fühlte?

In seinen Gedanken suchte er nach dem richtigen Wort und hielt schließlich mit einem Nicken inne.

Kastriert.

Das war es. Das war die *perfekte* Beschreibung.

Was für ein verdammtes Glück, daß seine Frau schon vor Jahren das Interesse an Sex verloren hatte. Mit gesenktem Kopf und leicht vornüber gebeugten Schultern ging Petrow zur kleinen Empfangshalle hinüber. Dort würde er sich aufrecht hinstellen und die letzten Neuankömmlinge von UpLink auf seiner Basis willkommen heißen.

Sie dort willkommen heißen, wo sie durchaus gebraucht werden konnten, doch wo sie mit Sicherheit nicht erwünscht waren.

»... weiß nicht, warum du immer wieder hierher zu Besuch kommst, Annie. Du bist in der Todesstunde nicht zur Stelle, das ist nicht das gleiche wie den Zug verpassen oder einen Zahnarzttermin nicht einhalten oder es nicht rechtzeitig zum Sommerschlußverkauf zu schaffen. Es gibt verschiedene Arten von Zuspätkommen, und wenn du meinst, daß dir damit eine schwere Bürde aufgeladen wird, dann denk einmal daran, wie ich mich gefühlt habe.«

Annie ist wieder im Zimmer 377 im Krankenhaus und sitzt an der Seite des Mannes in dem karottenfarbenen Astronautenanzug. Der Mann mit dem von Vaseline unkenntlich gemachten Gesicht, der ihr Ehemann ist und dann wieder jemand anders. Das Zimmer ist dunkel, die Lichter sind ausgeschaltet, draußen vor den Fenstern herrscht Nacht. Die einzige Beleuchtung ist ein schwaches Glimmen der Geräte auf der anderen Seite des Betts – sie hat sich schon daran gewöhnt, daß diese Geräte sich fast bei jedem Hinschauen verwandeln, von Krankenhausinstrumenten zu der Kontrollkonsole einer Raumkapsel, dann zu den Anzeigen auf dem Instrumentenbrett einer F-16.

Sie schüttelt den Kopf. »Ich habe es nicht gewußt, sie haben gesagt, es wäre noch Zeit genug ...«

»Außerdem mußtest du dein Trainingsprogramm leiten«, unterbricht er mit einem glucksenden Kichern, das sich anhört, als ob jemand auf trockene Zweige und zerbrochenes Glas stampft. »Wie passend.«

»Das ist nicht fair«, antwortet sie beschwörend. »Ich wollte am Morgen zurückkommen. Du hast gewußt, daß ich zurückkommen würde. Du hast es gewußt. Und dann haben sie angerufen ... sie haben mich an...«

»Ja, ja, immer wieder das gleiche Lied. Plötzlicher Herzschlag, Rauch in der Kabine, mit einem Satz, sie konnten es dir nicht anders sagen.« Wieder bricht er in krächzendes Gelächter aus, das sich in eine Reihe von Hustenanfällen wandelt. »Man hätte es vielleicht etwas verdaulicher für meine Annie machen können, du weißt ja, wie der Saftmann sagt, du sollst deinen Bromtrunk vor dem Schlafengehen trinken. Doch um ehrlich zu sein, aus meiner jetzigen Sicht macht es alles keinen Unterschied. Es gibt verschiedene Arten von Zuspätkommen, und du bist zu unserer Verabredung zu spät gekommen ...«

Sie schüttelt den Kopf. »Nein, sag es nicht schon wieder ...«

»Du erträgst nicht, es zu hören, warum setzt du nicht die Tweedmütze auf und machst dich auf den Weg zum Erlsberg Castle? Das ist doch mit Sicherheit besser als dieser Scheunentanz«, entgegnet er mit spöttischer Imitation eines schottischen Akzents. Seine Hand erhebt sich und weist in ihre Richtung. Das verbrannte, abgestreifte Fleisch der Haut baumelt von seinem Finger wie Fäden von halbgetrocknetem Alleskleber. »Im Notfall kannst du immer noch den Schleudersitz benutzen. Der Hebel befindet sich direkt vor dir.«

Und es ist wahr. Er ist direkt vor ihr. Annie glaubt sich daran zu erinnern, daß sie einen einfachen hölzernen Sessel an sein Bett gezogen hat, ist sich sicher, aber plötzlich wird ihr bewußt, daß sie sich täuscht, daß sie in einem Schleudersitz vom Typ ACES II von McDonnell Douglas sitzt, dem gleichen Typ, in dem sie aus ihrer brennenden F-16 über Bosnien hinauskatapultiert wurde. Sie nimmt diese Entdeckung mit der gleichen Gelassenheit zur Kenntnis wie die sich endlos verändernden Instrumente und den verschmierten Fettfilm auf – Marks? – Gesicht, der es ihr unmöglich macht, seine Gesichtszüge zu erkennen. Sie sitzt in einem Schleudersitz, okay, in Ordnung, in einem Schleudersitz. Festgeschnallt im Sicherheitsgeschirr, der Behälter mit dem Rettungsfallschirm über der Kopfstütze hinter ihrem Nacken, der Datenrekorder an der Seite des Sitzes zu ihrer Linken über dem Notfallsauerstoffbehälter befestigt …

Der gelbe Auslösehebel direkt vor ihr.

»Los, Annie. Mach schon!« die Stimme vom Bett fordert sie geradezu heraus. »Wir wissen doch beide, wie es funktioniert. Das Katapult wird in einem Drittel einer Sekunde gezündet. Die Zusatzrakete weniger als eine Zehntelsekunde danach. Fünf Sekunden später wirst du vom Sitz getrennt sein und schön sanft an deinem Fallschirm nach unten gleiten.«

»Nein«, antwortet sie. Der energische Ton ihrer eigenen Worte überrascht sie. »Das werde ich nicht tun.«

»Recht einfach für dich, das jetzt zu sagen, aber warte nur. Da ist Rauch in der Kabine! Überall um uns herum ist Rauch.«

Wieder überrascht es Annie kaum, daß er recht hat, irgendwie hat sie sich schon an seine plötzlichen Mitteilungen gewöhnt, die anfangen, sie an einen DJ bei MTV zu erinnern, der die wöchentliche Hitliste vorstellt, oder an einen Sportreporter, der die Namen der

Spieler vor dem Spiel aufzählt. Er weiß, was als nächstes kommt, weiß immer genau über alles Bescheid, und wenn er dir sagt, da ist Rauch, dann glaubst du besser daran, daß du ihn gleich riechen wirst.

Warte nur eine Sekunde.

Zuerst ist er weiß, dampfartig und geruchlos, wie er unter ihrem Sitz hervorwabert, wie der von Trockeneis hervorgerufene Rauch für theatralische Effekte. Doch dann wird er schnell immer dunkler und dicker, steigt in dreckiggrauen Wellen nach oben, die ihren Mund und ihre Nase füllen, die sie mit ihrem erstickenden Gestank zu überwältigen drohen.

»Los, Annie, worauf wartest du noch?« fragt der Mann im Bett in seinem schon vertrauten höhnischen Tonfall. Er richtet sich in den Kissen auf, streckt seinen bis auf den Knochen verschmorten Finger durch den Rauch nach ihr aus und wackelt damit vor ihrem Gesicht. »Greif nach dem Hebel, und du bist draußen!«

»Nein!« Annie spricht noch deutlicher, noch unnachgiebiger als vor ein paar Sekunden. »Ich werde es nicht tun, hörst du mich! Ich werde es nicht tun!«

»Hör auf mit dem Mist und greif nach dem Hebel«, knurrt er. »Greif zu ...«

»Nein!« Sie schreit ihn herausfordernd an, und dann drückt sie sich vom Sitz hoch, gegen den Widerstand ihrer festgeschnallten Sicherheitsgurte, und greift nach vorn – doch nicht nach dem Hebel für den Schleudersitz. Nein, nicht nach dem Hebel, sondern nach seiner schrecklich verbrannten, geröteten Hand. Sie hält diese Hand mit sorgfältiger Zärtlichkeit zwischen ihren Händen. »Wir stecken hier zusammen drin, und daran hat sich nichts geändert. Jedenfalls für mich nicht.«

Der Rauch wabert jetzt schwarz um sie herum, so dicht, daß Annie das Bett nicht mehr sehen kann, das sich nur Zentimeter vor ihr befindet, und auch den Mann nicht, der darin unter der Decke liegt. Aber sie kann ihn immer noch fühlen, kann immer noch seine Hand in ihren Händen fühlen. Und dann merkt sie mit einem überraschten Auffahren, dem ersten, das sie in dieser neuesten Entwicklung erlebt – in ihrem sich wiederholenden Alptraum, wie sie mit einem winzigen Teil ihres schlafenden Verstandes wahrnimmt –, daß er die Hand nicht zurückzieht.

»Es ist alles auf dem Band, Annie«, sagt er.

Jetzt gehört die Stimme klar zu ihrem Ehemann, aber es fehlt der höhnische Tonfall, den die Stimme in jeder vorherigen Version dieser Szene hatte.

»Mark ...«

»Auf dem Band«, wiederholt er.

Freundlich.

Sanft.

Oh, so herzzerbrechend sanft hinter der Rauchwolke, daß er sie daran erinnert, wie er vor der Krebserkrankung war, wie sie ihn lieben gelernt hat, wieviel sie an ihm geliebt hat, zu einer Zeit, die eine Ewigkeit her zu sein scheint.

»Du weißt schon alles, was du wissen mußt«, sagt er. Plötzlich hört er sich an, als ob er von ihr weggerückt ist.

Dann merkt Annie, daß er wirklich wegrückt. Sie fühlt, wie seine Hand aus ihren Fingern gleitet – fühlt, wie sie langsam, unausweichlich in die Schwärze gleitet. So sehr sie es auch versucht, so sehr sie auch kämpft, sie kann sie nicht festhalten.

Kann ihn nicht festhalten.

»Mark, Mark ...« Sie bricht ab, keucht und schnappt nach Luft, die Lungen voller Rauch. So gern möchte sie ihn sehen in diesem blindmachenden Rauch. So gern möchte sie ihn halten. »Mark, ich ...«

Annie erwachte, den Arm ausgestreckt und mit den Fingern ins Leere greifend. Sie erwachte in ihrem dunklen Schlafzimmer, schweißgebadet, zitternd und außer

Atem, während ihr Herz wild in ihrer Brust hämmerte. Der Nachklang ihrer tonlosen Schreie – Schreie, die in ihrem Traum die Form des Namens von ihrem Mann angenommen hatten – lag immer noch auf ihren Lippen.

Der Traum, dachte sie.

Schon wieder einmal, der Traum.

Vom Nachttisch nahm Annie das Glas mit Wasser, das sie aus der Küche mitgebracht hatte, als sie sich schlafen gelegt hatte, trank einen Schluck, dann noch einen, dann einen dritten. Sie strich sich die Haare aus der Stirn und stieß einen langen Seufzer aus. Gott sei dank hatte sie die Kinder nicht aufgeschreckt mit dem Lärm, den sie sicherlich gemacht hatte.

Sie saß einige Minuten aufrecht im Bett, sammelte ihre Gedanken und ließ ihren Puls und ihre Atmung zu einem normalen Rhythmus zurückfinden. Dann stellte sie das halbleere Glas auf den Nachttisch und drückte auf den Displayknopf ihres Weckers.

Drei Uhr morgens.

Vor weniger als zwei Stunden war sie eingeschlafen, nachdem sie zuvor die Niederschrift der Kommunikation zwischen der *Orion* und dem Mission Control Center studiert hatte, insbesondere die letzten Übertragungen vom Cockpit. Natürlich war der Traum diesmal von diesen Eindrücken ausgelöst worden, genau wie die Zeitungslektüre über *Orion* ihn beim erstenmal verursacht hatte. Damit hatte sie innerhalb einer Woche zum vierten Mal den gleichen Alptraum gehabt.

»Scheiße«, murmelte sie laut. »Sieh besser zu, wie du einen klaren Kopf bekommst vor dem Schlafengehen, sonst bist du in kürzester Zeit mit den Nerven fertig, Annie. Mach dir Musik an, sieh dir alte Komödien im Fernsehen an, alles, nur nimm dir keine Arbeitsunterlagen mehr mit ins B…«

Plötzlich riß sie die Augen auf, wieder hämmerte ihr

Herz, und sie setzte sich so abrupt auf, daß der Bettrand gegen die Wand stieß.

Marks Worte an sie im Traum ... diese *letzten* Worte.

Sie konnte sich an sie erinnern, als ob sie tatsächlich aus seinem Mund gekommen wären und nicht aus ihrem eigenen Unterbewußtsein. Als ob er sie im Bett neben ihr in diesem Augenblick wiederholen würde.

Es ist alles auf dem Band, Annie. Auf dem Band. Du weißt schon alles, was du wissen mußt.

Sie schaltete ihre Leselampe an und griff nach den zusammengebundenen Seiten der Niederschrift auf dem Nachttisch, ohne zu merken, daß sie dabei um ein Haar ihr Wasserglas umwarf.

Alles, was du wissen mußt.

»O mein Gott«, sagte sie in die andächtige Stille ihres Schlafzimmers. Dann klatschte sie den Ordner auf ihren Schoß und öffnete ihn mit hastigen, fast brutalen Handbewegungen. »*O mein Gott*.«

18.

Florida
23. April 2001

Trotz der Arbeitsbelastung am Johnson Space Center hatte Annie regelmäßig jeden Morgen die Kinder zur Schule gefahren, statt sie mit der Kinderfrau loszuschikken, und sie wollte diese Gewohnheit auch in Florida nicht ändern. Als das Telefon klingelte, war sie gerade dabei, ihnen beim Zusammenpacken der Bücher zu helfen. Sie konnte es kaum erwarten, sich auf den Weg zu machen, denn fast sofort nach dem Aufwachen von ihrem Traum, lange vor Sonnenaufgang, war sie aus dem Bett gesprungen, hatte sich geduscht und angezogen.

Mit einer Handbewegung wies sie die Kinder an, mit dem Einpacken fortzufahren; dann griff sie nach dem Telefonhörer.

»Hallo«, sagte sie. »Annie Caulfield am Apparat.«

»Guten Morgen«, sagte die Stimme eines Mannes am anderen Ende der Leitung. »Mein Name ist Pete Nimec. Ich bin von ...«

»UpLink International.« Sie warf einen schnellen Blick auf die Wanduhr. Halb acht. Einige Leute hatten Nerven. »Mr. Gordian rief gestern an, um mir zu sagen, daß Sie nach Florida kommen, und ich bin froh über Ihre Unterstützung. Ich hatte allerdings nicht damit gerechnet, so früh von Ihnen zu hören.«

»Ich bitte um Entschuldigung, ich weiß, daß es noch sehr früh ist«, erwiderte er. »Doch ich hatte gehofft, wir könnten vielleicht zusammen frühstücken.«

»Das wird leider nicht gehen«, entgegnete sie. »Sie haben mich gerade noch erwischt, als ich schon zur Tür hinauswollte, und ich muß so schnell wie möglich zum Cape Canaveral ...«

»Dann könnten wir uns doch dort treffen«, sagte er. »Ich werde den Kaffee und die Muffins mitbringen.«

Sie schüttelte den Kopf.

»Mr. Nimec ...«

»Pete.«

»Pete, ich habe Tausende von Dingen auf meinem Frühstücksteller heute morgen. Dazu gehört unter anderem, daß ich einen unserer freiwilligen Prüfer auftreiben muß, der irgendwo verschollen ist, und ich habe keine Zeit ...«

»Wenn es Sie nicht stört, kann ich Sie einfach begleiten. Das wäre ein guter Anfang, mich allmählich hier zurechtzufinden.«

Annie schaute zur Terrassentür hinaus und überlegte. Helle Strahlen des morgendlichen Sonnenlichts glitzerten auf dem blauen Wasser des Atlantiks. Ein kleines Sportsegelboot kreuzte vor der Küste. Dorset hatte ihr eine gute Aussicht versprochen, und er hatte sein Wort gehalten. Wenn sie nur etwas mehr in der Stimmung wäre, diese Aussicht zu genießen, dann könnte sie sich auch daran begeben, die Delphine zu entdecken, die sich angeblich dort draußen tummelten.

»Eigentlich glaube ich nicht, daß dies besonders ratsam ist«, sagte sie. »Vielleicht ist Ihnen nicht bewußt, wie hektisch es im Gebäude für den Zusammenbau von Raumfahrzeugen hergeht. Dort sind Dutzende von Menschen beschäftigt. Es wird sortiert, analysiert, was auch immer. Manchmal ist es das reinste Chaos.«

»Ich werde niemandem im Weg stehen, das verspreche ich Ihnen.«

Ganz schön aufdringlich, dachte sie. *Das hat mir gerade noch gefehlt.*

»Schauen Sie, es hat keinen Sinn, drumherum zu reden«, fuhr sie fort. »Einige der Dinge, die ich heute vorhabe, sind äußerst vertraulich. Mir ist zwar klar, daß wir beide zu demselben Team gehören, und ich will auch nichts vor Ihnen verstecken. Doch in diesem Moment gehe ich gerade einer Vermutung nach, bei der es um einige extrem technische Einzelheiten geht ...«

»Um so eher Grund, sich darauf zu verlassen, daß ich Sie nicht stören werde, denn ich werde nicht den leisesten Schimmer haben, was ich gerade vor mir habe«, entgegnete Nimec.

»Trotzdem wäre mir lieber, wenn wir einen späteren Termin ausmachen könnten«, sagte sie. »Wie wäre es denn um die Mittagszeit ...«

»Mama, der Chris hat mich Affengesicht genannt!« rief Linda aus dem Wohnzimmer.

»*Weil sie meine Schnürsenkel aufgemacht hat!*« kam es von Chris.

Annie hielt die Hand über die Sprechmuschel.

»Das reicht jetzt, ihr beiden. Ich bin am Telefon«, rief sie. »Habt ihr eure Bücher eingepackt?«

»Na klar!« Einstimmig kam die Antwort.

»Dann geht jetzt in die Küche und wartet, bis Regina euch das Geld für die Frühstückspause gibt.«

»Chris hat mich schon wieder Affengesicht gen…«

»Schluß jetzt!«

»Hallo?« fragte Nimec am anderen Ende. »Sind Sie noch dran?«

Annie nahm die Hand von der Muschel.

»Entschuldigen Sie, aber ich mache gerade die Kinder für die Schule fertig«, erwiderte sie.

»Das kann ich verstehen. Habe selber einen Jungen. Neun Jahre alt.«

»Dann haben Sie mein Mitgefühl«, entgegnete sie.

»Er lebt bei seiner Mutter.«

»Dann hat *sie* mein Mitgefühl«, sagte Annie. »Wo waren wir stehengeblieben?«

»Sie waren gerade dabei, mich aufzufordern, nach Cape Canaveral mitzukommen. Im Gegenzug würde ich Sie dann später zum Mittagessen einladen.«

Mit einem Seufzer ergab sie sich. Schließlich hatte Roger Gordian ihn geschickt. Und was konnte es schaden, wenn er sie begleitete?

»Daran kann ich mich zwar nicht in allen Einzelheiten erinnern, aber okay, wir treffen uns in der offiziellen Empfangshalle in einer Stunde. Unter einer Bedingung.«

»Und die wäre?«

»Diese Angelegenheit unterliegt meiner Verantwortung, und ich möchte nicht, daß irgend etwas an die Presse oder an sonst jemanden weitergegeben wird, solange ich es nicht ausdrücklich abgesegnet habe. Können Sie das akzeptieren?«

»Hört sich durchaus fair an.«

Wieder schaute sie auf die Wanduhr.

»*Mama!*« rief Linda aus der Küche. »*Chris hat gesagt, ich stinke wie ein Affenarsch!*«

»Dann bis pünktlich um acht Uhr«, sagte Annie und legte den Hörer auf.

Der ›verschollene‹ freiwillige Prüfer, den Annie im Gespräch mit Nimec erwähnt hatte, war ein 25jähriger Forschungswissenschaftler namens Jeremy Morgenfeld. Nachdem sie die Kinder an der Schule abgesetzt hatte, erreichte sie ihn mit ihrem Handy – und zwar gerade noch rechtzeitig, wie Jeremy am Telefon erklärte, denn er war gerade dabei, mit seinem Katamaran loszusegeln und für den Rest des Morgens unerreichbar zu bleiben. Denn normalerweise arbeitete er nicht länger als vier Stunden pro Tag, von Montag bis Donnerstag, und begann seine Arbeitszeit grundsätzlich genau um zwölf Uhr mittags. Jeremy war die lebendige Verkörperung eines Wunderknaben – einen Monat vor seinem 16. Geburtstag hatte er sein erstes Universitätsdiplom im Fachbereich aeronautische Ingenieurwissenschaften vom Massachusetts Institute of Technology erhalten, und hatte in der Folge vier Masterexamen in diesem und verwandten Fachbereichen abgeschlossen. Dann hatte er seine akademische Laufbahn mit drei *Doktortiteln* in den Fachbereichen Physik und Biologie fortgesetzt. Im Alter von 21 Jahren hatte er die Spectrum Foundation gegründet, einen unabhängigen Thinktank, der sich fast ausschließlich vom Verkauf der diversen eigenen Patente im Technologiebereich finanzierte. Zusätzlich wurden vom Massachusetts Institute of Technology kleinere Subventionssummen gezahlt, im Austausch für die Beteiligung an verschiedenen Gemeinschaftsprojekten, wozu auch das Projekt im Bereich der Magnethydrodynamik gehörte, über das er in diesem Augenblick zu Nimec sprach …

»Plasmatheorie«, sagte Annie. »Sie müssen Jerry entschuldigen. Ab und zu findet er Gefallen daran, seine Mitmenschen daran zu erinnern, daß er bereits einmal das ausschließliche Thema einer Studie der MERF gewesen ist.«

»Ist das eine Abkürzung für irgendeine Institution?«

»Die Mensa Education and Research Foundation«, gab sie zur Antwort. »Sie interessieren sich für das Vermessen der Oberflächencharakteristika von Intelligenz ... sie identifizieren die kulturellen, physiologischen und umweltbedingten Faktoren von Menschen mit Intelligenzquotienten im Geniebereich.«

»Angeboren oder anerzogen«, sagte Nimec. Er saß zwischen den beiden in der Bahn des Kennedy Space Center, auf dem Weg vom Empfangsbereich zum Gebäude für den Zusammenbau von Raumfahrzeugen. »Die ewige Diskussion.«

»Sehen Sie, mir liegt nichts daran, daß sich irgend jemand dumm vorkommt«, sagte Jeremy. Nimec vermutete, es war ein Versuch, sich großzügig zu zeigen. »Doch um auf Magnethydrodynamik zurückzukommen, Annies Definition ist viel zu weit gesteckt. Es ist so ähnlich wie die Sache, daß jeder Hamster ein Säugetier ist, aber nicht jedes Säugetier ein Hamster, wissen Sie? Plasmatheorie deckt alles ab von der Schaffung des Universums bis hin zu diesen merkwürdigen elektrischen Stößen im All, die ich Kirbys Knistern nenne – nach Jack Kirby, dem Comics-Typen, der alle superteuren Spezialeffekte, die Sie jemals in Science-Fiction-Filmen gesehen haben, weit hinter sich läßt, und das nur mit einem Stift, einem Zeichenblock und seiner Phantasie. Ein echtes Genie!« Jeremy machte eine Pause. »Auf jeden Fall geht es bei Magnethydrodynamik um das Verhalten von Plasma in einem magnetischen Feld, was zu *extrem* praktischen Anwendungen führen kann. Energie aus Atomfusion, zum Beispiel. Es ist die sauberste bekannte Art der Energieerzeugung, wenn wir irgendwann herausfinden, wie wir Reaktoren bauen können, die groß und mächtig genug sind, um diesen Prozeß in großem Umfang durchzuführen, ohne sich selbst und alles um sie herum in geschmolzene Schlakke zu verwandeln.«

»Hören Sie besser auf«, unterbrach ihn Nimec. »Sie machen mir Angst.«

»Wieso das denn?«

»Darüber kann ich nicht sprechen.« Nimec setzte ein ernstes Gesicht auf. »Kindheitstrauma.«

Jeremy hob die Augenbrauen.

Zufrieden lehnte Nimec sich zurück und beobachtete ihn mit seinen Polizistenaugen, um besondere körperliche Merkmale festzustellen: glattes braunes Haar im Stufenschnitt, Brille mit Goldrand, schmales Kinn, tropfenförmiges Bärtchen unter der Unterlippe. Er trug eine Baseballkappe der Boston Red Sox verkehrt herum auf dem Kopf, dazu passend ein T-Shirt von den Red Sox, weite Khakishorts und Nike-Tennisschuhe ohne Socken.

Nimec deutete auf sein T-Shirt.

»Sieht aus, als wären Sie ein Boston-Fan«, sagte er, auf der Suche nach gemeinsamen Interessen.

Jeremy nickte. »Ich habe ein Haus auf Sanibel Island, ungefähr eine Stunde Fahrt von dem Ort, wo die Sox ihr Frühjahrstraining veranstalten, und ich fliege um diese Jahreszeit immer runter, um zuzusehen, wie sie sich in Form bringen.«

Nimec warf ihm einen neugierigen Blick zu.

»Sanibel ist einige hundert Kilometer südwestlich von uns, nicht wahr?« fragte er. »Sie sagten doch, daß Sie mit Ihrem Katamaran aufbrechen wollten, als Annie Sie heute morgen anrief ... Wie sind Sie denn so schnell hierher gekommen?«

»Ganz einfach«, erwiderte Jeremy. »In Orlando habe ich auch ein Häuschen. Da habe ich die letzten Tage gewohnt, seit Annie mich neulich gebeten hat, ihr bei der Untersuchung zu helfen.« Er beugte sich nach vorn und zwinkerte ihr zu. »Mein Mädchen gibt mir ein Zeichen, ich komme gelaufen. Sogar Pedro Martinez kommt erst nach ihr.«

Annie lächelte ein wenig. »Jeremy und ich haben uns vor etwa drei Jahren kennengelernt, als er zum Spezialtraining für Raumschiffladung in Houston ankam.«

Nimec versuchte, nicht überrascht zu wirken.

»Sie waren Astronaut?«

Jeremy setzte seine Brille zurecht. Plötzlich schien er sich nicht ganz wohl in seiner Haut zu fühlen.

»So kann man das nicht sagen«, fiel Annie ein, offensichtlich um Jeremy zu Hilfe zu kommen. »Nicht zur NASA gehörige Ladungsspezialisten fallen in eine spezielle Kategorie und werden von einer Sponsorenorganisation ausgewählt – normalerweise ein Unternehmen, das eine Reihe von Experimenten bei geringer Schwerkraft durchführen oder auf einem Flug irgendwelche Hardware in die Erdumlaufbahn schicken will. Dazu gehören beispielsweise chemische und pharmazeutische Firmen, Erziehungsinstitutionen, Zulieferfirmen im militärischen Bereich und natürlich Unternehmen im Bereich der Kommunikationstechnologien wie Ihre Firma ...«

»Und wie die Spectrum Foundation?« fragte Nimec.

Annie nickte.

»Damals war Jeremy mit einer Forschung zum Thema Kristallformation beschäftigt ...«

»Kristallisations*muster* in unterschiedlichen Umgebungen und unter unterschiedlichen thermodynamischen und thermochemischen Bedingungen«, erläuterte Jeremy. »Hier ist ein Beispiel: Jeder hat schon einmal gehört, daß keine Schneeflocke der anderen gleicht, doch das ist eine dieser extremen Vereinfachungen, die immer zu volkstümlichen Irrtümern korrumpiert werden. Vor langer Zeit, in den dreißiger Jahren des letzten Jahrhunderts, hat Ukichira Nakaya, ein brillanter Professor von Hokkaido, sämtliche Grundformen der Schneekristalle aufgelistet, einschließlich der Temperatur- und Feuchtigkeitsbedingungen, die sie verursachen. Seine Arbeit hat den Grundstock für die Forschung eines anderen erleuchteten japanischen Wissenschaftlers namens Shotaro Tobisawa gelegt, der die Kristallisation verschiedener chemischer Substanzen unter kontrollierten Implosionsbedingungen untersucht und beschrieben hat.« Er fuhr sich mit der Fingerspitze über sein kleines Bartbüschel. »Noch ein Beispiel: Werfen Sie eine Atombombe einer bestimmten Megatonnengröße irgendwo ab, dann bekommen Sie einen vorhersagbaren, nicht variierenden Typ von Kristallformation im Mineralbereich und in der Atmosphäre in ebenso spezifischen Zonen, ausgehend vom Epizentrum der Explosion. Das wissen wir bereits seit Los Alamos. Doch die Untersuchungen, von denen ich gesprochen habe, sind die allerersten Schritte zu einem Verständnis dieser Phänomene. Es ist eine Sache zu wissen, *welche* Konstellation von Bedingungen zu einer ganz bestimmten Kristallgeometrie führt, und eine andere Sache herauszufinden, *warum* sie das tut. Das fasziniert mich, denn es führt zu einem ganzen Bereich von physikalischen Gesetzen, der praktisch noch unerforscht ist. Heutzutage machen sich nicht allzu viele Leute darüber Gedanken, aber in der Zukunft, wenn wir bei der Erforschung der Tiefen des Weltraums zum Terraforming, der Bewohnbarmachung anderer Planeten, oder zur genetischen Anpassung an andere planetarische Umgebungen gelangen, dann kann dieses Wissen eingesetzt werden bei ...«

»Jerry«, unterbrach ihn Annie, »wir kommen vom Thema ab.«

Er runzelte die Stirn und zuckte mit den Achseln.

»Sie haben gesagt, ich wäre kein Teamspieler«, sagte er schließlich.

Nimec sah ihn an. »Wer sind *sie*?«

»Der Direktor vom National Space Transportation System, seine beiden Stellvertreter und der Verwaltungschef des Raumfahrtbüros. Eine amorphe Gruppe von Göttern, uns Sterblichen als die Herren des Großen Kibosh bekannt«, fuhr Jeremy fort. »Die einzige Führungspersönlichkeit der NASA, die sich positiv zu meiner Bewerbung geäußert hat, war Annie, doch auch sie konnte die Blitze dieser Götter nicht abwenden.«

»Sagten Sie nicht, daß Ladungsspezialisten nicht unter die Regierungszuständigkeit fallen?«

»Sie unterliegen der abschließenden Zustimmung durch die Raumfahrtbehörde«, sagte Annie. »Da Jeremy etwas unorthodoxe Methoden hat, meinten gewisse Leute an der Spitze, daß es zu Differenzen mit seinen Mannschaftskameraden kommen könnte, und das diese Differenzen im begrenzten Umfeld einer Shuttlemission ausufern könnten.«

»Sie dachten, ich wäre völlig unausstehlich. Das ist es, was Annie Ihnen zu sagen versucht, ohne mich zu beleidigen«, warf Jeremy ein. »Wußten Sie, daß Ladungsspezialisten nicht einmal amerikanische Staatsbürger sein müssen? Doch irgendwie kann ich scheinbar keine lausigen zehn Tage mitfliegen, ohne daß ich alle anderen Mannschaftsmitglieder dazu bringe, sich in den Weltraum zu stürzen oder *mich* ohne Raumanzug aus der Kapsel zu befördern. Zumindest laut Meinung der NASA.«

Annie lächelte zärtlich und klopfte ihm wohlwollend auf den Arm.

»Natürlich wäre Jeremy mit der Situation klargekommen, und die anderen Astronauten wären auch mit *ihm* klargekommen«, bemerkte sie. »Die positive Seite der ganzen Geschichte ist jedoch, daß wir uns kennengelernt haben und Freunde geworden sind.«

»Ich bin für dich da, Baby«, sagte Jeremy im übertrieben tiefen Tenor eines Machos.

Die Bahn hielt an, um ihre drei Passagiere auf der Ostseite des Gebäudes für den Zusammenbau von Raumfahrzeugen auszuladen. Annie stieg als erste aus, und als sie auf den bewachten Personaleingang der riesigen Halle zu ging, stellte Nimec eine plötzliche Veränderung in ihrer Haltung fest. Während im Empfangsbereich eine relativ gelassene Atmosphäre geherrscht hatte, gab es jetzt eine Spannung unter der Oberfläche, von der er fast spüren konnte, wie Annie sie krampfhaft zu kontrollieren versuchte. Ihre Schritte wurden hastiger; was immer in ihr vorging, sie schien es für sich behalten zu wollen. Dabei konnte er nur ihre gefaßte Haltung bewundern.

Der Boden von High Bay 1 war so chaotisch, wie sie es ihm prophezeit hatte, aber es war ein organisiertes Chaos von Menschen, die vor einer ernsten und komplexen Aufgabe standen und unter intensivem Druck arbeiteten. Er hatte so etwas schon im Krieg gesehen, dann bei der Polizei, wenn sie die Schauplätze von Verbrechen analysierten, und oft genug, seit er für Roger Gordian arbeitete; es war schon immer Teil seines Berufslebens gewesen. Dennoch überraschte ihn in dieser speziellen Situation das völlige Fehlen von Hintergrundgeräuschen. Ein zweckorientiertes Schweigen umhüllte diese Männer und Frauen, die Annie in ihrem Team zusammengetrommelt hatte; einige trugen Arbeitsanzüge der NASA, andere Zivilkleider, und Dutzende von ihnen eilten überall um ihn herum und an ihm vorbei. Das Schweigen war ungewöhnlich, und ebenso die riesige Menge der Bruchstücke, die hier zusammengetragen worden waren. Während sein Blick die enorme Halle durchschweifte, begriff er, daß es unmöglich gewesen wäre, die vernichtende Größe der Explosionen, die auf der Startrampe die *Orion* in ein Wrack verwandelt hatten, in ihrer Gänze zu verstehen, ohne diese Überreste aus erster Hand zu erleben.

Nimec beobachtete die fieberhafte Aktivität noch eine Weile; dann bemerkte er, daß Annie und Jeremy weitergegangen waren. Seite an Seite gingen sie vor ihm her und steckten ihre Köpfe zusammen, vertieft in private Erörterungen. Er wollte sich zu ihnen begeben, besann sich aber eines Besseren. Obwohl er Annie Caulfield erst seit einer guten halben Stunde kannte, ging er davon aus, daß sie gute Gründe hatte für alles, was sie tat. Außerdem hatte er ihr sein Wort gegeben, sie bei ihrer Arbeit nicht zu stören.

Er sah ihnen zu, wie sie den breiten Mittelgang vor ihm hinuntergingen und auf eine der beweglichen Arbeitsplattformen stiegen, wo vier oder fünf Mitglieder des Untersuchungsteams verschiedene größere Teile des Raumschiffes begutachteten. Annie sprach kurz mit ihnen und strahlte dabei eine sanfte Autorität aus – sie achtete sehr genau auf ihre Ausführungen und klopfte einer Frau mit der gleichen offenen Wärme auf die Schulter, die sie auch in der Bahn Jeremy gegenüber gezeigt hatte. Wieder stellte Nimec fest, daß er auf ganz besondere Weise von ihrem Verhalten beeindruckt war.

Als die Gruppe einige Augenblicke später, offensichtlich auf Annies Bitte, die Plattform verließ, hockten Jeremy und Annie sich hin. Die Haltung erinnerte Nimec an Paläontologen bei der Arbeit. Sie begannen, die Wrackteile herumzuschieben, gelegentlich Kommentare auszutauschen und sich gegenseitig auf bestimmte Dinge aufmerksam zu machen.

Nach einer Weile fand Nimec, er könnte sich zu ihnen begeben.

Als er am Fuß der Plattform ankam, nickte Annie und winkte ihn zu sich, während sie weiterhin ein Fragment des Raumschiffs inspizierte. Es war ein verschweißter Klumpen von Rohren und Ventilen in einem geborstenen, verbrannten Gehäuse, das mit einem weiteren Teil verbunden war. Dieses große Stück hatte trotz seiner Brandmarkierungen und Dellen so etwas wie die identifizierbare Form einer Glocke beibehalten. Nimec glaubte, eine intelligente Vermutung anstellen zu können, worum es sich handelte, doch er hielt sich zurück. Er wollte sich noch nicht äußern, wollte ihnen mehr Spielraum geben.

Schließlich sah Annie aus der Hocke zu ihm hoch.

»Was Sie hier sehen, sind die Überreste eines der Haupttriebwerke«, sagte sie und bestätigte damit seinen Verdacht. »Die Shuttle besitzt drei davon unterhalb der vertikalen Schwanzflosse. Es ist kein Geheimnis, daß auf der Bandaufnahme der Verständigung zwischen dem Cockpit der *Orion* und dem Mission Control Center von einem roten Warnlicht sechs Sekunden vor dem vorgesehenen Start gesprochen wird. Dieses Warnlicht zeigte an, daß das Hauptaggregat Nummer Drei zu heiß wurde.«

Er nickte. »Ist dies das Aggregat?«

Vor ihrer Antwort hielt sie inne, dann sagte sie leise: »Das Haupttriebwerk Nummer Drei wurde bereits bei der ersten Explosion völlig zerstört. Hauptaggregat Nummer Zwei, das sich direkt daneben am unteren Ende befand, wird teilweise aus den wenigen noch auffindbaren Teilen, die uns übriggeblieben sind, wieder zusammengesetzt. Was Sie hier vor sich sehen, ist das Haupttriebwerk Nummer Eins. Mir ist der Grund noch nicht klar, doch es ist relativ intakt geblieben. Die Aggregate befinden sich grundsätzlich in einer Dreiecksanordnung, und dieses hier war oben in der Spitze. Vielleicht hat es die Position über den beiden anderen Triebwerken möglich gemacht, daß es irgendwie der größten Hitze der Explosionen entgangen ist. Das wird noch entschieden werden. Wichtig ist momentan für mich, daß wir wenigstens dieses Aggregat zur Analyse vor uns haben.«

»Diese Triebwerke werden mit einer potenten Mischung aus kryogenem Flüssigwasserstoff und flüssigem Sauerstoff versorgt«, erklärte Jeremy. Er beugte sich gerade über die gegenüberliegende Seite der Triebwerkshülle. »Annie wird mich korrigieren, wenn es sein muß, aber ich glaube, der Treibstoff in einem Shuttlemotor erzeugt 1,7 Millionen Newtons – das entspricht etwa 375 000 Pfund Schub auf der Höhe des Meeresspiegels. Damit ist das Gerät der effizienteste Dynamo eines Kraftwerks, der je gebaut wurde. Auf der anderen Seite kann die Entzündung von heißem Wasserstoff fürchterlich sein, wenn sie nicht genau reguliert wird. Denken Sie an die *Hindenburg*.«

»Und was bedeutet das genau in Bezug auf die *Orion*?« fragte Nimec.

»Um noch einmal auf die Bandaufnahme der Verständigung zwischen der Raumfähre und der Bodenkontrolle zurückzukommen – daraus geht klar hervor, daß der Ursprung des Problems mit dem Fluß des Flüssigwasserstoff-Treibstoffs zusammenhängt«, ergänzte Annie tiefernst. »Wiederum handelt es sich um Informationen, die bereits reichlich in den Medien breitgetreten wurden. Deshalb bezweifle ich, daß ich Ihnen etwas neues erzähle. Ganz zum Schluß sagte Jim ... *Colonel Rowland* ... zum Kontrollingenieur, daß der Druck des Flüssigwasserstoffs fiel. Dann brach er etwa eine Sekunde lang ab.«

Nimec hatte aufmerksam zugehört, doch war er ein wenig verwirrt. »Wenn ich Ihnen überhaupt folgen kann, dann vermuten Sie, daß eine Reduzierung des Drucks beim Flüssigwasserstoff eine Zunahme der Triebwerktemperatur verursachte, die dann ihrerseits das Feuer auslöste. Aber ich würde eigentlich annehmen, daß es genau umgekehrt wäre – weniger Treibstoff, weniger Flammen.«

»Ja, natürlich, es sei denn, der Druckabfall findet in diesen Spaghettiröhren statt«, sagte Jeremy. Er zeigte auf einen der Klumpen mit verbogenen Röhren hinter dem Maschinenmantel. »Sie lenken den Flüssigwasserstoff zu den Wänden der Aggregatsdüse und der Verbrennungskammern, und zwar vor der Weiterleitung zu den Vorbrennern ...«

Nimec hielt seine Hand hoch, um ihn zu stoppen.

»Moment«, sagte er. »Noch einmal zurück. Mir ist immer noch nicht klar, wieso in diesem Fall weniger gleich mehr ist.«

»Weil Ihnen ein sehr wichtiges Wort, das ich bei der Beschreibung des Zustandes des Flüssigwasserstoffes gebraucht habe, entgangen sein muß«, dozierte Jeremy. »Nämlich *kryogen*.«

Annie sah, wie Nimec seine Irritation beherrschte, als er auf diese Weise geschulmeistert wurde.

»Wie Jeremy schon sagte, die Haupttriebwerke arbeiten mit einer extrem hohen Effizienz. Zum Teil ist das so, weil der Treibstoff für diverse Zwecke eingesetzt wird«, schaltete sie sich ein. »Um seinen flüssigen Zustand beizubehalten, muß der Wasserstoff äußerst kalt gehalten werden ... um Ihnen eine Vorstellung von dieser Kälte zu geben, denken Sie daran, daß er bei Temperaturen oberhalb von minus 253 Grad Celsius verdampft. Als Lösung des Problems der kritischen Aggregatsaufheizung haben die Erbauer der Haupttriebwerke Wege gefunden, einen Teil des Flüssigwasserstoff-Treibstoffs mittels eines Röhrensystems durch das gesamte Aggregat umzulenken, bevor er in die Vorbrenner eingespeist wird. In jedem der Haupttriebwerke gibt es zwei von ihnen; ihre Funktion ist es, die sehr heißen Wasserstoffdämpfe zu entzünden, die als Resultat des Zündprozesses entstehen, noch *bevor* sie sich unter der Triebwerkshülle ansammeln und dort entzünden können. Wenn Sie schon einmal den Film eines Starts in Zeitlupe gesehen haben, dann sind Ihnen sicher die Vorbrenner aufgefallen, die das Gas unterhalb der Mäntel als Tausende von kleinen Feuerbällen hervorschießen.«

Nimec sah sie an. »Demnach sagen Sie mir, daß ein deutlicher Druckverlust des Flüssigwasserstoffs dazu geführt hat, die Haupttriebwerke zu überhitzen und die Vorbrenner versagen zu lassen ... was in der Folge eine Explosion der freien Wasserstoffdämpfe unter dem Maschinenmantel ausgelöst hat.«

»Das hat *Jim* uns gesagt. Oder zumindest hat er versucht, es uns noch zu sagen. Er hätte gewußt, wo im Triebwerk der Druck des Flüssigwasserstoffs kritisch abgenommen hatte. Dafür hätte ein Blick auf einen Druckmesser auf seinem Instrumentenbrett ausgereicht. Aber da alles so schnell geschah ... und sich die Kabine mit Rauch füllte ...«

»Deshalb hat er nicht beenden können, was er uns sagen wollte.«

»Genau, denn er wollte uns sagen, daß der Druck des Flüssigwasserstoffs fiel, und zwar *in den Rohrleitungen der Vorbrenner*.«

Ihre Blicke trafen sich.

Nimec sah den feuchten, glänzenden Ausdruck in ihren Augen, merkte, wie sie gegen die Tränen ankämpfte, und hätte fast tröstend ihren Arm berührt. Statt dessen erschrak er, völlig überrascht von seiner impulsiven Reaktion.

Einen Augenblick später drehte er sich zu Jeremy und sagte: »Als wir in der Straßenbahn saßen, haben Sie von dem Unterschied gesprochen zwischen dem Wissen, daß etwas unter bestimmten Voraussetzungen geschieht, und dem Wissen, warum es geschieht.«

Jeremy schwankte sichtlich.

»Dabei habe ich von Schneeflocken gesprochen«, entgegnete er.

»Dann sprechen Sie jetzt von Explosionen«, beharrte Nimec. »Was hat Ihrer Meinung nach den Druckabfall des Flüssigwasserstoffs provoziert? Und wenn es im Haupttriebwerk Nummer Drei passiert ist, warum gibt es verschmorte Kühlleitungen im Triebwerk Nummer *Eins*? Wie konnte ein identisches Problem gleichzeitig in mindestens *zwei* der drei voneinander völlig unabhängigen Triebwerke auftreten?«

Immer noch zögernd warf Jeremy einen Blick auf Annie. Er wollte sehen, wieviel sie bereit war, ihn wissen zu lassen, und würde ohne ihre Zustimmung kein Wort mehr sagen. Nimec beschloß, daß ihn diese Geste sympathischer machte.

»Vor ein paar Abenden bin ich hiergewesen, nachdem alle anderen schon gegangen waren, nur um einmal in Ruhe nachzudenken«, begann Annie schließlich. »Ich hatte einen harten Tag hinter mir, hatte mich mit der Presse herumgeschlagen und mußte einen klaren Kopf bekommen …« Einen Augenblick zögerte sie, dann schüttelte sie den Kopf. »Aber das ist unwichtig. *Wichtig* ist, daß ich sehr lange hiergeblieben bin. Tatsächlich viel länger, als ich erwartet hatte. Dabei bin ich hier herumgelaufen, habe mir die Wrackteile angesehen, die wir begonnen hatten, wieder zusammenzusetzen. Als ich dieses Triebwerk sah, habe ich festgestellt, daß die internen Beschädigungen viel größer schienen als der Schaden an der äußeren Verkleidung. Darauf habe ich mich dieselben Dinge gefragt, die Sie gerade von Jeremy wissen wollten.« Wieder hielt sie inne und atmete tief durch. »Ich habe Unterstützung angefordert vom Forensischen Wissenschaftszentrum in San Francisco. Es befindet sich im Lawrence Livermore National Laboratory, ich weiß nicht, ob Sie schon von ihnen gehört haben …«

»Sie haben damals die Beweisanalysen im Unabomber-Fall durchgeführt, dann bei den Bombenanschlägen auf den Times Square und auf das World Trade Center in New York. Dazu wahrscheinlich Hunderte von anderen Untersuchungen«, sagte Nimec. »UpLink unterhält seit Jahren Beziehungen zu ihnen, und ich persönlich habe auch schon mit ihnen gearbeitet. Das Lawrence Livermore National Laboratory hat weit und breit die beste Gruppe von Spezialisten in Sachen Verbrechensaufdeckung und nationale Sicherheit.«

Sie nickte. »Sie schicken uns ein Analyseteam mit einem Flugzeit-Massenspektrometer.«

»Das heißt, Sie suchen nach Rückständen von Sprengstoffen«, sagte er. »Mit dem Flugzeit-Massenspektrometer kann man die Analyse der Spurenpartikel hier in diesem Gebäude durchführen ... das verhindert Materialveränderungen, die durch den Transport von Mustern zum Labor hervorgerufen werden könnten.«

»Genau.«

Nimec grübelte eine Weile.

»Bei Sabotageakten muß schnell und im verborgenen gearbeitet werden, und deshalb unterlaufen manchmal Fehler. Wenn man sich auf Zerstörung versteht, dann weiß man, daß mögliches Versagen am besten dadurch berücksichtigt wird ... und vorausgesehen und vermieden wird, indem man redundant vorgeht. Man greift also bei allen drei Triebwerken ein, obwohl das Versagen eines einzigen Aggregats völlig ausreicht«, erklärte er. »Wenn ich Sie richtig verstanden habe, dann hätte der gleiche Faktor, der das Haupttriebwerk Nummer Drei – und vielleicht das Triebwerk Nummer Zwei – zum Überhitzen gebracht hat, das gleiche Resultat beim Haupttriebwerk Nummer Eins hervorrufen sollen, was aber nicht der Fall war. Oder jedenfalls nicht in dem vorgesehenen Ausmaß.«

»Das ist eine logische Erklärung, wenn wir davon ausgehen, daß ein vorsätzlicher und gelungener Anschlag unternommen wurde, um die *Orion* zu zerstören.« Annie holte tief Luft. »Wir werden sehen, was vom Massenspektrometer und von den Damen und Herren des Forensischen Wissenschaftszentrums herausgefunden wird. Vorläufig glaubt Jeremy, daß es ein vorsätzlicher Anschlag *war*.«

»Glauben ist untertrieben«, sagte Jeremy. »Ich würde alles darauf wetten.«

Nimec sah ihn an.

»Woher nehmen Sie diese Überzeugung?«

»Erinnern Sie sich, als ich vor einem Augenblick über Schneeflocken sprach und Sie über Explosionen reden wollten?«

Inzwischen hatte Nimec genug Gefühl für Jeremy bekommen, um zu bemerken, daß es sich um keine rhetorische Frage handelte.

»Ja und?« fragte er.

»In dem Moment waren wir bereits beim gleichen Thema. Ein Ableger meiner Arbeit mit thermodynamischer Kristallisationsgeometrie, zu der verschiedene Arten von kontrollierten Explosionen gehören, ist das Interesse für Detonationsgeometrie.«

»Irgendwie«, sagte Nimec, »hatte ich so etwas im Gefühl.«

»Natürlich hatten Sie das.«

Nimec nickte ihm zu.

»Sagen Sie mir, was Sie meinen, Jeremy«, fuhr er fort. »Warum so kategorisch?«

»Um es einfach auszudrücken«, erklärte Jeremy, »eine gewisse Art von chemischer Reaktion ist gleich eine Explosion ist gleich ein Muster. Und meiner Ansicht nach müssen die Spreiz-, Brenn- und Markierungsmuster bei diesem Triebwerk von winzigen Hitzestößen hervorgerufen worden sein – so etwas wie nichtkommerzielles RDX –, die ursprünglich die Turbo-Pumpen für den Wasserstoff-Treibstoff zerstören sollten, aber nur teilweise erfolgreich waren.«

Nimec überdachte diese Worte einen Augenblick lang; dann nickte er wieder.

»Ich danke Ihnen«, sagte er.

»Schon gut.« Jeremy legte seine Hand auf das zerstörte Aggregat und sah Nimec durch seine Brillengläser an. »Wenn Sie auf diese Seite kommen, kann ich Ihnen zeigen, was ich meine.«

Ein kameradschaftliches Angebot.

»Gern«, antwortete Nimec. »Da bin ich aber neugierig.«

»Es gibt etwas, das ich im Gebäude für den Zusammenbau von Raumfahrzeugen für mich behalten habe«, sagte Nimec zu Annie eine halbe Stunde später. »Wußte nicht, wieviel ich vor Jeremy sagen sollte.«

Sie tranken einen Kaffee in der Kantine des Kennedy Space Centers. Seine Einladung zum Mittagessen war heruntergestuft worden, da Annie einen äußerst gedrängten Tagesablauf hatte. Jeremy befand sich bereits auf dem Weg zurück nach Orlando.

Aufmerksam sah sie ihn an.

»Sprechen Sie weiter«, forderte sie ihn auf.

»In einigen Fällen kommt es vor, daß Terroristen bei einer Sabotage ihre Markierung hinterlassen wollen, ohne sich zu der Tat zu bekennen. Seit etwa zehn Jahren nimmt diese Tendenz zu. Auf diese Weise schlagen sie zwei Fliegen mit einer Klappe – sie erfüllen die Opfer mit Angst, ohne selbst Verdacht zu erregen.«

Annie sah ihn unverwandt an.

»Glauben Sie, das Haupttriebwerk Nummer Eins sollte nicht zerstört werden? Daß der Versuch nur so aussehen sollte, als ob er verpfuscht worden wäre?«

»Das halte ich für eine naheliegende Möglichkeit.«

Einen Augenblick schwieg sie. Dann huschte ein schwaches Lächeln über ihre Lippen. »Jeremy wird so etwas ebenfalls angenommen haben. Ich vermute, daß er sich nicht sicher war, was er vor *Ihnen* sagen konnte.«

»Kann wohl sein.« Nimec bemerkte, wie er auf ihr Lächeln achtete. Sofort wandte er den Blick ab und schaute auf den Tisch hinunter. Was war denn nur mit ihm los? Sie waren Kollegen, und die Umstände waren absolut unpassend für so etwas. Oder etwa nicht? Unwillkürlich schaute er sie schon wieder an. »Er ist sicherlich intelligent genug.«

Schweigend trank Annie ihren Kaffee.

»Zwei Fragen«, sagte sie dann. »Hätte UpLink International etwas dagegen, wenn ich die Presse davon in Kenntnis setze, daß wir bei der Untersuchung gewisse Fortschritte gemacht haben, die unter Umständen eine Verbindung zwischen *Orion* und den Ereignissen in Brasilien herstellen könnten?«

»Damit hätten wir kein Problem«, entgegnete er.

»Nächste Frage«, fuhr sie fort. »Wenn es Sabotage war, haben Sie irgendeine Ahnung, wer dafür verantwortlich sein könnte?«

Einen Moment überlegte er, dann traf er eine Entscheidung.

»Ich glaube, wir könnten sehr bald etwas hierzu in Erfahrung bringen«, erwiderte er. »Unser Unternehmen hat eine kleine Satelliten-Bodenstation in Pensacola. Von Orlando werde ich heute nachmittag um vier Uhr mit einem Firmenjet dorthin geflogen. Wir werden eine Operation durchführen, die Sie sicherlich interessieren wird.«

Nachdenklich nagte sie an der Unterlippe. Von der Kaffeetasse in ihrer Hand stieg der Dampf zu ihrem Gesicht auf.

»Ich muß nach Hause zu den Kindern.«

»Es ist nur ein kurzer Flug«, sagte er. »Ich werde veranlassen, daß das Flugzeug Sie zurückbringt, sobald wir fertig sind.«

Schweigen.

Schließlich trank Annie einen letzten Schluck Kaffee und stellte die Tasse auf den Tisch.

»In Ordnung, ich bin dabei«, sagte sie.

19.

Verschiedene Schauplätze
23./24. April 2001

Es war 14 Uhr Pacific Standard Time am 23. April in San José, Kalifornien.

Es war 17 Uhr Eastern Standard Time in Pensacola, Florida.

Es war 18 Uhr brasilianische Zeit im Zentralpantanal.

Es war 3 Uhr Greenwich Time des darauffolgenden Tages, des 24. Aprils, in Kasachstan.

Die Variationen der Daten und Zeitzonen machten keinen Unterschied für die Satelliten Hawkeye I und II mit hyperspektral hoher Bildauflösung, Eigentum der Firma UpLink International. Auch waren solche Dinge unerheblich für die Datenübermittlungs- und Verarbeitungsgeräte, die eingesetzt wurden, um eine Realzeitverbindung herzustellen mit den Empfangsstationen an den verschiedenen Orten – da es sich ja nur um Maschinen handelte, wie Rollie Thibodeau mit Nachdruck zu Megan Breen sagte, mit einem Blick auf den Notebookcomputer auf seinem Krankenhaustablett.

Für die Menschen, die an dieser synchronisierten Überwachungsaktion beteiligt waren, war jedoch der ganze Prozeß der Koordination eine äußerst nervende Angelegenheit.

Auch auf diesen Aspekt wies Rollie schnell und unverblümt hin.

Tom Ricci rieb sich die Augen. War es wirklich erst 72 Stunden her, seit er Maine verlassen hatte, seit er die Seeigel in ihren Meerestiefen und das einsiedlerische Leben nach mehr als zwei Jahren endgültig hinter sich gelassen hatte? Ungefähr mußte das stimmen, vermutete er. In der Zwischenzeit hatte er so große geistige und räumliche Distanzen zurückgelegt, daß es schwierig wurde, alle Einzelheiten zu behalten. Zuerst war er nach San José geflogen und hatte Roger Gordian kennengelernt. Ganz formell hatte Gordian ihm angeboten, für UpLink International tätig zu werden. Zu seiner Überraschung war aus dem Job eine regelrechte Stellung geworden – sein offizieller Titel war jetzt Globaler Direktor des Außendienstes der Sicherheitsoperationen –, allerdings eine Stellung, die er *gemeinsam* mit einem Mann namens Rollie Thibodeau bekleiden würde. Wenn er sich recht erinnerte, war dies der andere Kandidat für den Job, den die allmächtige Megan Breen damals in Stonington ihm gegenüber erwähnt hatte. Er hatte die Stelle angenommen, trotz seiner reservierten Haltung bezüglich der Partnerschaft mit Thibodeau, jemanden, den er nicht einmal kennengelernt hatte und der von Breen geschätzt und vorgezogen wurde. Hinzu kam, daß Ricci gegenüber dieser Frau eine automatische *Antipathie* empfunden hatte, die wohl auf Gegenseitigkeit beruhte, und die in seinen Augen zu unvermeidlichen Zusammenstößen führen würde. Ricci ignorierte die eigenen Einwände bezüglich des veränderten Angebots im Büro von Gordian nur deshalb, weil er seiner Zusage an Pete Nimec treu bleiben wollte.

Dies alles war seiner Eilentsendung nach Kasachstan vorausgegangen. Dieser rauhe und wenig gastfreundliche Ort wurde von ebenso rauhen und ungastlichen russischen Soldaten und Wissenschaftlern bewohnt, deren Antagonismus ihm gegenüber ihn intensiv an seinen alten Freund Cobbs erinnerten. Sie waren indigniert, weil er das Kommando über die Sicherheitskräfte und die Schutzmaßnahmen auf dem Baikonur Kosmodrom in den Vorbereitungstagen vor dem Start der Weltraumkapsel Zarya übernommen hatte. Sie hatten sich dagegen gesträubt, daß die Sword-Patrouilleneinheiten und Abwehrsysteme in der ersten Verteidigungslinie eingesetzt wurden. Sie sahen seine Unterstützung als massive Einmischung an und hatten es ihn bei jeder Gelegenheit spüren lassen.

Er fragte sich, um wieviel feindseliger sein Empfang wohl gewesen wäre, wenn sie gewußt hätten, daß dies mehr oder weniger sein erster Arbeitstag in diesem Job war.

Inzwischen war Ricci müde und erschöpft, seine biologische Uhr lag in erbittertem Streit mit der Anzeige auf dem Zifferblatt seiner Armbanduhr, und er saß am Bordcomputer in dem Trailer, der zu seinem mobilen Hauptquartier mutiert war. Über ein Mobilfunkmodem war er mit UpLinks sicherem Intranet-Server verbunden und wartete auf die Bilder aus dem All. Seine Instinkte sagten ihm, daß diese Bilder Komplikationen enthüllen würden, die im Vergleich alle Probleme, die er seit seiner Ankunft in Zentralasien vorgefunden hatte – wenn nicht alle seit seinem Abschied von den Seeigeln beim letzten Tauchgang mit Dex –, klein und unscheinbar erscheinen lassen würden.

Kurz nach Beginn der Übertragung wurde offensichtlich, daß seine Instinkte ihn wieder einmal nicht im Stich gelassen hatten.

»Diese Bodenstation ist Teil unserer Abteilung für Geographischen Informationsdienst«, erklärte Nimec seinem Gast Annie Caulfield. »Zu unseren Klienten gehören Immobilienunternehmen, Stadtplaner, Verlage, die Karten und Atlaswerke veröffentlichen, Firmen, die mit Erdöl, Erdgas und anderen Bodenschätzen arbeiten ... eine ganze Liste von Unternehmen kann von topographischen Bilddaten mit hoher Auflösung profitieren. Letztendlich gehen allerdings die Gewinne dieser Verträge in einen Topf, um die Kosten zu reduzieren, die der Geographische Informationsdienst bei Gratis-Dienstleistungen zur Befriedigung von Gordians altruistischen Neigungen anhäuft.«

Sie befanden sich allein in der ersten von verschiedenen Sitzreihen, die wie im Theater angeordnet waren und nach hinten anstiegen. Der Raum hätte für einen kleinen Filmvorführraum gehalten werden können, wenn nicht die Techniker rechts und links an den hufeisenförmigen Computerworkstations gewesen wären. Ein großes Flachbild-Display verdeckte den größten Teil der Wand vor ihnen.

»Zeit eines Spionagesatelliten als wohltätige Spende«, sagte sie. »Das kannte ich auch noch nicht.«

Nimec sah sie an.

»Erinnern Sie sich an die Kindesentführung im Yellowstone Nationalpark vor ungefähr sechs Monaten? Ein kleines Mädchen namens Maureen Block, das aus dem Campingwagen ihrer Eltern gekidnappt wurde? Der Täter war so eine Art Überlebensspinner, der die Kleine in einer Hütte aus Holz und Blättern gefangenhielt. Schließlich wurde sie von Parkhütern entdeckt, nachdem Hawkeye I bei seiner Suche die Tarnung durchdrang und infrarote Bilder von dem Mädchen und ihrem Kidnapper aufnahm, während sie sich in der Hütte befanden.«

Annie faßte sich an die Stirn.

»Ich glaube«, bemerkte sie, »ich habe mich gerade blamiert. Ich möchte mich für meine dummen Worte entschuldigen.«

»Dafür haben Sie keinen Grund«, erwiderte Nimec. »Unsere Hilfe wurde nie veröffentlicht. Wir haben schon mit diversen lokalen Polizeiabteilungen gearbeitet, mit dem FBI, der NSA und vielen anderen Institutionen. Es handelt sich zwar nicht unbedingt um Geheiminformationen, doch werden sie von den verschiedenen Behörden oft vertraulich behandelt.«

»Auf wessen Wunsch?«

»Auf Wunsch aller Beteiligten«, entgegnete Nimec. »Es ist allgemein bekannt, wie sehr die verschiedenen Polizeibehörden miteinander konkurrieren. Alle möchten auf die Schulter geklopft werden, weil sie einen Fall erfolgreich abgeschlossen haben, und wir helfen ihnen gern dabei. Im Gegenzug gibt es wenig Neigung auf ihrer Seite, uns als Schnüffler zu sehen und unsere Hilfe zurückzuweisen. Außerdem hat es den zusätzlichen Vorteil, daß es die Kriminellen auf Distanz hält.« Er machte eine Pause und sah schweigend zu, wie die Techniker die Satellitenverbindung herstellten. »Es gibt noch eine ganze Reihe anderer Situationen, bei denen wir Hilfestellung leisten. Die Vögel können toxische chemische Konzentrationen im Erdreich entdecken, den Umfang von Öllecks abschätzen und genau aufzeigen, welche Mineralien in landwirtschaftlichen Gegenden nicht mehr ausreichend vorhanden sind. Damit warnen sie die Landwirte vor möglichen Mißernten ... und so weiter, und so weiter.«

Sie schien beeindruckt. »Wenn ich fragen darf, was sind denn eigentlich die Fähigkeiten dieser Satelliten?«

»Im Vertrauen?«

Sie nickte und schenkte ihm ein leichtes Lächeln. »Wenn auch nicht ganz vertraulich.«

»Hawkeye kann jedes Objekt einzoomen, das einen Durchmesser über fünf Zentimeter hat; er kann Abtastungen auf über dreihundert Spektralbändern vornehmen, was genauso gut ist wie alles, was die Spione beim

National Reconnaissance Office zur Verfügung haben. Das gleiche gilt für die Geschwindigkeit und die Genauigkeit unserer Analyse – und wir werden wahrscheinlich in ein paar Jahren über sich *bewegende* Bilder in Echtzeit verfügen. Außerdem gehen die Bilder, die wir hier gleich sehen werden, über unser Firmenintranet, damit sie von Mitgliedern unseres Sicherheitsteams auf drei Kontinenten gesehen werden und von Fotointerpreten in San José analysiert werden können.« Er zeigte auf die Kopfhörer mit Mikrofonen an den Armlehnen ihrer Sitze. »Hiermit verfügen wir über ein Audio-Link für jeden, der eine Bitte an die Interpretationsfachleute hat, oder der eine spezielle Region vergrößert, deutlicher oder besonders identifiziert haben möchte. Vielleicht wollen Sie mal zuhören.«

Plötzlich hatte Annie einen schnellen Flashback zu der Szene, in der sie selbst die Gastgeberin für Roger Gordian und Megan Breen im Mission Control Center von Cape Canaveral gespielt hatte. Es schien eine Ewigkeit her, seit sie ihnen die superleichten Kopfhörer auf ihren Konsolen angeboten hatte.

»Wenn der Countdown wieder einsetzt, möchten Sie vielleicht die Kopfhörer aufsetzen und dem Dialog zwischen dem Cockpit und der Bodenkontrolle zuhören.«

Es lief ihr eiskalt den Rücken hinunter.

Nimec bemerkte ihren abwesenden Blick. »Stimmt irgend etwas nicht?«

»Nein, nein«, erwiderte sie. »Ich bin nur ein wenig überwältigt von den Ausmaßen dieser Operation.«

Trotz dieser offensichtlichen Lüge ließ Nimec das Thema fallen. Dennoch war er neugierig, woran sie gedacht haben mochte.

Dann kam ein Zeichen von einem der Techniker.

»Machen Sie sich bereit«, forderte er sie auf. »Gleich fängt die Show an.«

Etwa viertausend Kilometer Luftlinie nach Nordwesten saß Roger Gordian in einem Raum von identischen Charakteristika wie der von Pete Nimec und Annie Caulfield. Sie alle sahen zu, wie die ersten Satellitenbilder von Hawkeye I über Brasilien herunterströmten. Links und rechts neben ihm saßen die Spezialisten für Satellitenaufklärung, von denen Nimec zu Annie gesprochen hatte. Die meisten von ihnen waren ehemalige Angestellte der Abteilung PHOTINT vom National Reconnaissance Service.

In den vergangenen 24 Stunden hatte Hawkeye-I eine Serie von vorläufigen Passagen über ein Gebiet geflogen, das ungefähr einen Radius von dreihundert Klicks um die Installationen der Internationalen Raumstation in Mato Grosso beschrieb. Das Aufklärungsfeld wurde von den Resultaten einer Computervektoranalyse bestimmt, die nach den Örtlichkeiten suchte, die eine besonders hohe Wahrscheinlichkeit aufwiesen, als Startpunkt des Überfalls vom 16. April in Frage zu kommen. Berücksichtigt wurden bei den Berechnungen die Windbedingungen in der Nacht des Angriffs, Annäherungen an den Landepunkt der Fallschirmspringertruppe auf dem Gelände, Schätzungen ihrer maximalen Flugzeit, Flugüberwachungsdaten von bekannten Flughäfen, wahrscheinliche Punkte für *versteckte* Start- und Landebahnen, Informationen über regionale Enklaven krimineller und politischer Extremisten und eine Unzahl von anderen Daten, die von den elektronischen Aufklärungsexperten der Sword-Truppe für relevant gehalten wurden.

Nach Überprüfung der Computeranalyse und der anfänglichen Überflugbilder hatten die Fotointerpreten systematisch ihr Interesse auf zwei geographische Gebiete eingeschränkt: die Überschwemmungsgebiete und Savannen des Pantanal und eine höhergelegene Region felsiger, wüstenähnlicher Mittelgebirge namens Chapada dos Guimarães.

Das Hochland zog schließlich ihre besondere Aufmerksamkeit und intensive Beobachtung auf sich. Vergrößerungen der Bilder zeigten eine improvisierte Startbahn auf einem massiven Hochplateau am westlichen Ausläufer der Chapada – etwa fünfzig Kilometer vom ISS-Gelände entfernt, und durchaus im Bereich eines Flugzeugstarts ohne Radarregistrierung und dem Absprung der Extremhöhenfallschirmspringer. Nähere Betrachtungen zeigten, daß sich eine behelfsmäßige Straße schlangenförmig die steilen Sandsteinwände des Plateaus hochwand. Muster von Lichtreflexen im sichtbaren Spektrum zeigten deutliche Merkmale von mechanischen Objekten auf der breiten, flachen Oberfläche der Hochebene, wie auch an einer engen Passage am Fuß des Hügels – von ihren Formen und Dimensionen wurde auf Flugzeuge und Kraftfahrzeuge auf Rädern geschlossen.

Diese anfänglichen Einschätzungen, verbunden mit einem kundigen Blick auf die Bildsignale im Infrarotbereich, die von der Grotte kamen und eindeutig menschliche Temperaturcharakteristika aufwiesen, die langwelligen Infrarot-Hitzepunkte laufender Motoren und die kontrastierenden Ausstrahlungen von Camouflage und von im Umkreis wachsender Vegetation führten zu der raschen Entscheidung, das Gebiet zum Zielobjekt eines hochauflösenden Vollspektrumscanprozesses zu erklären, der in diesem Augenblick durchgeführt wurde.

Gordian beobachtete, wie Hawkeye-I näher auf das abgeflachte Plateau einzoomte und seine digitalen Aufnahmen eines Himmelsauges vom Kommunikationssatelliten zur Bodenstation in Trilliarden von Bits pro Sekunde übermittelte. Über dem Bild auf dem Flachscreen-Display war eine computergenerierte Landkarte projiziert.

»Gleich hier drüben, sehen Sie die Flugzeuge?« fragte ein Bildauswerter neben ihm. Er schaltete sein Funkgerät ein und gab die Koordinaten durch. »Wie hoch ist die Auflösung?«

»Wir sind auf knapp unter einen Meter heran«, antwortete der Techniker in seinem Kopfhörer.

»Bringen Sie uns noch etwas näher ran, wir müssen erkennen, was für …«

»Eins ist eine Lockheed L-100, genau die gleiche verdammte Transportmaschine, die wir auch einsetzen«, unterbrach Gordian. »Das andere ist eine alte DC-3, ein echtes Arbeitspferd.«

»Ziemlich viel los in ihrem Umkreis. Ich würde sagen, ungefähr dreißig bis vierzig Leute.«

Der Bildanalytiker gegenüber von Gordian setzte sich auf und zeigte nach vorn. »Die Fahrzeuge in einer Reihe auf dem Hügel sehen aus wie Vierteltonner Jeep Mutts, Versorgungslastwagen … und einige Schwertransporter.«

Gordian lehnte sich bis auf die Kante seines Sitzes vor.

»Sie brechen die Zelte ab«, sagte er.

»Diese Kerle in Wüstenkampfanzügen, wie nah können wir an sie herangehen?« fragte Ricci in sein Computermikrofon.

»Geben Sie uns eine Minute, dann werden Sie wissen, ob einer von ihnen Aknenarben hat«, antwortete der Techniker über seinen Kopfhörer.

Er wartete, den Blick gespannt auf den Bildschirm geheftet.

Es dauerte weniger als eine Minute.

Der Mann am Fuß der Einstiegsluke der L-100 hatte militärisch kurz geschnittenes Haar, ein eckiges Gesicht mit einem markanten, vorstehenden Kinn, und er trug eine Fliegerbrille und ein einfaches Stirnband. Offensichtlich gab er die Befehle und organisierte das Verladen von Personal und Fracht.

»Siehst du den da?« rief Thibodeau aufgeregt. Seine Hände umfaßten die runden Verstrebungen des Bettrahmens, und er setzte sich unter Schmerzen auf. Dann beugte er sich noch näher über das Notebook auf dem Krankenhaustablett und wiederholte seine Frage: »*Siehst* du ihn?«

»Rollie, du solltest vielleicht etwas besser auf dich aufpassen ...«

»*Le chat sauvage*«, sagte er.

»Was?«

»Sieht aus wie eine Wildkatze.« Thibodeaus Augen glühten unter der Krempe seines zerbeulten Soldatenhuts. »Er ist der Kommandeur. Und nicht nur, um die Sachen in die Flugzeuge zu verladen.«

Von ihrem Stuhl neben dem Bett beobachtete Megan den Bildschirm.

»Du glaubst, wir haben den Anführer in unserem Visier?«

»Ich weiß nicht, ob er der Kopf der Organisation ist ... aber mit Sicherheit der militärische Führer, *oui*«, sagte er. »Ich sage es dir, das sehe ich.« Er machte eine Pause. »So wie die anderen aussehen, die Leute, denen er Befehle gibt, sind das auch keine Drogenhändler oder Guerilleros. Es sind bestimmt Söldner, bezahlte Soldaten. Das müssen die Männer gewesen sein, die uns überfallen haben.«

Megan wandte ihre Aufmerksamkeit wieder dem Gesicht auf dem Bildschirm zu.

»Wir sollten besser herausfinden, wer dieser Mann ist«, sagte sie.

Thibodeau sah sie an.

»*Chérie*, ich glaube, noch wichtiger ist es, daß wir herausfinden, wo er und seine Jungs hinwollen ... und wenn es geht, sie davon abhalten, dahin zu gelangen.«

»Die Frage ist, *warum* sie die Zelte abbrechen«, sagte Nimec in sein Mikrofon.

Von der anderen Seite der Erde kam die Antwort von Ricci: »Richtig. Und wenn sie mobil machen, warum?«

»Wie lange dauert es noch, bis wir Bildübertragungen von Hawkeye-II über Kasachstan bekommen?« fragte Gordian über sein Voicelink.

»Im Augenblick ist die Region von einer Wolkendekke verhüllt«, sagte ein Techniker. »Wettervorhersagen sprechen von einer sich langsam bewegenden Tieffront.«

»*Wie lange noch*?«

Mit dem Kopfhörer an ihr Ohr gepreßt drehte sich Annie von der Großaufnahme des Gesichts an der Wand weg und starrte Nimec an.

»Kasa…« formte sie lautlos mit den Lippen.

Nimec unterbrach sie mit einer Handbewegung, als einer der Satellitentechniker eine Antwort für Gordian gab. Dann schaltete er sein Kopfset kurz aus.

»Entschuldigen Sie«, sagte er. »Ich wollte nur hören, was …«

Jetzt unterbrach Annie ihn. »Glauben Sie, diese Leute wollen den russischen Shuttlestart verhindern? Und ein ähnliches Desaster provozieren wie bei der *Orion*?«

Nimec fuhr sich mit der Zunge über die Lippen.

»Mein Gefühl sagt mir, daß es durchaus möglich ist«, antwortete er. »Die Satellitenbilder werden uns mehr dazu sagen.«

In ungläubiger Angst schüttelte sie den Kopf.

»Und was jetzt?« fragte sie. »Wir müssen … Werden Sie das Außenministerium benachrichtigen?«

Nimec sah, wie ihre Hand auf der Armlehne zitterte und nahm sie beim Handgelenk.

»Annie …«

»Wir können nicht zulassen, daß es noch einmal geschieht, Pete«, sagte sie leise.

»Es …«

»Annie.«

Sie sah ihn an.

»Wir werden die Sache in den Griff bekommen«, sagte er. Sein Hand schloß sich fest um ihr Handgelenk. »Das verspreche ich.«

20.

Westbrasilien
23. April 2001

Die beiden geistergrauen Bell-Boeing V-22 Ospreys hatten ihre Propeller/Rotoren-Gondelflügelspitzen in 90-Grad-Winkeln zu den Rümpfen geschwenkt. Damit befanden sie sich im vollen vertikalen Start- und Landemodus. Sie verließen die Startplattformen des Hubschrauberstartbereichs auf dem Gelände der Internationalen Raumstation um 19 Uhr brasilianischer Zeit und stiegen senkrecht durch die Schichten der violetten Abenddämmerung mit einer Geschwindigkeit von dreihundert Metern pro Minute nach oben.

Im Pilotensitz auf der Steuerbordseite des gläsernen Cockpits des vorausfliegenden Ospreys schaute Ed Graham auf seinen Rückspiegel und sah seinen Kollegen auf seiner Backbordseite zum Formationsflug einschwenken. Er trug einen Helm mit modular integriertem Display und Visier, mit dem bei Tag oder bei Nacht Kopfüberflüge möglich waren. Dieser Helm hatte große Ähnlichkeit mit dem Spezialhelm, den die rebellierenden Piloten in *Krieg der Sterne* trugen. Neben ihm war die obere Hälfte des Gesichts von Mitch Winter ebenfalls unter einem solchen Helm verdeckt.

Obwohl sie viele Trainingsstunden im Osprey verbracht hatten, und obwohl sie ihre Geschicklichkeit und ihre perfekte Teamarbeit in den Skyhawk-Hubschraubern unter feindlichem Feuer bewiesen hatten, würde dieser Einsatz ihre erste Angriffsmission in dem Flugzeug mit schwenkbarem Antriebssystem sein.

Sechs Minuten nach dem Start bewegte Graham das Kontrollrad seines Schubkraftreglers, um die Gondelflügelspitzen um 45 Grad auf ihre horizontale Position herunterzufahren; in diesem Augenblick traten die Turbinen vom Typ T406-AD-400 hinter ihren Rotornaben wie Triebwerke eines normalen Hochgeschwindigkeits-Turboprop in Aktion. Sie trugen den Osprey auf einen westlichen Kurs in Richtung auf die Chapadas, wobei dieser allmählich auf seine normale Flughöhe von achttausend Metern anstieg.

In den geräumigen Personen- und Frachtabteilen der beiden Ospreys saßen als Besatzung jeweils 25 Sword-Kämpfer in indigofarbenen Gefechtsuniformen, ausgerüstet mit Antiterrorgerät. Sie trugen ballistische Helme mit Gesichtsschilden, sowie Nachtsichtbrillen und digitale Kommunikationsgeräte unter den Helmen. Am Körper waren sie von weichen Körperpanzern aus Zylon geschützt; dazu trugen sie Vielzweckwesten mit Haltevorrichtungen für Schlagstock und Messer, Halterungen für Schockspray und andere Spezialvorrichtungen. Zu ihren Waffen gehörten automatische VVRS-Gewehre, Benelli Super 90 Kaliber 12 Flinten mit Kammern für nichttödliche Dreizollmunition, FN Herstal Five-Seven Pistolen mit in den Griffen eingebauten Laserzielhilfen und eine Reihe von Brand-, Rauch- und Phosphorgranaten. Die Angriffstruppe im zweiten Flugzeug trug außerdem Knieschützer und hatte Abseilgeräte und Steigeisen an ihren Ausrüstungsgürteln.

Es war fast eine Woche vergangen, seit sie überraschend überfallen und zu einem Defensivgefecht gezwungen worden waren, seit sie auf ihrer eigenen Base eine Invasion erleben und zusehen mußten, wie ihr eigenes Gelände von Minen und Plastiksprengstoff zerfetzt wurde, seit 15 ihrer Freunde und Kameraden von einer damals noch unbekannten Invasionstruppe getötet oder verwundet worden waren.

Jetzt hatten sie fest vor, den Spieß umzudrehen.

Im schwindenden Tageslicht steckte Kuhl seine Fliegerbrille in die Tasche. Er fühlte, wie die kühle Abendbrise über dem Plateau den Schweiß auf seinem sandfarbenen Stirnband trocknete. Hinter sich hörte er, wie die Turbinen der Lockheed auf der Startbahn angelassen wurden. Dann wandte er sich vom teilweise evakuierten Camp in der Schlucht am Fuß des Hügels ab und beobachtete, wie die letzten und wichtigsten Bestandteile der Ladung in einfachen hölzernen Kisten an Bord des Transportflugzeugs getragen wurden.

Trotz des reibungslosen Ablaufs der Dinge war er ein wenig unruhig, konnte jedoch keinen konkreten Grund dafür ausmachen. Vielleicht war es lediglich der präzise und knappe Zeitplan, den er einhalten mußte, zusammen mit seiner Ungeduld, in Kasachstan anzukommen. Jedesmal vor dem abschließenden Finale fühlte er innerlich diese Angespanntheit. Doch seine momentane Unruhe war ganz anders, und er fragte sich, ob der fast *zu* glatte Verlauf der Ereignisse bis zu diesem Zeitpunkt nicht die Ursache dafür war. Es gab keinerlei äußere Anzeichen, daß die Leute von Roger Gordian bei der Verfolgung ihrer Angreifer deutliche Fortschritte gemacht hatten, oder daß sie diese Verfolgung mit der Aggressivität vorantrieben, die man von einer so außerordentlich mächtigen Organisation erwarten würde. Als Jäger kannte Kuhl den Vorteil des schweigenden Einkreisens. Aber er wußte auch, daß es Kreise *innerhalb* von Kreisen gab. Daß der Jäger am Rande eines kleinen Kreises leicht zur Beute im Zentrum eines größeren Kreises werden konnte ...

Zwei Männer in Khaki-Kampfanzügen mit Steyr Aug Sturmgewehren über den Schultern – die FAMAS-Gewehre befanden sich bereits auf dem Weg nach Kasachstan – kamen vom Cargobereich des Flugzeugs auf ihn zu.

»Man hat uns gesagt, daß für Ihren Abflug alles bereit ist«, sagte einer von ihnen.

Kuhl wies auf die umgerüstete DC-3 weiter hinten auf der Rampe. Sie wurde immer noch mit Frachtgut beladen, das von der Reihe von Jeeps und Lastwagen unten aus der Schlucht zur Startbahn oben befördert wurde.

»Ich will, daß der Abbruch des Camps zügig weitergeht«, sagte er. »Versichern Sie sich, daß der Pilot da hinten weiß, daß er innerhalb von einer halben Stunde nach unserem Start ebenfalls losfliegen muß. Und sehen Sie zu, daß das Beladen zügig weitergeht.«

Der Mann, der ihn angesprochen hatte, nickte kurz. Bevor er sich umdrehen und mit der Ausführung der Befehle beginnen konnte, deutete Kuhl auf den Verband an seinem Oberarm.

»Was macht die Wunde, Manuel?« fragte er auf spanisch.

»*Está mejor*, schon viel besser.«

Kuhl machte eine Faust und schlug sich in der Höhe des Herzens auf die Brust.

»*A lo hecho, pecho*«, sagte er. Es war ein alter Spruch, den er irgendwo in den vergangenen Jahren aufgeschnappt hatte. »Geschehen ist geschehen.«

Manuel sah ihn schweigend an. Dann nickte er noch einmal kurz und marschierte mit seinem Kameraden hinüber zu der DC-3.

Danach verweilte Kuhl noch kurze Zeit, die Startbahn im Rücken, und starrte auf die Schatten, die aus den Tälern hochstiegen wie die Wasser eines dunklen anschwellenden Flusses, der über seine Ufer trat, und sich auf dem weiten Hochplateau, auf dem er stand, langsam ausbreiteten.

Schließlich machte er sich auf den Weg, um an Bord des wartenden Transportflugzeugs zu gehen.

Graham fluchte, als er durch die Windschutzscheibe in die heraufziehende Nacht schaute. In mittlerer Entfernung direkt vor sich hatte er die Hecklichter eines aufsteigenden Flugzeugs entdeckt.

»Das muß die Lockheed sein, der Größe nach zu urteilen«, sagte Winter und überflog die Informationen der FLIR-Thermokameras auf seinem Visier. »Verdammtes Pech!«

»Mit Sicherheit.« Sie waren wieder auf knapp über zweitausend Meter heruntergegangen und bereiteten sich darauf vor, die Rotoren des Osprey-Fluggeräts in ihre vertikale Position zu kippen, während sie auf das Hochplateau weniger als drei Kilometer vor sich Kurs nahmen.

»Ich kann das andere Flugzeug auf der Startbahn erkennen«, meldete Winter. Er zeigte ein wenig nach Steuerbord. »Die verdammte DC-3.«

Jetzt überprüfte Graham die Daten zu den Bildsensoren.

»Wie sieht es mit den Infrarotwerten aus?« fragte er.

Winter knurrte. »Motoren laufen schon. Bereitet sich auf den Start vor.«

Er drehte seinen Kopf herum und sah nach Steuerbord und nach hinten hinaus. Kurz hinter ihnen konnte er das Gesicht des anderen Piloten erkennen, und er sah an seinem verärgerten Stirnrunzeln, daß auch er den Start der L-100 mitverfolgt hatte.

Einen Moment später hörten Winter und Graham die Bestätigung.

»Was, zum Teufel, sollen wir tun, Batter One?« fragte der andere Ospreypilot über Funk.

Winter atmete tief durch.

»Vergessen Sie den großen Vogel, Batter Two, wir nehmen das Nest aus, wie geplant«, gab er zur Antwort und gab Gas.

Vollgas.

Manuel kannte das Geräusch von Hubschraubern. Schon mit 18 Jahren, als er noch schrecklich naiv war, hatte er sich vor ihnen in El Salvador versteckt, als er bei der marxistischen FMLN in ihrem fehlgeschlagenen Revolutionsversuch mitkämpfte. Jahre später, als bezahlter Soldat des Kartells von Medellin und der Guerilla-Armeen, die nach seiner Zerschlagung wie zahllose kleine Schlangen aus dem Bauch eines erschlagenen Drachen hervorgegangen waren, hatte er Katz-und-Maus gespielt mit den Black Hawks, den Bell 212s und den Cobras, die von Piloten der US Special Forces und des Marine Corps in Kolumbien geflogen wurden ... und ein oder zwei Mal hatte er erfolgreich die Rolle der Katze übernommen und sie aus der Luft geholt. Er kannte das Geräusch von Hubschraubern, hatte sie in ganz Lateinamerika gehört, während er seine Dienste an all diejenigen verkauft hatte, die seinen Preis zahlen konnten, und er konnte sie mit geschlossenen Augen voneinander unterscheiden.

Doch das Rotorenfluggerät, das er jetzt plötzlich hörte, und das durch die fast vollkommene Dunkelheit auf dem Plateau herunterkam, war in den langen Jahren seiner Erfahrung noch nicht vorgekommen. Wenn nicht die Geschwindigkeit gewesen wäre, mit der es sich vertikal senkte, dann hätte er es für ein normales großes Flugzeug gehalten.

Er stand vor der DC-3, sah nach oben und lauschte zusammen mit den anderen, die wie festgewachsen im

Umkreis der Laderampe standen. Sein Herz hämmerte in der Brust. Sie waren schon sehr nah, fast über ihnen ...

Dann sah er die Schatten ihrer Flügel im restlichen Tageslicht über ihn fallen, riß sein Steyr-Gewehr hoch und gab seinen Männern ein Zeichen, sich schnellstens zu verteilen.

Graham wollte gerade das Fahrwerk ausfahren, als er die ersten Schläge des Feuers aus Maschinenpistolen gegen den Boden des Cockpits prasseln hörte.

Diesmal nicht, ihr Arschlöcher, dachte er.

Langsam tauchte er die Nase des Osprey ein wenig nach vorn und drehte sich zu Winter.

»Ein paar Sunbursts abschießen ...«

Dabei handelte es sich um Hochgeschwindigkeits-Raketenprojektile mit ausfahrbaren Flossen, die mit kombinierten Phosphor/Rauch-Sprengköpfen ausgerüstet waren und sich in Abschußrohren unterhalb der Flügel des Osprey befanden. Ihr Zweck war die Blendung und Verwirrung des Gegners, obwohl die Raketen auch massive Zerstörung anrichten konnten, wenn ihre Sprengköpfe mit dem entsprechenden Sprengstoff ausgerüstet wären.

»... dann kommen die Peacemakers dran...«

Diese 40mm-Kugeln in Elastomerumhüllung enthielten einen flüssigen Kern aus Dimethylsulfoxid, ein starkes Betäubungsmittel, das augenblicklich von der Haut und den Mukosemembranen absorbiert wird. Diese Munition wurde aus Spezialkammern mit einer Ausstoßrate von 650 Geschossen pro Minute aus einem an der Nase des Opreys montierten Geschütz abgefeuert. Die Geschosse waren von Swords Spezialisten für nichtletale Waffen entworfen worden, und sie würden zunächst durch kinetische Energie unschädlich machen, und in einem zweiten Schritt dadurch, daß bei ihrem Aufprall durch Zerplatzen die DMSO-Füllung freigesetzt wurde. Auch dieses Geschütz hätte sehr einfach umgerüstet werden können, um tödliche 30-mm-Munition mit Stahlmantel zu laden – aber ein Mandat war ein Mandat, und die Brasilianer waren unnachgiebig gewesen, als sie Restriktionen für die Fähigkeiten von UpLinks Angriffsfluggerät verlangten.

»... fertig?« beendete Graham seinen Satz.

»Fertig«, bestätigte Winter.

Dann griff er zum Waffenkontrollschalter.

Schwitzend hatte sich Manuel im Frachtraum der DC-3 über eine verschlossene Holzkiste gebeugt und bearbeitete ihren Deckel mit einem Brecheisen, das er sich aus der Werkzeugkiste hinter der Pilotenkabine besorgt hatte. Sein Gesicht war schweißüberströmt, und er spürte den Rotorabwind des Ospreys durch die offenstehende Frachtluke. Dabei wurden Sand und Kieselsteine gegen seinen Hinterkopf geschleudert.

Eine Ecke des Deckels löste sich, und Manuel rutschte hastig auf seinen Knien weiter, um die nächste aufzustemmen. Es war ihm gerade noch gelungen, die Ladetrampe hinaufzustürzen und sich im Innern des Flugzeugs in Deckung zu bringen, als die ersten Raketen von oben ihre Blendblitze entladen hatten; einen Augenblick später hatte das Maschinengewehrfeuer des Ospreys eingesetzt. Während er vorsichtig nach draußen lugte, hatte er gesehen, wie seine Männer taumelten und auf die rauchbedeckte Startbahn stürzten, doch dann hatte er festgestellt, daß sie zwar hinstürzten, aber nicht bluteten. Es hatte ihn an den Roboter auf dem ISS-Gelände erinnert, den er mit dem FAMAS-Gewehr erledigt hatte. Er mußte an die blendenden Lichtblitze denken, an die Tonwellen, die ihm den Magen umgedreht hatten. Der Roboter und seine Waffensysteme waren so konzipiert, daß sie nicht töteten, sondern den Gegner nur kampfunfähig schlugen. Diese Schwäche hatte Manuel die Chance gegeben, ihn in einen Haufen Schrott zu verwandeln. Eine Schwäche, die auch von den merkwürdigen Angriffsvögeln geteilt wurde, die jetzt die Startbahn belagerten ... oder zumindest von den Männern, die sie steuerten.

Wie schon beim Roboter, so würde Manuel auch jetzt wissen, wie er aus dieser Schwäche seinen Nutzen ziehen konnte.

Die zweite Ecke des Deckels hob sich, und die Nägel, die ihn mit der Kiste verbanden, verbogen sich, als sie herausgezogen wurden. Keuchend warf Manuel einen kurzen Blick auf die Wunde an seinem Arm, die sich von der Anstrengung wieder geöffnet hatte und den Verband mit frischen roten Flecken tränkte. Dann schleuderte er achtlos die Brechstange beiseite, schob alle Finger durch den geöffneten Spalt unter den Dekkel und stemmte ihn mit einem angestrengten Stöhnen nach oben.

Mit dem Geräusch splitternden Holzes löste sich der Deckel von der Kiste.

Hastig fuhr Manuel mit der Hand hinein. In großen Klumpen rissen seine Hände verschiedene Schichten Verpackungsmaterial heraus, bis sie schließlich den Granatwerfer für die Stinger-Boden-Luft-Lenkwaffe gefunden hatten.

Der Pilot von Batter Two hatte im Schwebeflug zur Unterstützung seiner Kameraden Kreise über der Startbahn geflogen, während Batter One gelandet war und seine hintere Frachtrampe heruntergelassen hatte, um das Einsatzteam abzusetzen.

Da sich nur ungefähr ein Dutzend Gegner im Umkreis der Landebahn befanden und die meisten von ihnen durch die Sunburst- und Peacemaker-Geschosse kampfunfähig gemacht worden waren, gab es außer

Aufräumarbeiten wenig für die Männer zu tun. Minuten nach der Landung von Batter One gab Graham über Funk durch, daß sich die Start- und Landebahn ziemlich sicher unter ihrer Kontrolle befand.

»Danke für die Unterstützung, Batter Two«, fügte er hinzu. »Und viel Glück unten im Tal.«

»Roger, wir fliegen los«, entgegnete der Pilot des zweiten Ospreys und drehte zu der Klippe ab, wo er sein Rappellingteam aussetzen würde.

In diesem Augenblick trat Manuel hinaus auf die Laderampe des DC-3 Transportflugzeuges. Auf seiner Schulter war das tragbare Steuergerät für den Boden-Luft-Flugkörper befestigt.

Bei der Wahl seines Ziels mußte Manuel nicht lange zögern: Die gelandete Osprey hatte bereits ihre Männer abgesetzt, und die in der Luft war voll von Soldaten.

Konzentriert preßte er sein Auge auf die Zielvorrichtung des leichten Fiberglass-Abschußgeräts, hielt mit der Hand den Schaft fest, richtete das Gerät auf das fliegende Schwenkrotorflugzeug und aktivierte die mit Argon gekühlte Infrarot-Suchvorrichtung mit einem Knopfdruck. Eine knappe Sekunde später hörte er den Piepston, der die Aufschaltung des Suchers anzeigte, und betätigte den Abzug der Stinger.

Sein Herz schlug einmal, dann noch einmal.

Dann schoß der Flugkörper mit einem *Whuuuuusch* von Antriebsgas in Richtung auf die sich entfernende Osprey davon.

Der Pilot und der Kopilot von Batter Two sahen den Schweif der hitzesuchenden Lenkrakete nicht, als diese auf ihren Rumpf zuraste, doch die eingebauten Sensoren an der Nase und am Schwanz des Hubschraubers registrierten die Bedrohung augenblicklich. Sie alarmierten die Piloten über Leuchtsignale auf ihrem Armaturenbrett und in ihren Helmen. Bei der niedrigen Flughöhe über dem Plateau würde die Rakete in drei bis vier Sekunden ihr Ziel erreicht haben. Deshalb gab es keine Zeit für Ausweichmanöver oder für die begrenzten Möglichkeiten im Rahmen der menschlichen Reaktionszeit, um es einem der beiden Piloten zu erlauben, die Infrarot-Abwehrmechanismen des Osprey zu aktivieren.

Das war der Grund, warum seine GAPSFREE Leitsysteme so programmiert waren, daß diese Mechanismen automatisch ausgelöst wurden.

Zwei voneinander unabhängige Verteidigungssysteme traten sofort in Aktion: Wärmescheinzielschleusen an beiden Flügeln, die Bündel von Alumiminiumstreifen und Brandsätzen in die Luft schleuderten und damit infrarote Phantasmen verstreuten, um das in der Spitze der Lenkwaffe eingebaute Steuersystem zu verwirren, und eine Infrarot-Pulslampe, die mit winzigen Energiestößen im rechten Winkel zum Rumpf mehr oder weniger das gleiche erreichte.

Die Stinger-Missile verfehlte ihr Ziel um mehrere Meter und zerschellte schließlich an einer weit entfernten Sandsteinwand, wo außer den Gräsern und Brombeeren, die dort wuchsen, niemand zu Schaden kam.

Obwohl Ralph Peterson seit fast drei Jahren bei der Sword-Einsatztruppe war, ohne jemals eine Waffe außerhalb des Schießstandes benutzt zu haben, sollten seine ersten Schüsse im Gefechtseinsatz augenblicklich tödlich sein.

In der Nacht, in der das ISS-Gelände überfallen worden war, hatte er einen kurzen Urlaub vom Schichtdienst dazu genutzt, seinen freien Abend mit einem hübschen Mädchen in einer Bar in Cuiabá zu verbringen. Er hätte niemals geglaubt, daß es ihm jemals leid tun könnte, die Nacht in ihrer Wohnung verbracht zu haben, doch genau das war am nächsten Tag der Fall, als er sich zurückmeldete und von dem Überfall hörte – und von den Männern, die bei dem Versuch gefallen waren, die Anlage und ihre Bewohner in seiner Abwesenheit zu verteidigen.

Er würde nicht zulassen, daß noch irgend jemand ermordet wurde, ohne alles in seiner Macht Stehende zu tun, um es zu verhindern.

Peterson erblickte den Kerl mit der Stinger einen Augenblick nach dem Auslösen der Lenkwaffe und schaltete, um absolut sicherzugehen, den Lauf seiner VVRS-Waffe auf tödlichen Beschleunigungsdruck. Dann forderte er ihn auf, seine Waffen fallenzulassen. Außer dem Abschußgerät in seinen Händen trug er ein Sturmgewehr über der Schulter.

Der Mann gehorchte zunächst seinem Zuruf und ließ das Stinger-Startgerät fallen – doch nur, um im gleichen Moment das Gewehr nach oben zu reißen.

Als Manuel das Steyr-Sturmgewehr hochriß und in Petersons Richtung anlegte, in einer einzigen fast gleitenden Bewegung, traf Peterson ihn mit zwei kurzen Feuerstößen direkt ins Herz.

Das Blut spritzte zuerst aus der Mitte von Manuels Brust, dann in einem roten Schwall aus seinem weitgeöffneten Mund.

Bevor er auf dem Boden aufschlug, war er bereits tot.

A lo hecho, pecho.

Nach einem Abstieg von fast 150 Metern von der Höhe des Plateaus im vertikalen Start- und Landemodus setzte Batter Two auf einem vom Wetter gezeichneten Klippenausläufer oberhalb der Schlucht auf. Dieser Punkt war sorgfältig ausgewählt worden, nachdem die Reliefkarten aufgrund der stereoskopischen Terrainbilder von Hawkeye-I ausgiebig analysiert worden waren. Von dieser Stelle würde sich das Einsatzteam von 25

Mann etwa dreißig Meter abseilen, bis sie auf den Boden der Schlucht gelangten, um dann dem Weg zwischen den schroffen Sandsteinwänden bis hin zum Camp des Gegners folgen.

Die Frachtrampe der Osprey öffnete sich, und das Rappellingteam, angeführt von Dan Carlysle, verließ in hastiger Einerreihe den Hubschrauber. Die Nachtsichtmasken waren über ihre Augen gezogen, und die Stiefel mit Gummisohlen knirschten auf dem steinigen Untergrund.

Es gab fünf Seile und fünf Männer für jedes Seil. Nachdem sie die klingenartigen Titan-Steigeisen aus ihren Ausrüstungsgürteln entnommen hatten, schlugen die Männer sie mit Bergsteigerhämmern in den vorstehenden Felsen, schlangen ihre Seile durch die Ösen der Eisen, befestigten sie mit sicheren Knoten und warfen die Seile über den Rand der Klippe. Sie schauten ihnen nach, als sie sich abwickelten, um sicherzugehen, daß sie lang genug waren, um den Boden zu erreichen.

Dann griffen die behandschuhten Hände nach den Seilen. Einer, zwei, drei, vier, fünf harte Züge überprüften, ob die Eisen fest verankert waren. Mit fünfmaligem Nicken wurde dies bestätigt.

Die ersten Männer spreizten die Beine über den Seilen und wandten sich den Ankerpunkten zu. Darauf führten sie die Seile durch ihr Geschirr am Körper – einmal um die Hüfte herum, dann diagonal über die Brust und zurück über die gegenüberliegende Schulter. Jetzt begannen sie ihren rasanten Abstieg entlang der Felswand.

Sie bewegten sich in einer Art von hüpfenden Sprüngen, mit von der Felswand und dem Abhang abgewandten Körpern, durchgedrückten Rücken, weit auseinander gespreizten Beinen und auf der gefurchten Felswand entlangrutschenden Stiefelsohlen. Ihre

Bremshände befanden sich unten, die gegenüberliegenden Hände waren nach oben ausgestreckt, um sie am Seil entlang zu führen.

Die Satellitenkarten hatten festen, harten Untergrund für den größten Teil des Abstiegs angegeben – vorteilhafte Bedingungen –, und zum großen Teil fanden sie genau diese Konditionen vor. Die letzten zehn Meter waren etwas schwieriger zurückzulegen; sie waren voller Geröll aus kleineren Steinchen und Kieseln, die unter ihren Füßen zerbröselten.

Dennoch überquerten sie auch diese Strecke schnell und ohne Verletzungen.

Wieder griffen sie nach ihren Seilen; diesmal schauten sie nach oben. Erneut testeten die fünf Männer die Festigkeit der Seile – und signalisierten ihren Kameraden, daß sie gut unten angekommen waren.

Sekunden später begann die nächste Fünfergruppe ihren Abstieg.

Sie fanden das Camp völlig verlassen vor. Leere Zelte standen herum, einige noch komplett aufgerichtet, andere bereits zum Teil zusammengefaltet. Ein einzelner verstaubter Jeep mit einem platten Reifen stand verlassen am Rande des Camps. Es gab verschiedene Haufen mit verbranntem und eingegrabenem Müll, vereinzelte persönliche Gegenstände und Ausrüstungsteile – Geräte, um sich einzugraben, Gaskocher, Seilrollen, einen Metalleimer, eine Erste-Hilfe-Ausrüstung, ein Wegwerfrasierer, vier D-Zellen Batterien, eine Sonnenbrille mit einem einzigen Glas, einen umgeworfenen Holztisch, eine Straßenkarte der Region, wie sie in jedem Buchhandel erhältlich war, ohne jede Notiz oder Straßenmarkierung.

Die vormaligen Bewohner des Camps hatten mehr oder weniger gründlich ihre Zelte abgebrochen. Sie hatten keine einzige Waffe oder Munition zurückgelassen, und erst recht keine Hinweise darauf, wohin sie weitergezogen waren.

Carlysle spuckte auf den Boden, dann schaltete er sein Funkgerät ein, um den Piloten von Batter Two zu kontaktieren.

»Roger, Teamführer, wie läuft die Sache?« fragte der Pilot.

»Wir haben das Fest verpaßt«, antwortete Carlysle angewidert.

»Die Sache ist schon gelaufen.«

Megan half Thibodeau dabei, sich bequem in die Kissen zurückzulegen, nahm ihm die Soldatenmütze vom Kopf und legte sie auf den Tisch neben seinem Bett. Er sah mitgenommen und erschöpft aus, und die Stationsschwester hatte festgestellt, daß er leicht erhöhte Temperatur hatte – nichts Besorgniserregendes, hatte sie versichert, doch ein Anzeichen, daß er sich allmählich ein wenig erholen müsse. Obwohl sie eine kleine Plastikschüssel mit Schmerzmitteln auf seinem Tablett zurückgelassen hatte, weigerte er sich, diese einzunehmen. Er wollte so lange wach bleiben, bis Nachricht von den Einsatztrupps zu ihnen gelangte.

Jetzt wußten sie vom Ausgang der Expedition; Megan goß ein wenig Wasser in sein Glas und gab ihm die Pillen.

»Auf Ex«, sagte sie.

Er murmelte etwas vor sich hin, warf die Tabletten in den Mund und spülte sie mit einem einzigen Schluck hinunter.

Megan nahm ihm das Glas aus der Hand, drückte auf den Knopf, um die Rückenlehne in die Waagerechte zu befördern, zog ihm die Decke über die Brust und gab ihm einen Gute-Nacht-Kuß auf die Wange.

»Gute Nacht, Rollie«, sagte sie. »Bis morgen früh.«

Mit einem nüchternen Blick sah er sie an.

»Die Gefangenen werden nicht reden«, sagte er. »Das weißt du auch.«

Sie nickte. »Da bin ich deiner Meinung.«

»Und *le chat sauvage* … er war nicht dabei. Muß wohl in dem Flugzeug gesessen haben, das vorher abgeflogen ist.«

Wieder nickte Megan.

»Außerdem stört mich, daß wir immer noch nicht wissen, warum sie sich soviel Mühe gegeben haben, um überhaupt auf unserem Gelände einzubrechen. Wieso haben sie soviel hochmoderne Ausrüstung eingesetzt, nur um ein ziemlich unwichtiges Lagerhaus mit ein paar Ersatzteilen in die Luft zu jagen? Ich kann mir einfach keinen Reim darauf machen, verstehst du?«

Sie strich über seinen Arm.

»Schlaf jetzt«, sagte sie. »Es war ein langer Tag, und wir können im Moment wirklich nichts mehr tun.«

Nachdem sie das Licht heruntergedimmt hatte, nahm sie ihre Handtasche vom Stuhl und ging zur Tür.

»Meg?« rief er mit schwacher Stimme hinter ihr her.

Eine Hand auf dem Türknauf, drehte sie sich zu ihm um.

»Wenn in Kasachstan ernsthaft etwas passieren sollte, glaubst du, daß dieser Ricci damit fertig wird?«

Sie blieb für eine Weile regungslos stehen, dann seufzte sie. »Morgen ist auch noch ein Tag, Rollie«, sagte sie.

Dann trat sie hinaus auf den Korridor und schloß die Tür sanft hinter sich.

21.

Kasachstan
26. April 2001

Lange Zeit wurden die russischen Raumschiffe im südlichen Kasachstan unter dem dunklen Mantel der Geheimhaltung getestet. Vielleicht aus diesem Grund wurden in der Gegend seit den fünfziger Jahren des vorigen Jahrhunderts Hunderte von nicht erklärten UFO-Erlebnissen von den örtlichen Bauern gemeldet. Rübenbauern, Weizenpflanzer, Ziegenhüter, Viehzüchter, sehnige Pferdehändler aus der Mongolei … viele von ihnen kannten Geschichten von eigenartigen fliegenden Objekten, die über der braunen, moränenbedeckten Steppe gesichtet wurden; einige dieser Geschichten waren genau und detailliert, andere wurden im Laufe der Zeit und des häufigen Wiedererzählens ausgeschmückt, und eine recht große Anzahl von ihnen waren pure Erfindungen, ausgedacht zur Unterhaltung der Freunde und der Familie, um ein klein bißchen Glanz in das ermüdend langweilige Leben in ihrem abgelegenen, bergigen Zipfel der Welt zu bringen.

Der Abendhimmel war außergewöhnlich bedeckt nach einer Woche, die bereits durch feuchtes, wolkiges Wetter aufgefallen war. Das dunkle, scheibenförmige Objekt, das um die Zeit des Sonnenuntergangs am 26. April über die Vorgebirge in der Nähe des Kosmodroms von Baikonur glitt, wurde vom gesamten Familienklan der al-Bijan gesehen, von den Urgroßeltern bis hin zu den Kindern. Alle 67 Familienangehörigen hatten sich vor dem Haus ihrer Vorfahren, das immer noch von Mitgliedern der Familie bewohnt war, zum Grillen von Pferdefleisch versammelt. Dazu tranken sie – zumindest die Erwachsenen – starke alkoholische Getränke, tanzten zu den Akkorden der dreisaitigen

Komuz und feierten die Hochzeit einer der Töchter mit dem Sohn eines geachteten und für örtliche Verhältnisse wohlhabenden Viehzüchters.

In diesem Fall war bei den späteren Berichten von der Erscheinung keine Übertreibung nötig.

Ricci saß allein in der Stille des Trailers, der als sein persönliches Quartier außerhalb des Kosmodroms fungierte, besah sich einige Landkarten der Umgebung und kam immer mehr zu dem Schluß, daß ihm die Situation, und insbesondere seine russischen Gastgeber, überhaupt nicht gefiel. Von ihnen zu erwarten, daß sie sich an ein Kooperationsversprechen halten würden, war etwa wie die Beschäftigung eines degenerierten Kinderschänders als Aufseher in einem Feriencamp, weil man seine ausdrücklichen Beteuerungen akzeptierte, daß er sich anständig benehmen würde. Ihre ursprüngliche Zustimmung, die Sicherheit des gesamten Startcenters unter Riccis Oberaufsicht zu stellen, war in den letzten vierundzwanzig Stunden spezifiziert und letztendlich so umgeändert worden, daß er jetzt lediglich für die Verteidigung des *Geländes* zuständig war, während die VKS-Weltraumpolizisten, oder wie immer sie genannt wurden, die Kontrolle über den Schutz der inneren Einrichtungen der Anlage übernahmen. Sie gingen sogar so weit, den Männern von Sword den Zugang zu einigen der Gebäude zu verbieten. Außerdem hatte es bereits Zusammenstöße wegen Autoritätskonflikten an den äußeren Checkpoints gegeben, die eigentlich zum Patrouillenbereich seines Teams gehörten. Die Doppelbesetzung war reine Augenwischerei; sie erinnerte ihn an die Ereignisse im ehemaligen Jugoslawien nach dem Bombenkrieg in den neunziger Jahren, als Moskau auf der einen Seite mit der NATO eine Vereinbarung getroffen hatte, nicht im Kosovo einzurücken, und kurz darauf eine militärische Einsatztruppe losgeschickt hatte, um Pristinas strategischen Flughafen zu besetzen. Damals hatten sie noch einen Präsidenten, der so aussah und sich so aufführte wie ein riesiger in Wodka eingelegter Blutegel, den sie für das angebliche Mißverständnis verantwortlich machen konnten … doch welche Entschuldigungen hatten sie denn jetzt?

Mit ernster Miene schüttelte Ricci den Kopf. Er wußte, daß Roger Gordian verschiedene Male bei Juri Petrow angerufen und versucht hatte, ihn dazu zu bewegen, daß er sich an seine ursprünglichen Zusicherungen hielt. Aber Riccis letzte Unterhaltung mit Gordian hatte vor zwölf Stunden stattgefunden, und es war ihm bedeutet worden, durchzuhalten und neue Meldungen abzuwarten. Doch Gordian hatte nicht besonders optimistisch geklungen, und es waren bisher keine Neuigkeiten von ihm eingegangen – ein klares Zeichen dafür, daß Petrow dem erblichen russischen Reflex des Sich-an-die-Brust-Schlagens zum Opfer gefallen war und das so lange tun würde, bis er hintenüber fiel. Mit anderen Worten: Die Verhandlungen waren auf unbestimmte Zeit ausgesetzt, und Riccis gestutzte Funktionen beschränkten sich auf die Erhaltung des Status Quo, bis der ISS-Start vorüber war.

Immer davon ausgehend, daß es dazu kommen würde, ohne daß zuerst ein anderes Desaster geschah.

Ricci betrachtete die Karte und fühlte sich in jeder Hinsicht ausgelaugt. Die Erschöpfung und das Jetlag, die Eile, mit der er seine Sicherheitstruppen zusammenstellen mußte, die noch bestehenden logistischen Probleme, um diese Truppen auf ein adäquates Niveau zu bringen, Petrows regelmäßige Schikanen und Restriktionen seiner Autorität … das ganze Durcheinander zehrte an ihm. Außerdem waren die Nachrichten über den Angriff auf das Terroristencamp in den Chapadas keineswegs ermutigend gewesen. Wer auch immer dieses Camp errichtet und bewohnt hatte, war mit fast der gesamten Ausrüstung in der Lockheedmaschine abgeflogen. Das Flugzeug selbst war in der Zwischenzeit spurlos verschwunden. Und wenn seine Gegner so gut und so hervorragend ausgestattet waren, wie man ihn glauben machen wollte, dann war Ricci überzeugt davon, daß sie über ein Netz von sicheren, gut verborgenen Start- und Landebahnen verfügten, wo sie übernachten und auftanken konnten auf dem Weg zu ihrem abschließenden Ziel ...

Und wo, glaubst du wohl, wird das sein? dachte er. *Los, komm, drei Mal darfst du raten.*

Wieder begutachtete Ricci die Karte, überlegte sich, daß sie sich an irgendeinem Ort in der Nähe befinden mußten, wußte es mit einer merkwürdigen und unnachgiebigen Sicherheit, die er keinem anderen Menschen hätte erklären können ... mit der möglichen Ausnahme von Pete Nimec. Bei der Bostoner Polizei hatte er manchmal Untersuchungen von Verbrechen geleitet, bei denen dann der Zeitpunkt kam, wo eine Verhaftung unmittelbar bevorstand. Dann war er in der Lage gewesen, die sich beschleunigenden Energien der Angelegenheit mit seinen Nervenspitzen zu fühlen, so ähnlich wie wohl die Tiere des Waldes einen herannahenden Sturm spüren konnten. Sie befanden sich da draußen, irgendwo da draußen – aber wo? Selbst das Wetter arbeitete gegen ihn. Solange dieses Tiefdruckgebiet das Wetter über Südkasachstan bestimmte, trug der Satellit Hawkeye-II eine Augenbinde aus Wolken. Damit waren ihre Fähigkeiten drastisch eingeschränkt. Um diesem Handicap entgegenzuwirken, hatten Gordian und Nimec ein anderes kleines Spielzeug an Ricci geschickt, ein unbemanntes Luftaufklärungsvehikel namens SkyManta, das für alle Welt aussah wie eine fliegende Untertasse in einem der Meisterwerke der Filmindustrie aus den fünfziger Jahren des vorigen Jahrhunderts. *Die Erde gegen die Außerirdischen von*

Zanthor. Während seiner Militärzeit hatte er andere Dronen kennengelernt. Dazu gehörte auch der Predator, damals noch in der Experimentierphase, der letztendlich der 11. Aufklärungsschwadron der Air Force zur exklusiven Nutzung übergeben worden war ... der Predator und ein anderes unbemanntes Luftaufklärungsvehikel namens Hunter, die beide nach außen wie gewöhnliche Flugzeuge ausgesehen hatten.

Das unbemannte Vehikel von UpLink gehörte zu einer anderen Klasse. Ricci war zwar kein Wissenschaftler, doch er lernte schnell, und sein Verständnis, basierend auf Nimecs Erklärungen, lief darauf hinaus, daß bei diesem Gerät die Außenschale als ›intelligente Haut‹ bezeichnet wurde – eine Kompositlegierung mit eingepflanzten mikroelektromechanischen Systemen – MEMS war die Abkürzung gewesen, die Pete benutzt hatte –, zu denen Sensoren gehörten, die so klein waren, daß sie von *Ameisen* hätten transportiert werden können. Damit hatte es die Fähigkeit, infrarote Hitzekonzentrationen zu entdecken, fast Realzeitvideo zu übermitteln, und, besonders wichtig unter den momentanen meteorologischen Bedingungen, Radarbilder mit synthetischer Blende, die die Wolkendecke durchdringen konnten, die seine Aufklärungsanstrengungen behinderte. Es war pechschwarz wie der Stealth Bomber, hatte einen Umfang von zwölf oder dreizehn Metern und war nachts vom Boden kaum mit bloßem Auge auszumachen. Außerdem gab es irgend etwas im Zusammenhang mit der Untertassenform, er wußte nicht genau was, das es dem Gerät ermöglichte, bei Boden-Luft-Radarsuchvorrichtungen noch leichter durchzuschlüpfen als Flugzeuge mit dem Design von Stealth.

Nach der Überführung von Kaliningrad hatte das technische Personal den SkyManta vor etwa einer Stunde gestartet, und Ricci überließ es ihnen, die Übertragungen im einzelnen zu verfolgen. Wenn irgend etwas Interessantes auftauchen sollte, würden sie ihm Bescheid sagen. Am meisten brauchte er jedoch an diesem Abend ein paar Stunden für sich, um endlich einmal in Ruhe *nachdenken* zu können.

Ricci sah auf die Karte und fuhr mit dem Finger über die topographischen Charakteristika des Geländes im Umkreis des Kosmodroms. Wohin er auch schaute, überall gab es Täler und Schluchten zwischen den Bergen und Hügeln, in denen sich eine Angriffstruppe mit minimalen Kenntnissen von Tarnungstechniken über Tage oder sogar Wochen versteckt halten konnte. Während sie sich die Zeit und den Ort ihres Zuschlagens aussuchen konnten – und sie würden mit Sicherheit zuschlagen, sagten die inneren Sensoren seiner Instinkte –, war er an Petrows wichtigtuerische Selbstherrlichkeit gebunden.

Wieder schüttelte er den Kopf, ließ die Karte auf dem Tisch liegen und stand auf, um sich einen Kaffee zu kochen. Dabei wünschte sich Ricci viel Glück bei dem Versuch, sie aufzuhalten, wenn sie bald zuschlagen würden.

In der Uniform eines Leutnants der *Voenno Kosmicheskie Sily* ließ sich Kuhl zum Checkpoint am nördlichen Tor des Kosmodroms fahren. Er war Beifahrer in der Zweimannkabine eines MZKT-7429 Militärlastwagens. Am Lenkrad saß Sergej, ein aus Georgien gebürtiger Soldat, der ihn bei zahlreichen Söldneroperationen begleitet hatte. Hinten im Laderaum hockten Antonio und vier von Kuhls besten Männern aus Brasilien – Männer, die an die Stelle der ursprünglichen Mitfahrer dieses Lastwagens getreten waren. Die ursprünglichen Passagiere und der Fahrer hatten tatsächlich der russischen Militärpolizei für Raumfahrt angehört; jetzt lagen sie tot in einem Graben einige Kilometer entfernt, mit Kugeln aus Antonios Pistole Kaliber .22 in den Köpfen. Hinten im Laderaum befand sich außer seiner Kerntruppe die High Power Mikrowellen-Kanone – getestet und für gut befunden beim Einsatz gegen den Personenzug außerhalb von São Paulo – und ihre kleinere, aber um so durchschlagkräftigere Entsprechung, das extrem weitreichende Havoc-HMP-Gerät, das an Bord des russischen Forschungsmoduls plaziert werden sollte. Mit der Energieversorgung durch die Solarzellen der Internationalen Raumstation würde es immer wieder benutzbar und neu ausrichtbar sein – und Harlan DeVane damit die Möglichkeit geben, die elektronische Infrastruktur fast jeder größeren Stadt der Erde über Fernkommando zu zerstören.

Am Tor befanden sich fünf Wachsoldaten. Zwei von ihnen trugen die dunkelblauen Anzüge der Sicherheitskräfte von UpLink International, drei die gleichen Uniformen der VKS wie Kuhl selbst – allerdings mit den Insignien von Gefreiten auf ihren Feldjacken.

Kuhl nahm die Hand von der MP5K, die neben seinem Sitz lag. Die Gegenwart der Russen würde ihre Benutzung wahrscheinlich überflüssig machen.

Als Sergej den LKW vor dem Tor langsam zum Halten brachte, näherte sich einer der Sword-Wachsoldaten und ging zum Fenster auf der Fahrerseite.

»Ihre Ausweise, bitte,« sagte er auf englisch. Dann auf russisch, abgehackt und auswendig gelernt: »*Pokashite, po-shalui-sta regis-traziju.*«

Sergej wollte schon nach seiner eigenen Maschinenpistole greifen, doch Kuhl befahl ihm mit einem leichten Kopfnicken vorläufige Zurückhaltung. Dann kurbelte er sein Fenster herunter und steckte seinen Kopf heraus.

»Was soll das?« sagte er auf englisch mit russischem Akzent. »Ist Ihnen klar, daß ich Offizier der Militärpolizei bin?«

Der Sword-Wachsoldat schaute ihn ruhig aber entschlossen an.

»Ich möchte mich für die Belästigung entschuldigen, Sir, aber meine Abteilung ist mit der Sicherheit dieses Zugangstors beauftragt worden. Wenn Sie uns kurz Ihre Papiere zeigen könnten, lassen wir Sie sofort durch.«

Kuhl spielte den Beleidigten und winkte den russischen Wachsoldaten herbei.

»Was soll das?« schnauzte er auf russisch. »Soll ich mich von diesen Ausländern beleidigen lassen?«

Der Sword-Soldat verstand vielleicht seine Worte nicht, doch ihr Sinn war aufgrund des Tonfalls offensichtlich.

»Sir«, versuchte er es noch einmal. »Ich versichere Ihnen, daß es sich um eine reine Routineangelegenheit handelt ...«

Plötzlich trat einer der russischen Wachsoldaten an dem Amerikaner vorbei, schlug mit der Hand gegen die Rückwand der Fahrerkabine und winkte den Fahrer weiter. Dabei gab er einem seiner Kameraden ein Zeichen, das Tor zu öffnen.

»*Nje bjespokojtes!*« sagte er auf russisch zum Fahrer. »Sie können passieren!«

Sergej nickte und trat mit dem Fuß auf das Gaspedal.

Der Sword-Soldat sah angewidert zu, wie der riesige Laster begann, langsam an seinem Checkpoint vorbeizurollen.

»Einen Augenblick ...«

»*Njet!*« rief der Russe und plusterte sich auf. »Der Mann ist ein kommandierender Offizier unserer Militärpolizei, kein gewöhnlicher Krimineller!«

Der Sword-Wachtposten sah ihn an und wog seine Möglichkeiten ab. Theoretisch konnte er seinem Kameraden befehlen, den LKW anzuhalten, aber der verdammte Laster hatte sich bereits in Bewegung gesetzt, und sie hätten ihre Waffen erheben müssen, um ihrer Aufforderung Nachdruck zu verleihen. Auf der anderen Seite war dies der dritte Disput von der gleichen Sorte, den er mit den Russen seit Antritt seiner Nachtschicht hatte, als er plötzlich herausgefunden hatte, daß sie sich zu ihnen gesellt hatten. Bei beiden anderen Gelegenheiten hatten sie sich gesträubt, sich jedoch schließlich seiner Autorität gebeugt. Wenn sie auch Arschlöcher waren, so durfte er nicht vergessen, daß sie auf Befehl von höher gestellten Arschlöchern handelten – und wenn er zuließ, daß ein unwichtiger kleiner Zwist sich zu einer größeren Auseinandersetzung hochschaukelte, dann würde er sich damit nur die Arbeit erschweren, wenn es einmal um eine ernste Angelegenheit ging, bei der er ihre Kooperation benötigte. Vielleicht war es besser, über Funk Bescheid zu sagen, dann sollten die da oben es untereinander ausmachen, und die Jungs hier unten konnten ihr Gesicht wahren.

Er wandte sich von dem Russen ab und schaltete sein Kommunikations-Kopfset ein.

Im Lastwagen hatte Kuhl bereits sein eigenes Funkgerät eingeschaltet und befahl die Mobilmachung seiner Einsatztruppe.

Auf Kuhls Befehl entwickelte die kleine Armee, die er in den Hügeln südöstlich des Kosmodroms angesammelt hatte, hastige Aktivitäten. Die Männer tauchten hinter künstlichen Felsbrocken, Gestrüpp, Zweigen, Steinverkleidungen und anderen Tarnobjekten auf, zogen die Tarnnetze von den Fahrzeugen und kamen aus den Verstecken, in denen sie sich geduldig verborgen hatten, während sie ihren Vorbereitungen nachgingen. Kuhls eigenhändig ausgewählte Späher hatten verschiedene Male im Laufe der vergangenen Woche, und noch einmal etwas früher an diesem Abend, in allen

Einzelheiten berichtet, wie die östlichen Verteidigungsanlagen des Startcenters organisiert waren. Mehrfach betonten sie, daß diese Anlagen einem direkten, konzentrierten, blitzschnellen Angriff nicht standhalten würden. Der Widerstand würde zunehmen, wenn Verstärkung der VKS und der Amerikaner von anderen Bereichen des Centers hinzugezogen würde, doch die Angreifer brauchten den Überfall nicht allzu weit in das Gelände hineinzutragen. Ihre Zielsetzung war begrenzt: zuschlagen, eine gute Show liefern, den Rückzug antreten.

Bei ihnen kam nicht der Verdacht auf, daß die Späher, damit wirklich die bestmögliche Show geboten würde, sie ausdrücklich im Auftrag Kuhls belogen hatten.

»... Sir, wir haben etwas von SkyManta.« Der junge Techniker, der heftig an Riccis Trailertür gepocht hatte, war tiefrot angelaufen und außer Atem. »Es sieht so aus, als ob wir sie entdeckt haben.«

Mit der Kaffeetasse in der Hand starrte Ricci ihn an. »Was hat der Vogel entdeckt?«

»Fünfzehn, vielleicht zwanzig Jeeps. Das Kontrollpersonal sagt, die Infrarotübertragung ist so klar wie Bilder bei Tageslicht. Sie kommen in einem Konvoi in Richtung auf die Ostseite des Geländes.«

Der Bereich der Startrampe, dachte Ricci. Er hatte sich keinen Augenblick zu spät Glück gewünscht.

»Wie nah sind sie schon?«

»Drei bis vier Kilometer, Sir. Es gibt eine ganze Reihe von Verstecken in der Richtung, aus der sie kommen. Höhlen in den Hügeln, Gestrüpp ... Könnte sein, daß sie sich dort schon eine Weile verborgen gehalten haben ...«

»Vielleicht sollten wir uns jetzt um die Gegenwart Sorgen machen.« Ricci atmete tief durch. »Diese Plattformen für ferngesteuerte Waffen, die wir hergebracht haben, wie heißen sie noch gleich ...?«

»Das sind die TRAP T-2s.«

Ricci nickte.

»Sind die schon alle aufgebaut? Genau dort, wo sie standen, als wir die Schießübungen abgehalten haben?«

»Ja, Sir. Jeder Quadratzentimeter in diesem Sektor ist abgedeckt von sich überlappendem Beschuß. Wir haben mindestens fünfzehn von ihnen direkt vor dem Tor – die gleiche Anzahl an den anderen Seiten ...«

»Holen Sie noch ein paar von jeder der anderen Seiten dazu, aber nur ein paar. Drei oder vier. Lassen Sie den Rest an Ort und Stelle. Das bringt uns dann auf ungefähr dreißig Gewehre an der Angriffsstelle. Sorgen Sie dafür, daß die zusätzlichen Plattformen sofort ausgerichtet werden.«

»Jawohl, Sir ...«

Ricci wollte dem Jungen sagen, er solle ihn nicht »Sir« nennen. Er war nicht sein Onkel, und Sword war nicht das Militär. Doch seine Lieblingsanrede war wohl etwas für später.

»Benachrichtigen Sie die Schützen- und Schnelleinsatz-Teams, sorgen Sie dafür, daß alle ihre Tac-Westen tragen ...«

»Das ist allgemeine Vorschrift, Sir ...«

»Sorgen Sie *trotzdem* dafür.«

»Jawohl, Sir!«

Jesus, dachte Ricci. »Okay«, sagte er. »Ich werde zum Schnüffelwagen rübergehen, um mir die Bilder selbst anzusehen.«

Minuten nachdem Kuhl die Wachtposten am Tor mit einem Nicken und einem Wink passiert hatte, hielt der Laster kurz an einer ruhigeren Stelle des Komplexes, wo seine Männer die Antennenschüssel auf das Dach des Anhängers montiert und den Pulsgenerator eingeschaltet hatten. Dann waren sie weitergefahren, bis etwa sechzig Meter vor der großen Frachtverarbeitungshalle, in der das ISS-Modul vor seiner Installation in das Raumschiff gelagert wurde – und diese Installation war laut Zeitplan haargenau für den nächsten Morgen vorgesehen.

Das Betongebäude wurde ausschließlich von ein paar vereinzelten VKS-Soldaten bewacht. Keiner von ihnen zeigte irgendein Interesse, als der Lastwagen in mittlerer Entfernung anhielt. Es war einer von ihren eigenen Lastern, und außerdem herrschte immer ein reger und ununterbrochener Fahrzeugverkehr auf dem Gelände in den Tagen vor einem Start. Zwar hatte sich Kuhl auf eine mögliche Auseinandersetzung mit Sword-Sicherheitskräften eingestellt, doch war er auch von ihrem Ausbleiben nicht überrascht. Man konnte sich doch immer auf den russischen Stolz verlassen. Darauf, dachte er, und auf die verarmte Volkswirtschaft, die dafür gesorgt hatte, daß dieser Startkomplex nicht gegen die zeitweise Eliminierung des elektronischen Alarmsystems durch Mikrowellen-Pulsstrahler geschützt war, denn einen dermaßen teuren Upgrade im Verteidigungssystem konnten sie sich kaum leisten.

Er wandte sich an Sergej.

»Gehen Sie nach hinten«, sagte er. »Sagen Sie den anderen, daß sie die Kanone anstellen sollen, sobald sie soweit sind.«

Der Schnüffelwagen war in heller Aufregung. Als Ricci die Tür öffnete, sah er Männer und Frauen über jede einzelne der Instrumentenkonsolen gebeugt, die an den Seiten angebracht waren. Die Abstrahlung der Displays und der beleuchteten Kontrollbeleuchtung warf ein blasses farbiges Flackern auf ihre Gesichter.

Er schaute auf einen Flachbildmonitor an der Wand über einer der Konsolen und sah augenblicklich die Videobilder der sich nähernden Jeeps, übertragen von den Infrarot-Luftaufnahmen des SkyMantas.

»Diese Bilder«, sagte er und stellte sich neben die Frau, die als Operator zuständig war. Auf ihrem Namensschild stand Sharon Drake. »Das ist Beinahe-Realzeit, nicht wahr?«

»Richtig, Sir.«

Schon wieder dieses Sir.

»Was heißt denn ›beinahe‹?«

»Was Sie hier sehen, ist vor weniger als zwei Sekunden geschehen.«

»In welcher Entfernung befinden sich demnach die Angreifer?«

Sharon drückte eine Taste, um ein Koordinatennetz über das Bild zu projizieren.

»Etwas weniger als vierhundert Meter entfernt«, antwortete sie.

»Irgendwelche Bewegung in der Nähe der anderen Tore?«

Sie schüttelte den Kopf. »Keine Bewegung, soweit wir uns auf Infrarot-Luftaufnahmen, Bodenüberwachungskameras oder Berichte von Wachtposten verlassen.«

Ricci überlegte einen Augenblick. Es ergab absolut keinen Sinn. Nimecs Bericht hatte darauf hingewiesen, daß der Überfall auf die ISS-Anlage in Brasilien eine exakt koordinierte Angelegenheit gewesen war, die auf einer detaillierten Kenntnis des Geländes basierte und bei der an verschiedenen Stellen gleichzeitig zugeschlagen wurde. Es hatte Infiltrationen aus der Luft gegeben, weit gestreute Hinterhalte und ähnliches mehr. Obwohl die eigentliche Absicht immer noch ein großes Fragezeichen war, konnte wohl kein Zweifel daran bestehen, daß der Befehlshabende dieser Aktion ein Profi war, wenn es um Zerstreuungs- und Ablenkungstaktiken im Kommandostil ging. Was er jedoch hier vor sich sah, diese Reihe von Jeeps, die auf ihre Gewehre zu fuhren, war reiner Selbstmord.

Er stieß den Atem aus. »Diese TRAP T-2s … was ist die maximale Entfernung, die ihr Bedienungspersonal von der Feuerlinie fernbleiben kann?«

Sharon beugte sich hinüber zu einem schlanken schwarzen Mann mit Brille, der an der nächsten Konsole zu ihrer Rechten saß. »Ted, kannst du mir sagen …«

»Sechzig Meter«, sagte er, ohne den Blick von seinem Monitor abzuwenden.

Ricci überlegte einen Augenblick.

»Sagen Sie den Männern an der Begrenzung, daß sie schießen sollen, sobald die Jeeps in Schußweite kommen«, sagte er. »Ich will zwei Drittel der Waffen mit tödlichen Geschossen … zuerst beschießen wir sie mit Gas und Leuchtraketen, geben ihnen noch eine Chance, sich aus dem Staub zu machen. Wenn sie weiterfahren, nehmen wir die tödliche Munition. Die Schnelleinsatz-Teams sollten sich als unsere zweite Verteidigungslinie bereithalten.«

Ted nickte.

»Sir«, rief Sharon. Sie schaute schnell über die eigene Schulter zu Ricci. »Irgend etwas geht hier vor, das ich absolut nicht verstehe.«

Er machte eine fragende Geste mit der Hand.

»Plötzlich bekomme ich eine heiße Stelle über Infrarot, heißer als alles, was ich je gesehen habe, vom *inneren* Bereich des Centers … am nördlichen Ende.«

»Haben wir Bilder?«

»Der Einzugsbereich der Nanosensoren des SkyMantas geht weit über seine elektro-optischen …«

»In einfachen Worten, Sharon, ich *bitte* Sie.«

»Das Gerät kann Hitze und Energieausstrahlungen aus einer gewissen Entfernung registrieren, doch Videoübertragungen funktionieren nur auf Sicht … bei Objekten direkt unterhalb der Untertasse.«

Ricci fuhr sich mit der Hand durch die Haare.

»Am Nordende befindet sich der industrielle Komplex«, sagte er. »Zeigen Sie mir mal eine Karte des Bereiches, ich will genau wissen, welche Gebäude sich dort befinden.«

Zu seiner Rechten klapperten die Computertasten. Ted wies auf einen Monitor vor sich.

»Hier, schauen Sie«, erwiderte er.

»Sir ...« Jetzt kam ein hochgewachsener Mann von der anderen Seite des Trailers auf ihn zu geschossen. »Ich weiß nicht, ob es irgendwie relevant ist, aber wir haben gerade vom Nordsektor erfahren, daß es am Checkpoint zu Reibungen zwischen unseren Leuten und ein paar Wachen der VKS gekommen ist.«

»Was für Reibungen?«

»Ein Russe mit einem Leutnant auf dem Beifahrersitz kommt mit einem Laster ans Tor, legt sich mit uns an, weil er die Papiere zeigen soll, seine Männer ignorieren unsere Sicherheitskontrollen und winken ihn durch. Von solchen Sachen hatten wir diese Woche schon mehrere. Wir haben auch bereits offiziell beim VKS-Kommando Beschwerde eingelegt, aber ich dachte, Sie sollten von dieser Sache jetzt wissen.«

Ricci sah ihn an.

»Wann ist das passiert?«

»Vor ungefähr zehn Minuten.«

Ricci analysierte die Karte auf dem Monitor. Ja, ja, natürlich. *Das* paßte. Und zwar haargenau.

»Die Frachtverarbeitungshalle«, sagte er und lehnte sich über Teds Schulter. »Wissen Sie, was dort gelagert wird?«

Ted drehte seinen Kopf zu ihm herum und starrte ihn eine lange Weile an, bevor er antwortete. Seine Augen hinter den Brillengläsern waren weit aufgerissen.

»Das ISS-Modul«, entgegnete er schließlich.

TRAP T-2 war ein weiteres dieser überall anzutreffenden Akronyme, die von Waffen- und Technologie-Designern benutzt werden – die Anfangsbuchstaben standen für Telepresent Rapid Aiming Platform (Version) T-2.

Da sie speziell für UpLink International konfiguriert waren, hatten die sechzig TRAP T-2s im Umkreis des Kosmodroms eine Mischung von auf Stativ aufgebauten VVRS M16 Sturmgewehren und halbautomatischen Heckler&Koch MSG Gewehren. Diese waren via Mikrowellen-Video, Fiberoptik-Nabelschnur und einer Präzisionssoftware zur Zielbestimmung und zum Abfeuern verbunden mit tragbaren Kontrollstationen, die über handgehaltene Sucher und Auslöser verfügten. Die Waffenplattformen benutzten zwei Typen von Aufklärungskameras: eine Weitwinkelkamera auf dem Stativ, und eine andere Kamera auf dem Empfänger des Gewehrs, die eine Schützenperspektive durch ihr 9-27x Spezialzoom ermöglichte. Die Videobilder beider Kameras wurden sowohl an den Schützen als auch an die Kommando- und Kontrollzentren übermittelt, von wo der Einsatz gesteuert wurde.

Mit einfachen Worten, die Ricci mit großer Wahrscheinlichkeit ausgereicht hätten, hieß das folgendes: die TRAP T-2s ermöglichten es ihrem Benutzer, den Gegner mit schweren, genauen Gewehrfeuergarben von Orten zu erreichen, die relativ sicher und geschützt waren. Damit eigneten sie sich ganz besonders zur Verteidigung von speziellen Anlagen.

Die Sword-Schützen an den Fernsteuerungen hielten sich exakt an Riccis Befehl. In ihren Trailern hinter dem östlichen Begrenzungszaun des Geländes warteten sie, bis sie – bildlich gesprochen – das Weiße in den Augen ihrer Gegner auf dem Display ihrer Sucher/Joystick-Kontrolleinheiten sehen konnten. Dann richteten sie die außerhalb des Geländes vor dem Zaun aufgebauten

TRAP T-2s aus und feuerten einige Runden von 70mm Rauchgeschossen, außerdem Geschosse mit weißem Phosphor und CS-Gas, während sie gleichzeitig über Lautsprecher eine Warnung zur Aufgabe abwechselnd auf russisch, englisch und kasachisch ausstrahlten. Sie hatten wenig Hoffnung, daß das CS-Gas irgendwelchen Nutzen haben könnte, da die Männer in den Jeeps Gasmasken trugen, doch sie drückten die Daumen, daß die Feuerwerkstechnik sie ein wenig aufhalten würde.

Während die Luft um sie herum mit Lichtblitzen und Rauch gefüllt wurde, verlangsamten die Jeeps zwar ihre Fahrt, hielten aber nicht an.

Mit den Händen an den Auslösern warteten die Sword-Schützen angespannt darauf, was jetzt geschehen würde.

Bevor er den Schnüffelwagen verließ, rief Ricci bei Petrow auf dessen Spezialleitung an.

Der Direktor des Raumfahrtprogramms war kurz davor, in Panik auszubrechen. »Was geht da vor sich? Die Schießerei …«

»Dieser Startkomplex wird angegriffen, und von *jetzt* an habe ich vor, die Verteidigung entsprechend den Vereinbarungen ihres ursprünglichen Abkommens mit UpLink International zu leiten. Das bedeutet …«

»Einen Augenblick … Wer greift uns an? Sie müssen mir sagen …«

»*Das bedeutet*, daß ich die VKS aus dem Wege haben will, und zwar sowohl innerhalb als auch außerhalb des Kosmodroms, und daß ich für das Sword-Personal unbeschränkten Zugang zu allen Gebäuden haben will, die wir als bedroht ansehen«, unterbrach ihn Ricci. »Bei allem Ihnen zustehenden Respekt, Mr. Petrow, rate ich Ihnen, sich sofort um diese Dinge zu kümmern, sonst könnte Ihnen in kürzester Zeit der Himmel auf den Kopf fallen.«

Wie schon beim Eindringen in die Lagerhalle in Brasilien, gelang den Eindringlingen auch hier der Zugang zu der Frachtverarbeitungshalle durch die Tür einer Laderampe an der Rückseite des Gebäudes. Es gab jedoch einen großen Unterschied: Als Kuhl und seine Männer jetzt die Halle betraten, waren alle Alarmsysteme, Türschlösser, Elemente der audiovisuellen Überwachungsausrüstung, Computer – alle, aber wirklich *alle* Geräte mit Drähten und Schaltkreisen, die von elektrischer Energie versorgt wurden, einschließlich der Beleuchtung und der Klimaanlagen, komplett neutralisiert worden. Weil die präzise Einstellung des Apparats von Ilkanowitsch die Energie- und Computerschaltkreise unterbrochen hatte, statt sie zu zerstören, schalteten sich sämtliche Systeme unversehrt innerhalb von einigen Minuten bis zu einer halben Stunde wieder ein, so daß das Eindringen unbemerkt bleiben würde. Überzeugt davon, daß jemand entschlossen war, das Programm der Raumstation zum Stillstand zu bringen, zunächst durch die Explosion der *Orion*, dann durch den Angriff auf die brasilianischen Einrichtungen der Internationalen Raumstation, würden die russischen und amerikanischen Verteidiger des Kosmodroms die Ablenkungsstreitmacht am Osteingang zurückschlagen und sich beglückwünschen, daß sie das Raumschiff gerettet hatten.

Sie würden niemals erraten, daß der erfolgreiche Start dieser Raumkapsel immer im Interesse von Harlan DeVane gelegen hatte. Daß die Angriffe und die Sabotage sowohl Ablenkungsmanöver für seinen eigentlichen Plan waren, das Havoc-Gerät an Bord der ISS in Erdumlaufbahn zu schicken, als auch eine Methode, um die Ressourcen von Roger Gordian sinnlos zu vergeuden, seine politischen Verbindungen in Rußland und Brasilien zu zersetzen und seine sich in Lateinamerika ausbreitenden Operationen zu schwächen und zu destabilisieren.

Mit ihren FAMAS-Gewehren auf der Schulter und den Helmen und Visieren mit optischen Displays auf dem Kopf, liefen die Männer von Kuhls Team den schnurgeraden Korridor entlang, der zu dem Raum führte, in dem das Raumstationsmodul gelagert wurde, entsprechend einem internen Lageplan, den sie schon vor langer Zeit auswendig gelernt hatten. Das Havoc-Gerät mit Antenne in Kuhls Rucksack wog gerade einmal zehn Kilo und hatte etwa die gleiche Größe wie ein tragbares Stereogerät. Unauffällig an Bord des Raumstationsmoduls eingebaut, das von der Größe eines Güterwagens war, würde es weder von den Ingenieuren, die das Modul zum Raumschiff transportierten, noch von den Kosmonauten, die für die Ankopplung an die orbitale Raumstation verantwortlich waren, zu irgendeinem Zeitpunkt entdeckt werden. Nach Durchführung des Ankopplungsmanövers würden die Russen zur Erde zurückkehren, und mehrere Wochen würden vergehen, bevor die erste permanente Besatzung an Bord der Raumstation geschickt würde. In der Zwischenzeit würde DeVane seine Erpressung Rußlands *und* der Vereinigten Staaten erreicht haben. Lediglich die für die abschließende Kontrolle verantwortlichen Checkout-Ingenieure hätten es *vor* dem Start bemerken können – und die hatten ihre letzte Inspektion am Tag zuvor durchgeführt.

Unzweifelhaft hatte die ganze Angelegenheit eine exzellente Symmetrie, dachte Kuhl.

Antonio und die anderen befanden sich direkt hinter ihm; er rannte vorwärts, stieß eine Tür im Korridor auf, die eigentlich elektronisch verriegelt sein sollte, und glitt ebenso mühelos durch die nächste. Schnelligkeit war entscheidend. Obwohl das Havoc-Gerät innerhalb von Minuten an die Sonnensegel angeschlossen werden konnte, mußte doch sein Team die Arbeit erledigen und das Gebäude verlassen, *bevor* die elektrische

Energie zurückkehrte und ihr Eindringen verraten konnte.

Kuhl lief schnell auf die letzte Tür zu, faßte den Griff und drückte sie auf.

Auf einer großen hölzernen Arbeitsbühne stand das Modul der Internationalen Raumstation direkt vor ihm.

Trotz seiner Eile hielt Kuhl für einen winzigen Augenblick auf der Türschwelle inne und genoß das Gefühl, etwas Großes erreicht zu haben.

Dann betrat er den Raum, während Antonio und die anderen ihm auf dem Fuße folgten und sich neben ihn stellten.

»Stehenbleiben und keine Bewegung, alle zusammen«, rief plötzlich eine Stimme zu seiner Rechten. »Einen Schritt weiter, und wir pusten euch das Gehirn aus dem Schädel.«

Ricci hielt sein VVRS-Gewehr auf Hüfthöhe vor sich, zielte auf den Mann mit dem Rucksack und beobachtete ihn ununterbrochen durch seine Nachtsichtbrille. Neben ihm auf der rechten Seite des Raumes standen sechs Sword-Männer, die ihre Gewehre auf die Tür gerichtet hatten und die Ankunft der gegnerischen Truppe ebenfalls durch ihre Nachtsichtmasken verfolgt hatten.

»Die Waffen auf den Boden«, sagte er. »Ich hoffe, alle hier verstehen Englisch, denn ihr habt genau drei Sekunden Zeit, bis wir schießen.«

Die Männer im Eingang rührten sich nicht.

»Zwei«, sagte Ricci.

Kuhls Schneidezähne trafen hörbar aufeinander, und er wandte sich zu Antonio. Er verlor diese Truppe hier wirklich ungern, aber er hatte keine andere Wahl.

»Wir kämpfen«, flüsterte er. Er log Antonio an, wie er auch die Soldaten der Angriffstruppe auf der Ostseite des Geländes belogen hatte. »*Bis zum Ende.*«

Mit einer blitzschnellen Bewegung riß Antonio sein Gewehr hoch und hielt es auf Ricci, doch dieser mähte ihn mit einem Stakkato in den Leib nieder, bevor er einen einzigen Schuß abgeben konnte.

Diese kurze Ablenkung war alles, was Kuhl sich gewünscht hatte.

Während die übrigen vier Mitglieder seiner Truppe die Dunkelheit mit automatischem Feuer zerrissen, machte er auf den Fersen kehrt, stieß seinen Arm gegen die Tür, die ihn zum Korridor zurückführen würde und drückte sie auf.

Als er zur Hälfte hindurchgelangt war, warf Ricci sich von hinten auf ihn und bekam seinen Rucksack zu fassen.

Der Mann neben dem Schützenkommandanten der TRAP T-2 starrte auf seinen Handmonitor. »Die Jeeps fahren einfach immer weiter.«

Der Kommandant atmete tief. Merkten die Idioten eigentlich überhaupt nicht, in was für ein Höllenfeuer sie hineinfuhren?

»Feuer eröffnen«, sagte er in das Mikrofon seines Kopfsets.

Die Angreifer in den Jeeps hatten nicht damit gerechnet, mit ferngesteuerten Waffenplattformen konfrontiert zu werden. Kuhls Späher hatten ihnen berichtet, daß der östliche Grenzbereich, inzwischen unter amerikanischer Kontrolle, von einer unzureichenden Zahl von Männern bewacht wurde, die lediglich über nicht tödliche Handfeuerwaffen mit Lähmungsmunition verfügten. Außerdem hatten die Späher ihnen gesagt, daß die Soldaten der VKS offensichtlich überzeugt waren, daß eine Offensive gegen das Weltraumzentrum, wenn es überhaupt dazu kommen sollte, gegen den Industriebereich gerichtet sein würde – wobei sie niemals damit rechneten, daß Kuhl und sein kleines Team den Bereich infiltrieren würden, statt dort einen massiven Angriff zu wagen. Weiter hatten sie ihnen erklärt, daß der Angriff auf diesen Grenzbereich lediglich eine Ablenkung wäre, die es Kuhl ermöglichen würde, seine Mission durchzuführen, da auf diese Weise alle Truppenkonzentrationen von der Frachtverarbeitungshalle im Nordbereich abgezogen würden. Abschließend hatten Kuhls Späher den Angreifern gesagt, daß die Sword-Sicherheitskräfte nicht genügend Männer zur Verfügung hätten, um eine starke zweite Verteidigungslinie zu formieren oder um einen wirksamen Gegenangriff zu organisieren.

Obwohl die TRAP T-2s ihn überrascht hatten, nahm der Kommandant der Offensivtruppe an, daß sie nach der letzten Erkundung der Späher installiert worden waren. Da er noch nie etwas Ähnliches gesehen hatte, unterschätzte er völlig ihre Fähigkeiten genauen und präzisen Gewehrfeuers. Außerdem schienen der Rauch, das Gas und die Feuerwerke von den festen Plattformen seine Informationen zu bestätigen – die er von Kuhl persönlich erhalten hatte –, daß die Amerikaner hier unter noch strengeren Befehlen standen, keine Gegner zu töten, als es in Brasilien der Fall gewesen war.

Völlig in die Irre geleitet blieb er bei seinem ursprünglichen Angriffsplan und befahl den Jeeps, weiterzufahren in Richtung auf die Begrenzung des Geländes.

Jetzt eröffneten die Sword-Schützen das Feuer auf sie mit allem, was ihnen zur Verfügung stand. Von den TRAP T-2 VVRS Plattformen ergossen sich Ströme tödlicher Munition in solchen Winkeln, daß die Gegner im gesamten Annäherungsbereich mit flächendeckendem Kreuzfeuer niedergemäht wurden.

Einige sprangen aus ihren Fahrzeugen, während sie

von Kugeln durchsiebt wurden, wobei viele von ihnen bereits tot waren, bevor sie die Jeeps zur Gänze verlassen hatten. Anderen gelang es, sich hinter den Wagen in Deckung zu bringen und das Feuer mit ihren FAMAS-Gewehren zu erwidern. Aber sie merkten schnell, daß sie festsaßen und nicht mehr vorwärtskamen. Als ihnen schließlich die vorstürmenden Männer des Sword-Schnelleinsatz-Teams in die Seiten fielen, ergaben sich die noch lebenden Angreifer auf der Stelle.

Der gesamte Angriff hatte knapp eine halbe Stunde gedauert, bis die Sword-Sicherheitskräfte sich überzeugt hatten, daß er erfolgreich niedergeschlagen worden war.

Genau wie Kuhl es geplant hatte.

Mit dem Gewehr über der Schulter hatte Ricci die Finger einer Hand um den Riemen von Kuhls Rucksack geschlungen. Energisch hielt er fest, zog Kuhl zu sich hin und ließ ihn nicht zur Tür hinaus. Seinen freien Arm hakte er um Kuhls Brust herum. Aber Kuhl schob sich immer weiter nach vorn, versuchte, sich freizukämpfen, und drehte sich dann ein wenig, um seinen Ellbogen mitten in Riccis Rippen zu stoßen.

Nach Atem ringend bemühte Ricci sich krampfhaft, seinen Arm um Kuhls Brustkorb zu halten; sofort bekam er einen weiteren harten Stoß mit dem Ellbogen ins Zwerchfell, dann noch einen.

Sein Griff lockerte sich, doch er ließ nicht los.

Hinter ihnen ratterte Gewehrfeuer; die beiden Männer rangen in der Enge des Eingangs, ihre beiden Gewehre fielen scheppernd zu Boden, ihre Arme und Schultern prallten gegen die zum Teil geöffnete Tür und stießen sie wieder und wieder gegen die Wand. Dann sah Ricci, wie Kuhl mit der rechten Hand nach unten langte, sah den Schlagstock in der Scheide an seinem Gürtel und versuchte, Kuhls Handgelenk zu pakken, um ihn daran zu hindern, den Griff des Schlagstocks zu umfassen. Doch Kuhl war zu schnell. Er zog ihn aus der Scheide, hob ihn an, machte wieder eine halbe Drehung und stieß die stumpfe Hartholzspitze des Stocks in Riccis Magengrube.

Vor dem Stoß spannte Ricci seine Bauchmuskeln an, aber trotzdem war der Schmerz fürchterlich. Er grunzte und fiel erschöpft zurück gegen die Tür. Sein Halt um Kuhls Brustkorb lockerte sich, doch irgendwie gelang es ihm, sich zumindest an dem Riemen festzuhalten und ihn zurückzuzerren, während Kuhl ihn zur gleichen Zeit nach *vorn* zog.

Man hörte, wie das Material nachgab; der Riemen wurde aus der Naht gerissen, die ihn am Rucksack gehalten hatte, und baumelte lose von Kuhls rechter Schulter.

Der Rucksack rutschte an seinem gegenüberliegenden Arm herunter, hing dort für einen Augenblick und fiel dann auf den Boden zwischen die beiden Männer.

Kuhl fuhr herum und griff mit der Hand nach unten, um den Rucksack aufzufangen, doch diese kurze Ablenkung hatte Ricci die Gelegenheit gegeben, sich ein wenig zu erholen. Mit aller Kraft rammte er sein Knie in Kuhls Magen und brachte ihn zum Taumeln. Dann federte er leicht in den Knien, um mit mehr Schwung auszuholen, und versetzte Kuhl einen harten Kinnhaken.

Kuhls Kopf wurde zurückgeschleudert, doch Ricci spürte, wie er mit dem Schlag mitgegangen war und auf diese Weise das Schlimmste vermieden hatte. Wieder schlug Ricci auf ihn ein, zielte noch höher, war jedoch nicht in der Lage, im engen Durchgang der Tür zu manövrieren. Er hoffte lediglich, endlich einen richtigen Treffer zu landen. Jetzt traf seine Faust Kuhls Nase von der Seite; Blut spritzte heraus, bis auf Riccis Knöchel herunter.

Obwohl Ricci den Schmerz in den Augen seines Gegners sah, zeigte Kuhl keinerlei Anzeichen von Schwäche. Bevor Ricci zu einem dritten Schlag kam, knallte Kuhl ihm den Schlagstock der Länge nach in die Seite, direkt oberhalb der Niere. Dann holte er aus und setzte zu einem weiteren Hieb an. Diesmal zielte er auf Riccis Schläfe.

Ricci streckte seinen Arm hoch, um den Schlag abzublocken; er drückte den Stock nach außen, weg von sich selbst. Doch seine Seite brannte, und er war noch zu angeschlagen und atemlos, um sich schnell zu bewegen. Dann sah er inmitten der Lichtflecken seiner Nachtsichtbrille, wie Kuhls linke Hand nach unten fuhr, wie seine Finger nach dem Rucksack suchten, der zwischen ihnen auf dem Boden lag, und sich dann um den gerissenen Riemen krallten.

Er packte den Rucksack und drehte sich zum Korridor.

Ricci schnappte nach Luft und stemmte sich von der Tür ab. Der Inhalt des Rucksacks mußte extrem wichtig für den anderen Mann sein, daß er sich seinetwegen *zwei Mal* zurückgewandt hatte, obwohl er statt dessen einen Vorsprung beim Verlassen des Gebäudes hätte erreichen können.

Als Kuhl in die Vorhalle floh, hechtete sich Ricci von hinten auf ihn und erwischte ihn in Hüfthöhe mit genügend Schwung, um beide Männer krachend zu Boden zu werfen – Ricci landete auf Kuhls Rücken, Kuhl lag mit dem Gesicht zum Boden unter ihm, ihre Beine waren in den Eingang ausgestreckt und blockierten die Tür, so daß sie nicht zuschwingen konnte. Beim Fall war der Schlagstock aus Kuhls Hand gerutscht, doch seine andere Hand klammerte sich immer noch fest um den herunterhängenden Riemen des Rucksacks. Ricci konnte seine enorme Kraft spüren, als er kämpfte, um ihn abzuschütteln. Die stahlharten Muskeln vom Rükken und von den Armen seines Gegners preßten und drückten mit aller Gewalt gegen seinen Brustkorb. Der Mann zuckte wie ein wilder Hengst, und Ricci wußte, daß er ihn nicht allzu lange bändigen konnte.

Angestrengt drückte er sein ganzes Gewicht auf Kuhl, hob seine Faust über den Kopf und hämmerte sie auf die Hand, die den Rucksack festhielt. Kuhl ließ nicht los. Tief durchatmend hob Ricci seinen Arm noch einmal hoch und ließ die geballte Faust noch härter auf Kuhls Knöchel sausen.

Jetzt hörte und fühlte er das Splittern des Knochens. Zwar zeigte Kuhl wieder keine Anzeichen von Schmerzen, doch seine Finger um den Riemen spreizten sich und gaben ihn frei. Ricci hielt die Brust flach gegen Kuhls Rücken gedrückt, griff nach vorn, hob den Rucksack vom Boden der Vorhalle und warf ihn über seine Schulter durch die von den ausgestreckten Beinen der zwei Männer noch immer offengehaltene Tür hinter sich.

Genau in diesem Augenblick umklammerte eine Hand Riccis Fußgelenk.

Eine lange, schmierige Blutspur markierte den Weg, den Antonio auf dem Bauch kriechend zurückgelegt hatte. Mühsam und mit einem Gefühl der Leere an der Schußwunde erreichte er den Durchgang und nahm alle seine Kräfte in den Fingern zusammen, um Ricci oberhalb des Fußes zu packen. Es war ihm nicht zu Bewußtsein gekommen, daß er absichtlich von dem Mann geopfert worden war, den er zu retten versuchte.

»*Mi mano, su vida*«, sagte er. Dann wiederholte er für sich selbst den Satz wie ein Mantra. »*Mi mano, su vida* …«

Meine Hand, sein Leben.

Ricci schaute über seine Schulter auf den sterbenden Mann und versuchte, seinen Fuß freizubekommen. Zunächst gelang es ihm nicht, dann trat er hart zu und traf knirschend mit der Schuhsohle in Antonios Gesicht.

Antonio hielt sein Fußgelenk fest, hielt ihn mit der letzten Anstrengung seines Willens und zog ihn nach hinten. Seine hochgezogenen Lippen entblößten das Zahnfleisch, und Blut war über Zähne, Lippen und Kinn verschmiert.

»*Mi mano, su vida ...*«

Kuhl fühlte, wie sich Riccis Gleichgewicht verschob, während er mit Antonio kämpfte. Er warf sich hin und her und stützte beide Hände auf den Boden, um sich freizuhebeln. Ungeachtet seiner zerschmetterten Knöchel drückte er seine Arme wie bei Liegestützen durch und hob sich vom Boden ab. Als Ricci von ihm herunterrollte, sprang Kuhl auf die Beine und blickte sich hastig nach seinem Rucksack um.

Schließlich entdeckte er ihn weit hinter sich. Hinter Antonio. Im Raum mit dem ISS-Modul.

In einem Raum, in dem sich die anderen Sword-Männer befanden.

Kuhl schätzte kurz seine Chancen ab, und wieder wählte er diejenige, die sehr ungünstig, doch leider unvermeidlich war.

»*Mi mano, su vida, mi mano ...*«

Antonios Stimme wurde leiser, bis die Worte nur noch ein Zittern auf seinen Lippen waren. Endlich gelang es Ricci, sich von den immer noch klammernden Fingern freizutreten. Er sprang auf die Füße und schaute den Korridor hinunter.

Auf seiner ganzen Länge war niemand zu sehen.

Ricci stürzte den Korridor hinunter, rannte zur Hintertür des Gebäudes und tauchte von der Dunkelheit des Korridors in die etwas hellere Dunkelheit der Nacht.

Der Mann, mit dem er gekämpft hatte, war nirgendwo zu sehen.

Verschwunden.

Obwohl Ricci in der nächsten Stunde überall nach ihm suchte und sofort den Befehl gab, das Gelände des Weltraumcenters weitläufig zu umstellen, *blieb* Kuhl verschwunden.

Allerdings hatte er seinen Rucksack zurückgelassen.

EPILOG

Verschiedene Schauplätze
30. April 2001

Ein abgesicherter Konferenzraum, Firmenhauptquartier von UpLink International, San José, Kalifornien.

»Wir sind zwar auf den Füßen gelandet«, sagte Gordian, »aber wir sollten uns nicht einbilden, daß wir schon auf festem Boden stehen.«

Mit ernster und nüchterner Miene saßen Megan Breen und Tom Ricci mit ihm am Tisch.

»Unser Maulwurf ist immer noch in seinem Loch«, entgegnete Megan. »Wir wissen inzwischen, daß er sich mit den Plänen des brasilianischen Geländes auskannte, auf dem Kosmodrom Bescheid wußte und wahrscheinlich mit dem Gebäude für den Zusammenbau von Raumfahrzeugen auf dem Kennedy Space Center vertraut war. Daß er nicht nur über detaillierte Kenntnisse in Bezug auf das Design des ISS-Moduls verfügte, sondern außerdem genau wußte, wo das HMP-Gerät eingebaut werden mußte, damit es versteckt und von den Sonnensegeln mit Energie versorgt wäre.«

»Dafür braucht man freien Zugang und sehr viel technisches Wissen«, sagte Ricci. »Und das gleiche gilt für denjenigen, der die Schweinerei an der *Orion* verbrochen hat.«

»Was ist denn mit dem Mann passiert, dem Sie das Gerät abgenommen haben?« fragte Gordian. »Irgendwelche Neuigkeiten über ihn?«

Ricci schüttelte den Kopf. Nachdem der Mann aus der Frachtverarbeitungshalle entkommen war, waren bei der Suche nach ihm zwei ermordete Wachtposten der VKS gefunden worden, einer von ihnen erdrosselt, der andere mit gebrochenem Genick. Ricci vermutete, daß der Flüchtling beide getötet und sich in ihrem Patrouillenfahrzeug aus dem Staub gemacht hatte.

»Rollie behauptet weiterhin, daß er nicht der Kopf der Organisation war, der eigentlich hinter den Angriffen steckte«, sagte Megan.

Gordian sah sie an. »Gründe?«

»Er sagt, er hat so ein Gefühl im Bauch.« Sie zuckte die Achseln.

»Das ist alles?«

Sie nickte.

»Manchmal«, bemerkte Ricci, »ist es am besten, sich nach dem Gefühl im Bauch zu richten.«

Langsam stieß Gordian den Atem aus.

»Je länger ich über all diese Dinge nachdenke, desto mehr unbeantwortete Fragen tauchen auf«, sagte er. »Eine der wichtigsten wäre, was das Ziel des HMP-Generators gewesen wäre, wenn er in die Erdumlaufbahn gelangt wäre.«

Alle saßen regungslos in dem Panzer elektrisierten Schweigens.

»Kleine Schritte«, sagte Ricci nach einer Weile. Seine Stimme klang sehr leise, als ob er zu sich selbst sprechen würde.

Dann bemerkte er, daß Gordian sich ihm zugewandt hatte.

»So zählt man seine Gewinne«, erklärte er. »Das habe ich als Polizist auf der Straße gelernt, und ich hatte es bis vor kurzem fast vergessen. Wenn es so aussieht, als ob es zehn beschissene Situationen gibt, an denen man nichts ändern kann, und eine einzige, in der man vielleicht etwas bewegen kann, dann muß man den rechten Fuß vor den linken setzen und diese kleinen Schritte tun.«

Wie man dadurch, daß man sich nicht unterkriegen läßt

und am Leben bleibt, sich die Chance auf ein besseres Morgen erhält, dachte Gordian.

»Sie haben in Kasachstan phantastische Arbeit geleistet, Tom«, antwortete er schließlich. »Ich bin froh, daß Sie jetzt zu uns gehören.«

Megan nickte und sah ihm in die Augen. »Der Meinung bin ich auch«, fügte sie hinzu.

Ricci schaute sie an. »Sie verstehen, was ich meine«, sagte er.

Die Personalkantine im Kennedy Space Center, Cape Canaveral, Florida.

Pete Nimec schaute auf seinen Teller und runzelte die Stirn.

»Sagen Sie mir, wenn ich mich verrückt anhöre«, sagte er, »aber dieses Wildwest-Omelett sieht aus, als ob es aus Eipulver gemacht wurde.«

Von der gegenüberliegenden Seite des Kantinentisches warf Annie ihm ein dünnes Lächeln zu.

»Was kann man denn hier schon erwarten außer Astronautenessen?«

»Deshalb trinken Sie nur Kaffee?«

Sie sah ihn an. »Soll ich Ihnen ein Geheimnis verraten?«

Er nickte.

»Ich trete der Presse lieber mit leerem Magen gegenüber«, fuhr sie fort. »Da der Hunger dem permanenten Zustand der Presseleute entspricht, hilft er mir dabei, mich daran zu erinnern, womit ich mich jeden Tag auseinandersetzen muß.«

Jetzt mußte Nimec lächeln. »Hört sich logisch an«, antwortete er.

Dann hob er Messer und Gabel, probierte einen Bissen seines Omeletts, verzog das Gesicht und schob den Teller beiseite. Zumindest würde dies sein letztes Mahl in der Kantine sein. In etwa einer Stunde würde Annie eine morgendliche Pressekonferenz geben, auf der sie offiziell bestätigen würde, daß als Grund für das Feuer der Orion eine Sabotage der Haupttriebwerke angesehen wurde. Von diesem Punkt an würden die Untersuchungen in den Händen der gesetzlichen Strafverfolgung liegen ... und, auf diskrete Weise, auch in den Händen von Sword. Wenn Nimec auch Annie versprochen hatte, alles Menschenmögliche zu tun, um herauszufinden, wer für diese Tat verantwortlich war, und ihr außerdem zugesagt hatte, sie über alle Fortschritte der Untersuchungen auf dem Laufenden zu halten, so war doch seine Gegenwart auf dem Kennedy Space Center nicht länger notwendig, und er würde am nächsten Morgen nach San José zurückfliegen. Auch sie würde Florida bald verlassen und nach Houston in ihr Haus zurückkehren.

Wieder dachte Nimec darüber nach, wie schon mehrfach in den letzten Tagen, daß die Flugzeit zwischen den beiden Städten eigentlich ziemlich kurz war.

Er atmete tief durch.

»Annie«, sagte er, »darf ich Sie heute abend zum Dinner einladen? In einem richtigen Restaurant. Mit richtigem Essen. Wo wir uns entspannen können. Wo wir außer Kollegen auch Freunde sein können.« Er machte eine Pause. »Es wäre mir auch recht, wenn Sie die Kinder mitbringen wollen.«

Sie nippte an ihrem Kaffee, setzte die Tasse zurück auf die Untertasse und starrte gedankenverloren vor sich hin. »Freunde«, wiederholte sie.

Er nickte.

Schweigend sahen sie einander eine Weile an.

Dann lächelte Annie wieder.

»Das würde mir gefallen, Pete«, sagte sie. »Das würde mir sehr gefallen.«

In der Passagierkabine eines Privatjets über Westbolivien.

Harlan DeVane starrte aus dem Fenster, während sein Flugzeug durch die Wolken aufstieg und die Landschaft Amazoniens unter ihm in endlose Leere überging.

Die Ereignisse in Kasachstan waren wirklich bedauerlich, dachte er. Die kolumbianischen und peruanischen Revolutionäre hatten ihm eine große Summe gezahlt, um ihre Feldzüge endgültig zu beenden. Ebenso hatten die albanischen Guerilleros viel Geld bezahlt ... wie auch, ohne ihr Wissen, ihre Todfeinde in Belgrad. Und es hätte eine lange Schlange von zukünftigen Kunden gegeben, viele von ihnen mit diametral entgegengesetzten Interessen, alle bereit, seinen Beteuerungen von Neutralität und Vertraulichkeit Glauben zu schenken. Noch in der vergangenen Woche, als alles noch so vielversprechend ausgesehen hatte, waren sowohl der Iran als auch der Irak mit ihm in Verbindung getreten und hatten großzügige Angebote gemacht, mit dem Ziel der Vernichtung des jeweiligen Gegners. New York, Washington, Moskau, Bagdad, Teheran ... DeVane war für Gleichberechtigung, wenn es darum ging, die Zerstörungsziele zu bestimmen. Er hätte das Havoc-Gerät über Wochen vermieten können, bevor ein Astronautenteam hochgeschickt werden konnte, um es auszuschalten.

Er seufzte. Es war vorbei, das mußte er zugeben. Vorläufig vorbei. Doch er hatte seinen Klienten niemals zugesagt, daß der Erfolg garantiert war, und er hatte Roger Gordian ein gelungenes Vorgeplänkel geliefert, daran bestand kein Zweifel.

In der Tat war es am besten, die Dinge von der positiven Seite zu betrachten.

Eine Welt voller Streit bedeutete eine Welt voller Profite, und nach DeVanes Meinung war hierbei kein Ende in Sicht.